孙自筠小说座谈会

绎出来。真诚、虚假、善良、狡诈，形形色色，千种百样，都在认认真真地
完成着自己。

官王守澄，也一点没有觉察出来。

然而有一个人却觉察出来了，他就是左神策军中尉仇士良。起初，他对文宗皇帝一连串给王守澄那么多荣誉非常不平。他想，我仇士良对你李昂的贡献还小吗？你之所以有今日，还不全靠我仇士良冒着生命危险领兵杀了宦官刘克明、苏佐明，杀了他们拥立的绛王李悟，才让你登上皇位？怎么你反倒一再提拔王守澄，把我置于他的统领之下？仇士良想不通。及至在皇宫宴会上，皇上居然走下御座，笑吟吟地向王守澄祝酒时，他才突然从皇上的眼神里发现了点什么，这才有所领悟，难道……

仇士良的估计一点没错。

文宗皇帝与御史大夫郑注、兵部郎中李训密谋除掉骄横自大、目空一切的大太监王守澄。但他手握兵权，耳目又多，很难下手，便采取给他高官厚禄的办法麻痹他，使他放松警惕，然后下手。

这天夜里，已经三更过了，一阵敲门声把仇士良惊醒。开门一看，原来是太监李好古，他传话说，皇上要他马上去一趟。

仇士良因对文宗皇帝登基立有大功，皇上把他视为心腹，常传他去商量机要事务。听皇上传召，仇士良立即穿衣起床，随李好古到了文宗寝宫。

文宗皇帝没有睡，他正摸着嘴唇上的两撇八字胡不停地走来走去，脸上，爬满了焦虑的皱纹。其实，文宗李昂今年才二十六岁，自十七岁登基，当了八九年的皇帝，已被磨得心力交瘁。宦祸、党争、边患，搅得他晕头转向，不仅额头上增加了纹路，头上还有了白发。但是他不像他父皇穆宗，更不像他的哥哥敬宗那般得过且过，无所作为。他已暗下决心，要把这些石头全部搬掉。

见仇士良进来，文宗亲切地说：

"这么冷的天，深夜把你叫来，实在有要紧事。来，快过来，挨火盆近点，暖和暖和。"

仇士良很感动，上前几步，挨近火盆，顿时，一股热气扑面而来。

文宗见他隔着火盆，便示意他再靠近些。仇士良于是又挪了两步，把耳朵凑在皇上的嘴边。皇上的话声很小，只是从仇士良满脸的兴奋和严肃，便知道皇上交给他的任务绝非一般。

王守澄原本是个贪酒好色的无赖，他听闻了自唐宪宗以来宦官权势日重的情形，甚至连皇上都得听他们的，不听，便杀。宪宗、敬宗都是被宦官杀掉的；皇子皇孙，谁听话，便立谁为皇帝。穆宗、敬宗，等等，哪个不是靠宦官才当上皇帝的？皇上都能被他们玩弄于股掌之中，可见那权势、那威风、那荣华富贵，是任何人也比不上的。看到这些好处，王守澄咬咬牙，自毁其身，进宫当了太监。他脑瓜子灵，会吹会拍会捧，短短十来年工夫，就爬了上来，成了宫中第一太监。今天，又让皇上给自己戴上这么多顶官帽，他感到从未有过的舒心与畅快。特别是宴会上，皇上破例亲自给自己敬酒，引得满朝文武大臣一片啧啧赞叹；还有那个要与自己争高下的仇士良，也收敛了往日的傲慢，变得谦恭起来。没想到吧，今后你得听我的调遣，看我的眼色行事，要不，哼……

王守澄越想越兴奋，凡敬过来的酒，他都一口喝下。不过，他也有他的悲哀，平生两大嗜好：美酒，现在是随心所欲地喝；可是美女呢？自从成了太监，便再也无能享受了。于是他开始后悔，后悔自己的选择。没有女人陪伴，荣誉、富贵、权势，又有何用？他痛恨自己，使劲地咬自己的嘴唇至出血，然后，一大杯一大杯地狂饮，和着悲哀和嘴唇上的血，一齐吞进肚里。他虽然以豪饮出名，但几天在酒里泡下来，也难以支持。这天晚上，他实在不胜酒力了，便早早退席，回府安歇去了。

睡到半夜时分，他被窗外的小太监叫醒。

"什么事？深更半夜的。"王守澄很不耐烦地问。

"宫里来的李公公，说有圣旨。"

王守澄本不想起来，但又觉得太过分。再转而一想，说不定又有什么赏赐，这皇上一向都爱在晚上降旨，给你加官晋爵，让你突然间一阵惊喜。想到这里，他便急忙起来，让小丫鬟侍候穿衣戴帽，走进客厅。正在客厅坐等的传旨太监李好古，见王守澄进来，忙站起来躬身一礼，而后说：

"本不该半夜惊动将军，只是皇上因急事命奴才传旨，请将军接旨。"

"你念吧。"王守澄平日不把皇上看在眼里，大喇喇地说。

"请大人跪接。"今天李好古有些反常，板着面孔说。

怎么啦？平时对自己一贯俯首帖耳的李好古今天怎么啦？王守澄来不及细想，眼睛一瞪，说道：

"就是当着皇上的面，我也敢说不跪！"

"可是今晚，便由不得你了！"随着尖细而冷峻的说话声，突然从大厅门外拥进十几个全副盔甲的武士，把王守澄团团围住。

"你们要干什么？"王守澄惊惧地问。

"叫你跪下接旨！"还是那尖细的声音冷峻地说。

王守澄盯住那发出尖细声音的人，只见他放下头盔，脱去甲胄，原来，是仇士良。

"仇士良，你，你要造反……"

"我是来杀反贼！王守澄，快跪下！"

王守澄哪里肯跪。仇士良示意左右，立即过去两个武士，架住王守澄的胳膊，一边一腿，再往下一按，王守澄便被压趴在地上。

"来人，快来人……"王守澄挣扎着大声吼叫。

仇士良冷笑道："你喊破喉咙也没用了，你的府第早被包围，你的手下早被解决，还是乖乖地跪在那里听旨吧！"

仇士良说罢，示意跟在一旁的李好古说：

"快宣旨！"

李好古走前两步，展开圣旨，清清嗓子，一字一句地念道：

"阉臣王守澄，骄横跋扈，蔑视皇威，罪该当诛。念其在宫中多年，有脚步之劳，从宽处置，赐其自尽。钦此。"

此时王守澄听了圣旨，已瘫软在地，再也没有回话的气力。仇士良也不管他，继续对他说：

"王守澄听着，这是皇上赐给你的御酒一杯，你喝罢自去，为了给你留个面子，皇上还格外开恩，不将此事向外宣扬，只说你是饮酒过量而亡。你死后追赠你为扬州大都督，还为你铺铺张张办个丧事。你就放心去吧！"

平日威风八面、杀人如麻的神策军最高统帅，这时已吓得不省人事，像件破棉袄似的被两个武士从地上提起来，然后，扳过他的脑袋，捏着鼻子将一杯酒对嘴灌了下去。顷刻间，他的鼻子里便流出两道血的小溪，然后头一歪，便没气了。只是他那双眼睛圆圆地瞪着，贪恋地望着人世。

王守澄死后，神策军的指挥大权转移到仇士良手上，以前依附王守澄的势力，也逐渐向仇士良靠拢。仇士良趾高气扬，好不得意。他哪里知道，一个针对他的计划正在暗地里紧张进行中。

文宗登基以来，有感于自安史之乱后宦官势力膨胀，皇权旁落，作为奴才的太监竟然挟制君主，左右朝政，甚至随意废立皇帝。他暗下决心，重振朝纲，恢复皇室权威。但要彻底解决宦官问题又非得依靠大臣不可。然而长期以来，宦官势力已深入朝廷内外每个角落，大臣对宦官畏之如虎。好几次他在召见大臣时以宦官问题相问，他们不是缄口不语，便是顾左右而言他。文宗很气恼，也很难过。

正在文宗心灰意冷时，却有两个臣子接住他的话茬，流露出对宦官专权的不满与愤怒，话越谈越深入，最后竟商量出一套彻底剪灭宦官势力的计划来。这两个人便是郑注和李训。

郑注本是一个善于投机取巧的游医，文宗因病久治不愈，经王守澄推荐，他治好了文宗的病，从此受到宠信，官拜御史大夫、太仆卿兼工部尚书。李训进士出身，满腹文章，一表人才。他以厚礼买通王守澄，王守澄便向文宗推荐。文宗见他身材魁伟，神态潇洒，口齿伶俐，任命他为兵部郎中、礼部侍郎、翰林侍讲学士、诏书撰写官等要职。郑注、李训在与文宗皇帝的接触中，了解到他对宦官专权深恶痛绝，便为文宗献上一整套诛灭宦官的计划，利用仇士良杀王守澄，便是他们计划的第一步；第二步便要轮到仇士良头上了。

按照他们的计划，诛杀王守澄后，利用他的葬礼，将仇士良等一批宦官骗至咸阳的太监墓地，然后由埋伏的武士将他们一网打尽。为了实施这个计划，郑注以厚礼行贿仇士良，请他向文宗建议，任命郑注为凤翔节度使，让郑注掌握兵权。只有手中有了武力，才便于实现内外配合、诛灭宦官的计划。

很快，郑注果然被任命为凤翔节度使，在离京前，再次与李训约好时间，到时，郑注以练兵为名，带队伍去咸阳设伏。

可是郑注一走，性急的李训便改变了计划，他建议文宗提前动手，怕的是夜长梦多发生变故。文宗则怕准备不周，难以成功，拒绝了李训的建议。然而因为这时出现一个小小的情况，使文宗改变主意，批准了李训提前行动的计划。

原来文宗也是一个多情的皇帝，与他的老祖宗唐玄宗李隆基一样，对后宫上千粉黛不感兴趣，偏偏只爱一个姓杨的妃子，每日与她厮守，如鱼恋水，难解难分。

在被文宗冷落的上千嫔妃中有一位尤美人，她是仇士良推荐进宫的，因长期得不到皇上的临幸，不免有些怨气。仇士良得知后，拿出他大宦官的威势，逼着文宗临幸尤氏。文宗无奈，只得接受他的安排，却因此加深了对他的仇恨，决定采纳李训的建议提前对仇士良下手。

太和九年（835 年）十一月二十一日，天不亮文宗皇帝就推开身旁的尤氏起了床。他实在不愿意让她侍寝。她不丑，但他就是不喜欢，可是当昨晚仇士良把她引进卧室时，他只有强作欢喜地应付着。他恨透了宦官，这些阉割了的东西，就连皇上的私事都不放过。仇士良，本想让你多活几日，既然如此，那今天就让你活不过去！

洗漱毕，唐文宗坐上肩舆，由太监抬着缓缓向大明宫紫宸殿走去。

这时百官已到齐，分两边站定。文宗坐上龙椅后，按惯例应由左金吾大将军韩约向皇上奏报平安，然后宣布大臣奏事。可是韩约出班后向皇上奏报的却是另一件事。他说：

"启奏陛下，卑职所在的左金吾衙门的后院石榴树上，昨晚天降甘露。这是天赐的祥瑞，是皇上圣明，感动上天才有的事。昨晚，我已通过宦官向皇上报告，不知皇上知否？"

韩约说完，连连叩头，向皇上表示祝贺。

众大臣听了，也纷纷跪下，向皇上道喜，他们山呼万岁后齐刷刷地说：

"天降甘露，乃皇上洪福齐天、百姓安居乐业的征兆。天下幸甚，万民

王林，是王涯八竿子打不到的远房堂弟，家住江南，听说王涯当了宰相，变卖了家产凑上路费，跋涉千里到长安，想找王涯谋个事做。但一住两年，多次求见都遭拒绝。然而他志如铁坚，耐心等待。这天，他又去王府，恰恰遇上神策军来捉拿王涯全家，他也一起被捉，判了死罪。直到临刑那天，他才有幸见到王涯一面。二人见面相认，在回忆过去许多有趣的往事中被游街示众，最后同被斩于市曹。

然而也有幸运者。

宰相舒元舆有个侄儿名舒全，聪明勤恳老实本分，跟随叔父多年，不离左右，合家大小都很喜欢他。但甘露之变前几天，舒元舆完全对他改变态度，动辄斥骂于他。舒全不甘侮辱，要求回江南故乡，舒元舆也不强留。就在他离开叔父家的第三天，在回江南老家的路上听到舒元舆全家满门抄斩的不幸消息。他听后立即跪倒在地，一为叔父哀悼，再则感谢苍天护佑。

更幸运的是光王李忱。

李忱是唐宪宗的第十三个儿子，封光王。其兄李恒为唐穆宗。穆宗死后，传位于长子李湛，为敬宗，但他只当了两年皇帝便被宦官所杀。敬宗的弟弟李昂在宦官拥立下继承皇位，是为文宗。李忱与他是叔侄关系。

李忱从小沉默少语，性格孤僻，人们怀疑他是个痴儿。十岁那年得了一场大病，病后精神焕发，通体舒泰，从此变得思维敏捷、谈吐不凡，与以往判若两人。唐穆宗见弟弟有这么大的变化，很是高兴，他拍着李忱的脊背对大臣们说："他是我李家的一块瑰宝！"并赏赐他许多财物。长大后，李忱又变得沉默寡言起来，与皇兄皇弟及子侄辈交往中，庄严持重，不多说半句话，哪怕是想引诱他多说一句话也难办到。然而他心里有数。他曾经做过一个梦，梦见自己乘龙升天。他把梦告诉母亲郑氏，郑氏马上捂住他的嘴说："这事千万不能随便向外人说，否则……"

甘露之变那年，李忱不满三十，因为是亲王，居住在宫外，但不时受文宗皇帝召唤陪他下棋、弹琴、踢球、摔跤。他的脾气好，人又诚实，文宗很喜欢和他一起玩。

这天，李忱应召进宫陪文宗玩耍，直至深夜，便留宿宫中。晚上做了个噩梦，梦见一个无头绿衣人向他走来，满身是血，在他身前停留一阵后，转身而去。醒来，吓得他大汗淋漓。第二天，他借口家中有事，要回家去，但文宗皇帝不让走，一定要留他在宫中多玩几天。皇命难违，李忱不敢再说，但整日恍恍惚惚、心神不宁。黄昏时，忽有家中来人说夫人难产，要他速回。李忱这才鼓起勇气，向文宗皇帝说明原委，请恩准他回家照顾分娩的妻子。文宗听了，不便再留，任他回家去了。

事情竟有怎么巧，当李忱从接生婆手中接过沉甸甸的刚刚出生的女儿时，皇宫正处在一场腥风血雨之中。仇士良领着神策军在皇宫中搜索着杀人，凡来宫中的皇亲国戚，不问缘由，一律处死。与李忱一起在宫中陪文宗玩耍的两个兄弟和三个侄儿，除李忱走脱外全部被杀，哪怕是文宗皇帝声嘶力竭地为他们辩解，仇士良也毫不留情。

得知这些消息后，李忱长长地舒了一口气，他感谢女儿选择这样一个时刻降临人间，让他躲过一场杀身之祸。于是他把女儿抱得更紧了，还在她嫩嫩的脸蛋上深深地亲了又亲。后来，这个女儿果然不凡，做出许多令人瞠目的惊人之举，为唐王朝的历史平添许多精彩。

第二章　晚唐阴影

宦祸，一个笼罩在晚唐诸帝王头上的阴影。大唐帝国在一群被阉割的男人的践踏蹂躏下悲泣呻吟。

甘露之变后，光王李忱深居简出，把时间全花在才出生的女儿身上。

李忱的光王府坐落在长安城西北角，地方比较偏僻，府第也不算堂皇，原因是光王并非嫡出，在看重门阀出身的唐代，姜婢所生的儿女，在地位待遇上与嫡出是相差很远的。

光王的母亲姓郑，原是润州刺史李锜的小姜，后因李锜谋反，兵败后籍没其家。郑氏被送入宫中当侍女，宪宗皇帝见她生得美丽，临幸了她，生下一子，便是李忱。

从小在宫中长大的李忱，对宦官的丑恶，了解得再清楚不过了，对他们充满了仇恨和鄙夷，但宫中又偏偏还少不了他们，为此他感到十分困惑。

大唐帝国自"安史之乱"后，国势日衰，其原因固然很多，但藩镇叛乱和宦官专权却是两个最主要的，而这两者又往往互为因果，平白无故地造出许多事端。

起因是"安史之乱"后不断发生藩镇割据，皇上为了控制各地的节度使，便派自己身边的宦官去充任"监军"。他们是皇上的心腹，与皇上单线联系，有什么情况直接向皇上密报，是安在各节度使身边的一枚枚"钉子"。

就在皇上重视宦官，让他们参与政事与军务之初，便有大臣净谏，举出古代许多宦官专权作乱的例子，建议皇上不要把大权交予宦官，以防后患；可是皇上不听，他们的理由很简单也看似很充分：宦官是奴才，他们敢怎样？

其实，这些皇帝哪里知道，宦官们虽有奴性的一面，却更有鬼性和兽性的一面：在宫里，他们是奴才；出了宫，他们便成了主子。而且因为是奴才，就更懂得怎么耍主子的权势。

因为是皇上派来的，监军宦官们一个个骄横跋扈、目中无人，不把统帅看在眼里。他们不懂军事，偏又爱瞎指挥。遇有战争，胜利了，宦官立刻飞马向皇上报告，功劳记在自己头上；一旦失败，则委过于统帅。为了自身的安全，他们把身强力壮骁勇善战的军士选为自己的卫队，把挑剩下的老弱交给统帅。因为是皇上派来的，统帅们都对他们畏惧三分，有的还百般讨好，于是监军宦官们便更加张狂起来。

当初，安史之乱后，朝廷任命讨伐安禄山的统帅高仙芝和副统帅封常清，因为未能满足监军宦官边令诚的勒索，边令诚便告他们谋反，结果高、封二人双双被处死。然而后来，安禄山攻到长安城下时，第一个开城投降的不是别人，正是告发他人谋反的宦官边令诚。

皇上派宦官监军，目的是防止统帅叛变，但在不少情况下反倒逼使统帅走向叛变。昭义节度使刘悟，因不堪监军宦官刘承偕的凌辱，一气之下杀了刘承恩，举起了反旗。

扑灭安史之乱的大将仆固怀恩，一家为国战死四十余人。为和亲，女儿远嫁回纥，但因为得罪了监军宦官骆奉先，被他诬告谋反。仆固怀恩被逼上死路，只得叛变求生。

同华节度使周智光因与监军宦官张志斌不和，干脆把他杀了，然后对朝廷说："仆固怀恩本来不反，被你们逼反；我本来也不反，也因为你们而反。"

监军宦官因为手握尚方宝剑，有皇帝老儿作后台，可以无所顾忌为所欲为。但如果细细考察，恐怕也还另有缘故。

作为阉人，他们对正常人怀有天然的敌意。你歧视我不健全吗，我让你们这些健全人尝尝我这不健全人的厉害!

作为阉人,他们身体机制失衡,心理变态,做起事来更恶毒、更残忍,甚至更离奇……

因此,他们一旦手中有了权,便比一般人更疯狂,更毒辣,更诡计多端,更具有破坏性。从历代的宦祸看,莫不如此。

宦官之所以有恃无恐,主要是因为有个糊涂怯懦的皇帝,如果遇上精明果断的皇帝,宦官们自会使出他们惯用的见风使舵八面玲珑的手段。讨好献媚还来不及,哪敢轻举妄动?

唐宪宗李纯,是一位既强悍又柔弱、既精明又糊涂的具有双重性格的皇帝,于是,宦官们投其所好,也使用出一套两面手法,最后把皇上制服。

唐宪宗即位之初,能以身作则,杜绝奢靡,对敢于藐视皇权的藩镇采取强硬态度,先后平定了西川、浙西、淮西等地的叛乱,使破烂不堪的大唐帝国出现一派生机;对宦官,能驾驭自如。有谏官向他反映宦官随意诬陷大臣,建议他约束宦官的权力,他却说:"宦官怎么敢诬陷大臣?即令有什么谗言,朕也不会听。他们只不过是些家奴,为了方便,差遣他们奔走而已,如果为非作歹,除掉他们就跟拔掉一根毫毛一样!"但后来宦官们的耳边风把他吹晕了,加之宦官逐渐掌握军权,形成势力,宪宗加大了对他们的信任与依赖,凡遇到朝臣与宦官发生争议,他都毫不犹豫地站在宦官一边。

然而可叹的是,宪宗最后死于宦官陈弘志的刀下。不过据说与他的儿子穆宗李恒有关,但官方史书对此"讳而不书"。

作为宪宗的儿子,光王李忱对他父亲的死是清楚的,但宪宗有二十个儿子,自己又是庶出,轮不上他过问,只是心中愤愤不平。不过穆宗李恒只当了四年皇帝便因荒淫过度死去,时年仅三十岁。都说是因为他弑父的报应。

穆宗去世后,其子李湛继位,为敬宗。他十六岁坐上龙椅,较之乃父,更为荒唐。他对唐王朝的加速灭亡做出的最大贡献是加倍信任宦官:他任命大宦官王守澄为枢密使,掌握中枢机密,传达皇上诏书,成了主宰大半朝政的内宰相。不仅政务,就连军权,敬宗也都交给了太监。唐代中央军队称禁军,共分左、右神策,左、右羽林,左、右龙武,左、右神威,左、右神武等十军。神策军是禁军首军,神策军首领称神策中尉。敬宗任命大太监梁守谦为神策军中尉，于是他便成了禁军的最高统帅。

太监们有了如此大的权力，他们被压抑的能量便将得到最大限度的发挥。敬宗时代，是宦官们最得意的时代，这时的大唐帝国，成了太监的天下。

面对这种局面，就连平日寡言少语不管闲事的光王李忱也按捺不住了。

这日，李忱与来访的文友、长安县令崔发穿了便装去城中玩耍。中午时分，踏上一家酒楼，叫上几样时鲜菜，两斤老酒，二人对酌，边饮边谈，十分投机。

正谈得兴浓时，被一阵"咚咚咚"的登楼梯声打断，昂首阔步上来两个宽袍大袖衣着华丽的人，他们一个手提鸟笼，一个手挽竹笾，刚坐下便把桌子拍得山响，扯开喉咙喊道：

"小二快来！"

小二急步过来，先沏了茶，然后一连报了十几样菜。

"少啰唆，只管选好的送来！"两人不耐烦地吼道。

小二不敢再说，赔笑退了下去。

不一会儿，拣上好的菜端满了一桌。两人要了好酒，吆五喝六地海喝起来。半个时辰后一桌精美菜肴便成了残汤剩水。

两人吃饱喝足后，抹抹嘴，拍拍肚，各自提上鸟笼竹笾，起身便走。

小二见状，慌忙打拱赔笑道：

"二位大人请付酒账。"

"多少钱？"提鸟笼地问道。

"不多不少，十两银子。"

"好，你先记下，改日一总算。"

这时，店老板过来，一副笑脸躬身作揖地说：

"敝店本少利微，恕不赊欠，请二位大人高抬贵手……"

提鸟笼的听了，脸一黑，将鸟笼桌上一放，顺手解开外衣，露出太监打扮，拍拍胸脯说：

"我是宫里人，今天这饭钱就不付，你敢怎样？"

饭店老板见了，抽口冷气，但仍鼓起勇气说：

"二位大人是宫里人，更明事理，这账就更该付了。"

提鸟笼的语塞，回不上话。提竹笕的在一旁接过话说：

"好，贵店既不赊账，我们身上又没带银两，那就把这个竹笕放在这里作押。"说罢，将竹笕放在桌子上，打开盖子，指指里面说：

"店主你看，这东西值不值十两银子？"

店主刚把脑袋伸过去，笕里同时也伸出个脑袋，花花的，尖尖的，嘴里还不停地吐着芯子。原来是条蛇。

店主吓得脸色煞白，直向后退。

"你看好啦！"那提笕的太监指着竹笕里伸出的蛇头说："这是条经过驯养的蛇，供皇上捕鸟玩的，现在就抵押在这儿。记住，每天喂上五斤精肉，十个鸡蛋，二十个鸽子蛋。要是饿死了，饿瘦了，小心你的脑袋！"说罢，便把竹笕重重地往桌子上一放，对拎鸟笼的太监说：

"咱们走！"

"慢着！"

两个太监刚走到楼梯口，一个书生模样的人伸手挡住了他们的去路。

但见此人二十四五年纪，白净面皮，眉目清秀，浅浅的留有两撇八字胡，说话声音不大但刚强有力。只见他一手叉腰，另一只手将手掌伸向两个太监，一副凛然不可侵犯的样子。在他身后，还站着一个汉子，书生打扮，正怒目圆睁地看着两个太监。

两个太监先是一愣，定睛一看，原来是两个文弱书生，并没把他们放在眼里，竖着眉毛尖声吼道：

"大胆，你们是什么人，敢挡大爷的去路？"

说罢，一个太监挥拳向他手掌打去，但听"哎哟"一声尖叫，太监忙把手缩到怀中，痛得不停地揉搓；另一个太监先是一惊，但他不相信那手掌真的打不得，便暗自运足底气，一掌劈去，要将那手掌从手腕处砍下来。可是，当他的手掌刚刚触及那手腕时，才觉得不对劲，那哪是手腕，简直就是一截木头，一截坚硬无比的木头。于是他急忙收回手来……

这时店主见状，怕把事惹大了，先向那书生拱手道：

"请先生高抬贵手让这两位宫里的大人走吧。"然后，转过身来，向两个太监打躬说，"二位大人请便，把那竹笾也提走，咱小店实在养不起。至于饭钱，就算小人孝敬二位大人了……"

见店主不停地作揖，那书生便把手臂缩回，让两个太监提鸟笼竹笾扬长而去。而后，两个书生仍回到靠窗临街的桌前坐下，继续饮酒叙话。

这两个书生不是别人，正是光王李忱和长安县令崔发，二人目睹宦官如此逞恶，怒火在胸中涌动。李忱忍不住上前打抱不平，但是他们都知道宦官们的厉害，不敢深究，只有相对而坐，喝闷酒，叹闷气。

刚刚坐定，楼下又传来喧闹声，伸头看去，只见一老儿死命拉住一匹马驹不放，口喊："还我马驹，还我马驹。"两个楼上下去的太监骑在高头大马上，不停地用鞭子抽打他，叫他放手。老儿紧紧拽着小马驹的缰绳，死也不放。

这时光王李忱和长安县令崔发再也忍耐不住，一前一后飞步下楼，站在两个太监的马前。李忱大声喝道：

"住手！"

老者见有人出来主持公道，便更紧地拉着小马驹的笼头，哭诉说：

"这马驹是我从塞外用几百两银子买回来的良种马，为买这马，我用尽全部家资。一个时辰前被这两位公公硬抢了去。现在好不容易找着了，叫他们还，还打我。请二位老爷替我说说，请他们把马驹还我……"

两个太监见刚才楼上的喝酒书生又来管闲事，也不多说了，举马鞭便向他们打去。李忱自幼习武，手疾眼快，夺过马鞭，折断在地；那崔发乃一介书生，见鞭打来，躲闪不及，顿时脸上便被抽出一条鞭印。李忱见了，上前扶住崔发，对太监喝道：

"狗奴才，你们竟敢打长安县令，还不快快滚下马来！"

两个太监听了，并不在意，红着眼睛说：

"小小县令，打了又怎样？你是什么人，敢管老子们的闲事！"

李忱本想挑明，但忍住了。

这时，恰有长安县一队巡街武士经过，领头的见县令挨了打，命令武士将两个太监拉下马来捆了，押去县衙。

李忱见崔发脸上的鞭痕尚在渗血，气愤地说：

"崔大人回衙后，大胆处置着两个狗奴才，切勿轻饶。"

崔发本不想惹这些太监，但今天无缘无故被他们当街打了，心中怒火难平。加之又有光王亲见，便大胆了许多，只是一想到太监们的威势和气焰，心就虚，脸上不免流露出犹豫。

李忱知道他的心思，鼓励他说：

"崔大人放心，但有什么意外，请及时相告，宫里那边，有我哩！"

崔发听了，放下心来，与李忱拱手告别。

听说长安县里拘捕了两个逞凶作恶的太监，受害者纷纷递上状纸，告发他们的罪行。崔发立即升堂审案，传差役把两个太监押上来。两个太监平日作威作福惯了，并不把县官放在眼里，来到公堂，傲然而立，并不下跪。

崔发见了，本想让他们站着回话，但脸上那道鞭痕余痛尚存，便将惊堂木一拍，怒道："两个刁徒，见了本官为何不跪？"

"老子们除了皇上，谁都不跪！"太监们尖着嗓子说。

崔发听了，脸上掠过一丝犹豫，但想想自己也是五品正堂，岂能容许你这两个不男不女的家伙张狂？便喝道：

"衙役们，快让这两个刁徒跪下！"

衙役得令，手执木棒，兜腿便打。两个太监见动了真格的，这才跪下，听候审问。

这时，大堂外挤满了受害者及观众。在铁证面前，两个太监对自己的恶行做了交代。

原来，这两个太监今日一早出宫去城外捕鸟。他们在一村庄井边安了网，等候飞鸟扑网。眼看有一群小鸟飞来，正要扑入网中，却被一挑水农妇惊飞了。两个太监大怒，舞动马鞭朝那村妇劈头盖脸打去。那村妇见是太监，便央求道：

"两位公公，家里正等着水煮饭，请让我挑两桶水吧！"

两个太监哪里肯听，口中不断乱骂，手中的鞭子不停乱打，把那妇人赶跑。

两个太监捕到鸟后，提着鸟笼一路玩耍。见一玩蛇艺人，指挥那条茶杯粗细的赤练蛇摇头晃脑地跳舞。恰恰树上有只鸟，玩蛇艺人手一指，那蛇便悄悄爬了上去，把鸟一口咬住，衔了下来交给玩蛇人。

两个太监见了好不高兴，相互挤了挤眼睛，其中一个便说：

"我们是奉圣旨出来捕鸟的，你这蛇有这么好的捕鸟本事，就送给我们吧。"

玩蛇人哪里愿意，两个太监就说：

"你要违抗不交，那好，我们把你送进宣徽院，将你阉割了再说。"

那玩蛇人一听，吓出一身冷汗，只得把蛇连同装蛇竹箓一并相送。

两个太监提了鸟笼竹箓，兴高采烈地骑马回城。路上，见前面有辆马车不紧不慢地跑着，车后还拴了匹小马，撒着欢跟着跑。但见那匹小马浑身油黑发亮，而四条腿自膝以下一片雪白，跑起来四蹄生风轻快活泼，越看越觉可爱。两个太监赞道：

"好一匹小马驹！"

赶马车的是位老者，听有人赞他的马，心中自是高兴，于是接过话道：

"我这匹马呀，才从塞外买回来，是纯种的草原雪里站，会相马的人说，再长半年，一定是匹千里宝马……"

说着说着，老者不觉把头偏过来一看。不看便罢，看了吓一跳，原来是两个太监，这些人可惹不起。老者慌忙赔了笑脸拱手说：

"给二位公公请安。"

两个太监也不理他，只目不转睛地盯住那匹小马驹。看了一阵，一个太监说了：

"我们是奉皇上旨意出来选良马的，听你说你这匹小马驹是千里宝马，那你就献给皇上吧！"

老者听了大吃一惊，央求道：

"这匹马是我用全部家当换来的，请二位公公饶了我吧……"

两个太监脸一码，说：

"你这老头怎么如此不识抬举，哼，这不由你！"

说罢，一太监抽出腰刀，割断拴小马的缰绳，拉过来拴在自己坐骑的马鞍上，然后对马屁股狠抽几鞭，那马带着小马驹一溜烟跑了，哪怕后面的老者喊破了喉咙也不理。

才大半天工夫，两个太监就干了这么多为非作歹的勾当，人证物证俱在，两个太监无从抵赖。大堂上一一招供，写了供状和证词。但究竟怎样处置，崔发犹豫了。就这么放了，太便宜他们；给个什么惩处，又感到惹不起。想了半天，决定去找光王李忱拿个主意。

光王李忱今天兴致勃勃与老友崔发去酒楼喝酒，没想遇到这等事。太监们也太嚣张，难道就真的治不了他们？谁又知当年玄宗皇帝对高力士就多了那么点宠幸，怎么一百多年过去了再也摆脱不掉，而且愈演愈烈！到后来，甚至皇帝的废立乃至生死，都由宦官说了算。朝中的大小事务哪一件宦官不插手？想想也真够窝囊的，我堂堂大唐江山竟被这些阉人霸占着——这还不说，特别可恶的是还有那些伪装的阉人。他们穿着太监的衣服，混在太监队伍里，整日在皇宫里进出，还与嫔妃宫女厮混，不知闹出多少丑闻。皇上呀皇上，你身边的那个刘克明，就是一个没有阉割的假太监，他与那些宫娥彩女干了些什么，你不知道？他甚至跟你的宠妃董淑妃暗中来往，你也一点没察觉？唉！敬宗皇帝啊，你什么时候才醒事呢？

在一声声叹息中，李忱回到光王府。虽已日近黄昏，但他直奔书房，命书童铺纸磨墨，提起笔来一阵狂涂，顿时一幅气势宏阔的悬岩瀑布立轴便画成。然后，他围着那画兜了几圈，便又提起笔来，在那画的空隙处写诗一首。诗曰：

> 千岩万壑不辞劳，远看方知出处高。
> 溪涧岂能留得住，终归大海作波涛。

题诗毕，李忱将笔一甩，随身倒在书房的卧榻上，不一会儿，便传来他的鼾声。

光王李忱是被一阵急促的敲门声惊醒的。

进来的是长安县令崔发的管家，他向李忱报告了发生的一切。

崔发乘坐的轿子刚出府衙大门不远，忽地从黑暗中冲出一大伙人，手执兵器火把，先将轿夫随从打翻在地，又从轿中拉出崔发，拳脚交加，一阵猛打，直把崔发打到昏死过去。然后这伙人又冲进长安县衙，砸了公堂，抢出两个太监，留下话说是奉宣徽院刘克明大人之命干的，要告就告他！

宣徽院一伙人走后，衙役们寻到不省人事的崔发，抬进府衙延医诊治。崔发醒来，一面吩咐文案写具诉状，向有司告发；一面派管家去光王府，向李忱报告经过。

李忱听了报告，立即起床写了奏本，待天亮上朝呈交给敬宗皇帝，他还准备将刘克明在后宫的作为一并向皇上奏报。

挨到天明，李忱更衣入宫，等候早朝。等到中午，皇上仍未上朝。直到太阳偏西，才由内宫太监传话说，今日皇上因踢球累了，免朝。

一连几天都这样。

崔发那边，状子告到大理寺，他们说此事属御史台；告到御史台，又说属刑部。转了几个圈，也没有哪个部门受理。

宣徽院主事刘克明打听到崔发各处告状的消息，恶人先告状，向敬宗奏报说崔发目无圣上，敢于捆绑责罚奉旨出宫公干的太监，请皇上做主。

敬宗听了大怒，也不问情由，下一纸诏书将崔发的县令免了，押御史台候审。此后一关数日，无人审理。

崔发之母年已七旬，见儿子受此委屈，整日以泪洗面，连急加病，双目失明，成了瞎子。

又过了两个月，恰逢敬宗南郊祭祀，诏天下大赦，御史台里关押的囚犯纷纷出狱。崔发满心希望等待赦令，可等来的却是一伙蜂拥而至的太监，他们手执棍棒，对崔发一阵毒打，使他几次昏死过去。御史台官员见了不忍，拿一张席子遮盖了，太监们才罢手。

按唐律，崔发是皇上御批的"钦犯"，没有皇上的旨意，谁也不能打骂处置，可是太监们在刘克明指使下对他下毒手，几乎夺了性命。敬宗皇帝不但不追究太监的暴行，反倒下诏将崔发继续关押，不在大赦之列。

直到这时，满朝大臣们才有了"兔死狐悲"的感觉，排除平日的门户之见，一致向敬宗上书，请皇上宽赦崔发。

待崔发回到家中时，已被折磨得不成人形。但他的老母为了使宦官们高兴，不要再来找麻烦，当着宦官们的面拿出家法，对崔发再重责四十杖。本已平复的旧伤，再次被打烂，鲜血淋漓，让人目不忍睹。至此，宦官们才满意而去。

崔发事件的急剧变化，完全出乎光王李忱的意料，他真没想到太监如此狠毒，如此飞扬跋扈；更没想到敬宗皇帝如此糊涂，如此是非不分。他特别难过的是在崔发受难时他竟毫无作为。一连几个月见不到皇上，他又不敢将写给皇上的奏书轻易交给他人转呈，只有揣在身上等待机会。

他终于等到一个机会，见到了他想见的皇上——然而也是最后一次。

一早，宫里来了个太监，传皇上口谕，召光王李忱进宫。李忱慌忙穿戴整齐，暗暗藏好那份奏书，跟太监进了宫。见罢皇上，原以为什么大事，却听皇上说：

"这几日天气晴和，特召请皇叔进宫一起玩耍玩耍。"

李忱听了心里叹口气。

对皇上耽于玩乐，文武大臣多次劝谏，都没有用。最可叹的是那次他要去骊山游玩，谏议大夫张权舆、张仲方手捧谏表跪伏在紫宸殿下，从卯时跪到申时，叩头号泣了一整天。敬宗皇帝在后宫踢他的球，划他的船，就是不召见。陪皇上玩的李忱实在看不过去了，以皇叔身份向敬宗跪地诤谏，这才接了谏表。打开一看，只见上面写道：

"古有周幽王游骊山，被犬戎所杀；秦时始皇葬于骊山，二世而亡；我朝先帝玄宗游骊山，遇安禄山乱；穆宗游骊山，享年不长。今皇上，后果难卜……"

敬宗年轻气盛，看了谏表，两把撕了说：

"朕偏要去骊山玩玩，看到底有什么风险。"

果然，敬宗带着刘克明等一帮太监及嫔妃宫女去了，玩了半个月，尽兴而归。回来时还说：

"朕这次去骊山，洗了温泉澡，又捕捉到许多狐狸。玩得真痛快，一点凶险也没有。可见你们这些谏官说的都是假话。"

说得那几个诤谏他的大臣低头不语，就连光王李忱听了，心中也不是滋味。幸好，敬宗这次玩得痛快，忘了去惩办那些说"假话"的人。按他平时脾气，谁破坏了他游玩的兴致，是要倒霉的……

想到这些，尽管光王李忱心中不甚乐意，也只有奉命陪皇上玩耍。他陪得很认真。下棋、相扑、踢球，他都会，皇上玩得很开心。李忱今天之所以如此卖力，因为他要了却一件心事，要把那份奏书亲手交给皇上。可是皇上太贪玩了，没有一刻停歇，加上刘克明不离左右，李忱几次想交，都没找到时机。

白天过去了，晚上接着玩。不过玩的花样变成打狐狸。夜里，宫中常有狐狸出没。敬宗带领一班太监各处埋伏，准备好弓箭，只要狐狸一露头，就一箭射去。敬宗自小贪玩，练得一手好箭法。他拉上李忱埋伏在偏僻拐角处，去等从后花园过来的狐狸。这时，天空的半轮月亮把宫殿照得白蒙蒙一片，两三丈远以外风吹树枝树叶的晃动，隐约可见。李忱挨敬宗很近，连他的鼻息都听得清楚。

李忱前后看看，刘克明不在，真是天赐良机。他从怀中掏出奏书，腿一弯跪下说：

"陛下，臣这里有份奏书，请皇上收下……"

"嘘——，别讲话，吓跑了狐狸。"敬宗一手挽弓，一手搭箭，双目注视前方，全不顾李忱讲什么。

"皇上，"李忱拖着声音恳求说，"臣的奏本十分要紧，请皇上收下细看……"

"别啰唆，把奏书放在我箭袋里。"敬宗不耐烦地说。

"陛下，臣还有话要说，那刘克明……"李忱将奏书塞进皇上箭袋里后又说。

"叫你别吱声。"敬宗制止李忱说下去，指着前面说，"你看，那前面，好大一只狐狸……"说着一拉弓，"嗖"的一支箭向那里射去，但听"哎哟"一声，那黑影便滚下台阶。敬宗跑过去一看，原来是太监刘克明。

"深更半夜到这里来干什么？"敬宗问。

因为那箭未中要害，只射中肩膊，刘克明忍痛哼哼唧唧地回道：

"奴才听说万岁爷半夜出来打狐狸，怕有什么闪失，特来暗中保驾。"

敬宗听他这样一说，也不再问，便叫随从太监把他抬回房中将息。

李忱本来就要向敬宗奏报刘克明污秽后宫的事，今晚看他行动诡秘，说话吞吞吐吐，其中必有隐情，便对敬宗说：

"刘克明行动可疑，请陛下……"

敬宗觉得李忱多事，不愿听他再说下去，转身便走了。

李忱急得只有跺脚叹气。

一个人要往死路上走是谁也拉不住的，尤其他是皇帝，更拉不住。

刘克明今晚本是趁敬宗深夜打狐狸的空隙，去后宫找萧淑妃幽会，不知怎竟鬼使神差地钻进敬宗的埋伏圈里，挨了一箭。尽管当时几句话遮掩了过去，但往细里想，便心惊胆战起来。难道皇上就没发现什么？难道……因此整日惶恐不安。同时，又因他与萧淑妃正在难解难分之时，心中时时思念于她，心绪烦乱，苦楚难熬。想着想着，一个一了百了的恶毒计划便在他心中酝酿成熟。

他笼络了一批敬宗身边的小太监和击球军将，约定了时间，准备一齐下手，要置敬宗于死地。

敬宗对身边的人虽然十分宠信，常有赏赐，但他性情暴躁，稍有不如意，便对他们责打惩罚，往往打得皮开肉绽鲜血横流，有的甚至被打死；对他们的家属也不放过，采取充军、流放、籍没为奴等残酷手段。有一次，仅仅因为围猎时一只狐狸冲出包围圈跑了。敬宗便手执长刀向看守不严的太监砍去，顿时血肉横飞，几个太监死于非命。因此，敬宗身边的人对他又恨又怕，一心想除掉他。现在，有刘克明挑头，他们个个响应，拼死也要把这个暴君干掉。

敬宗宝历二年（826 年）十二月的一天傍晚，敬宗带着一帮太监和军将到城外猎狐。二更时分，已打了十多只。因为天冷，敬宗命回宫。为了犒劳大家，皇上吩咐御膳房摆酒，又叫来歌伎跳舞助兴。一阵狂饮后，敬宗被刘克明及其同伙架进更衣室。这时，灯光突然熄灭，接着，从更衣室那边传来一声惨叫。有听见的人说，那一声叫得好凄厉，分明是皇上临死前发出的。

过一会儿，殿中灯光复明，刘克明命小太监传翰林学士路隋入宫，对他讲：

"皇上饮酒过量暴崩，留有遗命，令绛王悟权领军国事。"

明知有诈的路隋，惧宦官威势，只有遵命伪制遗诏，于是宪宗之子绛王李悟被迎入宫，在刘克明指挥下百官朝拜，山呼万岁……

一切，都在李忱意料之中，但他没想到的是，刘克明扶持的绛王在龙椅上还没坐稳，手握大权的大宦官枢密使王守澄就以讨"弑君逆贼"之名，带领禁军杀了刘克明和绛王，拥敬宗之弟江王李昂入宫，即位于宣政殿，是为文宗皇帝。

杀过来杀过去，把人们的头都杀晕了。唯有光王李忱的头不晕，他知道宦官们的厉害，对他们敬而远之。自己虽是皇室成员，但他离皇宫远远的，不去介入那里的任何纠葛。甘露之变后，他深居简出，把时间全花在才出生的女儿身上。直到第一次听到女儿叫"爹"时，他甚至不知道大门以外有过什么故事发生。

第三章　哀哀帝王泪

> 大唐帝国自玄宗以后，帝王们的泪腺开始发达，为江山，为美人，抽抽搭搭，涕泗滂沱。至文宗时更甚，他的短暂一生是在眼泪中泡着过的。

大门以外的故事精彩透顶。

最精彩莫过于李训的故事了。

李训那天被仇士良打翻在地，眼看他吆喝着太监，把文宗皇帝抬进内宫后，便觉大势已去，急忙忙逃出皇宫，连家也来不及回，骑马出了西门。他决定去凤翔府投奔郑注。

在马上，他不停地摇头叹息。对今天发生的一切从头到尾细想一遍：计划，不能说不周到，每一个步骤，每一个环节，他都想到了，怎么就临阵慌乱起来？眼看仇士良直奔含元殿，为什么就没想到命令武士把他杀了，还让他接近皇上，甚至眼睁睁看着他挟持皇上逃向后宫。也怪自己平时只顾习文而忽略了练武，要是自己平日练了几下，手上也有些功夫，三拳两脚不就把仇士良打翻了？退一步说，自己身边要是有几个亲兵，在紧要时用上，也不至于让仇士良得手……

但是他最为悔恨的还是对郑注的那些不可告人的心思。

想当初自己与郑注为文宗皇帝出谋划策，制定除宦官、抑藩镇的治国方略，先设计杀了先帝宪宗的宦官陈弘志，再一一处死了当权宦官枢密使杨承和、王践言和淮南监军韦元素。然后采用分化瓦解的办法，轻而易举地就毒杀了大宦官王守澄。没想到在最后解决仇士良时，自己鬼迷心窍，把郑注支出长安……如果他在，他的鬼点子多，也许不会失败得这么惨。

李训一路追悔不迭，纵马跑了百十里路，人困马乏，饥渴难忍，本想在官道边找个地方歇息一下，又怕后有追兵赶上，便策马拐入小道，走了一程，寻一处小店打尖。喂了牲口，自己胡乱吃了些东西，乘着夜色上马，朝西疾行。他现在唯一的希望是找着郑注，鼓动他造反。

话说郑注领了凤翔节度使之职后，带着一干僚属，威风凛凛走马上任。

唐时的节度使，是地方上的最高军事长官，除了管军事以外，还掌管行政、财政大权，所辖各州刺史以下官员，都属节度使任命，是个极有权势的地方长官。

郑注本是个走街串巷浪荡江湖的游医，如今当上了位尊权重的节度使，心中好不得意，一路张张扬扬风风光光地到了凤翔府。

凤翔监军宦官张仲清早就从仇士良那里得到消息，知道郑注是个专与宦官作对的人，表面上和他热情相待，暗地里布置党羽，对他密切监视。

郑注到任视事后，带上五百亲兵按约定时间准时赶往咸阳。半道上，听说李训在京城提前起事失败，郑注即命兵士掉转马头回到凤翔，密召心腹僚属商讨对策。

因为都是自家人，又处于紧张时刻，郑注的讲话开门见山：

"李训贸然行动，致使诛灭宦官的计划失败，京城内仇士良指挥神策军到处杀人，很快便会殃及我等。情况十分危急，看各位有什么好办法……"

部将魏弘节是个急性子，他抢先说：

"依末将说，不如杀了监军张仲清，清除内患，然后整顿兵马，固守凤翔，就是仇士良派大兵来，一时间也奈何我们不得。"

节度副使钱可复表示同意说：

"事已至此，与其坐以待毙，不如就按魏将军的办法，也许还有条生路……"

掌书记卢弘茂也说：

"看来，也只有这条路可走了。想当年西川节度使刘群、夏州节度使韩全义、平卢节度使李师道，因与朝廷闹翻了，据守城池，凭险抗拒……"

还未等卢弘茂说完，观察判官萧杰表示反对说：

"诸位所言虽不无道理，但那终究是条绝路。就以刘群、韩全义、李师道来说，他们与朝廷对抗，也轰轰烈烈闹了一阵，但均未能持久，其结局诸位也是知道的。依下官看来还是另谋良策为好。"

节度判官卢简能也说：

"萧兄所言极是，与其铤而走险，不如静观待变。据说，李训已被杀。他既死，许多内情不为外人知。你我对事变又毫无瓜葛，难道无根无据就判我们的罪不成？"

"李训果真被杀？"郑注特别关心这点。

"虽只是听说，但他是主谋，仇士良能放过他？"卢简能回道。

"活该！"郑注心里骂了一句。当初，我们说得好好的，怎么又临时变卦？哼，还不是为了抢头功。这下可好，自己搭进去不说，还连累上我们。郑注又气又恼，心慌意乱，也拿不定主意。

正在议论不决时，门官来报，说有个自称长安来的人要见郑大人。问他姓名，他不说；问他什么事，他说见了郑大人才说。

"莫非是他？"郑注想着，转身对大家说，"各位大人稍息，待我出去看看。"说罢，走向前厅，一看果然是他。

来人正是郑注想到的李训。

郑注强作热情地接待他，听他讲述甘露之变的前后经过。最后，他要求郑注联络各藩镇，以诛宦官、清君侧的名义兴师勤王，发兵取了长安，把大唐帝国从宦官手中解救出来。

李训一向以思维敏捷能言善辩著称，但今天他的一番慷慨陈词却未能打动郑注。郑注本就对李训的擅自提前行动造成如此恶果十分恼怒，而今事败走投无路时来投，又鼓动自己对抗朝廷。要我冒杀头之罪去救他？好个李训，你也太会为自己打算了，可我郑注也不是傻瓜。心里这样想，嘴里却说：

"李兄所言极是，只是这等大事既要大胆更要慎重，还要有一伙铁心兄弟舍命相随才行。李兄一路辛苦，先洗漱进餐，稍事休息待我叫几个亲信僚属来周密筹划，共商大计……"

说罢，郑注命左右引李训入后房，伺候他梳洗进餐。

郑注返回内厅，将李训来报等情况向大家讲了，众人听后，沉默片刻纷纷发言。

节度判官卢简能说：

"李训未死来报，正好送来一个人情，不如将他捆了送给朝廷，也算洗清了与他的关系……"

"不妥，"节度副使钱可复反对道，"李训足智多谋、精明果断，又是当朝宰相，有他来参与谋划，不愁不成大事……"

尽管众说纷纭，郑注这时已拿定主意，他决定牺牲李训来保全自己。为了灭口，他不能让李训活着回长安。他要杀了他，将他的人头送去。

然而，当郑注派的武士去后房取李训人头时，李训已不知去向了。

李训实在是个精明透顶的人，在与郑注谈话时，已从他脸上看出他的计谋，如果不赶快脱身，自己的脑袋就会成为他向仇士良赎罪的进见礼。因此，趁沐浴时，他破窗越墙而去。

李训在扶风县玉峰山隐仙寺有个当主持和尚的好友，法号宗密，他决定到那里暂避。

"李大人，贫僧在这里已恭候多时了。"李训刚跨进山门，便见宗密颔首而立，一脸和善地说。

"师父救我。"因为是多年的交情，李训说话也不转弯。

"快请进里面细说。"宗密一把拉住李训，进了禅房。坐定后宗密说道：

"李大人今日之难，贫僧一年前已向您暗示过，只是大人功名心切，未把贫僧的话听进去。而今抽身，恐有不及……"

"如此说来，难道只有死路一条？"李训垂头丧气地说。

"路，倒是有一条，不知大人愿不愿走？"

"请师父指点……"

"大人熟读《易经》，又精通佛学，对人生世事了如指掌，不消贫僧饶舌，自会领悟……"

李训知道，宗密是要他出家。但他实在不情愿。他今年刚四十，只要躲过这一难，将来定有出头之时。对此，他很有把握，因为这次清除宦官的计划是皇上开口同意的，只要皇上在，他就有希望。但是，如果从此遁入空门，将来还有什么？因此他说：

"弟子虽然也读过一些佛典经书，但慧根太浅，凡心太重，自觉不是那块料，怕有辱佛门。故而，只求师父助我躲过一时之灾，待渡过大难，定当重修寺庙，再塑菩萨金身……"

宗密听了，叹口气道：

"大人既然留恋尘世，小僧也不强求，只是您这一难实在很难躲过。还望三思。"

李训想了想，回道：

"人生在世，终有一死。今皇上蒙难，受阉党挟制，不得自由。李训身为大臣，不能为主分忧，即使苟活于世，又有何益？故只求暂避一时，以待时机……"

见说不动李训，宗密只有说：

"大人报国之志如此之坚，小僧实在佩服，现当尽力相救。我庙后山上有一洞，人迹罕至，大人可去躲避。每日饮食，我自会叫小和尚给你送去。愿吉人天相，化险为夷……"

说罢，宗密叫一名小和尚带路，领着李训向后山去了。小和尚领着李训刚走，庙里的几十个僧人便齐刷刷向宗密跪下说：

"李训乃谋逆重犯，庙里收留不得，请主持将他送官，以免招来大祸。"

宗密正色道：

"佛门普度众生，救人为本，何况李大人平时对我庙多有资助。今日他有难，吾等若不相救，反倒落井下石，怕不被人耻笑？至于你等怕受连累，这倒不必。此事是我一人做主，与你们无干。"

说得众僧哑口无言，只得各自散去。

第二天，果然来了一队官兵，将李训及宗密一并捉去。

这队官兵是郑注派来的，他知道李训别无逃路，只得来投隐仙寺。

李训被押回凤翔节度使衙门后，口口声声要见郑注。郑注心虚，哪里敢见他？不但不见，还要将他立即处死。但监军宦官张仲清一再坚持要将他活着押送长安，郑注无奈，只得派部将把他和宗密押送长安。张仲清怕途中有变，也以协助护送为名派一队士兵相随。

当押解李训的兵士快到长安时，正值仇士良指挥神策军从宫内杀向宫外，全城笼罩在一片血腥之中，凡与甘露之变稍有瓜葛的官员，一律拿斩，连同家属亲朋，株连上千。因为主谋李训逃脱，一队队神策军从城内到城外逐处清查。又传出皇上圣旨说，有捉拿到李训者，赏钱万缗，官升三级。神策军们听了，劲头更大了，他们日夜不停地巡逻搜查，京城内外一片恐怖。

押解李训的官兵，几次遭遇神策军，他们口口声声说是奉旨捉拿李训，要押解的官兵把李训交给他们。几经争夺，因押解官兵人数众多，神策军才未能得手。

看到这一切，李训最后一点幻想破灭，皇上那儿看来是没有指望了。也许，那个"奉旨捉拿"是仇士良的假托；但也许，皇上为了自保，为了摆脱干系，脸一变，把我给卖了。这种事历代帝王们干得还少吗？……李训不愿往下想，他只希望一了百了，免得被送到仇士良手上受他的羞辱与酷刑。于是，他转过头来，对骑在马上的押解军官说道：

"将爷，你看，已经有好几批神策军要从你们手上抢我了。到了长安城，就是神策军的天下，他们人多势众，厉害着哩！我要是被他们抢去，你们莫说交差复命，更莫说升官发财，怕连性命也保不住。你们不如把我杀了，拿着我的人头去交差领赏。如何？"

几个押解军官聚在一起咬了下耳朵，点头同意。其中一个走过来对李训说了：

"谢李大人为我们这些当兵的着想，我们看你是条汉子，不忍杀你，给你一把刀，请你自便吧！"

说罢，解下腰刀，递给李训。

李训从容接刀，看了眼身边的宗密，他本想说："早知如此，该听你的。"但他没说出口，只仰头最后一次望望天，望望朦胧迷离的远山，然后对宗密苦涩地一笑，说了一句："实在对不起您。"便举刀用力抹向自己的脖子……

押走了李训以后，郑注心里实在平静不下来，到了京城，在仇士良的威逼利诱和酷刑下，他什么都会说出来。也是自己太不果断，竟把一个活口送去，让他咬自己。

正在郑注心绪烦乱、不知所措时，忽听消息说李训已自裁，他悬着的心立刻便放了下来。他想，诛杀宦官的计划是他和李训一起制定经皇上批准的，现在李训死了，除皇上外，再无人知晓；而皇上，他是不会出卖我的。等一段时间，风头过去了，他自会召我回京城。李训死了，他会更加重用于我……想到这些，郑注的眉头便舒展了许多。

正在想入非非时，门上送来一张监军张仲清的请帖，请帖上写着为庆贺擒住反贼李训，特在监军府设宴，恭请节度使郑注大人光临。拿着大红请帖，郑注心中的得意又增加了几分。

节度府中的几位高级官员，副使钱可复，判官卢简能、萧杰，掌书记卢弘茂，部将魏弘节等，也都收到请帖，但他们对是否去参加宴会意见不一。钱可复、魏弘节认为去不得；卢简能、萧杰则认为但去无妨。双方争执不下，请郑注决定。郑注说：

"我们捉了反贼李训，监军张大人设宴庆功，如若不去，岂不扫了他的面子？而且，还会增加他对我们的怀疑。为了防备万一，我先派兵将监军府暗暗包围了，然后再带二百亲兵相随，他张仲清一个阉臣又敢怎样？"

说罢，带了亲兵上马向监军府走去。钱可复等一帮官兵见郑注去了，也都跟随进了监军府。只有魏弘节借口身体不适策马回家去了。

今日监军府张灯结彩，披红挂绿，鼓乐之声不断。郑注等刚进大门，张仲清早已在门边等候，一路谈笑走过庭院，进入大厅。但见庭院两廊和大厅内摆满了席桌，酒香肉香扑面而来。跟随郑注的亲兵被留在庭院两廊，一一安了座位，郑注、钱可复等则被引进大厅，坐在主宾席上。

酒过三巡后，张仲清从座位上站起来，发出一声严厉的吼叫：

"郑注接旨！"郑注等见势头不对，正待反抗，立即被从后厅拥入的武士扭住胳膊，绳子一套便捆了。在大厅外的庭院中，不知从哪里钻出那么多手执兵器的武士，将郑注带来的亲兵一一缴了械。抬头看房顶上，也布满了手执弓箭的武士，只要哪里稍有反抗，便开弓射去。

这时，张仲清缓缓从怀里取出圣旨，命令郑注跪听。

郑注悔之已晚，长叹了一声俯首跪于阶前，但听张仲清念道：

"逆贼郑注，与李训等通谋，反叛朝廷，罪大恶极，应予处斩。钦此。"

话音刚落，但见一阵刀光闪闪，如砍瓜切菜一般，郑注等人的人头纷纷落地。接着，从大厅到庭院，"嚓嚓嚓"一片砍杀声，郑注的亲兵全被杀死。庭院里顿时汪起一池血水，把散落在地的筷子都漂了起来。

屠杀从监军府内迅速扩大到府外，张仲清亲领武士杀进节度使府衙，见人就杀，郑注、钱可复等官员的家属，不论大小，一个不留，上千人死于非命，跑脱的只有部将魏弘节及其全家。另外还有个侥幸免死的是掌书记卢弘茂的妻子萧氏。她对着举刀向她砍来的武士骂道：

"我是萧太后的妹妹，你们这帮奴才竟敢杀我？好，杀吧！"

萧太后，是当今圣上的母亲，谁人不知？

面对萧氏伸长的脖子，士兵们都不敢动，一个个从她房中悄悄地退去。

张仲清杀了一天杀累了，这才想起要把郑注的人头赶快送去京城交差。

仇士良收到李训的人头后又收到郑注的人头，他立命将两颗人头挂于闹市示众。然后，审问宗密，判他个包庇反贼之罪，要将他处斩。宗密神态自若地说：

"贫僧与李训相识多年，也知道他谋反，但佛门以慈悲为本，对他有难，我不能视而不见，哪怕明知有性命的危险，也在所不辞。大人既判贫僧的死罪，贫僧甘愿受死。"

听了这番话，杀人不眨眼的仇士良也动了恻隐之心，立命左右给宗密松绑，挥一挥手说：

"让他自去吧。"

宗密被松绑后，向坐在大堂上的仇士良只微微躬了躬身，便转身走出神策军府衙大门，飘然而去。

甘露之变后的一场大屠杀，杀得朝廷上下人人胆战心惊，文武百官自不必说，就连文宗皇帝也惶惶不可终日。尽管，他下了一道又一道杀反贼的圣旨，把李训、郑注、韩约、李孝本、罗立言……一一送上刑场，但仇士良仍然用凶狠的目光看着他，把他当傀儡、当工具，他只有忍气吞声，暗自垂泪。

这日退朝后，文宗皇帝叫当值学士周墀留下问话，他问道：

"依你看，朕可以与前代哪个皇帝相比？"

"陛下自登基以来，厉行节俭，革除奢靡；励精图治，内外咸服。是当代贤君，可以与古代尧舜相比。"

文宗听了苦笑道：

"朕岂敢与尧舜相比？与周赧王、汉献帝比还差不多。"

周墀听了大惊道：

"周赧王、汉献帝乃亡国之君，哪里比得圣上？"

文宗长长叹口气说：

"想那周赧王、汉献帝是受制于强敌，可是朕却受制于家奴，看来，还不如他们哩！"

周墀听了，不再说话，只是伏地痛哭。坐在御椅上的文宗皇帝也止不住掉眼泪。

从此，文宗更加闷闷不乐，不思饮食，身体日渐虚弱，虽然才三十挂零，却自觉将不久于人世。这时，他才发觉有件大事未办，于是密诏几个心腹太监和近臣，商讨册立嗣君之事。

文宗原立太子李永，但因其母王德妃失宠，文宗几次想废了李永，均因群臣力谏才保留了下来。但后来李永却死于文宗的宠妃杨贵妃的阴谋。文宗对此也未深究，只是有次宫中宴会，席间有一小杂技演员表演绳戏，有一中年汉子十分紧张地望着。文宗问那汉子是何人，身边太监说是那孩子的父亲，他怕儿子掉下来，所以紧张地在下面望着。

文宗一听，顿时鼻子一酸，两行热泪流下。一个平民父亲，对自己儿子这么关心爱护，我堂堂一国之君，却保不住自己儿子的性命，岂不可悲可叹！想到此，不由怒火中烧。下令查明太子李永的死因，他要惩办凶手。但后来并未查出元凶，只杀了几个无关紧要的人便草草了事。

李永死后，太子位长期空缺。文宗想到自己的皇位受之于兄长敬宗，便决定选敬宗之子陈王李成美为皇太子，但尚未正式册立。

现在，文宗病重，便密召心腹太监枢密使刘弘逸、近臣宰相李珏等入宫，讨论册立李成美为太子并由他监国之事。

但这件事很快就让仇士良知道了，他带领神策军闯入文宗皇帝的寝宫。当他刚跨进文宗卧室，正好碰见宰相李珏跪在御榻前手捧皇上口授的遗诏一字一句地念。当他听到"册立陈王李成美为太子"时，一把将诏书抓过来，撕得粉碎说：

"陈王年龄太小，难以肩负军国重任，须另立嗣君！"

李珏争辩道：

"皇太子之位是皇上早于数月前就定下来的，今日皇上下诏正式册立，岂容随意更改？"

"放屁！"仇士良对着李珏骂了一句后，转身看了看躺在床上的文宗，只见他面色惨白，两只眼无神地睁着，想说什么已说不出来，眼看就要断气。仇士良仔细看了，回过头来又说：

"什么数月前就定了陈王，分明是你们几个趁皇上昏迷时伪造诏书，立一个年幼无知的孩子做皇帝，好让你们支配。其实，皇上早就对我说过，要立一个大的……"

仇士良信口而言，到底立谁，他心中也没数。只是他觉得这皇上不是经过他亲手立起来的，将来哪会听他的话？如果听任李珏、刘弘逸立了陈王李成美，自己将来必定大权旁落。为了反对他们立的陈王，理由只有一个，那就是太年轻，所以自己要提个年长的。立刻，十几个皇子皇孙便都在仇士良的脑子里过了一遍，他觉得安王李溶最合适，便转过身来，对站在门外的神策将军鱼弘志、田全操说：

"快带上兵马去西门安王府，迎接安王李溶入宫。记住，他是大的……"

鱼、田二将领命，带上数千神策军兵士，涌向西门诸王府第。一路上，神策军兵士们不停地高喊：

"迎接大的！迎接大的！"

喊得长安城的老百姓莫名其妙，不知发生了什么事。待鱼弘志领兵去迎安王李溶走后，仇士良立刻以皇上的名义召来写诏书的大臣，要他准备重新拟诏。这时的文宗皇帝眼睁睁看着仇士良做完他想做的一切，一双哀痛的眼睛极不情愿地慢慢闭上，只是眼角处挂着的两滴眼泪，闪着幽幽的光……

第四章　唐武宗登基

小县主一次小小的顽皮，竟然促成了一个不该当皇帝的人登上了御座，从而为她父亲以后当皇帝铺平了道路，于是人们都说她是一个福星。晚唐历史，便如此儿戏般走动着。

不管外面的世界多么精彩，李忱都无动于衷，他一心一意守着院内那方天地，除了看书写字，便是带着儿女习文练武，日子过得倒也快活。

这时李忱已有二女一男，甘露之变那年晁氏生的长女已八岁，取名李淯。第二年晁氏又生一子，名李温。同年，李忱妾吴氏生一女，取名李淑。有了这三个孩子，光王府就热闹了。正是"七岁八岁狗都嫌"的年纪，一个比一个顽皮，而最顽皮的要数大女儿李淯。

李淯虽是个女孩，但比男孩还野，胆子还大。上树掏鸟、下塘摸鱼、使枪弄棒、挽弓射箭，样样都会。说话做事风风火火、任性固执，缺少女儿家应有的文静和温顺。幸好她选择降临人世的时间对父亲李忱起了免灾的作用，加之她聪明机灵，读书写字，一教就会。因此李忱对她未作计较，但心里总想找个机会教育教育她。他不允许他的女儿那么野。

果然等到一个机会。

这天，几姊妹在院子里玩雪，互相捏着雪团打仗。不知怎地，打着打着就当起真来。李温忽然给姐姐脸上一个耳光，因打得很实在，脸上发烧耳朵乱响。李漱顺手捞根竹竿向弟弟打去，李温跑得快，竹竿只打掉帽子。李漱不甘心，追着又打。这时李温已跑进客厅，见父母已坐在厅上说话，便一头钻进母亲怀里放声大哭，告姐姐打他。李忱抬头看去，李漱果然手舞竹竿打上厅来。他大喝一声道：

"站住！"

李漱在客厅门口极不情愿地站住了，手里仍紧握着那截竹竿。

"把竹竿放下！"李忱严厉地命令着，接着又发出第二道命令，"进来！"

李漱丢下竹竿跨进门槛，在客厅中站定。

"你看你野成什么样子了？提着根竹竿追着打人……"

"又没打着。"李漱不服气地说。

"帽子都打掉了，还没打着？"

"是他先打我。"

"你是姐姐，也该让着点。"

李漱不再讲话，也不想再听，她知道父亲下面还要说什么，那些话早听腻了。于是一跺脚，转身朝外走。

李忱没想到女儿竟敢如此藐视自己，忍不住大声吼道：

"站住！"

李漱并不听，她跨过厅堂门，向庭院快步走去。

"叫你站住！"李忱怒气冲冲地站起来，几步走下厅堂，顺手拾起地上的竹竿撵了出去。

见父亲挥舞着竹竿向自己撵来，李漱加快了脚步，没命地向前跑。

李漱飞快地跑着，心里盘算怎样才能躲过今天这场惩罚。她还清楚记得上次惹祸被罚跪背书的情形。其实背书她不怕，《诗经》《论语》她早都读得滚瓜烂熟，可是那天父亲叫她背玄宗皇帝御注的《孝经》，背不完就不准起来。正当她在那里跪着苦读苦背时，奶奶来了，给讲了个情，只背个序，于是她"朕闻上古，其风朴略……"轻轻松松过了关。要不是奶奶来了，那天就惨了。父亲最怕奶奶，只有她才能救自己。可是，奶奶住在后堂，父亲正在后面追，要是折转身往后跑，不正给他送去？她又想到另外一个可以救自己的人，那就是隔壁颍王府里的王夫人。

王夫人虽然叫夫人，但只是颍王李瀍的小妾。李瀍是唐穆宗李恒的儿子，李恒与李忱是兄弟，因此王夫人称李忱为叔。但这位叔叔偏偏怕这个侄媳王夫人。其中缘由除了他俩以外很少为人所知。

原来王氏本为邯郸教坊歌女，十三岁那年被选进宫，伺候穆宗皇帝。因为她生得十分美丽，身材修长，走起路来轻盈婀娜，如风摆柳，赢得一个"风摆柳"的绰号，宫中的太子亲王们对她特别注意，而她独对李忱有意，但囿于礼法，二人只是眉目传情而已。后来，李忱搬出皇宫，住进自己的光王府，连眉目传情的机会也没有了。

不久，穆宗将自己的第五子李瀍封为颍王，挨着光王府为他修了府第。在离开皇宫前，穆宗问李瀍还差什么。李瀍说，什么都不差，但请将王氏赐给自己。穆宗慨然应允。李忱、李瀍叔侄成了邻居后，随李瀍而来的王氏夫人与李忱便成了一墙之隔的情人，见面的机会有得是。

这层关系小小的李洶是不知道的，她只知道父亲除了怕奶奶外，再就是怕这位王夫人；不过她发觉，王夫人说的话有时比奶奶说的还顶用。她说什么父亲都依，后花园那道通向颍王府的后门，就是她叫父亲开的。当时他们在一起商量这件事时，她偷偷听到的。

李洶决定去找王夫人。她转了个弯，跑进花园，到了通向颍王府的后门口。但那门紧紧关着，她怎么也打不开。眼看，父亲已撵了过来。情急中，她就近爬上一棵树。当父亲撵到时，她已坐在高高的树杈上了。

李忱因女儿满不在乎地高高坐在树上，火气更大了，他挥动着竹竿向上面打去，但差一大截，除了打下一些枯枝乱叶外，一无所获。于是他便骂：

"死丫头，快滚下来！"

但是她不理。

母亲晁氏来了，擦着眼泪喊道：

"大丫头下来，快下来吧！"

她还是不理。

王府老管家来了，用祈求声喊道：

"县主，快下来吧。我给您搬个梯子来，免得摔到……"

按唐制，皇帝的女儿才叫公主，亲王的女儿叫县主，老管家沙哑着嗓子不停地喊着"县主"。但她不理。他于是去搬了个长长的梯子过来，稳稳地搭在树杈上，然后大声喊道：

"县主，下来吧，顺着梯子下来吧！"

见女儿仍然稳坐不动，李忱更火了，也不顾自己王爷身份，竟顺着梯子往上爬，手中还拿着竹竿朝上面乱打。李溆见状便不停往上爬，躲着打来的竹竿。

父女俩真个较起劲来了。

较起劲来的人是可怕的，他们已认不得对方，也忘记了自己。

已经爬上树梢在空中摇晃的女儿在李忱看来只不过是一只小野兽，一个快要到手的猎物。他要把它打下来。

摇摇晃晃在树尖的李溆看父亲已不是自己的父亲，只不过是一只野兽，一只凶猛无比的野兽，要是被他抓住，就会被撕咬得粉碎。因此，哪怕竹竿打到自己的脚，她也绝不服软。

李溆已无处可爬了，她紧紧抱住的那枝丫已开始弯曲，只要"叭喳"一声就会断成两截，那时她就会从几丈高的树上摔下来……而李忱还在不停地顺着梯子向上爬，手中舞着的竹竿不停地打在女儿的腿上。

但是李溆并不求饶，她只死死抱住枝丫，任凭父亲怎么打也不说话。

"王爷，别打了，快下来，都快下来……"

树下的晁氏恐惧地哭叫着，祈求着，可是李忱一点不听。

眼看惨祸就要发生。

正在万分紧急时，墙那边颖王府的楼上传来一阵清脆的叫声：

"叔叔住手，叔叔住手！"

听到那脆脆的熟悉的话音，李忱立即停住了手。

从树枝树叶的间隙里，他看到了她。见她手拿着一方红手绢，向他急促地挥舞，很着急地说：

"叔叔，孩子还小，别难为她了，放她下来吧……您也快下来，小心摔着。"

不知怎地，李忱便丢了竹竿，老老实实从梯子上退了下来。接着，女儿也慢慢从树梢退到梯子上，再顺着梯子退了下来。晁氏过去，一把将她搂进怀里。

这时，通向颖王府那扇门吱呀一声开了，王夫人踩着轻盈的脚步，走了过来。

果然是一位绝色佳人，但见她高挑匀称的身材，白里透红的瓜子脸蛋，一束乌黑发亮的头发松松地挽个结，盘在脑后。身上，披一件大红镶边的绸袍；里面，穿的是紫碎花的小袄；腰上，紧紧系了一根腰带，把全身各个部位的线条优美地勾画了出来。只见她面带微笑，如一阵春风走了过来，先给李忱和晁夫人请了安，然后一把挽过李泖，笑吟吟地说：

"妹妹还小，叔叔婶婶别生她的气。"

李忱想想自己刚才的举动，自觉惭愧，便说：

"谁生孩子的气，只不过吓吓她……"

晁氏也赔笑说：

"也是从小惯的，都这么大了，还不懂事，惹父亲生气。"

王夫人听了，拉过身后的李泖，哄着她说：

"好妹妹，快过去给你父亲赔个不是，以后，再不要惹他老人家生气了……"

这时的李泖，变得小绵羊似的温顺，恭恭敬敬给父亲跪下说：

"父亲在上，女儿给您赔罪……"

李忱见到王夫人那鲜花绽放般的笑容，气已消了大半，再看到女儿跪在面前可怜巴巴地认错赔不是，一腔怒火顿时化解干净，未等女儿把认错的话说完，便双手牵起她开怀笑道：

"快起来快起来，父亲不计较，不计较。"

晁氏见一场风波就这样轻易地化解了，对王夫人甚是感激，便笑拉着她的手说：

"看，光顾说话了，还让贤侄夫人站着，快，快请到厅上叙话。"

李忱也赶快说：

"快请快请。敝府中乐人近日练有几支新曲，今日侄夫人光临，请去厅上听听如何？"

王夫人笑着说：

“谢谢叔叔婶婶盛情相邀，本该遵命，只是今日我那边有事，实在脱不开身。改日，再过来给叔叔婶婶请安。”

说罢，就要告辞。

李忱夫妇见她说得实在，不好强留，唯有女儿李洳见王夫人要去，死死拽着不放；王夫人也有几分舍不得，便转身说道：

“叔叔婶婶，妹妹好久没有去我那边玩了，反正颍王爷这一阵子外面事多，家里清静得很，就让妹妹过去住两天陪陪我……”

李忱夫妇不好拒绝，便说：

“那可好，就让她跟你学学规矩，改改野性。只是给你增添麻烦了。”

说罢，互相告别。王夫人一手拉着李洳，一手扶着丫鬟，轻移脚步，转眼消失在通往颍王府的那扇门里了。

李唐王朝到了宪宗时期，开国已近二百余年，子孙繁衍，难以数计。作为第十一位皇帝的宪宗李纯，共有二十个儿子。他把年长成人又非嫡出的儿子迁出宫去，在长安城东北为他们修了府第，因修了十六处，便统称十六王宅。以后，历经穆宗、敬宗，至文宗时，各王府兴衰变迁，光王府的邻居换了几次。现在，住在十六王宅的亲王，多是光王李忱的侄辈。如挨着他住的颍王李瀍、安王李溶等，都是李忱长兄穆宗李恒的儿子，是当朝文宗皇帝的弟弟。

自甘露之变后，李忱与文宗皇帝的关系一下子就断了，与皇室其他亲王的关系也都很稀疏。唯有与颍王李瀍，因为一墙之隔，加上一些特殊的关系，相互间保持着往来。但是，因为李瀍行为放浪，又爱与宦官权臣相交，李忱与他的交往十分注意。他究竟比李瀍长几岁，多经历一些事情，对皇宫权力争夺和宫廷斗争采取冷眼旁观态度。他不愿意接近那个漩涡，不小心便会卷进去惨遭灭顶之灾。加上还有……

因此，当李忱送走王夫人和女儿后，又有些追悔。与她的关系已经够深了，这样来来往往下去，将会有什么样的后果？要是被颍王发觉些什么，那可了不得。他与仇士良等一伙阉人关系密切，那可是些吃人不吐骨头的家伙……

"王爷，回吧，吹风了，小心凉着。"晁氏见光王望着消失在那扇小门的王夫人的背影发愣，轻轻地说。

对他们的关系，晁氏是清楚的。作为女人，她当然有想法，但谁叫自己样样都不如她呢？看那红扑扑的脸蛋、那苗条的身段、那袅袅娜娜的风韵，样样迷人；还不说她诗书弹唱样样会、骑马挽弓门门通了。上苍也太不公平了，怎么把那么多的优点都给了她？晁氏只有暗地叹气。但晁氏是聪明的，她知道，如果对他们的关系有任何表示都将对自己不利，最好的办法是假装不知，让他与她交往，反正他们只能暗地往来，对自己造不成大的威胁。要不，把他惹毛了，真的再娶几房回来，那就更麻烦了。故而，晁氏对他们的事不仅假装不知，有时反倒有意给他们一些方便。李忱对此心领神会，于是相安无事，皆大欢喜。

晁氏唤了一声后，见李忱仍目不转睛地看看那门里已消失的人影，便过去挽过他的手说：

"王爷，回去吧，那侄媳妇是个会体贴人的女子，女儿交给她放心。"

李忱好像没听见，仍痴痴地望着那扇门，直至那扇门"呀"的一声关上。

李漎在颍王府玩得很开心，王夫人对她的关怀体贴无微不至，吃的住的玩的，安排得周周到到。王夫人与她比亲姐妹还亲。

其实，在王夫人心里，是把她当作女儿看待的，原因是王夫人自被赏赐给颍王，已有五六年了，尽管颍王对她特别宠爱，但她却一直没有生育。送子娘娘的庙门槛都被她踏破了，肚里仍然没有一点响动。想孩子想入了迷，见了孩子就想亲，想抱——何况，这孩子又是他的。

这实在是她心中的一个隐痛。

她从小被卖给教坊，歌舞弹唱，样样精熟。十三岁那年入宫为歌舞伎。她那出众的美丽、轻盈的舞姿和银铃般的歌声，把宫中的太子亲王逗得神魂颠倒。每次宫廷宴会，她都是众多贪恋目光的焦点；但是，她只对他的那双眼睛有兴趣。她觉得他的那双眼睛里有一种奇异的光芒，那光芒直射她的心扉。于是，她便给他一个意味深长的回报——认认真真地看了他一眼。宴会的大殿上坐着那么多的亲王太子、皇亲国戚，她不知道他是谁，只是从他们的招呼寒暄中听出他是亲王李忱；而李忱也终于打听到那天给他勾魂摄魄一转秋波的女子叫王凤。当以后他们终于找到一个短暂的两人单独见面的机会时，李忱就凭那天她的回波一转，第一句话就说："我要娶你！"而她，则用深情的目光望着他，而后，竟不自觉地投入到他的怀中。任他那坚硬的胡子在自己脸上和颈脖间来回摩擦，那又痒又痛的滋味永远也忘不掉。可是后来，后来却被颍王李瀍捷足先登。他向父皇穆宗多次请求，穆宗终于忍痛割爱，把王凤赐给了他。

王凤晓得后很不情愿，但当她流着泪被送进洞房，看到面前站着的颍王时，她的泪水一下就没有了。看他，高大魁伟，年轻英俊。她搜遍了她的所有记忆，还找不到一个男人能与他相比。她感到一阵晕眩。当他的手碰到她的腰身时，她全身发软，不知怎地就整个儿地融化在他的怀中了。

在最初的一段时间里，她整日沉浸在他的热烈里，几乎已不再想起那个他。可是，过了一段时间后，那个他的影子却又冒了出来，她说不清楚。她这时很后悔，后悔当初不该给他那多情的一瞥；她更后悔，后悔与他的那些虽然短暂却刻骨铭心的相会。她千百次地下决心要忘记他，却又千百次地要想起他。为什么，为什么忘记一个人竟那么难啊！

后来，神使鬼差，挨着光王府修建的十六王府，安顿一些迁出宫的亲王，而颍王府又偏偏挨着他的光王府，两家成了一墙之隔的邻居。墙那边不时传过来热烈而略带忧伤的吟咏声，树枝树叶间偶尔闪过来热烈又有几分幽怨的目光，把她的心思搅得稀烂。于是，他们又重新拾起那份情感。从此，情欲之火比以往任何时候都更加炽烈地燃烧了起来。

他们都感到应该让那火熄灭；可是更多的时候他们又觉得应该更热烈地燃烧起来，哪怕都在熊熊大火中烧成灰烬，也心甘情愿。

现在，他们就处在这么一个紧要的关头，要不是发生一个突然情况，他们的结局如何，那实在是难以预料的。

颍王府虽然比光王府规模大得多，但大半天下来，李湨就玩了个遍。从大门进来的几重大院，一直到最后的藏书楼，每间屋子她都钻进去看看；左边是一群假山，山上的风雨楼，她一层层爬过。在楼上看自己的家，每个角落都能看到；右边的花圃和果园，她也一一走到。见花就采，见果就摘，比在自己家里还随意。在果树上她可以看到墙那边的安王府，只可惜那墙上没有门，要是有，她也想去看看。合府的人都知道她的身份，不论去到哪里都是笑脸相迎，还"县主""县主"地喊个不停。

当晚，因为颖王外出未归，李渺与王夫人同睡一床。那柔软暖和的床铺和那幽幽的香味，很快便把她引入了梦乡。

第二天天刚亮，李渺就醒来了，她还挂记着昨天在前厅院内看到的那一池红鲤鱼，太可爱了。当时一晃就过去了，没来得及细看，今天要去看个仔细。于是她悄悄地穿衣起床，轻脚轻手走出卧房。

因为昨晚下了一场雪，整个颖王府一片银白。随着李渺的脚步，留下一串可爱的小脚印。那脚印穿过前厅大院，直到水池边。因为天冷，水面上结起了一层薄薄的冰；透过冰层，可以看见那些红得可爱的鲤鱼聚集在水底，像是互相挤着取暖。调皮的李渺顺手拾起了根树枝，穿过冰层向那些鱼戳去。

"县主，那些鱼还在睡觉哩。天还早，就让它们再睡会儿吧！"一个扫雪的老苍头慈祥地笑着说。

李渺并不理他，只管拿着那树枝在水中乱搅。那鱼被惊动了，在水中来回乱窜，画出许多红色的弧线。李渺在一旁嘻嘻大笑。

头顶上一窝喜鹊被笑声惊醒，高兴地在树上跳过去跳过来，不停"喳喳喳"地乱叫。

刚刚静下来，远处却传过来一阵喧闹，那音量大而沉闷，整齐有节奏地响着，好像是一大队士兵在上操。起初，听不甚清楚，等走近后，才分明听见他们踩着步伐高喊，喊的不是平时听见的"杀！冲！"之类的口号，而是什么"迎接大的！迎接大的！……"

声音已到了大门外的街上，那是好多好多人的喊声。

李渺感到奇怪，从小她就在这里住，那街上从来没有当兵的在早晨上操呀。

老苍头停止了扫雪，惊奇地侧着耳朵听。

李渺将手中的树枝一丢，飞身跑到大门口睁大一双好奇的眼睛从门缝向外看。她看到了。啊，好多好多骑马和不骑马的兵啊，他们个个身穿盔甲，手持兵器，整齐地排列在街上，口中不停地喊：

"迎接大的！迎接大的！"

李涵从小胆大，她不怕士兵。她要出去看热闹。她去开门，但门太大，又是上了锁的，怎么使劲也没开动。

"喂，老苍头，快把门打开，让我出去看看。"李涵转身对着扫雪的老苍头说。

老苍头犹豫了，外面乱哄哄的，没有上面的人发话，他不敢开，就说：

"小县主，外面乱着哩，怕有坏人，我不敢开。"

李涵知道跟他说没用，左右看看，大门围墙边有棵树，便跑了过去，双手一抱，噌噌噌地爬了上去，然后一抬脚，上了墙头，于是便蹲在墙头上细看起来。

老苍头见她爬上了墙，吓了一跳，要摔着了自己能摆脱干系？便喊道：

"县主，县主，快下来，小心摔着。"

小县主哪里肯听。

在高高的墙头上，外面的一切一览无余。数不清的兵士把长长宽宽的街道塞得满满的，两边都望不到尽头，他们踏着脚，整齐地喊着"迎接大的"的口号。迎接什么大的呢？她不明白。一低头，脚下便是一排骑兵，她问道：

"喂，你们迎接什么大的？"

骑兵们抬头一望，见是个小女孩坐在墙头，乖乖巧巧的，就有士兵回道：

"迎接大的当皇帝。"

李涵听了，小小脑瓜飞快转动起来。这几天她听大人们说皇上龙体欠安，说什么晏驾后要立新皇帝，难道……她在亲王府长大，知道这等事的重大，便立即顺着树溜下墙，顺着刚才的脚印跑回王夫人卧房，也不管王夫人醒没醒，走到床边，一阵呼叫：

"王夫人，王夫人，快起来！"

王夫人尚在梦中，听见叫声，惊醒过来向道：

"什么事，妹妹，看你大惊小怪的。"

李涵将她所见说了一番后，又说：

"我想那'迎接大的'，一定是迎接颖王哥哥，他好高好大啊！您说是不？"

王夫人一边穿衣一边想，早就听说皇上病重，正在议立嗣君，但因皇上唯一的儿子年纪尚小，所以迟迟未定。想那先帝穆宗去世后长子李湛继位，为敬宗；敬宗在位仅两年便去世，因无子嗣，便以其弟李昂为帝，为文宗。算来也才十多年，现在病危，孩子又太小，继承帝位的人必然在他的弟弟中选择。那些士兵们高喊迎接大的，那年纪大的要算隔壁的安王李溶……想到这里，王夫人穿衣服的动作又慢了下来。但当她看到李泅那双急切企盼的眼睛，想到她刚才说颖王哥哥好高好大，便立即在脑子里形成一个大胆的冒险计划。于是她加快了穿衣服的动作，又命身边丫鬟：

"快，快给我梳洗！"

"快，快去把管家叫来！"王夫人坐在梳妆台旁指挥若定。

丫鬟飞快跑了出去，叫来管家。王夫人把他叫到身边，低声说了一阵后，又放大声说：

"快，你快去牵匹快马骑了，从后门去老地方把王爷请回来，就说有十万火急的紧要事！"

管家明白，"老地方"便是王爷爱去的兰花馆，也不再问，一阵风去了。

这时，王夫人草草梳洗毕，急忙赶去大门口。刚进前厅，便听见大门外闹闹嚷嚷，细听果然是在高呼"迎接大的！迎接大的！"她的脚步更加快了。

走近大门，王夫人先从门缝里往外看，一眼便认出是神策军，于是她大声吩咐道：

"开门！"

因为立嗣君的事，神策军将军鱼弘志已两天两夜没睡觉了。昨晚上半夜里又被仇士良喊差，叫他和田全操领三千兵马去十六王宅迎新皇上。因为头昏脑涨，仇士良交代的迎安王李溶的话早已忘记，只记下一句"迎接大的"，于是便传令下去，叫士兵们一路喊着向城西十六王宅进发。

这几年的神策军把长安的人杀怕了，连诸王府也被他们杀进杀出，毫不留情。见是神策军来了，十六王宅都紧闭门户，不敢出门。鱼弘志骑马在诸王府门前走了一个来回，也找不到一个人问话。正惶惑间，忽见一家王府的红漆大门轰然打开，里面走出位身材颀长、面目姣美、衣着华贵、风度高雅的女子，身后，跟着一大帮男女奴仆。一看，便知不是等闲人物，但见那女子款步而出，高高地站在大门台阶上，极其镇定地高声说道：

"各位军爷听着，本府是颖王府，小女子是王爷夫人。诸位所说迎接大的就是颖王。颖王是当今皇上的弟弟，在诸王中数他的个头最大，都把他叫'大王'。我家颖王与神策军中尉、观军容使仇士良大人有生死之交！诸位要迎大的去宫中继位，这是天大事，你们千万不能弄错；如果弄错了，可是满门抄斩诛九族的大罪！"

鱼弘志听了，晕乎乎的脑袋似乎清醒了大半，急忙下马，向王夫人躬身问道：

"请问夫人，颖王现在何处？"

"你们稍等片刻，王爷正在梳洗哩！"王夫人平静地回答着，但她心里却一点也不平静。

自从兰花馆里添了几个南方来的小姑娘，他的魂就被勾去了。男人们都这个德行，图新鲜。平日，我也不在乎，可是今天这节骨眼上，你要是不及时赶回来，这千载难逢的机会你就错过了；错过了还是小事，顶多你不当皇帝我不当皇后呗，可是那后果，就太可怕了……想到这里，王夫人不觉冒出一身冷汗。她心里暗暗祈祷：我的李瀍，我的王爷，我的老祖宗，你快回来吧……

正在王夫人心急火燎的当口，只听从身后传来一阵喊声：

"王爷驾到！"

她悬起的心，一下便放下了。

这时，但见一高大魁伟身着王爷官服的男子，从里面走了出来。王夫人忙侧身过去请安，然后拉着他站在大门口台阶正中，对众军将说：

"这便是颖王爷！"

鱼弘志平日也见过颖王，今日见他神态庄严地站在那里，威风凛凛，满面红光，不管怎么看都是个天子相，便不由自主地双膝跪下，连连叩首高呼道：

"末将奉诏接万岁入宫！"

王夫人听了心中一阵狂喜，立即跪下，向颖王高呼"万岁"。

王夫人身后的仆役奴婢们见了，也都慌忙下跪，口中不停地喊"万岁"。

神策军其余众将士在田全操带领下也都纷纷跪下，齐声高呼：

"万岁！请万岁入宫！"

顿时，颖王府前，黑压压跪了一大片，阵阵万岁的呼声在十六王宅的上空回荡。

一直站在颖王侧的李㵤初见到这场面时觉得真好玩，真好像她和孩子们一起玩游戏，及至看到那些跪下去的人那么认真那么虔诚地高呼万岁时，她才感到那不是开玩笑。于是她也立即跪下，学着大人的腔调高呼万岁。略有不同的是她喊的是"万岁哥哥"。于是在众多或粗壮或低沉或尖细或沙哑的万岁呼声中，又多了一种稚嫩。听起来似觉有点儿不协调，有点儿滑稽。

李㵤哪里晓得，昨天她的一次小小的顽皮，竟然帮助了她的颖王哥哥当上皇帝；而以后，她父亲光王李忱竟也顺着这条路登上了皇帝的宝座。于是人们都说，她是一个上天下凡的仙女，一个给李唐王朝带来好运的福星。

第五章　皇帝怎么当？

李瀍儿戏般当了皇帝，他便把当皇帝当作儿戏来玩，于是便玩出许多精彩，玩出许多荒唐和血腥。

李泗知道父亲为何对她这么宠爱，原因除了她对颍王登基有功劳外，还有其他……但是她不敢说，就是说，也说不清楚……

当管家急匆匆赶到兰花馆拍着房门叫"王爷请快起，王爷请快起"时，颍王爷李瀍搂着他的小可人睡得正香哩。好一阵才把他叫醒。

他正在做梦，一个很美很美的梦，可是竟叫人搅醒了，睁眼看看是府中管家，一腔怒火便向他身上倾泻。小丫头正服侍他穿鞋，他夺将过来，猛地向站在门口的管家甩去。顿时，管家的额头上便鼓起一个青包。

管家并不顾自己头上的包，他赶快拾起那只鞋，双手捧到王爷床边，给他穿上。借穿鞋的机会，对着王爷的耳朵叽叽咕咕说了一阵。

刚一听完，王爷一脚把管家踢翻在地，骂道：

"王八蛋，你不早说！"

骂完，从他身上跨过，一阵风似的下了楼，飞身骑上管家牵来的马，叭叭一阵猛抽，那马咴咴叫了一声，箭一般向前跑去。

当他昂首捧腹站在颍王府大门口台阶上接受神策军将士们的跪拜时，他猛然想起清早那个梦。在那个梦里，他正坐在大殿上接受群臣的朝拜……嘿，那梦可真灵！

颖王李瀍被扶上了马，在神策军军将的簇拥下踏过长安城长长的街道，走进了皇宫。

正在宫中焦急等待的仇士良一看进来的不是安王李溶，而是颖王李瀍，心想坏了，他们把人接错了，这该怎么办？他的脑子飞快地转了一圈，眉头皱了几皱，立即迎上去，扑通一声跪下，口中不停地喊道：

"万岁！万万岁！"

宫中众臣僚及宦官等，也都纷纷跪下，齐刷刷高呼：

"万岁！万万岁！"

这年，唐朝开成五年（840年）正月初四，颖王李瀍在大明宫太和殿唐文宗灵前继位为帝，他便是唐朝第十五位皇帝唐武宗。

唐武宗儿戏般当了皇帝，他便把当皇帝当成儿戏。

这天，他问扶他登位的大宦官、神策军中尉仇士良：

"仇爱卿，你先先后后侍候过几代皇帝，你说，这皇帝要怎么当才好？"

"陛下，"仇士良自恃是宫中的几朝元老，说话很随便，"您是要听假话，还是真话？"

"这假话是什么？"武宗问。

"那就是陛下天天听到的，在那些什么书上写着的。比如勤于政事呀、体恤民情呀、励精图治呀、厉行节俭呀，等等。"

"这些话果然天天听人挂在嘴上。那真话呢？"

"真话嘛，"仇士良凑近武宗，把声音压得低低地说，"真话就简单，只有两个字……"

"哪两个字？"武宗迫不及待地问。

"第一个字是：玩！"

"哈哈，"武宗听了大笑道，"说到玩吗，那可难不倒我。玩球，马上马下，我都在行；玩棋，围棋、象棋、六子棋，样样精通；玩牌，纸牌、牙牌，还有十四点、鸡啄米、门前清……我都会；还有斗鸡、斗蟋蟀、摔跤、打夜狐、唱小曲……没有我不会的。另外还有玩女人，我更喜欢……"说着，他放低了声音，对着仇士良的耳朵，眉飞色舞地说了一阵，听得仇士良也翘起大拇指眉飞色舞起来……接着，又是一阵"哈哈哈哈"的大笑声，武宗与仇士良都弯着腰笑在了一起。

笑完以后，武宗问道：

"这第二个字呢？"

"第二个字嘛，"仇士良说着，脸就阴沉了下来，把右手做了个砍的动作说，"杀！"

武宗听了一惊，说道：

"这杀人，我倒见过不少，可我自己还从没有杀过。"

"陛下，您是皇上，杀人何劳您动手，只不过动动嘴就行了。"

"那杀谁呢？"武宗问。

"杀那些反对你的人呀。"

于是，支持立陈王李成美的宦官刘弘逸、宰相李珏及其追随者同谋者，连同他们的家人通通被武宗下诏赐死。

陈王李成美及其家人，也被武宗下诏赐死。

株连下去，成百上千的人成了刀下之鬼。

公开的和暗地里反对的人都杀完了，武宗问仇士良："杀得差不多了吧？"

"不，"仇士良说，"还有……"

自那日从颍王府迎回武宗皇帝以后，神策军将军田全操心里就犯嘀咕，他明明听见仇士良吩咐他们去安王府迎李溶入宫，还特别打招呼："记住，他是大的。"这大的，自然是以年长为大，怎么就变成身材高大的大了，结果把颍王李瀍迎进了宫，这事尽管与那个王夫人有关，但鱼弘志是干什么吃的？他才是那天迎皇上的主将呀。可是，自那以后，仇士良见着我就码起脸，好像错在我身上似的，要真是那样，我田全操还有活路吗？越想他越心焦，他认为十分有必要去向仇士良讲清楚，除掉心里这块石头。

"仇大人，"田全操瞅着一个没人的机会，向仇士良说，"下官有件事要向大人禀告。"

"田将军！有话尽管说，你我又不是外人……"仇士良十分亲热地说。

"是这样。那日大人命下官去迎皇上入宫，我记得您交代的是迎安王李溶，还特别嘱咐说是大的；可是鱼大人却去颖王府迎回身材高大的李瀍。下官不认得安王，也不认得颖王……何况，下官又是个副手……"

仇士良听了，看了田全操一眼，脸一沉，说：

"田全操，我知道平日你与鱼大人有隙，可是，你不该拿这等诛九族的罪名去诬陷他。那天，我传先帝遗诏，命你们去迎接的本是颖王李瀍入宫承继大统，怎么你竟如此大胆地乱说起来？……"

"仇大人，那天下官明明……"田全操吓蒙了，慌忙跪下分辩。

"哼！难道本官还有错？"

"仇大人……"

"好大胆！快来人，将田全操这个逆贼拿下！"

当晚仇士良就从武宗手里讨来一纸诏书，将田全操一家大小百十口斩于市曹。

至于鱼弘志，经仇士良推荐，武宗封他为韩国公。不久，奉诏出任青州监军。不过在途中接到皇上诏书，御赐匕首一把，命他自裁。诏书写得含含糊糊，至死，他都没弄清楚到底为了哪桩事。

最后轮到的是安王李溶。他本来是个胆小懦弱的人，仇士良看中的正是这点。那天清早他被一阵"迎接大的！迎接大的！"的吵闹声惊醒，不知外面发生了什么事，也不敢出来看看，只躲在屋里观察动静。及至后来迎走了颖王李瀍，由他继承了皇位，这才觉得"迎接大的"似乎与自己有关。他耐心在家等待，等待有谁来纠正，说他才是真正的"大的"。改由他去坐那龙椅。他等了好多天，天天都叫管家到大门口去张望。

这天，果然有一簇人马被他盼来，一看，便知是宫中派来的人，安王立即命家人摆了香案，自己则无比兴奋地跪在下面听旨。这次诏书倒是写得很清楚，只听传旨太监念道：

"安王李溶，策动谋反，罪该当诛，着即赐死！"

跪在下面的李溶好像头顶响了个炸雷，吓得魂不附体，当他连连叩头口喊冤枉时，已过来两个武士，一左一右将他手臂反扭过来，颈子上套过一根绳子，麻花似的将膀子缠了，再将绳头穿过颈项，使劲一拉，粽子似的捆了个结实。

与此同时，大队神策军兵士涌了进来，家产抄查干净，府中无论大人孩童，全都捆了，有的就地杀死，有的押去市曹斩首。

武宗继位后几次大规模屠杀下来，莫说朝廷空了大半，就连长安城大街上的行人，也稀疏了许多。

这时，仇士良对武宗说：

"皇上，这下差不多了，您可以放心大胆地玩了。"

自从颖王入宫当了皇帝后，王夫人也随着进了宫，空出来的颖王府便赐给了李忱；不久，安王李溶满门抄斩，其府第也赐给了李忱。于是，光王府的规模一下子就比原来扩大了好几倍。皇上又赐给李忱许多金银财帛和仆役侍女，光王府立刻变得热闹辉煌起来。李忱将原来的围墙拆去，重新布置规划，不到半年工夫，一座规模宏大、修整一新的光王府便建成了。当李忱站在那栋刚刚落成的高大建筑物楼顶俯视自己的府宅时，他并未感到特别的高兴，相反，一种空空荡荡的感觉却从心底冒了出来。

他心中的那片空白是越来越大了。他常去王夫人住过的那座楼里散心，坐在她坐过的窗前，走着她走过的廊下，徘徊流连，凝目沉思，倒是寻找到一种感觉，然而却又平添了不少人去楼空的惆怅与落寞。

然而更多的时候他的感觉是痛楚，一种说不清道不明的到底痛在什么地方的痛楚。

当他听到从隔壁颖王府迎去李瀍进宫继承大统的消息，他也感到兴奋和新奇，但仔细想来才觉得太荒唐太离奇。一国之君的选定，那是再严肃再神圣不过的事了，怎么竟成了一场儿戏？如果不是那天洳儿的顽皮，如果不是那天洳儿随她进了颖王府，如果不是那天洳儿叫醒她，如果不是她的机智敏捷和胆大，那皇帝的宝座就轮不到他去坐了。人们都说洳儿是吉星，说王夫人是个福星。但如果没有朝廷中那个提线的阉人，其结果又会是怎么样呢？

那真是一场戏。

　　都说人生如戏，可是大唐王朝国运所系帝位承继也好像在演戏。只是接着演下去的就惨不忍睹了。随着一片杀声之后是真格的人头落地，血流成河……他不愿看，却不得不看。就发生在眼皮底下、耳朵旁边。那晚神策军在安王府杀人，恐怖凄厉的叫声不绝于耳。男女老少一个不留，第二天拉出来的尸体就有十几车……

　　眼看着，李忱脸上的皱纹变长了变密了，头发变稀了变白了，无缘无故的叹息声常常从他的书房里传出来。夫人晁氏感到莫名其妙，这半年来新皇上赏赐的还少吗？还有什么不遂意的事呢？后来，她终于明白，原来是为了她。可是她已进入深宫，再也难得一见了。他怎么会不叹气呢？男人们也真是，爱上一个女人就那么死心眼。不都是女人吗，怎么就端端地记住那个人？她很不理解，但为了表示理解，她便附和着男人的叹息。于是一声粗壮沉重的叹息声后，总有一声细柔低微的叹息声相随，给宽大空荡的光王府平添了许多幽深和黯然。

　　孩子们的感觉却与大人不一样，因为一下子把府第扩大了好几倍，他们的活动天地大了，原先墙那边的新奇与神秘都向他们敞开了，任他们去疯去玩。

　　因为心情不好，李忱对孩子们的功课懒得再管，请了个老学究去教孩子们读书认字，那老学究胖墩墩软乎乎，就跟他的脾气一样，与孩子们和睦相处，相安无事。

　　父亲虽然管得松了，但不时要到学馆里问功课，孩子们都躲着他。唯有李漼不怕，即使回答不上，父亲也不会像对弟弟李温、妹妹李淑那么严厉。只不过笑笑摇摇头而已。莫说问书这等小事，就是再大的事，父亲也不会发火。比如几次在饭桌上因为嫌菜不好吃，她使性子把筷子折断，李忱也只把牙咬得吱吱响，忍住不发火。她知道父亲为什么对她这么宠爱，原因除了她对颍王登基有功劳外，还有其他……但是她不敢说，就是说，也说不清楚……

　　话说王夫人帮助丈夫李瀍登上帝位后，心想自己立下如此奇功，一定会得到他的重重赏赐，但结果只封了个才人，她为此感到愤愤不平。她要找个机会问问他。但是，她又不敢贸然行事，她知道他的脾气暴躁，喜怒无常，而且又当了皇上，脾气更大了，弄不好岂不自讨无趣？她读过不少书，历代皇帝有几个不是过河拆桥薄情寡恩的，要不能当上皇上吗？为安全计，她决定做一次试探。

那日，武宗驾临王才人居住的小院。刚踏进门，便听见哗啦啦一声响，接着王才人惊慌失措地从卧室跑出来，向武宗跪下说：

"臣妾恭迎万岁爷来迟，请圣上饶恕！"

"爱妃请起。"武宗说着，伸出双手将王才人扶起，问道，"爱妃何事这么惊慌？"

王才人说："臣妾正在梳妆，忽听万岁驾到，急忙出来迎接，不小心把玉雕紫瓷瓶打碎，臣妾心想那是万岁所赐的外国进贡的稀有礼物，因此十分惶恐……"

武宗听了笑道：

"我当是什么大不了的事呢，原来为这。打烂算了，我那边还有不少外国进贡的珍宝，再选几样给你送来就是……"

说罢，拉着王才人的手进屋。

王才人见皇上心情甚好，并未因打碎那件稀有礼物而发火，也就知道自己在他心中仍有分量。于是便大胆起来，做出一副委屈的样子专等武宗问话。

武宗见了，果然问道：

"爱妃，今日朕特意来看你，本应高兴才是，为何这般模样。是谁欺负了你？"

"陛下——"王才人听问，长长地喊了一声，撒着娇说，"欺负，倒没人敢，只是轻视的目光到处都看得见。"

武宗明白她的意思，是的，当初对她有过许诺，入宫后立她为后，可是当把这个想法讲出来与几个亲信太监和大臣商议时，他们都反对。

"陛下，王才人出身微贱，若立为后，岂不为后世议论？"宰相李德裕说。

"陛下，王才人没有生育，立为皇后甚为不妥。"宦官仇士良说。

还有一些其他反对的说法。

这些话，当然不好直接对她讲。

"朕能有今日，还靠爱妃相助，岂能忘了对你的许诺。只是，只是立后之事还要等你有了身孕以后……"

不听这话还罢，听了这话，王才人也止不住泪如雨下了，抽抽搭搭地说道：

"妾自十六岁入颍王府侍候陛下，至今已好几个年头了。头两年尚有相聚，以后，你常常在外住宿，几日不归，妾又何得身孕？现在入宫了，您来的时候更少了。臣妾这里有个记事簿，凡当与陛下相聚的时间、地点都有记载。请陛下御览……"

王才人说罢，从袖子里取出了个小本，放在武宗面前。

武宗接过来翻了翻，果然上面只稀稀拉拉地记着不多的几条。

他感到很羞愧，也感到奇怪，当初，从父亲那里讨得她回来，好不欢喜，看她生得美丽窈窕、端庄大方，和自己站在一起，谁都羡慕，说是天就一对地造一双。可是，为什么与她相处时偏就不敢有所动作？只是一种敬若神明的感觉，自己平时的男子汉雄风不知跑到哪儿去了。然而怪的是在别的女人面前，却又那么大胆放肆毫无顾忌，莫名的冲动催促着自己与她们尽情欢乐。特别是入宫以来，仇士良选来的那些女子个个侍候得自己如意，而每次与她，却不战自败……一想到这些，他就感到无地自容。

王才人偷眼看他拿着那个小本子发愣，自己心里冒出一种说不出的滋味。她觉得这人也太奇怪。想当初自己不过是青楼里的平常歌舞伎，从来也没想到将来会有什么发达，只盼望有个老实厚道的男人将自己赎了，与他厮守一辈子就满足了。没想到被选进了宫，宫里好是好，可一旦被皇上看中，哪怕只陪他睡一个晚上，这一辈子就完了。故而她尽量避免与皇上的接触。不引起他的注意，只把心思放在那些王爷身上。

果然被她捕捉到一双王爷的眼睛，与他一见钟情；只可惜后来皇上把自己赐给了颍王。颍王虽说一表人才，却是个再粗俗不过的人，她实在不愿意他碰自己，每次见面，都显出了十分庄重冷漠的样子。岂知平时威风凛凛的他，实在是个外强中干不中用的男人。往往兴致勃勃而来，却无作为，只得败兴而归。几次惨败下来，便不敢再来问津。他觉得她是他无福消受的仙女，只有那些花街柳巷的烟花女子才配他享用，于是便整日与她们厮混。

也好，她想，免得来打扰我与他……

但自从进宫后，与他见面的机会没了，枯寂的日子实在难以打发，便不时叫李泇进宫相陪。

从她口里能得到他的消息，她便感到一种慰藉。只是不敢想将来……

"陛下，您说，妾身不怀孕能说是我的错吗？"王才人见武宗不讲话，便问道。

其实，这次武宗是有备而来，为了给她一个惊喜，便故意装出十分委屈的样子说：

"也不能说是朕的过错呀。每次，我信心十足兴致勃勃而来，但一见你那高洁雅静的神气，便觉得有股冷气逼来，浑身立即酥软。最后只得怯阵而逃。我想，难道你真是上天神仙下凡，俗人无福消受吗？不过现在，我已是一国之君了呀……"

"既是一国之君，难道就没有办法吗？"

武宗听了，故意把头摇摇，不说话。

"臣妾好命苦啊……"王才人泣不成声地说。

"莫哭莫哭……"武宗拿出了手帕帮她拭泪安慰着说。

正在此时，只见一个小女孩闯进屋来，见了武宗，一屈腿说：

"给皇上哥哥请安。"说罢，在王才人身边一站，便依偎在她身上。

武宗见是李泇，笑道：

"我道是谁，原来是你，哪天进宫的，我怎么没见着？"

王才人搂着李泇说：

"她进宫三四天了，是我派人去接的。"

"我倒是见着皇上哥哥了，"李泇说，"哥哥坐在金銮殿上，好不威风！"

王才人说道："妹妹年幼，不懂规矩，东游西逛的，陛下莫见怪。"

武宗道："朕能坐上皇位，小妹也有一功，还要封赏她呢，哪里会见什么怪？"

王才人听了，连忙拉过李泇说：

"妹妹还不快跪下谢恩，皇上要封赏你呢！"

李泅果然立刻向武宗跪下。武宗笑道：

"朕早就要封赏你了，只因登位后诸事繁忙，给忘了。今天你来了，那好，妹妹你说吧，你要个什么样的封赏？只管说，什么封赏我都能办到。"

李泅听了想想，我什么也不缺，只是平日人们称自己是县主，听起来就不响亮，要是人家能叫自己一声公主，那多好听。于是便冲口说道：

"我想当公主。"

武宗听了一愣，说：

"妹妹，你要个什么样的封赏都好办，唯有这公主……"

"是我年纪太小？"李泅问。

"那倒不是……"武宗回答道。

王才人在一旁听了说：

"陛下，刚才您才说什么样的封赏都能办到，怎么这当公主就难了！"

武宗无可奈何地说：

"这当公主，要皇上的女儿才行……"

"那有何难，只要皇上您一句话不就行了。"王才人说。

"要怎么样一句话？"武宗问。

"陛下只要向母后说，认李泅为女儿，岂不就行了，何况，李泅之父与陛下之父同为宪宗皇帝之子，原本都是一家……"

武宗听了，一拍脑袋说：

"对呀，爱妃言之有理，待明日去见母后禀告此事，她一定高兴。妹妹你快起来，我一定封你为公主。"

说话间，已是掌灯时分，武宗问道：

"妹妹，进宫里玩耍，天天晚上在哪儿歇息？"

王才人回道："天天晚上跟我一床睡，给我焐脚。"

武宗说了："今晚，就给她另外安顿个地方睡吧，我还有话要与爱妃说哩！"

王才人听了心中纳闷，想到过去他多次失败的狼狈，凭空搅起自己几多烦躁与饥渴，好久都难以平静，难道他还不甘心？还未想出什么头绪，武宗催道：

"天已不早，就赶快安顿一下吧。"

王才人这才喊了宫女吩咐道：

"今日皇上要与我叙话，你们快去隔壁房间给御妹收拾好床铺。再旺旺地点一盆火，别把我们的小公主给冻着了。"

两个宫女答应一声，领着李泇出门去了。

武宗又挥挥手，把屋里其余的宫女都撵走，然后伸手将王才人的腰紧紧地搂住，声音低低地说：

"朕前几日得到一种药，服后顿觉精神爽朗、通身舒畅，心中好似点燃一盆火，故前来与爱卿相聚，了却一桩心事……

王才人望着武宗，似有怀疑地说：

"陛下，这话我听了不止一次了，可是……"

"这次准会成功，告诉你，这药是太清宫老道长赵归真所献，灵验无比，绝非那些江湖术士的春药可比。不信今夜与爱卿一试便知……"

听了这话，王才人觉得应该高兴。但不知怎地，她怎么也高兴不起来。

就在第二天，李泇便被带到萧太后面前。武宗向母亲说明了原委。萧太后听了，一把将李泇挽过来，见她长得眉清目秀、乖巧聪明，心里十分高兴，不由叫了一声"我的乖女儿！"便紧紧地搂在怀中。李泇顺势跪在萧太后面前，甜甜地叫了两声"母亲"，响响地磕了三个头。回过来又向武宗皇帝叩头谢恩。见她如此懂事，萧太后更是喜不自胜。

武宗见母亲喜欢。躬身拱手说：

"母亲大喜，多了个女儿。孩儿我也沾光添了个妹妹。"

萧太后说道："泇儿既是我的女儿，便成了公主，皇儿，你想想给她一个什么封号？"

武宗平日贪玩好耍，对取名这类需要有学问动脑筋的事不在行，他摸着脑袋想了一阵，也没想出来。在一旁的王才人见了，向母亲躬身说道：

"母后在上，妾身想好了一个，不知可不可以？"

"有什么不可以，快讲快讲。"武宗急忙地说。

萧太后说道："王才人，你一向机灵敏捷，又通文墨，你想的一定不错，你就大胆讲来。"

"臣妾想，再过两天，便是太后五十大寿，皇上已诏诰天下，知照海内，为太后做寿，祝太后万寿无疆。依妾看，就封皇妹为万寿公主……"

"好！"没等王才人说完，武宗就大声喝彩说，"好！就封御妹为万寿公主！"

萧太后听了，也点头称道说：

"还是王才人想的好，那就封泇儿为万寿公主吧！"

小李泇发现自己真的当了公主，心中好不得意，她转着圈给母后、皇兄、皇嫂一一磕头谢恩。

在场的人个个喜笑颜开，万分高兴，其中，尤以王夫人的高兴更甚几分。隐隐约约，她似乎有一种奇异的暖烘烘的感觉——她没当过母亲，但她肯定，这就是母亲的感觉。

第六章　啊！我可爱的姑娘

狐仙与人的爱情传说在唐代甚为流行，一部沈既济写的《任氏传》，不知勾起了多少青年男女的痴情梦。郑颢和卢秀儿便深深沉入其中。

话说潞州城有户人家姓郑，祖上在朝廷做官，只是后来日渐没落。如今，一家三口，守着祖上一座老屋，靠一点积蓄过活，日子过得紧紧巴巴。好在家中唯一的儿子乖巧聪明、勤奋好学，父母在他身上看到希望，因而空旷的院落也还不时传来些欢声笑语。

这家主人郑崇，年已六旬，官场上奔波了大半辈子，官儿一直没有做大。五十岁时娶妻杨氏，隔年喜得一子，取名郑颢。从此，郑崇告别官场，回到潞州老家，一心教导儿子成长。好在儿子天生有些灵气，又知读书上进，郑崇对他费心不多，只是怕他与街坊上的野孩子学坏，限制他外出。又在后园里为他布置了一间书房，把功课安排得满满的，好让他专心致志地读书。郑颢无奈，只有整日耐着性子苦读，不想其他。

这日，郑颢实在读得闷倦了，书一丢，推开窗户放眼望去，不觉"哇——"一声惊叫了起来。

窗外，本是他家的园子，因为时值春末夏初，在暖暖的阳光照耀下，一派葱茏。各种各样的树木花草把园子挤得满满的，一阵阵清香之气扑面而来。

看着看着，郑颢心头一阵阵发热，情不自禁打开迎向后园的门，蹦跳着跑了进去。

他记得还是去年冬天来过。那时，天寒地冻，园子里一片冷清，没有一丝活气。怎么才两三个月时间，就变得这么可爱了。看那几棵柳树，把长长的柳枝垂向水面，与水里的影子接起来，在水面上摇来摆去，荡出一圈圈好看的波纹；顺着池塘边，种了一圈各色花草，红红绿绿的，逗得蝴蝶蜜蜂直往上扑。在那圈花草的外面，是几畦菜地，各种应时蔬菜都有，也都绿得可爱。

他蹦蹦跳跳到了塘边，顺手折了一枝柳条，用力挥舞着。他喜欢听那呼呼的风声。

忽然，他觉着颈子处有些发痒，用手一打，一只虫便掉在地上。低头看去，是只细腰蜂。他知道那东西蜇人，他以前就被蜇过，又红又肿痛了好几天。他正要抬脚踩去，那蜂子翻个身就飞了。大概因为受了伤，它飞得很慢。他追着它，眼看它飞到园子的围墙上，他正脱了鞋子去打，它却一头钻进一个小圆洞里去了。

那是一堵土筑的墙，墙面上厚厚地抹了一层石灰。由于岁月的剥蚀，石灰一块块脱落，露出里面的土坯。细腰蜂便在那土墙上打洞筑窝。

出于憎恨，也出于好玩，郑颢便将手中的柳枝捋了叶子，使劲朝那细腰蜂的洞里捅去。

他不停地用那柳枝在洞里来回地捅，口中还不停地骂："捅死你！捅死你！"

捅着捅着，忽然捅不动了，捅不进，也拉不出来。大概是卡住了。当他正使劲要把那柳枝拉出来时，那柳枝却自动退了出来；而当他想把柳枝全拉出来时，它又缩了进去，好像是有人在里面拉。郑颢吓了一大跳，早就听说这园子里有狐狸精，他从来没见过，难道今天就遇上了？他想转身逃走，可是大白天的，怕什么？于是便鼓足勇气使劲拉；而那里面，好像也在使劲。你进我退，拉锯似的往来了几个回合。郑颢一使劲，终于拉了出来。然后，他伸长脖子眯着一只眼朝那小洞看去——不看则已，一看，吓得他直往后退。小洞里分明是一双眼睛，也在朝他看。那眼睛圆圆的、亮亮的，一看便知是一双女孩子的眼睛。都说，狐狸精会变成女人来迷人……不过，听说狐狸精通常是迷大人，不迷小孩；迷坏人，不迷好人。我是小孩，又是好人，不怕它……

"喂，你是狐狸精吗？"郑颢暗暗给自己壮了胆子，把眼睛对着那小洞里的眼睛问。

"哈哈哈，"从小洞里传过来一阵清脆稚嫩的笑声说，"你才是狐狸精呢……"

"我不是，狐狸精都是女的，我是男的……"

"我虽然是个女孩，但我不是狐狸精……喂，你说你是男孩，我不信，你站远点让我看看。"

听了洞里传过来的声音，他断定那是个女孩子，他的胆子便大了，退两步大声说：

"我站远了，你好好看。"

"嗯，我看清楚了，你没哄我；来，你走近些，从洞里好好看看我，看我哄你没有？"

郑颢又上前两步，对准那小洞朝里看，果然是一个比自己还小点的小女孩，圆圆的脸，头上扎了两个小辫子，正笑眯眯地看着自己哩。

一看是个小丫头片子，郑颢便自觉高兴了许多，拖着腔问道：

"喂，小丫头，姓什么，叫什么名字？"

"你先说，你姓什么，叫什么名字。你说了我才说。"

一听这丫头嘴硬，郑颢便软了下来，说：

"好，我先说。只是，我要是先说了你不说呢？"

"你要是说了，我不说我是小狗。"

"不，你要不说就是狐狸精。"

"好，狐狸精就狐狸精。你快说。"

"我姓郑，名颢。"

"我姓卢，名秀儿。"

"几岁了？"

"九岁了。你呢？"

"我十一岁了。"

于是，这一男一女两个孩子便这样交上了朋友。从此，他们经常利用那个小孔见面，说这说那，互相送些小物件。郑颢感到从未有过的高兴。

高兴的还有郑崇。

"颢儿那孩子真懂事，成年累月在书房读书，从不闹着出门玩。"他对夫人杨氏说。

"我看是把他关傻了。"夫人不以为然。

"哪里傻了？越来越聪明了，口齿也变得伶俐了，每次问他的书，都能对答如流，长进可快哩！"

"孩子家，成天关着不让他出门活动活动，身子骨受得了？"

"你别替他担心，他常去后园活动身子。我还见他在后园墙根那里打拳哩，不信明天你去看，那墙根底下草都被他踩平了。"

听丈夫这么一说，夫人也高兴了起来。

自从那天以后，郑颢再也摆脱不掉那双眼睛了，书上、纸上、案头、砚台里……那双眼睛都在看着他；闭上眼睛，那双眼睛他看得更清楚，热情，友善，关心，信任……还有许多他说不清道不明的意思。只要见到那双眼睛，他就感到天更蓝，云更白，太阳更明亮，园子里的花草树木更鲜艳可爱，虫鸣蛙叫更好听；只要见到那双眼睛，他就感到有股热乎乎的气息向他漫过来，激起他的热情和力量，点燃了他埋藏在胸中的那团火。于是他笑，他唱，他跳，他要大喊大叫，宣布他有个朋友，有个能说最最知心话的朋友，一个女孩子朋友……

但是他没有说，相反地，他把那双眼睛的秘密掩盖得严严实实——每次看了那双眼睛后，他就用一团泥，把那个小洞封得严严密密，待下次再见时抠去。好长时间过去了，这个秘密也未被父母发现。但是有一次……

郑颢的母亲杨氏勤劳贤惠，粗通文墨。因为只有一个孩子，对他特别宠爱，日子再清苦，也不让儿子冻着饿着，把他照顾得十分周到。这日，她又端着碗向儿子书房走去。碗里，两只荷包蛋半泡在红糖醪糟水里；碗边，靠着一只细瓷汤匙。碗里，还冒着热气，随着杨氏的脚步，那热气便成了甜丝丝的香味，一路飘散过去。

推开门，屋里空空的，儿子不在。啊，她想起来了，儿子去后园散步练功去了。她便把碗放在书桌上，准备回房织布。但走了两步又觉不对，他要是回来迟了，那醪糟蛋不凉了？她于是转了个弯走进了园子。

也许是她今天的心情特别好的缘故，园子显得格外清幽爽目，那树，那花，那草，在风中摇来摆去，把一阵阵淡淡的香味送过来，她心里更感到舒畅了许多。

今天的心情当然应该好，往日进园子，或砍两窝菜，或拔几棵葱，都是锅里等着了，匆匆忙忙，转个身就走，哪有心情来看景色？今天可不，什么急事也没有，只是来叫儿子去吃鸡蛋。

一想到儿子，那心情更好了。儿子长高了，冒过自己了，比他父亲，也矮不了多少了。又英俊，又聪明，又听话，亲朋邻里，哪个见了不说？想着想着，一股甜滋滋的味道涌上心头。她忍不住笑了。

"嘻嘻嘻……"她听到了笑声。

难道是自己在笑？可是自己只是在心里笑，没有笑出声来呀……

"哈哈哈……"她听真了，是小树林那边传过来的。她快步走了过去，透过树丛，她看见儿子对着墙又讲又笑又比画。她吓了一大跳，喊道：

"颢儿，你在干什么？"

郑颢立即转过身来，见到母亲，先愣了一下，而后快步迎上去，亲亲热热地喊道：

"母亲，您到园子里来做啥？"

"来找你，娘为你煮好了荷包蛋，等你去吃哩。"

"啊，谢谢母亲。我就去。"

"那就快走，再过一会儿就凉了。"杨氏拉着儿子往回走，又问，"刚才，你好像跟谁在讲话？"

"我，我跟谁讲话啦？我在背书……"

"背书？怎么又笑又比画？"

"这个嘛，背得高兴呗。"

"我好像还听见……"杨氏本想说"好像还听见女孩子的笑声"，但她忍住了。儿子都这么大了，问些莫名其妙的话怕他生气……但是，她实实在在听见了女人的笑声，难道，难道他真的遇上狐狸精？她转过头望望儿子，没有发现他有什么异样。听人家说，被狐狸精缠上的人印堂发乌，眼圈发黑，满脸妖气；可是儿子满面红光，精神抖擞，哪里像中了妖气的人？

郑颢回到书房，母亲守着他吃荷包蛋。看儿子吃得那么香甜，当母亲的自然很高兴，但刚才真真切切听到的女人的欢笑声，又使她非常惶恐。她几次想向儿子问个究竟，终未能开口。

可是晚上睡觉时，她把一切都向丈夫说了。

郑崇听完，哈哈大笑道：

"你看看，你跟我这个读书人过了大半辈子，怎么还是不懂读书人的脾气？读书人都有一种毛病，读到好文章，就会情不自禁地手舞足蹈，又哭又笑，如痴如狂，忘乎所以。你说他的那些举动，当年我不也闹过，你忘了？"

"可是那女人的笑声……我疑惑是不是狐狸精……"杨氏不服，又问道。

郑崇的笑声更响了。笑罢才说：

"当初，我与你成亲前，有好几个大户人家的小姐说给我，我都推了，却对你一见钟情。你听人家怎么说吗？'那个郑大官人怎么就被那个小狐狸精迷住了？'……哈哈哈……哎哟！"

他被狠狠地拧了一把。

"老不正经！"拧了一把还不解气，又补骂他一句后才说，"我给你说正经话哩！"

郑崇也就立刻正经起来，说道：

"我活了六十多岁，听到的狐狸精的故事多得很，可就没有亲眼见过。那，我问你，你见过吗？"

杨氏想想，也是，听了那么多狐仙的故事，说得活灵活现，都说是听来的，都没看见过，也没遇到过。最后，她只有无可奈何地说：

"那大概，大概是我听错了……"

从此，郑颢便小心注意，那秘密守得更严实了。

不觉间，几个寒暑过去了，郑颢和卢秀儿彼此从小孔中看着对方渐渐长大。

只是，当他第一次发现她那双眼睛里贮满着柔情与依恋，传来的话语中充满着异样的爱意时，他的心底立刻升起一种莫名的冲动，勇气和胆量陡然间增长起来。

其间当然还有另外一个原因：他新近看了一本书，一本名叫《任氏传》的书。

这书是已过世五十年的著名文人沈既济所写。

写的是本朝玄宗年间，长安城有个名叫郑六的人，偶遇一位美貌无比的白衣女子。那女子自称姓任，二人一见钟情，当夜便在任氏府中同宿。但第二天醒来，发现竟睡在一个荒芜的园子里。郑六知道是遇见了狐仙，但他并不惧怕，继续与她往来。后来还租了房舍与她同居。郑六有个韦姓表兄，见任氏长得美丽，趁郑六不在时向任氏求欢，任氏抵死不从，并晓之以大义，使他幡然悔悟。过一年，郑六时来运转，被任命为金城县果毅尉，要带任氏同去。任氏说有巫婆预测她不宜西行，然而架不住郑六一再恳求，便与他同往。途中，路过大荒原，突然蹿出几只猎狗，将任氏从马上拖下来咬死。这时方现出原形，原来是只白狐狸。郑六悲痛万分地埋葬了那只狐狸，每年都去她坟前祭祀。

沈既济在唐德宗时官拜左拾遗和礼部员外郎。他在书中说，这个故事并非虚构，是他听当事人亲自讲的。

郑颢看了这本书，里面的故事写得有眉有眼，书又是有名人物所写，便也有些相信了。他想，说不定墙那边的女孩真是个狐狸精哩！听人说，狐狸那东西是没有骨头的。哪天，我试试就知道了。

"让我们拉拉手，好吗？"这天，他对着小孔中的她说。

她笑了，笑得很媚人，并且点点头，把手伸了出来。

他看见了，那是一双多么美的手啊！雪一样的白，竹笋一样的嫩，肉嘟嘟，胖乎乎。拇指圆圆的，指甲尖尖的。他还看清了，食指的第二节上有一个伤疤……他正要伸手去摸那手，却被挡住了，那墙上的孔太小。尽管这么久摸来摸去，那孔比原来大多了，但也只能伸进两个指头，不仅摸不着，反而挡住了视线。他叹了一口气，无奈地把手缩了回来。而这时，他看见那手向他摆了摆，然后，随着她那袅娜的身影，慢慢消失在草木花丛中了。只是，她在消失前的最后一刻，又微笑着回了回头。他不觉一惊，这才真叫"回头一笑百媚生"呢。

但是有一天他终于握住了她的手，那么细腻，那么软绵，那么温暖……他用力握紧，里面果然有骨头……可是墙那边传来一声尖叫：

"哎哟，好痛！"

他肯定她不是狐狸精了；但即便是，他也会爱她。

他把那本《任氏传》从墙洞中递了过去。

过两天，他们又见面时，她的第一句话便说：

"好哇，你真的把我当成狐狸精了？你不怕？"

"我倒怕你不是哩！"

他们相视而笑，笑得那么甜蜜。

"我的可爱的狐狸精啊！"他握住她那软软的小手，轻声地喊着。

但是他不以此为满足。

他从那被他不断扩大的孔里，把手长长的伸过去，摸她的圆圆的脸，脸上的两个小酒窝；还有她软软长长的头发。而当他抽手回来时，竟顺便扯下两根，她被扯痛了，轻轻打了他手背一巴掌。然而她并未生气，反倒扯下一绺，挽个圈，给他递过来。

拿着她那绺乌黑油亮的头发，再看了她低头不语站在花草丛中，他便异想天开起来。他要翻过墙去与她醉入花丛。

在热恋中的男女，男人总显得更贪得无厌更心急火燎，更不考虑后果，因而爱情悲剧多数由男主人公一手造成；而热恋中的女性，尽管也热情澎湃，如火如荼，却更能克制，更能想到结局。就在他快要燃烧快要爆炸时，她向他泼出一盆冷水。

"郑郎，你不能太贪心。否则，我们会没有结局，而且遗恨终生。"

"我要翻墙过来，我要……"他仍未被浇灭，仍然要蠢蠢一试……

"你真的要翻墙过来，我就喊有强盗……"

卢秀儿一改平日的温顺，冷着一副面孔，说得那么认真，那么果断。郑颢被镇住了，平静了下来。

"快，把你的手伸过来！"秀儿命令着。

他仍有几分畏惧地把手从那洞中伸过去。

她握过他的手，对着手心不轻不重地拍了一巴掌，说道：

"记住！"

当他抽过手来，往那洞中看去，她，已经走远了。

她那一巴掌虽然打得不重，但他却牢牢记住了。她确实比自己更有见识，想得更远，更懂得人……他对着她远去的背影暗暗发誓说：

"我要娶你。今生今世，非你不娶！"

但是他知道，要娶她并非易事。从与她交谈中，知道她是身世显赫的大姓家族的小姐，他想我这穷家小户人家哪里攀得上？但是，他又满怀信心。他面前有条科场考试的路，他相信自己能走通。因此，他又对着她的背影补充一句：

"我一定能办到！"

从此，他更加用功读书。这年潞州府试，刚满十七岁的郑颢高中第八名。

按唐朝科举规定，最初级的考试为府试，考中者为贡生，意思是把人才贡献给朝廷；贡生们再参加礼部考试，考中者为进士，是地方向朝廷"进"的"士"；进士及第后，由皇上亲自主持考试，称殿试。殿试第一名称状元，第二名称榜眼，第三名称探花。

府试考中虽然离取得功名还远，但已走出关键的一步，下一步就是参加进士考试了。这自然是一件值得庆幸的事。

他要把这个消息告诉她。在上次约定的时间，他到了那堵墙下，取开封洞的泥土，朝里看去却未能见到她那熟悉的面孔，只见有卷纸在那洞中。他急忙取出，抖开一看，原来是一幅画。

这是一张奇特的画。画面上只画了位妙龄女子的背影，身材那么匀称，腰肢那么轻盈。身披一件红大氅，踏着碎步向前走去。一阵风过，大氅被卷起，更显出那女子飘然如仙的神态。那女子虽然向前，但头向后扭，含情脉脉地看着后面……

那不就是她吗？他一眼就认了出来。

再看画的空白处写着：秀儿自画。果然是她。

郑颢一阵兴奋，没想到，她还会画画，而且画得这么好。他有几分得意地笑了。

然而，当他发现画下方花草丛中隐藏的那几行小字时，他脸上的笑容立刻消失干净。

那是用草书急急写成的。上面写道：

郑郎如晤。举家迁离潞州，事急未及相告。仅以此自画像相赠，盼以后持此画去楚州找我。妾将践约等候。望保重。秀手书。

看罢，郑颢一阵心酸，怎么说走就走，事先也不透点消息？他无比怅惘地从那圆孔中望过去。那边，景色依旧：花，还是那么艳；树，还是那么绿。只是觉得那园子一下子变得空旷了许多。

回到书房，他将那画展开在书桌上细看，细读，一个个疑团在脑海里翻滚：为何举家南迁？为何那么急迫？是她家发生了什么变故？还是别的什么地方发生了变故？……

郑颢一夜未眠，他要打听个明白。

第二天一早，他便到了后园，顺着树爬上那堵墙。

那边，好大一个园子，树木花草，小桥流水。更有几进院落，红墙绿瓦，飞檐斗拱，甚是气派。但看了半天，眼睛都看累了，也没看见一个人影。只剩下空空的一座府第。

他决定去大门上打听打听。

早饭时，他对父母说：

"这一向应考，纸笔墨都用得多，我要去街上买些。"

父亲听了说道："好，你去买。顺便把这几张请帖送了。这次府试，你能考中，也是我郑家一件喜事。几个老朋友都要来祝贺，我请他们明日来我家聚聚。"

说罢，拿出几张请帖，郑颢接过来一看，都是他熟悉的老前辈。他匆忙吃了饭，拿着请帖出了门。

潞州本是个大地方，几十条街道，纵横交叉。好在郑颢从小在此长大，路途熟悉。他拿着帖子穿街走巷送毕。便认准方位，去到与自己家背靠背的那座府第的大门口。门上冷冷清清，走近一看，红漆大门上还加了锁。

正好，附近有家卖文房四宝的店铺，他去买了几样纸笔后便问：

"请问斜对面卢员外家为何锁住大门？"

店主摇摇头回道：

"前日还见卢府人进人出，怎么半夜一阵马车响过，第二天便锁了大门，一个人不见。听说是从南门走的，到哪儿去，不知道。"

虽是简单的几句话，郑颢如获至宝。他想，去楚州，必出南门，这与她画上写的"持此画去楚州找我"一致；再有，她家半夜仓促起程，说明时间紧迫，她也是临时才知道，故只有在她平日画的一张画上匆匆写几行字通知我。可是，她家为何这么紧急地离开潞州呢？他的心仍然悬着。

郑颢神情黯然地回到家里，在书房里闷坐。手中拿着一本书，但一个字也看不进去。

第二天，家中请客，父亲把他叫到面前交代说：

"今天请来的几位客人，虽都是熟人，但他们多是长辈，也都是有身份的人：秘书郎陈大人、文案毛大人，都在州里府里做事；那个刘先生，虽然赋闲在家，原先也是个县尉；只有吴先生和周先生，他们没有功名，但若论诗文，在潞州城也是叫得响的。在他们面前，你是晚辈，也是学生，一定要学得谦虚谨慎，不要乱了礼数让人笑话……"

郑颢连声诺诺："谨遵父命。"但心里却不以为然，因为其中有两个他根本就看不起，就拿那个陈大人来说，自恃是节度使刘从谏的心腹幕僚，贪暴横行，敲诈勒索，老百姓对他恨之入骨，可是父亲说是与他自幼同窗，非请他不可；还有那个毛大人……

到了中午时分，宾客陆续到齐，唯有秘书郎陈大人未到。因为今天他是官位最大的客人，大家都耐着性子等他。

宾主正焦急时，门外马蹄响处，来了一位客人。此人年约二十出头，白净面皮，瘦长身材，穿一身蓝绸子长袍，戴一顶学子方帽，下马赔笑进门，向堂上主人及宾客拱手说：

"各位长辈，小子陈俦，家父因帅府中有紧急公务不得抽身，特命小子前来向郑伯父赔罪，向各位长辈赔罪，大家久等了。"

众人听了齐说：

"啊，原来是陈公子，失敬失敬，请坐请坐……"

陈公子看见郑颢，向前拱手说：

"这位兄弟想必就是新近高中的郑颢贤弟了，家父十分赞赏你的才华。愚兄向你道喜了……"

众人见代父赴宴的陈公子一表人才，衣着华贵，且又口齿伶俐，礼仪周到，很是佩服。坐下看了茶，客套一番后依次入席。几位年长的坐了上席，郑颢自坐末座相陪，陈俦见郑颢敦厚实在，相貌不凡，年龄又相近，便与他并排坐了。众人再三让他上坐，他不去，定要与郑颢一起。

照例，一阵相互敬酒祝福的客套后，主客间各自找对手浅斟细酌，频频碰杯。谈笑声不断传来。这时，郑颢才稍觉松了些劲。昨晚本就没有休息好，今天又忙了一上午，席间又给这个敬酒跟那个碰杯，闹得疲惫不堪。他真想静静地坐下来打个盹。可是身边的陈俦偏又问这问那，什么贵庚几何啊，是否订亲啊，有什么兴趣爱好啊，游过什么名山大川啊，等等。因为一个心思想着她，并没有把他的问话听进耳朵里，往往答非所问，陈俦听了好笑，以为他喝多了。

正在这时，郑崇向陈俦问话道：

"听令尊说，陈公子在京城公干，不知何时回的潞州？"

陈俦忙回道：

"小侄在京城听说家母染病，便赶了回来，到今天也有十来日了。"

一听说他是刚从京城里来的，满桌的人都把目光投向他，向他打听京城里的新闻。

京城里的新闻他满肚子装的都是，大到武宗皇帝拜道士赵归真为师，在宫中修建高大堂皇的望仙台，降旨命京城和尚尼姑还俗，李德裕如何称了宰相，牛僧孺怎样免了官职；小到仇士良又收了几个义子，宜城公主醋性大发，想着点子惩罚驸马爷，以及新科状元被哪家豪门大族招了女婿等等。都是下酒的好新闻，众人听得酒也多喝了几杯。

饮宴至夕阳西下，客人方才陆续散去。但陈公子提出要去郑颢书房观摩，要拜读他新近写的文章。郑颢虽不甚乐意也不便推辞，便把他引进书房。陈俦浏览了藏书，赞赏了郑颢的文章，二人便谈诗论词，纵论国事。陈俦言谈机趣，见识广博，且又热情随和，郑颢开始对他有了好感，谈话变得投机。当要告辞时，陈俦对他说道：

"郑贤弟，我看你聪慧机敏，忠实厚道，是个值得信赖的朋友，能与贤弟相识，也是愚兄之幸。我实话相告，这次我从京城来，名为探视母亲，实则负有特殊使命。朝廷要我打探一个消息。最近京师那边传闻潞州节度使刘从谏病逝，但其子刘稹在一伙心腹军官谋划下秘不发丧，意欲不轨。此事如果是实，朝廷将发大军平叛。贤弟居住在潞州，望多保重……"

郑颢听了大惊道："刘从谏果真已死？"

"十有八九。我还在做最后的核实。"

听了陈俦的话，郑颢突然恍然大悟，困扰一天一夜的那件事答案却在这里：她家匆匆迁离潞州，原来与此事有关……

"郑贤弟，"陈俦压低了声音，接着说，"我有句话不知该问不该问？"

"陈兄但问无妨。"

"贤弟，你如此苦读，不知为了什么？"

郑颢感到他的提问有些奇怪，但还是如实回答道：

"求取功名呗。"

陈俦笑了笑，又问：

"你知道当朝宰相是谁吗？"

郑颢感到他问得更奇怪了，但仍然回道：

"这谁不知道？刚才吃饭的时候你还讲过他当宰相的经过，不就是李德裕吗？"

陈俦复又坐下，慢条斯理地说：

"本朝历史，贤弟该是知道的。穆宗时，李德裕在朝中掌权，因为他不是科举出身，对科举出身的人看不起，说他们只会纸上谈兵，没有实际才能，便把牛僧孺一伙科举出身的官员通通撵出京城。后来敬宗继位，牛僧孺当了宰相，反过来，把李德裕和他的一伙人撵走。文宗皇帝继位了，对这两党人的争斗很头痛，说'消灭三镇叛乱易，除去朝廷朋党难'。他一会儿用李德裕，一会儿用牛僧孺，想调和调和他们。可是他们你争过去，我争过来，调和不到一块。这下好了，武宗皇帝继位，拜李德裕为相，他的人马全都回来了，个个身居要职。牛僧孺则一贬再贬，他们一伙人都被撵出朝廷了。你想当今圣上刚年满三十，牛党还有出头之日吗？"

关于多年来的牛李党争，郑颢也听说过，但像陈侗说得这般清楚明白的，还是头次。郑颢睁大一双眼睛，认真地听着。

"贤弟，你想想，当朝宰相并非科举出身，对科举又不感兴趣，你那么认真读书能博取功名吗？"

郑颢觉得他说得有理，便问道：

"依陈兄之见呢？"

这时陈侗站了起来，转身将书房门关了，然后走到郑颢面前，翻开身上的锦袍，露出下摆的一角说：

"贤弟，你只要在我这袍子上写下你的名字，你就是李相国这条线上的人了。从此，你的功名富贵就不愁了，何必那么辛苦地去读什么书？"

"当真？"

"我还会哄你。你看我，才从潞州去京城半年，如今已在礼部任职了。"

郑颢心动了，从书桌上拿过笔，在砚台里饱蘸了墨，举起笔准备在陈侗摊开的袍子上写下自己的名字……但是，就在他要落笔时，转过头来问道：

"陈兄，除了签下自己的名字，还要做些什么呢？"

"当然要做些事情，比如我从京城回来做的这类事……"

郑颢听了，愣了愣，然后把笔放回原处，说道：

"容我再想想……"

第七章　风雨潞州

当皇帝玩腻了的时候，也会想起干点正事。唐武宗出手不凡，他要解决藩镇割据这个"老大难"问题。于是，首当其冲的潞州城里便增添了许多故事。

潞州节度使刘从谏在病榻上已整整躺了十天了，病体越加沉重。难道真的就这么去了？他实在不甘心。才四十出头的年纪，正该轰轰烈烈干、痛痛快快玩的时候，就丢下这几十个州县，丢下后院几十个年轻美貌的女子，丢下那个还不醒事的稹儿，脚一蹬撒手人寰？不，他绝不！他憋不过这口气，他闭不上那双眼睛！

"稹儿……"他喊道，有气无力地。

他的稹儿不在，守候在病榻边的裴夫人忙凑近问道：

"将军，好些了吗？"

"我叫稹儿，他到哪儿去了？"

她知道公子到哪儿去了，但她不敢说。将军的脾气她知道，如实说了，他一定会发火。医生说了，他的病本是毒火攻心所致，要是知道公子又去了那些地方，岂不加重他的病？于是裴夫人便说：

"将军，公子一早就去城外上泉寺烧香去了，他说他要去为父亲祈祷，保佑父亲早日康复……"

刘从谏知道裴夫人在哄他。那孩子的秉性他还不知道？其实，他现在想叫儿子来不是为了要骂他，只是想趁现在还有一口气，对儿子多交代些事情，可是这个东西又不在。唉，我怎么会有这么个不争气的儿子……想到这儿，他突然感到胸口处发闷，隐隐作痛。他赶快摆摆头，把思路打住。

他明白，他的病起因就在那天一气之下做出的那件事上，现在想起来，又何必呢？当时要是忍住了，也不至于病成这样。他感到很后悔，不仅后悔造成一病不起的恶果，而且也后悔冤枉死去的那匹马。那是一匹多么好的马啊……

他还清清楚楚记得那天发生的一切。

他正坐在厅上与众将议事，只见部将陈季清牵着那匹马从大门外垂头丧气地走进来，连马都没来得及拴就跪下说：

"末将有辱使命……"

"叭！"他一掌猛拍在桌子上，四座为之一惊。

"元帅息怒。"大将军王协从旁劝道，"让陈季清从头说来。"

"说！"他吼道。

陈季清战战兢兢地说：

"禀元帅，末将到京城后，先呈了公文，等待皇上的召见。但几天过去了，没有动静。又过了两天，来了个宦官说：'皇上看了公文，说知道了，送来的马皇上不要，叫牵回去。'……"

"哼！"他怒气冲冲地看着陈季清，又看了那匹马。

一片沉静，空气像凝固一般。

大将刘武德忍不住说道：

"不要拉倒，那么好的一匹马，只有元帅才配骑。"

"那份上疏呢，交了没有？"他问。

陈季清忙从怀中取出一个布包，双手呈上说：

"末将因未见到皇上，不敢将这份重要材料随便示与他人。本想再等几天找个机会呈给皇上，只因那几天神策军在京城乱捕滥杀，末将怕有什么闪失，丢了这些材料，只有原封不动带回来复命。"

"什么？！"他厉声吼道，"你这废物，马没送掉不说，上疏也未呈上。你，你，你……"他指着陈季清，气得手不住地抖。

"哼！没想到，刚坐上龙椅就摆架子。"王协冷笑着说。

"毬！靠娘们当了个皇帝，有什么光彩？龙椅上屁股还没坐热，就瞧不起咱们这些外地的老粗了……"大将刘武德本是绿林出身，说话粗声大气直截了当。

一听"屁股"二字，他心里就发毛。因为当初他提出向皇上献马时，就有人不同意，陈季清还背地说："要是皇上不领情，岂不热脸朝人家冷屁股上贴？"现在，果然被他说中……

他越想越气，皇上唉皇上，我本不想反你，你逼我反。给你一个面子你不但不要，反而给我一个难堪。好，那我们就两断！一股无名火冲上来，他再也按捺不住，起身冲下台阶，两步跨入庭院。那马见它的主人来了，咏咏叫两声，迎上来，把脸贴在他的肩上，不住向他点头。他拍了拍马头，乘其不备，抽出佩剑使劲向马的心口刺去，顿时，鲜红的血泉水般涌出来。那马，一声未叫，便软塌塌倒了下去。

众人见了，个个惊得目瞪口呆不知所措。

他杀了那马，抽出剑来，转过身，一步一步向陈季清走去。眼里，闪着凶狠的光。陈季清见了，跪伏在地，不停地高喊：

"元帅饶命……"

他也不说话，只一步步向他走近，皮靴踏着庭院的石板地面，发出"嚓嚓嚓"的令人毛骨悚然的恐怖声响。

"叔爷饶命……"陈季清是刘从谏的表侄，他要用这层关系打动他，挽救自己。

可是他并不听，还未等他喊第二声，剑已刺进他的后背，直穿前胸。待他将剑抽出时，那血从陈季清前后两个洞里不停地流出，地面上，被染红了一层。

众将跟刘从谏多年，都知道他的性子，见他杀人杀马，不敢来劝，个个瞪着一双惊异的眼睛，将他看着。

通身被血染得通红的他，圆瞪着一双发红的眼睛，手里提着尚在流血的长剑，跨过陈季清的尸体，一步步向大厅上走去，身后，留下一串血的脚印。

他走完院子，抬脚上了台阶，那台阶一共只有五步，可是，当他踏上最后一级时，脚一滑，两腿一软，便重重地倒了下去……

以后，他便一无所知了。直到第二天，才被一阵哭声惊醒。这时，他发现自己躺在床上，周围，一个个熟悉的面孔望着他高兴地说："好了好了，醒过来了。"

他，定定地看着他们，想说什么，但没说出来。他更想爬起来，试试手脚，却不听使唤。胸口上，像压了块大石头，又闷又痛。

今天，已是第十天了。他觉得自己除了头脑还清醒外，身子是一天不如一天了。他要把儿子叫来，把几位身边的大将叫来，向他们交代后事。不然，眼一闭去了，就来不及了……

"夫人，派人去叫。再把王协、郭谊、刘武德几位将军叫来，我有话要对他们讲……"

"是，将军，我立刻就派人去叫。"

刘从谏唯一的儿子刘稹今年十八岁，生得一表人才。大概生在权贵之家，又是独儿子，从小娇惯成性，稍长则贪玩好耍，不务正业。刘从谏因终日忙于军务，没有时间管他，他便由着性子玩乐；及至发觉应该管管他时，他已成了一匹顽劣的野马，骂不听，打不怕。有时，气极了真想一刀劈了他，可又是自己的儿子，刘家唯一的传宗接代人，杀了岂不绝了香火？刘从谏为这个一无所长专会拈花惹草到处闯祸的儿子伤透了脑筋，可是他自己却整天乐呵呵笑哈哈美滋滋地过日子。

但是，终于有一天，刘从谏在儿子身上发现了他有一个任何人无可替代的长处。

这天，他把儿子叫到跟前，问道：

"稹儿，我问你，外面都把你叫作'花花太岁'，是吗？"

"他们叫着好玩。"刘稹满口承认。

"那好，"刘从谏认真地说，"我这马上就给你办婚事，多娶几房妻妾，你就在家里尽情地跟她们玩。可是有一点，你要让我早抱孙子！"

刘稹心里很不愿意，他想有了老婆，成天把你黏住了，哪有现在这么自由？当然他不敢明说，便想了想说道：

"父亲不是说过，要再等几年才给我办婚事吗？"

刘从谏当然记得他说过这话，但现在他改变主意。他自己明白，自从十六年前燕山一战受了重伤，再无生子的希望。本来，他不想让儿子过早成亲，而想让他专心致志读书上进练习弓马，以便继承自己的事业。可现在看来，他太不成器，因此改变主意，只希望他完成一件事——给自己生下孙子，然后从小注意调教，使之成材，好接自己的班。

自然，他也不好明说，只是说：

"我看你长大了，也该让你娶妻生子了。"

说办就办，节度使的公子娶妻还不容易。很快，刘稹便有了一妻二妾。刘从谏巴不得明天就抱上孙子。

然而，妻妾成群也没有把这位"花花太岁"的心留住，仍旧整日在外鬼混，把心思放在那些大姑娘小媳妇身上，还对左右说什么"妻不如妾，妾不如偷。旧面孔，老一套，没味道"。

刘从谏听了大怒，把儿子叫到面前跪下，桌子拍得山响说：

"小子，你要是从今天后再出去胡搞，我把你剁了！"

刘稹懂得父亲所说"剁了"的意思，那可是比剁脑袋更可怕的事。他连连叩头认罪，保证以后绝不再犯。

但是，他老实了不到了一个月，就因父亲患病在床而老毛病复发，一头扎进那些新面孔的女人堆里尽情地去"偷"去了。

病榻上的刘从谏好几天没见到儿子，便知道他旧病复发又去干那档子事去了。然而现在，想管也没有气力去管了，他只希望把儿子叫到面前，看看父亲行将就木的样子，让他着着急，想想自己的前途。也许，他会从此幡然悔悟、革面洗心。儿子嘛，究竟才十八岁，想想自己年轻时也不恍恍惚惚过了那么久吗。这样一想，心里就平静了许多，哪怕把儿子找回来时已是夜晚，刘从谏也没发火。

刘从谏看人来齐了，便示意闲人走开，他要对他的心腹们交代后事，那是要绝对机密的。他清了清嗓子，想把一块痰吐了，但未成功。

"我很后悔……"他勉强说着。

一句无头无脑的话，不知所指。大家都盯着他。

"我不该杀……咳，咳……"

王协探身向前，说道：

"元帅，陈季清已厚葬，家属也抚恤了。"

"不，我是说那马……咳！咳！"刘从谏终于吐出了那口痰，又喝了点水，不喘了，说话便有了气力，"那马随我征战十余年，战功赫赫，我一气之下就把它杀了，可惜呀，可惜……"

"一匹马，小事，元帅就别放在心上了。"大家异口同声劝慰着。

"陈季清嘛，"他又说了，"死有余辜。你们看看这些资料。"

刘从谏指指他的枕头底下，王协翻开枕头拿出一个布包，就是那个陈季清未能送给皇上的布包。

"打开，把里面的材料念给大家听听。"刘从谏说。

王协打开布包，取出几封信和一份奏书。信，都是李训写给刘从谏的，全是揭露仇士良罪恶，共谋铲除宦祸方面的内容：列举仇士良挟持皇上，横行朝野，滥杀无辜，桩桩件件罪行，铁证如山；提出诛灭内贼、根除宦祸、重振唐室的谋略，语重心长，忠心可鉴。众人听王协读了，十分感动。

接着，王协又拿起刘从谏写给武宗皇帝的奏书，一字一句认真读着。奏书中指出，自从甘露之变后，仇士良借机乱捕滥杀，连忠于朝廷的宰相王涯等八大臣也被杀害，而且至今还冠以逆贼之名，使他们含恨九泉，不得瞑目，使天下的义夫节士感到寒心。试问，这样下去，谁还肯为陛下效力卖命？奏书的最后写道：

> 臣刘从谏本欲进京面圣，当面陈述，又恐横遭杀戮，故只有谨修封疆，勤练士卒，为陛下腹心。如仇士良等奸贼难割，誓以死清君侧。

王协刚刚念完奏书，刘从谏就说：

"诸位都听了，你们看陈季清误了我们多大的事。我们潞州要有大难临头了。"

刘武德不甚明白，问道："我们潞州怎么就大难临头了，末将还不明了。"

刘从谏慢慢说道：

"想当年先父刘悟，一匹马一杆枪，为朝廷建功立业，领了这潞州节度使之职。先父弥留时，曾上表文宗皇帝，请援河北诸镇父职子继的先例，将其职传位于我。虽朝中有人反对，但得到王守澄等宦官暗助，让我继承了父业。十多年来，蒙各位相助，所辖数十州县尚保平安。自甘露之变，仇士良得势。当今皇上登基以来，唯仇士良之计是从。为了邀功和复仇，仇士良多次在皇上面前摇唇鼓舌，要灭掉我镇。为了清除皇上对我等的疑虑，我上书表明心迹，并将李训书信附上，使皇上明了真相，不致轻信仇士良而对我镇下手。可是，这些材料竟未能送到皇上手中。你们说，我等的前途危不危险？"

众人听了，默默无语，觉得潞州前景确实不妙。

"最危险的还不止此。"刘从谏缓了口气又说，"而今，我又病危，眼看不久于人世；我死之后，仇士良定会唆使皇上另委节度使，把诸位将军分散调往他处，然后，一一处置……至于犬子稹儿，唉……"

刘稹听叫自己的名字，把低着的头抬了起来，脸上，分明布满了泪痕。

"你过来，走近我。"刘从谏指着儿子对众将说：

"你们看，他像什么？"

大家望望刘稹，又望望刘从谏，不知该怎么回答。

"他，就像仇士良菜板上的一块肉，横切竖切都由人家……"说罢，望着这不争气的儿子，刘从谏直喘气。

"不！"刘稹挺了挺胸，上前半步，站在父亲面前说，"儿虽不肖，但多年来父亲的教诲都牢记在心，时刻不敢忘记。只是孩儿觉得父亲正值壮年，精力过人，何须孩儿给您添乱？故而整日寻欢作乐，放浪形骸，声色犬马，无所不为，且不听教诲，使父亲视儿为无用之人，儿便可以更加无拘束地玩耍。而今，见父亲重病在床，潞州存亡迫在眉睫，儿不敢再放纵下去。近几天来，经过反复思考，写好一份永保潞州的计划，请父亲审阅。"说罢，将一沓写满字的纸双手捧在父亲面前。

在场众将听了刘稹这番话，都睁大了眼睛惊异地看着他，好像不认识似的。

病了多日的刘从谏，本已气息奄奄，半眯着眼睛向不争气的儿子做最后的交代，但当他听完儿子的那番话后，却突然来了精神，睁大了眼睛看着自己的儿子，既陌生，又亲切。看他，已换下平日穿的花里胡哨的衣袍，取下了时髦的学子方帽。身披软甲，头顶铜盔，俨然一员英武的武将。刘从谏这时只感到眼前一亮，胸中舒畅，竟能自如地伸出双手，抓住儿子那双发烫的手，长长地喊了一声：

"我的儿……"

"父亲，"刘稹忍不住泪流满面地说，"多年来，惹您生气了，请父亲宽恕。"

"宽恕，宽恕，一切都宽恕……"

"请父亲审阅孩儿写的计划，看看有何不妥。"刘稹说罢，将那沓纸一一展开，摊在父亲面前。

刘从谏粗看了一眼，便看出它是一份经过精心准备写出的材料，在开头的一段中，用简练的语言将整个计划用十六个字加以总括，那十六个字是"委蛇朝廷，交谊河朔，内急外缓，伺机进取"。以下详细内容，刘从谏没有精力细看，他带着询问和考核的口气对刘稹说道：

"吾儿，你把这十六个字给我讲讲……"

刘稹听了说道：

"潞州镇自祖父领节度使传自父亲，至今二十有五年。因地处中原要地，朝廷屡想将我镇收归为直接管辖之下，祖父、父亲也早有归意。无奈朝廷皇上昏庸，宦官专权，奸臣当道，如若归顺，必是仰人鼻息、看人脸色过日子；若有小过，则性命难保。故只有守土自保方是上策。然仇士良等灭我之心不死，对我镇派暗探，使诡计，制造争端，乱我阵脚。孩儿以为，此次退回贡马，辱我遣使，说不定也是他对我镇进行试探的诡计之一……"

"咳咳咳……"

见父亲咳嗽，刘稹忙去倒杯热茶，双手捧到父亲嘴边，刘从谏喝了两口后示意端下，并说：

"你接着说。"

"目下，父亲病重，如真有不测，朝廷必将借机另委节度使，孩儿及府中军将才真的成了仇士良菜板上的肉，任他宰割。为此，孩儿认为从今日起，节度府严格出入，封锁消息，对外只说元帅偶染小恙，正在调理之中……"

"此言正合吾意。"刘从谏插言道。

"公子所言实乃高见，末将实在佩服。"郭谊恭维说。

"有理，有理。"其他人也表示赞同。

"当然，"刘稹继续说，"父亲因病不能视事之事，也不可能长期隐瞒，但在朝廷欲知未知之前，我们可派人去京都疏通关节，打探消息，采取灵活圆通之手段与之周旋；同时，立即派得力人员去与幽州节度使张仲武、成德节度使王元逵、魏博节度使何弘敬等联系，以厚礼相赠，与之交好，并说之以利害，防备他们受朝廷指使对我进攻，使我腹背受敌……"

刘从谏越听越高兴，没想到自己的儿子这么有心计有见识，平时藏而不露，要紧时脱颖而出，思谋周密。我这份家当交给他，可保无虑。不等儿子说完，他便接过来说：

"既然吾儿成竹在胸，我也不再多问，今天以后，你就是我的兵马使，在众位将军辅助之下全权处理军政事务，望汝勿负为父的一片期望……"

刘稹听了，也不谦让，立即跪在父亲面前说：

"父亲请放心，孩儿定当严遵父命，虚心向各位老前辈求教。想我潞州地广人稠，有兵马十万之众，粮草足十年之需，城坚兵利，就是仇士良倾全数神策军来攻，也奈何我不得……"

众人连连点头，啧啧称是。

话说郑颢刚刚送走陈俦，一转身，便见父亲站在他的身后，码着一副脸，指着他鼻子说：

"颢儿，你做的好事……"

郑颢一惊，问道：

"父亲，什么事？没头没脑的。"

"你别瞒我，刚才你们讲的话，我全都听见了。没想到，陈俦这小子竟是朝廷派来的探子。说实话，当他翻开袍子要你签名，而你又提起笔准备签时，我正要一脚踢开门，先给你两巴掌，再把他撺出门去——幸好，在最后时刻你放下了笔。到底，你真懂事了……"

"可是，他讲的那些话，也不是完全不在理呀……"

"在什么理？！"郑崇有些生气，声音也大了，"不好好读书，去走李德裕的门子，依附在他门下还有理？李德裕是什么东西？靠祖上有人当官，靠结党营私，靠吹吹拍拍蒙蔽皇上，这种人官当得再大也让人瞧不起。陈俦那小子，我一眼就看出他不是个好东西……"

父亲越骂越起劲，声音也越大。郑颢感到委屈，便顶了一句：

"又不是我请来的。"

"是我请来的？我请的是他父亲。"

"哼，他父亲……"郑颢做了个不屑的表情。

"啊，怪不得那天你一看请帖有他，就不高兴。"说到这里，郑崇声音变小了，变得温和了。他说得很慢：

"儿子啊，你知道这做人有多难吗？多年来，我们能在这潞州地方平平安安过日子，不容易啊。父亲我无权无势，不结交一两个有权势的人，能行吗？街坊邻里中有那种欺善怕恶的无赖，才会察言观色哩！只要看你这家与官府有往来，便不敢随便欺负你。那个陈秘书郎是节度府里不大不小一尊神，我正好用他来压压小鬼。儿子，你学着点。至于他本人嘛，我们不过是同窗，没有深交……"

听了父亲这番话，看到他那无可奈何的神态，郑颢不由产生一种对父亲的特殊感情，其中有敬佩，有同情，还有深深的热爱与依恋。平日，总觉得父亲有些迂，不想跟他多讲话。可是今天，却想听他多讲几句。于是又问道：

"父亲，您说陈俦的话全听到了，那他说京城里传说刘从谏死了的话，也听见了？"

"听见了。"

"您信不？"

"我看有可能。"

"我不信。要是真的死了，这潞州城能这么平静？"

"正因为太平静。"郑崇回忆说，"当年刘从谏父亲刘悟，死了快一个月外面才知道。"

"这么说来朝廷真的要发兵征讨了？"

郑崇想了想说：

"要是以往，朝廷也许就认了，批准刘稹继任父职便是。可是现在不行，当今皇上新登基，要显显圣上的威风；李德裕才从贬地调回任宰相，要试试手段。这仗，恐怕是难以避免的了。"

郑颢一下便想到她，便说：

"这么说来，我们要逃难了？"

"不必，我们并非大户人家，既无金银财帛，又无年轻女眷。就这座旧房子，谁想要，搬去。此外，还有几架破书，谁想要，拿去……"

"这么说来，与我们老百姓无关？"

"也不能说无关。只是叫你母亲多织几尺布，看谁打胜了就在上面写欢迎谁，然后往门上一挂，准保无事。这叫作风大随风，雨大随雨。咱老百姓，哪方都不去掺和。你嘛，只管安心读你的书。"

郑颢听了觉得蛮有趣。

是夜，郑颢听从父亲教导，静心读书，不想其他。因为读得专心，谯楼上已打三更，他还没睡。这时，远处传来几声狗咬。过一会儿，传来敲门声，那声音虽轻却急，一下紧接一下。半夜了，谁敲门呢？郑颢点支蜡烛，穿过过道，客厅，踏进院坝，走近大门问道：

"谁在敲门？"

"贤弟开门，是我。"

一听是陈俦，他犹豫了。

"贤弟快开门，我有急事相求。"外面又在轻声喊，声音有点悲哀。

郑颢心想，我与他究竟有一面之缘，那日送他出门，也都喜笑颜开，并未因我未签名而不欢而散。他深夜来找我，必有急事，如拒之门外，也太不近情理……想着想着便伸手开了门。

门刚露一条缝，陈俦便挤了进来，顺手又把门关上了。

"陈兄何事如此惊慌？"

"快，快进屋再讲。"陈俦一把拉着他就往里面走。当走过厅堂时，从厢房传来母亲的问话：

"谁呀？深更半夜的。"

陈侜听了，向郑颢摆摆手，示意不要说是他。郑颢领会，便大声回道：

"是我同窗，来借本书。"

说着，二人穿过通道，进了书房。

刚踏进屋，陈侜便一揖到地，说道：

"贤弟救我……"

"什么事？"郑颢感到突然。

"实不相瞒，今晚节度府派人捉我，被我逃脱，到贤弟处暂避。"

"何事要捉你？"

"贤弟，前日向你讲过，朝廷派我来打探刘从谏的生死，我从父亲那里得知他已于十日前死去，其子刘积秘不发丧，意欲与朝廷对抗，我正准备回京城向朝廷报告，不想刘积却先扣留了我父亲，又派兵来捉我，幸我得到消息，得以逃脱。望贤弟给我找个藏身之处，待躲过这几日，回到京城，奏知朝廷，一定重重有赏……"

郑颢听了，感到十分为难。父亲才说过，两方都不掺和。可是，现在我不就掺和进去了？陈侜是朝廷派出来的，不救他，将来朝廷会放过我？要是藏了他，被节度府的人知道，他们又能放过我？

唉，这做人真还难着哩。

陈侜见郑颢犹豫不决，便"贤弟，贤弟"叫个不停，恳求他救命。

郑颢心软了，想一想，想到一个藏他的好地方，便一咬牙说：

"好，我给你找个地方躲，你随我来。"

说罢，拉过陈侜的手，打开后园门，趁着星光，把他带到那堵墙的下面说：

"翻过去是一个大花园，花园主人已经搬迁，里面空无一人。你过去找个地方藏了，绝不会有人知道。你看，这墙上有个洞。每天，就从这洞里给你送吃的来，外面有什么消息，我自会告诉你。好，你快踩着我的肩头翻过去。小心，不要摔着了……"

陈侜听了，再三拱手称谢，然后踩着郑颢的肩头，翻身上墙，纵身向那边跳了下去。

　　这时，郑颢只感到胸口处狂跳不已，直至回到书房坐下，才稍稍平静下来。他想了想，决定不把此事告诉父亲。但是，他要向父亲提问："父亲，您说做人要风大随风，雨大随雨，可是，要是遇上一会儿风大，一会儿雨大呢？遇上风雨一样大呢？或者，根本不刮风不下雨呢？"看他老人家怎么回答。

第八章　略施小计

李德裕，沉浮于晚唐政坛的著名人物，善以狡计击败对手，就连诡计多端、心狠手辣、横行朝野的大太监仇士良，也在他面前败下阵来。

正当年轻气盛的刘稹要以仇士良为对手做一番较量时，仇士良却告老退休了。

那天，他气气派派风风光光地坐着八抬大轿，从皇宫回到广化里豪华的私第，沿途，人们都投来羡慕的眼光，但是他心中并不高兴，老觉得胸口处堵得慌……

"大人，请。"两个小太监把他扶下轿后，府中的管家迎上来，弯腰伸手，很恭顺地在前面引路。

刚跨进大门，便见院子里黑压压地站了一群人。一个洪亮的声音说：

"总管家马元贽率合府吏员、侍卫、男女仆役恭迎楚国公、天下观军容宣慰处置使仇大人荣归。"

总管家话音刚落，便响起一阵哗啦啦的收衣拽裙声，顿时，院子里跪下一大片，他们扯伸喉咙高呼：

"迎接仇大人荣归。"

接着，是一阵叩头声。

"起来，起来。"仇士良不经意地挥挥手，说着，径直向里走去。

欢呼、跪拜的场面见得多了，对此他毫不在意。尽管跪拜的人那么虔诚，那么恭顺，他都一点也不感动，好像面对的是一片树木蒿草，他熟视无睹。

原因是他在想心事。

这心事是他一踏上荣归的路途时就开始想了。他从头到尾细想了一遍，这才发现自己是上当了，上了李德裕那个混蛋的当了。不过也怪自己大意，竟没有识破陈俦那小子，只是，今后他别碰在我手上。

但他又想，自己也这把年纪了，这口气就咽下去算了，当没事一般，安安稳稳度晚年吧。

想想也不容易，自入宫以来，前前后后侍奉了宪宗、穆宗、敬宗、文宗、今上，五朝皇帝，三十年时间，不知经历了多少次险情，躲过多少次明枪暗箭；然而，也不知策划了多少次谋杀，杀了多少人，光是亲王、皇妃、宰相等大人物，就十好几个。现在，总算离开了那荣耀无比却也凶险无比的皇宫，不再算计人家也不再防备人家算计。因此，他感到放松的快乐，也因此感到十分得意，得意自己能有这么一个光彩的结局。当他踏上他的府第的大理石地面的大厅时，他觉得很实在。他想，从此再也不必担心自己得不到善终了。他心里默默计算了一下，三十年来，仅仅亲眼见到的大宦官死于非命的就有二三十，自己能活到安享天年的年纪实在是一大幸事。

在总管家马元贽的搀扶下，他登上大厅。可是，当他抬腿跨过高高的门槛时，一阵撕裂的疼痛从大腿根部突然爆发……

"哎哟……"他叫了起来。

马元贽立即将他扶住，问道：

"大人，怎么了？"

"痛！"仇士良向肚皮下的两腿间指了指。

跟随他多年的马元贽明白了，那是他的老毛病了。他自己说过，五十多年前进宫时那里挨了一刀，因为手术没做好，留下了这个终身的毛病，只要扯上了那股筋，就会像刀子割似的痛一阵。

"唉！"被扶上大厅正中椅子上坐定的仇士良待那阵痛过去后，重重地叹了口气。

"大人，好些了吧！"几个心腹部下和干儿子围拢来向他请安问候。

"老毛病了，没事。"仇士良强作无事地说道，"我们净了身的人，哪个没留下点什么毛病？只是轻重不同罢了。好了好了，大家都坐下，趁今天这个机会，咱们自家人在一起聊聊。"

气氛变得非常随和，一只会察言观色的猫趁机跳进仇士良的怀里，在他膝上转了两圈，然后趴下来轻轻地打呼噜。

马元贽在果盘里选了个又红又大的橘子，剥了皮，去了丝，掰开，分瓣放在小碟子里，双手捧到仇士良面前，说道：

"这是昨天才送来的温州蜜橘，请大人尝尝。"

仇士良尖着两个指头，取了一瓣放在嘴里，让只剩下几颗的牙齿去慢慢磨。

"好，很好，味道真不错。"他说。

又随便说了几句话后，马元贽问道：

"大人，请恕在下冒昧相问。大人在宫中三十多年，历经五朝，一路顺风，步步高升，直至如今这么大的荣耀，不知有何成功的诀窍。"

马元贽的话音刚落，便跟着一阵"大人""干爹"的亲切喊声，众口一词说：

"请给我们讲讲吧，也让我们长长见识。"

"好，趁今日大伙在，我给你们讲讲。"仇士良吐出口中的橘子渣，清了清嗓子，慢条斯理地说道，"侍候天子第一要义是不要让他闲着，闲着没事干了，他就想去看书，去见大臣。书上也好，大臣们嘴里也好，都说的是什么勤政啊、爱民啊、亲君子、远小人那一套，把他吹动了，心思便不在玩上了。你们想，我们当太监的，除了陪皇上玩以外，还有什么本事？我告诫诸位，如果你要想得到皇上的长久宠信，就得想着法儿让他玩。今天进珍奇，明天献美女；三日一大宴，一日一小宴，打球猎狐，斗鸡走马，歌舞弹唱，琴棋书画，换着花样玩，使他不知疲倦，忘了休息，一心扑在玩上，里里外外一无所知，就是知道，也是一星半点。这样一来，他什么不依靠你？只要做到这个份儿上，你想办什么事不成？……"

说得众人连连点头，口称高见。

正当仇士良说得高兴，众干儿、部下、门生听得热闹时，外面匆匆进来一个亲随太监，径直走到仇士良面前跪下说：

"禀告大人，关于陈俦的去处，已经打听到……"

仇士良见他欲言又止，又把目光看看众人，便说："你但说无妨，这儿都是自家人。"

"他现在躲在楚州。"

"啊！"仇士良听了一拍桌子说，"好，你立刻领人去楚州，把他做了，取回那封信回来见我！"

这陈俦只不过是一个初到京城混事的小人物，他是怎么又得罪了大宦官仇士良，从而招来杀身之祸呢？

说来话也不长，一切都是在几天之内发生的。

那陈俦因回潞州刺探情报被发觉，在追捕时避进郑颢家中，得到郑颢救助跳到隔壁花园里，平平安安躲了几日，待外面稍稍平静后，郑颢给他找根绳子，趁黑夜缒城而下，不分昼夜逃回了京城。他向宰相李德裕当面报告了潞州城内的情况：刘从谏什么时间什么原因得的病，哪一天死亡，临死前做过什么交代，其子刘稹在父亲弥留之际的表现，以及商讨抗拒朝廷、拉拢三镇等情况，说得详详细细。

李德裕听罢大喜，当即重赏了陈俦，并决定留他在相府干事。

陈俦谢了宰相，有几分悲戚地说：

"在下父母现在都被刘稹押在潞州牢里，望大人相救。"

"啊！"李德裕说，"从目前看，刘稹尚不敢轻易加害你父母。再过几天，看形势如何发展再设法营救。你这一趟差事甚是辛苦，先歇息几日再来府中点卯。"

陈俦谢了宰相，自回下榻处歇息不表。

且说李德裕打发走了陈俦之后，越想越得意，一切都在自己的运筹预料之中，都在按自己的计划步骤进展。他还非常清楚地记得，那天，皇上单独召见他，问他如何对待潞州节度使刘从谏敬献宝马之事。他当即向皇上献计道：

"想那刘从谏从他父亲手中接过节度使之职后，狂征暴敛，广积粮草，屡屡与朝廷作对。而今，突然遣使献马，必是见皇上登基后国势日隆，怕派兵讨伐于他，故而主动向皇上献殷勤，以图蒙蔽圣聪，苟安自保。以臣之见，陛下可采取冷处理策略，献马不要，来使不见，使刘从谏不知朝廷底细，必然心起疑窦。刘从谏是个性情暴烈、心胸狭窄之人，此法定会使他内部发生变故。陛下不妨拭目以待。"

果然，粗鲁急躁的刘从谏中计，但没想到的是他竟那么不经气，竟一命归西。这下好了，朝廷收回潞州的机会到了。至于那个乳臭未干的刘稹，平时只知道花街柳巷偷香窃玉，这种人能有多大能耐？别听他夸夸其谈，大话一套套的说，都是纸上谈兵，真的上了阵，只有哭鼻子……

初步的胜利鼓舞了李德裕，他设想了第二步、第三步取潞州的计划。他要拿出实际成果给皇上看看，让皇上感到没用错人，也让朝中文武看看，我李德裕风雨几十年，仍然没有垮……

"来人，备轿！"他要进宫面圣。

顷刻间，轿子就准备好了。他急匆匆上了轿，在轿子里还不停地命令轿夫"快些！再快些"。

众轿夫行走如飞，不到半个时辰便到了皇宫大门，但守门禁军不让进。

"对他们说，我是宰相李德裕，有紧急军务要见皇上。"李德裕对随行官员说。

但得到的回答却是：

"观军容使仇大人有令，下朝以后，任何人要拜见皇上，非得有他的亲笔签发的帖子不可！"

可是现在仇士良正在宫中，连宫门都进不去，如何能弄到他亲笔签发的通行证？李德裕明白，这都是仇士良捣的鬼，他怕大臣们私见皇上于他不利，便下了这样的命令。

"回府！"李德裕在轿内一跺脚，吼道。

大概因为来时跑得太快太累，轿夫们往回抬时便慢慢悠悠迈起方步来。李德裕也不催促，只眯着眼睛晃着脑袋想对策。

回到府中，走进书房，李德裕一眼便看到书桌上那摞文稿，其中，皇上叫他起草的那份敕文，不抓紧时间，明天怎么交卷？他有些着急，衣服也来不及换，便坐下写起来。

这是一份附在当今皇上加尊号为"仁圣文武至神大孝皇帝"文告后的敕文，过两天在丹凤楼举行加尊号大典时要公布。文章本不长，李德裕又是拟这类文书的熟手，很快也就写好了。自己读了两遍，改动了几个字，感到很满意。

尽管很满意，心里却堵得慌。难道心病又犯了？摸摸胸口，不像，想了想，啊，原来还是为今天进宫的那件事。他感到窝囊，堂堂宰相进宫见皇上还得要阉臣批准。他要改了这个规矩，不能容忍你仇士良如此霸道。然而，要动他，可没那么容易。他手握兵权，朝野对他都侧目而视。我这个才从外地回京城的贬官能斗过他？但是，如果随他这样下去，我这个宰相又怎么当？　他走出书房，信步在后院不停地转圈想对策。一阵风来，有些凉，树上一片叶子正好落在他肩上，随手取过一看，是片枯黄的枫叶，这时，他才想起今天是立秋。啊，真是一叶知秋啊。

可就这片叶子却触发了他的灵感：要扳倒仇士良，非借用皇上不可，但皇上对仇士良的态度究竟如何呢？他是皇上登基的功臣，不用说皇上是信任他的，不然，会给他那么大的兵权和荣誉？但是，他太飞扬跋扈目中无人，有时还给皇上眼色看，皇上能不在意？皇上贪玩好耍，可头脑也还清醒，不会对几十年来宦官专权的历史不了解，更不可能对自己受宦官挟制无动于衷。他们之间必定有间隙，但这个间隙有多大，他不知道。他决定测试一下。他手拿那片枯黄的树叶在后院里又走了两圈，一个计谋便在胸中酝酿成熟。于是，他立刻回到书房，在那篇敕文上加了一段文字。

然后，他慢慢站起来，望望窗外的一片秋色，那秋色背后是一片蓝天。他笑了，他觉得玩这些小智谋很有趣，就像那年他贬去淮南，带一队士兵去捕盗，整天在山沟里转悠，如同小孩捉迷藏，虽然紧张，却挺有刺激性。

"来人。"他决定立即实行他的计谋。

"大人，有什么吩咐？"门口的听差躬身问道。

"你马上去把陈俦叫来。"

"是。"

不一会儿陈俦就来了，见礼毕，李德裕说：

"陈先生近日休息可好？"

"谢大人关照，在下这几日休息得好。"

"休息好就好。今天这么晚了，本不该打扰，只因有一件紧急公务，非你莫属，故请你来一谈。"

"大人对陈某恩重如山，有什么事情吩咐就是。在下即使赴汤蹈火，也在所不辞。"

"来，请上前来，先看看这份敕文。看完了，我再说。"

陈俦上前几步，走近书桌，将那份敕文细读一遍。然后把目光询问似的望着李德裕。

李德裕微笑着指着那最后一段说：

"你把这一段抄下来。"

陈俦更不明白他的用意了，他叫抄，便取过笔纸抄起来。其实，那段文字只有几十个字，他一字不误地抄了下来：

> 古云不患贫而患不均，今神策军军衣口粮和马料杂支费用较其
> 他军士多三倍，朝野啧有烦言，应予酌减。

李德裕见他抄好后，拿过来看了看，又交还给他说：

"你将这张纸收好，今天去仇士良府上送给他。"

陈俦糊涂了，瞪着眼睛望着李德裕。

"你的任务很简单，把这张交给他就算完了……"

"在下愚蠢，请相爷明示。"陈俦忍不住问。

"你可以对仇士良这样说……"李德裕压低了声音对着他的耳朵说了一阵。

但见陈俦不住地点头。

"不过，"李德裕接着说，"为安全起见，你要暂时离开京城，去外地避避。我这里给你准备好了马匹银两，还有书信一封。去仇士良处送了那张纸

后，便去楚州，那里一切都会给你安排妥帖。时间嘛，多则半年，少则一两个月。到时候我会派人接你回长安另委重任。"

陈俦接过那张纸，再看看上面自己亲手写的那几十个字，抬起头来，又看看李德裕那略带微笑高深莫测的脸，心中顿时升起一团疑惧。都说李德裕才智过人却心机凶险，现在看来果不其然。在他手下干事，可要小心哩……

"怎么，你有困难？"李德裕见他有些疑虑便问。

"不，不不。在下是想，李大人如此足智多谋神机妙算，就是诸葛亮再世也比不上……"

当晚，打听得仇士良在神策军衙中，陈俦便去拜见。

神策军衙门可是个门卫森严的地方。陈俦用大锭银子买通门卫，请他去通报。半晌，回来说仇大人因正忙于公务，改日再来。陈俦又添了银两，请门卫向仇大人禀告，说在下有紧要文书呈献，如错过时间，就晚了。

门卫复又进去，不久领出一个公公，他把陈俦打量一番后说，仇大人正在后花厅等候。说罢，领着陈俦进了内院。这时，内院门边过来两个神策军武士，将陈俦浑身上下摸了个遍，方才放行。

还未踏入花厅，便有丝竹弹唱声传来。走过搭满花架的庭院，抬头望去，只见一群男女围着一个胖老头喝酒猜拳。陈俦心想那胖老头一定便是权倾朝野杀人如麻的仇士良了，心里不觉一紧。

公公叫他站在花厅门外等着，独自进里面向仇士良通报。这时，酒气夹着浪声狎语阵阵传来，使陈俦有一种走近平康里妓院的感觉。早就听说仇士良爱找年轻男女寻欢作乐，他还不大相信。仇士良不是太监吗，怎么还有那种爱好？今日见了，方深信不疑。

正在这时，里面传来一声呼叫：

"传陈俦拜见大人。"

陈俦急忙跨进花厅，走上几步，躬身抱拳说：

"在下陈俦拜见仇大人。"

仇士良听了，抬头望去，不觉一喜。好一个标致男子！他立即推开身边喂酒的侍女，问道：

"你这位书生深夜见我，有什么要紧事？"

陈俦喊了一声"大人"，之后不再说话。

仇士良知道他的意思，向左右挥挥手说：

"你们先下去。"

然后，仇士良很亲热地招呼陈俦：

"你走近些，慢慢对我讲。"

"在下陈俦，在宰相李德裕府里当差，干些抄抄写写的事务。今日，相国命在下抄了为今上加尊号的文告后，又抄了份敕文。因敕文中有段文字与大人掌管的神策军关系很大，在下便将这段私自抄了，趁黑夜献给仇大人，请您一观。"

说罢，陈俦从怀中摸出那张纸，双手呈上。

仇士良接过来认真看了两遍，摸摸下巴，脸一沉说道：

"陈俦，你好大胆！你说，你受何人唆使，敢编造这种无稽之谈来挑拨相府与我神策军之间的关系？你老实讲来！"

陈俦听了，先是一惊，但很快镇静下来，冷冷地笑一声道：

"朝野都说仇大人睿智果断，明察秋毫，胸怀天下，宽恩待人，却不想对一个实心实意前来投靠的人如此不信任。罢罢罢。只可惜我陈俦一腔热血卖给了不识货的人……"

"放肆！闭了你的狗嘴！"在一旁的公公对陈俦吼道。

仇士良并不计较，微笑着对陈俦说：

"你说，你说……"

陈俦站在那里，默不作声。

"哈哈哈！"仇士良大笑数声说，"你放心说，我不怪罪你。你说，怎么把一腔热血卖给不识货的了？"

"好，大人让我说，我就说下去。"陈俦做出十分委屈的样子说道，"大人试想，如果我的消息是无稽之谈，哄过了今天，能哄过明天吗？明天，就要举行加尊皇上为'仁圣文武至神大孝皇帝'的典礼，礼毕就颁布敕文。在下粗通礼仪，不疯不癫，去编造这种无稽之谈不是自讨苦吃吗？在下不过是仰慕大人盛名，发现有对大人不利之事，冒着危险前来相告，不想竟受到这般对待……"

仇士良听他说得有理，再看他那副委屈可怜的样子，越发可爱了，便笑着走下座来，握着他的手说："陈先生莫怪，我是逗你玩的。来，快坐下快坐下。"又对站在一旁的公公说，"快叫人上茶……"

陈俦坐定，才发觉背心发凉，原来竟被吓出一身冷汗。尽管现在他对自己的怀疑已经消除，但一想到面对的是可以左右朝政、一提到他就令人头皮发麻的仇士良，心里仍然有点发怵。但他强作镇静地坐在那里，等候问话。

半晌过去了，陈俦已两次端起茶碗，慢慢用碗盖荡开茶叶喝下好几口了，仍不见仇士良发问。但他感觉到，仇士良正在上上下下仔细打量他。

奇怪，难道我身上有什么破绽？

他不敢抬头与他目光相对，他怕他。

"不要怕，就像在家里一样嘛。"好像看穿了他的心思，仇士良轻轻拍着他的肩头说。

陈俦不觉一惊，好一双闪亮发烫的眼睛！

陈俦怎么也想不到仇士良是这么样一双眼睛，他太熟悉了，在平康里，那儿的老鸨儿个个都有一双看得使你害臊的眼睛。他不想多看。

"陈先生，"仇士良用尖细而故作女性温柔的声调说，"你提供的这个材料对我很重要，我要重重地奖赏你。这样，你先去后院休息休息，待我把这份材料的事处理了，我们再细谈。"说罢，手一招，将公公叫过来，对他吩咐，"你带陈先生去后院上房暂息，叫厨下准备好一桌酒菜，待会儿我要陪他喝几盅。"

陈俦已意识到点什么了，但还拿不准，便有几份忐忑不安地随公公走向后院。路上，他悄悄问公公："难道要把我看管起来？"公公笑着说道："陈公子，你的运气来了。咱们仇大人看上了你，今晚让你陪他玩。只要你让他满意，给你的赏赐，你一辈子也用不完。只是，陈公子发达了，不要忘了今天给你带路的我。"

陈俦听了，心情一下变得复杂起来，他一时说不清到底是哪种心情，但他略作寻思，才觉得应该是后悔。要是当初便投在他门下，早就发达了；而如今，还是个不上品级的文案。现在悔之不及，只有硬着头皮干下去再说。

然而，当他陪仇士良一夜玩下来，他又增加了新的后悔。那是什么玩啊，简直是疯狗咬架。好不容易等仇士良睡了，他才悄悄起来，检视浑身上下的牙齿印、指甲印，伤痕累累，惨不忍睹。这时，才觉得要想在官场上混出个人模狗样来是多么不易。他轻轻抚摸着自己的伤痕，眼睛盯着那绣着各色花卉的帐幔。他怕他醒来后的新的疯狂，静静地坐在椅子上，不敢发出半点声响。

"郎君——"

好像很远很远的地方传来一声尖细的呼喊，难道是戏班子里的小旦在吊嗓子？他伸头向窗外看看，天色还早，吊嗓子的演员应该还没起床。

"郎君呀——"

顺声寻去，原来是从帐幔里发出来的。那声音有几许哀怜，也有几许凄惨。是他在梦中发出来的。他听了觉得奇怪，一个凶残无比的杀人魔王怎么会发出这种声音？要不是亲耳听见，怎么也不信。不知怎地，对他，竟产生一种莫名其妙的同情：唉，他实在也可怜。

天，终于亮了；他，终于起床了。

"陈先生，昨晚你所报之事，我已做了核实，你没有说假话。"他变得一本正经，全然不像昨晚的他，连说话的声调也有了几分庄严，"我给你准备了一份薄礼，你收下。另外，你有什么要求，说出来，我都会满足你。"

陈俦想了想说：

"听说皇上拟下诏，今秋会试，我想去参考，恳请大人为小生写封信，向主考官举荐，不知可否？"

"这个容易。"说罢，仇士良随手取过纸笔，胡乱写了几行，交给陈俦说，"只要有了这个，无论哪个主考官都会录取你。"

"谢大人。"陈俦说罢告辞。

走出大门时，他不无留恋地回头望了望，门匾上"神策军"三个大字实在写得不错，细看落款，原来是柳公权的亲笔，怪不得那么有精神。

回到宰相府，陈俦向李德裕详细报告了昨晚去见仇士良的经过。至于陪宿一节，则完全隐去不提。

李德裕听了甚为满意，立即交给他书信和银两，命管家备了快马，让他奔楚州去了。

自从那夜以后，王才人便觉生活有了色彩，跟皇上这么多年了，从来没有从他身上得到过这么大的愉快和满意。她说不出那是一种什么样的惬意的感觉，只好像进入到一种不可言说的奇妙境界，一种全身心为之牵动为之颤抖的那种陶醉。她从来没想到他还有那么好，一种略带有羞涩的那么好……

但是她还是找出他的不足，他太粗暴太仓促，还没有进入最满意境界时便潦草收场云散雨歇。全然不像两年前在光王府的那座楼上与那一位的那种淋漓尽致，那么缠绵长久，那么温和热烈……唉，可惜，为什么不是他啊！

一想到他，便想到那个活泼可爱的洳儿，那个宫中人人喜爱的小公主。她又有一两个月没有来过了。她好想见到她，听她说她的父亲。"我父亲这一向最爱看解梦之书，天天都把他做的梦拿去对照看看，还问我们做了什么梦，他好给我们圆。我说我天天都做在天上飞的梦，他就问怎么飞，朝哪个方向飞。谁记得清？……"她听了，心里好难过，他怎么变得如此萎靡不振了？他是个干大事的人，不能让他为了儿女私情而毁了自己……"我父亲还写文章哩，我看到一篇，是研究《诗经》的。"真要是写文章，也还不错。那他写的什么呢？她想看看，她叫洳儿下次进宫时带来。偷偷地带，不要让他知道……

"王贵妃，云霞殿午宴已摆好，请贵妃入席。"传事太监在寝殿门外躬身禀报。

听叫一声"王贵妃"，她心中乐滋滋的味道立即涌了上来，半个月前皇上才封的。皇上还说本来是想封她为后的，可是……她知道是哪些人从中作梗。但她伸手摸摸肚子，瘪瘪的。这一向皇上天天来，怎么就没有一点动静？唉！也难怪，自己的肚子太不争气……

在一群宫女的簇拥下，王贵妃到了云霞殿。刚踏入殿门一听那音乐，就觉得今天气氛不同，这时，她才想起，今天是为皇上加尊号的庆典吉日，后宫自然要摆宴庆贺。殿上，酒席已摆好，在等她率先入席了。因为皇上未立皇后，后宫就数她最尊贵。

在执事太监引导下，她坐首席，以下，各嫔妃依次入席。

坐在首席上她本应该高兴，可她高兴不起来。她想，如果她被立为皇后，今天不就在外面的勤政殿上与皇上并肩而坐接受群臣的跪拜了？那有多辉煌！可现在，只有跟这班妃嫔在一起了，想想，真晦气。

礼仪冗繁而漫长。而后，又是敬不完的酒，你敬过来，我敬过去……她感到厌烦。她只希望早早回到自己的寝殿，仔细想想该怎么办。

好容易敷衍到散席，回到寝殿便一头倒在床上。

想来想去，还是怪自己没有生育。烧香拜佛求神许愿，什么办法都想过，没有用。突然，她想到那个赵归真道长，他能治好皇上的病，难道不能治好我的病？她要去求皇上，让那个道长想办法。今天就向皇上提出来，他今天一定会来。

"喂，你们都过来。"她对门外喊道。

门外四五个宫女答应一声走进屋来，听候吩咐。

"我要洗澡，快去准备。还有，快把屋里再收拾一遍，那些花瓶里的花，也该换了，去后园选新开的采几把来……"

"是！"齐刷刷一声答应后，宫女们分头忙碌去了。

今天给自己加尊号，武宗自然很高兴。他坐在高高的龙椅上，听大臣们一个接一个念颂辞，念文告，还有什么敕文之类；接受文武百官三跪九叩，山呼万岁，那滋味实在非同一般，晕晕乎乎的，好像自己真的成了什么"圣人"和"神仙"。

但是他也感到美中不足，孤单单一人坐在上面，如果她被封了皇后，就在旁边给她安个位子，凤冠霞帔地坐着，让我拉着她的手，一齐接受跪拜，那滋味恐怕更是非同一般了。想到此，他不由自主地左右瞟瞟：一边是仇士良，我能坐上这个位子，还全靠他；一边是李德裕，朝廷一应事务，全靠他去处理，没有他，我这皇位也坐不安稳。别看他们对自己又是磕头又是作揖，到头来，我还得听他们的。这么一想，当皇帝的滋味一下就淡了许多。

礼仪烦琐而拖沓，龙椅上虽然有厚厚的垫子，他也感到硌屁股。他实在坐不住了。

刚刚听到"礼成"两个字，武宗便匆匆向王贵妃的寝殿走去。自从那个难忘的晚上之后，他几乎天天去她那儿。他在她身上找到了最大的欢乐。他太感谢他的赵归真师父了。自从吃了他的药，对她的畏惧全部消失，只感到体内沉睡的活力全都迸发了出来，如江河决堤，如山洪暴发，直泄而下，不可阻挡。这时，看她躺在那里，再不是那个高不可攀、威不可犯的仙女，而是一个可以任他怜爱的平常女子，直到酣畅淋漓精疲力竭地把自己的全身心都交给她……

"喔……"

"啊……"

宫墙外传来一阵杂乱的喧哗和吼叫。

武宗停下脚步，听了听，那声音越来越大，他奇怪地问：

"外面在闹什么？"

随行的仇士良走到他面前说：

"据臣所知，是神策军在丹凤楼前吵闹。"

"为了什么？"武宗问。

仇士良回道：

"他们说，李德裕拟的敕文里，把神策军给养待遇削减了三分之一。他们感到不平，故而喧哗。"

武宗一听，望着仇士良问道：

"如此说来，神策军要闹事你早就知道？"

仇士良没有回答武宗的问话，却说：

"陛下，神策军乃国家之根基，入则保卫禁宫，出为征战中坚，其待遇优于其他军兵，也是应该的。李德裕乃文官，不懂军务……"

听到这里，武宗然想起昨天李德裕将拟好的敕文呈给他过目的情形。

……

望着敕文的最后那段话，武宗在发愣，仇士良那马蜂窝可捅不得。便对李德裕说道：

"敕文中其他各条，朕都同意，只是削减神策军待遇的事，卿看是否缓行？"

李德裕正色说：

"这削减神策军待遇之事，是臣下根据陛下口谕拟定的，怎么减，减多少，也都是陛下同意了的……"

"是吗？朕怎么记不起来了？"

"陛下，臣那天在面奏敕文内容时，逐条逐款都是陛下点头认可了的。"

武宗想想，那天我叫他拟敕文时，他是向我奏报了敕文要拟的内容，但提没提这条，实在模糊了。那两天与她正在兴头上，晚上精神倒好，一到白天就光打瞌睡，怕是点了头……

"不过，朕是怕……"

李德裕知道武宗要说什么，便抢先说：

"当然，要是陛下怕仇士良那里通不过，那就把那条……"

"不！"武宗也抢先用斩钉截铁的口气说，"既然朕已点了头，就那么办！"

……

"神策军削减待遇之事是朕点了头的，与李德裕无关。"武宗打断仇士良的话，板着面孔，接着又说，"你身为观军容使，又是神策军护军中尉，竟允许他们在皇城闹事，你可知罪？"

第一次听武宗用这么严的言辞训斥自己，仇士良听了一惊，连连点头谢罪。

经过这件事一搅，武宗刚才的那份兴致全给搅没了。因此在他踏进王贵妃的卧室时，脸上没有一丝笑容。

然而，当他坐定下来，接过王贵妃捧过来的香茶，见到她那匀称丰满的身体，听到她那甜甜的问候时，紧绷的脸一下子便松了下来。

他发现她今天打扮得特别迷人，半露着雪白胸肌的翠绿色长裙和紧系腰间的白丝带，把她身体每个该收束该凸现的部位都恰如其分地收束凸现了出来，加之头上那松松挽着的发髻，和那脚下饱满小巧似有弹性的鞋脚，立即把他诱进到一种神魂荡漾的境界。还有那满屋的花香，以及她捧茶带过来的温馨，都使他迷醉得难以自持。

"陛下今天累了？"王贵妃扶着他的肩软语款款地问。

他拉过她的手，摇摇头，说：

"不是累，是气。"

"谁惹陛下生气了？"

武宗便把刚才发生的事细说一遍。

王贵妃听了，故作惊诧道：

"陛下，这可不是儿戏。他今天敢煽动闹事，明天就敢……"她忙把嘴捂住，不敢再说下去。

"哼，他不要命了！"

"可是他……"

两个正说着，忽听门外有脚步声。

"仇大人要见陛下。"传事太监在门外喊。话音刚落，仇士良便进了屋。他飞扬跋扈惯了，见了皇上也不跪，只弯弯腰，从袖口里拿出一张纸说：

"皇上，老臣年纪已大，该告老退休了。现呈上报告，请陛下恩准。"

武宗接过报告，低头看了，正抬起头来准备问话，一看，仇士良不在，再朝远处看，只见他的背影在大门口晃一下就不见了。

武宗拿着那张纸发愣，半天说不出话来。他从小生在宫中，在仇士良陪伴玩耍中长大。封了颍王出宫后，他们仍有往来。后来，又帮他当上皇帝，如果离开他，这日子该怎么过？王贵妃见武宗六神无主的样子，知道他的心思，笑吟吟地过来说：

"陛下不必作难，臣妾想好了一个两全的办法。"

"爱妃快讲。"武宗知道她很有主见，往往对她言听计从。

王贵妃把椅子往武宗身边挪挪，放低声音向他说了一番。

"好，就照你说的这样去办。"武宗连连点头，对她的办法很是欣赏。

其实，王贵妃的办法也没有什么特别之处，她不过是摸透了仇士良的心思而已。

仇士良自恃拥主之功，便老虎屁股摸不得，谁知这次却栽在李德裕手上，而且还与武宗串连好，让我这老脸无处搁。好，既然如此，我就撂挑子不干了，看除了我仇士良以外这一摊子谁还能玩转？到头来，你武宗还得向我发话挽留。那时候，我还来个故作姿态，拿摆你一番后才勉为其难地去神策军府衙视事……

回到广化里私第后，仇士良便伸长了脖子等候。当晚，他就等到了武宗的一纸诏书。诏书上写道：

> 观军容宣慰处置使、楚国公仇士良上表称，因年老多病，请求退居养老。朕准其所请，免去观军容使及神策军中诸职。念仇士良历仕宪、穆、敬、文、本朝五朝，劳苦功高，特赐左卫上将军兼内侍监，并准建纪功碑，以资表彰。

仇士良看罢心里骂道，好个李瀍，我不过跟你赌赌气，你倒跟我动起真来。掌实权的职务全免了，封个上将军空头衔，给个内侍监的实差使，把我拴起来做事。做梦！我仇士良一样不做，专在家里坐着看你的笑话……于是他又上本，推掉一切职务和封赠，要彻底做个散淡的人。

其实，这仍然是仇士良的一种手段。武宗从小是他抱大的，是个什么脾气还不知道？他想，这次，武宗一定会软下来，御驾亲自过府，请我回去。哼，到那时，我把架子拿够了再说。

岂知，这次他仍然是一厢情愿地在做梦。他盼到了回音，武宗在他的报告上批了两个字：照准。

见到这两个字，仇士良把牙咬得吱吱响，他恨，恨李德裕，恨武宗，恨武宗身边那个女人，甚至，他恨一切人……

尽管，武宗下令给他张张扬扬办了欢送活动，他的气也一点没消。

第九章　变异人生

在权欲、利禄、美色的发酵剂的催化下，人性逐渐被扭曲，丑恶开始膨胀，于是各种各样为达到目的的权谋和手段被使用出来。然而，权力斗争没有永远的胜利者。仇士良一生废立皇帝、屠杀臣民，权谋使尽，但最后仍一败涂地。

"快拿酒来！"宰相李德裕一下朝回府便高声喊叫起来。顷刻间，厨下便端上七八样他平日最喜欢吃的菜肴，温了一壶好酒，摆在他的卧房里。

夫人裴氏了解丈夫的习惯，凡遇高兴的事就要喝两盅。她笑吟吟地走过来，为他斟了酒，问道：

"老爷，今天遇上开心事了？"

李德裕回了夫人一个微笑，将一杯送过来的酒一饮而尽，点点头说：

"真没想到，哈哈……"他从盘子里夹了几根凉拌肚条，放进口中，边吃，边笑，边说："真没想到，那仇士良竟如纸扎的一样，我一口气就把他吹倒了……"

"怎么？他倒了？"夫人问。

"倒了，现在正在家里抱孙……"他本想说"抱孙孙"，但一想他是太监，哪来孙孙，便说，"抱，抱他的波斯猫去了……"

夫人也放声笑起来。她说：

"这些年，他专跟你作对，还派人来暗算你。这下，就可以放心了。"

"是呀，我一回朝，他就跟我过不去，怎么将就他都不行。现在，我做事就顺手多了。"

"那谁来接替他呢？"夫人问。

"皇上已同意了杨钦义。"

"也不大好对付哩！"

"他嘛，总比仇士良好。不过，到以后再看……"

说着，李德裕又连连喝了两盅。有了几分酒意，说话就滑溜多了。

"想我那些年背运的时候，走平路都栽跟斗，事事不顺；而这两年，事事如意，想办的什么事件件成功。你看，才回朝那阵子办点事有多难，牛僧孺那伙人，仇士良那伙人，处处跟你作对，背后算计你，谋害你。而如今，才一两年工夫，撵的撵了，贬的贬了。办事顺当多了。"

夫人为丈夫高兴，选一块没有刺的鱼给他送过去说：

"这下，大人可以放手把先父任宰相时一心想收复河湟、削平藩镇的事做下去了。"

"只要没有新的干扰，父亲的遗愿一定能在我手上完成，让他老人家瞑目九泉。"

谈话间，李德裕又喝了几盅。他沉吟了片刻说：

"世事也不可想象，仇士良这棵大树怎么说倒就倒了。"

"这叫恶人恶报！"夫人说。

"这么说来，我是好人好报了。"李德裕笑道。

"佛经上都这么说。"夫人说完有些后悔，因为丈夫不信佛。

"可是，"果然他反驳了，"世上许多恶人活得有滋有味，长命百岁；好人却多灾多难，不得善终。这该怎么讲？"

"就你爱钻牛角尖，你想当恶人，就去当吧。"夫人笑着回答道。

李德裕也笑道：

"不是我想当恶人，有时候你还非当不可。所以我说，人在世间，该当好人的时候就当好人，该当恶人的时候便当恶人。"

"阿弥陀佛……"她又脱口而出，自己也好笑。

夫妻二人正谈得有趣，管家报说门上有马元赞求见。

李德裕听了奇怪，马元赞是神策军中的一个军官，后来成了仇士良的总管家。以前，也见过两次，一表人才，彬彬有礼。还可惜他竟是个阉人，又与仇士良搅在一起，成了他的心腹。今天来找我何事？难道他是受仇士良派遣来探听虚实、疏通关系，或者……李德裕一路想着，走进了客厅。

"末将拜见大人。"马元赞见了李德裕，躬身下跪双手抱拳说。

"将军请起，不必多礼，请坐。"

说罢分宾主入座，看茶。

"将军光临敝府，不知有何见教？"李德裕见马元赞低头不语，便问。

马元赞长长叹了口气，欲言又止。李德裕示意左右退下，然后说：

"将军有何事，但说无妨。"

马元赞又犹豫了片刻，才说：

"仇士良谋反……"

"什么？"李德裕大吃一惊，他不信。

"仇士良谋反。"马元赞重复说。

"当真？"

"当真！"

"有何证据？"

"仇士良私藏兵器。"

李德裕听了缓了口气。他想，仇士良曾为神策军最高统帅，私有几件兵器，也不算什么。便若无其事地问：

"有些什么武器？有多少件武器呀？"

"刀枪剑戟、弓弩箭矢，十八般武器样样齐全；还有盔甲旗仗，加起来有数千件之多。"

李德裕不信，冷冷一笑说：

"马将军，老夫可不是好戏弄的！"

"大人！小的吃了豹子胆也不敢戏弄大人，我说的句句是实。"

"我相信……"李德裕冷冷地说，"莫说数千件，就是数万件，神策军衙门里也有得是。"

马元赟知道他领会错了，忙说：

"李大人，只怪小的没说清楚。那几千件兵器是私藏在仇士良广化里家中的，全都放在夹墙和地窖里，一般人不知道。"

李德裕听了，看看马元赟那认真的样子，也认真地问道：

"当真是藏在仇士良广化里私宅的夹墙和地窖中？"

"一点不假！"

"当真有数千件之多？"

"他家后花厅有个地下通道，通向地下室，里面全码放的是兵器盔甲。后花园新修的楼里，有好几处夹墙，里面全藏的是弓箭弩矢……"

"你如何知道得这般详细？"李德裕问。

"末将去年从神策军衙里调任仇府管家，是最近无意间发现的……"

李德裕听了，心中暗暗高兴。如果马元赟所言是实，那仇士良便死定了。按《唐律》，私家不得藏有兵器、旗帜、仪仗，违者严惩。他记得上面规定，私藏长矛或戟一支者，判刑一年半；私藏甲一领，弩三张，流放二千里；私藏甲三领，弩五张，处以绞刑。仇士良私宅藏了数以千计的兵器，还想活吗？仇士良呀仇士良，你曾多次要置我于死地。现在，天赐良机，让我还你一次。但是，仇士良树大根深，目前虽辞官在家，但他的爪牙可布满朝廷，不能小看他。不想出一个周密的办法，是治不倒他的。

"马将军，"李德裕说，"仇士良犯下如此滔天大罪，你不去刑部告发，来找我是何用意？"

马元赟见李德裕沉着脸，心里不觉也发凉。心想我马元赟大小也是个人物，而今仇士良倒了，我改换门庭来投奔你，虽说我有个人的打算，但我把如此重大的机密告诉你，也是为了帮助你彻底消灭对手；可是你却对我卖关子，那好……想到这里，马元赟便说：

"在下一向敬仰大人，我之所以把如此重大的事告诉大人，只是为了讨教一个办法而已。既然大人指点去刑部，那在下这就告辞去刑部告发便是……"

说罢，马元赟便起身告辞。

李德裕见他真的要走，忙起身挽留说：

"将军请留步……"

李德裕清楚，马元赟这个时候来投，当然是因为仇士良大势已去，要重新找个靠山，我何必把他拒之门外？再说，他带来的这个消息也实在太有价值了，不趁这个机会把仇士良彻底摧垮，万一他以后又翻了起来，那还了得？过去好几件事都是因为当时手软了一下，结果贻害无穷。马元赟虽然口说要去刑部，但要是不去呢？即使去了，告了，那刑部里仇士良的人还少？让他得到消息，转移了物证，谁又能奈何他？想到这里，李德裕脑子一转，一套既能达到目的，又不暴露自己的计谋便出来了。

"马将军，"李德裕说，"我有话相问……"

"大人请讲。"

"将军去刑部告发仇士良，说他私藏数千件兵器，那刑部官员必然问你，作为仇士良手下将军，现在又是他的总管家，他家藏有这么多兵器难道平日你能一无所闻？"

马元赟一听，愣了。是呀，仇士良收藏兵器之事，自己早就知道，而且有几批还经过自己的手……

"再说，"李德裕接着说，"那仇士良非等闲之辈，绝不会束手就缚。你告发他私藏武器，意欲谋反，他一定要与你对证。那时，他反咬你一口，你能说得清吗？"

还没等马元赟把第一个问题想清楚，李德裕又提出第二个问题，而且，一个比一个更难回答……怪不得仇士良不是他的对手哩……他只感到头脑发胀，眼睛发黑，半晌说不出话来。最后，只得说道：

"请大人指点。如能救在下渡过这次危难，今后为大人赴汤蹈火，在所不辞……"

李德裕听了，将身子向前倾了倾，说道：

"将军，恕我直言，你现在的处境确实十分不妙。仇士良自失势后，心中难平，意欲造反，还要把你拉进去。这可是诛九族的大罪。将军是深明大义的人，当然不愿参与。但是，你若告发，刚才已经分析得清楚，于你绝无好处，那你去劝阻？或者你逃走？看来都不是办法……"

"难道，难道大人就看着在下等死？"马元赟恳求道，"请大人想个办法，救救我……"

李德裕沉吟了一会儿，说道：

"办法，倒是有……我且问你，仇士良近来身体状况如何？"

马元赞说："他虽说已快满七十，可硬朗着哩，一个冬天伤风都难得一次。"

"啊！"李德裕意味深长地叹了口气说，"如此说来，就有些难了……"

马元赞有些明白李德裕的意思了，说道：

"大人，您的意思是不是把他立即……"马元赞做了个杀的动作。

李德裕点点头，说：

"这是唯一能救你的办法。如果他死了，这件事就算了了。不仅你得救，就连他自己，也得救了。"

马元赞听了有些迷惑不解，用疑问的目光望着李德裕。李德裕说道：

"将军你想，仇士良前前后后侍候了五朝皇帝，官至天下观军容使，又封楚国公，位极人臣。如果因一念之差去谋逆造反，一辈子英名不全毁了？这不是救了他吗？"

"啊！"马元赞明白了，说，"大人见解果然高明。"

"但是，"李德裕说，"一定要不露痕迹才行。"

"这好办。我那里有一种药粉，无色无味，只要吃上一小点，就如睡觉似的死去，一点痕迹都没有。"

"那好，你快去办，越快越好。迟了，仇士良一起事，就来不及了。"

二人商议已定，马元赞立即告辞，按计划动手去了。

其实，李德裕也并不是没有救马元赞的更好办法，他可以带他去见皇上，由皇上亲自下旨查办。可是他觉得这样对自己太不利，仇士良与自己有隙是人人皆知的事，如果他出面，必然会引起满朝议论；再说，虽然经过皇上办起来快，但仍要诸多机关配合，环节一多，必有变故，哪有这个办法干脆？何况，万一马元赞所言有虚，也与己无关……

这以后的故事，既简单又具有戏剧性：仇士良在吃了马元赞亲手给他剥的温州蜜橘后，得绞肠痧暴卒。马元赞因此保全了自己。又过了一段时间，当人们已快把仇士良忘记了时，不知是谁告密他藏有大量武器图谋不轨，武宗下旨查办，结果在他广化里私宅里搜出兵仗数千件，朝廷上下为之震惊。

武宗立即下诏，削夺了仇士良的全部官爵，籍没其全部财产。

轰轰烈烈威威风风一生的仇士良，最后不仅没有得到善终，而且死后还被掘棺鞭尸，这是他生前怎么也没有想到的。

得到好处的是马元赟，因为这件事办得干净利落，在李德裕的推荐下，当上了左神策军护军中尉，接过了仇士良的权杖，成了朝廷上下为之侧目的显赫人物。不过，不管马元赟怎么威风，他也不敢在李德裕面前有丝毫表露，因为有一件永远说不出口的事被李德裕紧紧攥住，敢不看他的眼色行事？而这，恰恰是李德裕所需要的。

"快，快去叫厨下准备几样可口的菜，烫一壶酒，给老爷送到卧室里来。"

裴夫人一听说仇士良因谋反案发被削夺官爵掘墓鞭尸，便立刻吩咐下去备酒菜，专等老爷回来时摆上，好让他高兴。想想也好笑，一个不男不女的太监，居然还想造反当皇帝。也算菩萨有眼，让他得到报应……

正想着，听见外面轿子落地声，知道是老爷回来了，夫人赶快迎了上去。

"真是恶贯满盈，菩萨不容……"夫人一面伺候李德裕洗脸更衣，一面说。

李德裕当然知道她指的什么，但没搭话，他认为今天应该高兴，但不知怎么的高兴不起来。

"你看看，免职、暴死、抄家、鞭尸……前前后后不到一年。不是不报，时间未到；时间一到，样样都报。这话真不假……"夫人一边给他斟酒，一边唠唠叨叨没完没了地说。

"你少说两句行不行……"李德裕今天不但高兴不起来，还有一种莫名的烦躁。一切太顺利，顺利得使他感到害怕。记得小时候，在上学路上拾到一锭银子，好大一锭银子啊！他惊喜地把它拾起来，揣进怀里。然而当时他却高兴不起来，只感到心跳加剧，一阵阵疑惧把胸口捂得严严实实，连气都喘不过来。现在，他就是这么一种感觉。起初，只不过是想气气他，叫他不要太张狂，怎么就接连把他置于灰飞烟灭的地步？他也觉得自己太厉害太狠毒了些……想到这里，他摆了摆头，不愿再想下去。

裴夫人并不管他高兴不高兴，继续她的话题说：

"你说这仇士良为的啥？竟想当皇帝。就算你当上了，别的不说，就那后宫几千嫔妃该怎么处置？有那能耐吗？"

李德裕听了不觉笑道：

"你知道他没那能耐？他死后从私第里就清查出好几百个专门陪他睡觉的妖女娈童。他的能耐大着哩！"

裴夫人听了不信，凑近些问：

"怎么个大法？"

李德裕便小声对她一五一十说了个详细，但见裴夫人瞪大了眼睛连声念道：

"阿弥陀佛……"

老夫妻二人就着酒说话，笑声不断。

可是，当管家送来一沓信，李德裕一一拆开看后，笑容顿时就从脸上消失了。

都是使李德裕感到头疼的消息。

潞州的刘稹居然与河朔三镇的成德节度使王元逵、魏博节度使何弘敬、幽州节度使张仲武秘密交往。如果他们真的达成协议，联起手来对付朝廷，那就麻烦了。

更麻烦的是太原都将杨弁发动兵变，撵走了节度使李石，举起反旗，而刘稹与他很快取得联络，二人结为兄弟，合兵一处，声势越发张狂了。

除此之外，还有回鹘、吐蕃犯边的消息，也使李德裕头痛。

最后一封是楚州来信，这使他想起陈俦，在对付仇士良时，他立了头功，现在该叫他回来委他个事了。可是拆开一看，信中说的正是他。他在那边出了事，被送进大牢，楚州刺史写信请宰相大人出面搭救他。

李德裕的眉头皱得更紧了。

今天咋了，大大小小的麻烦事怎么都凑到一块儿来了？

陈俦骑马离开他已习惯了的繁华的京城的那一刻，心中很是怅然，不无留恋地再回首把那高大的城郭看了一遍又一遍，直到颈子都扭得酸痛了，这才快快离去。

　　然而，当他快马加鞭走了一程，与通衢大道上南来北往的车马和行人搅和半天后，心境大变。他骑在鲜鞍亮镫的高头大马上，穿着时新的丝绣花边的锦袍，行囊里有充足的银两和价值可观的珍宝，特别是怀里揣着的两封信，那是当朝最显赫的两个人写的。光凭这两封信，走州吃州，走县吃县，谁敢白眼相看？当初，因为跟家里闹别扭，一气之下跑到长安，没两年竟也混出个人样了。想着想着，脸上掠过一阵得意，胸脯也挺得更高了。

　　春风得意马蹄疾。楚州虽远，不几日也就到了，找到刺史府，递了书信。那刺史本是李德裕老部下，见了来信，不敢怠慢，吩咐差役在府衙附近收拾一间干净房屋，安顿陈俦住了。还给他安排了份只拿钱不做事的差事，任他逍遥，从不过问。

　　这楚州虽比不上京城繁华，倒也是个热闹地方。因是水陆码头，樯帆不断，人流如织。城中三街九市，店铺林立，更有数不清的茶坊酒肆花馆戏院，整日笙歌齐天，笑闹声不绝于耳。陈俦本性贪玩，见了这般好去处，哪里按捺得住，加上身上有的是银子，便如鱼得水般搅和在里面，花天酒地过起日子来。

　　不过玩久了也有腻的时候。

　　比如这天，恰逢观音菩萨生日，烧香还愿的善男信女潮水般涌向白水寺，其中还有不少名门闺秀、小家碧玉、村姑渔女混在其间，在观音大士前烧上一炷香，默默祈祷自己的心思。

　　专爱赶热闹而又风流成性的陈俦这天也到了庙里，东瞧瞧西望望，朝有女人的地方挤，挤了大半天却没见一个值得驻足流连的。信步走向后殿，转了一圈，也一无所获。正当他准备往回走时，突然发现前面有个女子，披着一领红色大氅徐徐前行。陈俦眼睛顿时亮了一下，不由叹道：好柔美的身腰！再看她走路，轻盈盈如踏在水面，轻飘飘似微风拂柳。陈俦看痴了，只觉得她的每一脚都像踩在自己的心上。

　　背影这么迷人，那面容呢？陈俦心急火燎地要撵上去看个究竟。哪知他光顾看前面，忘了脚下，地面的阶梯竟没看见，一脚踩空，摔了个狗啃屎。

　　活生生一个大人轰一声摔倒在地，立即引来四面八方香客的目光。一看竟是穿戴整齐风度翩翩的书生，笑声更是响亮。

前面那位红衣女子听见笑声，也不觉停下脚步回过头来，被那书生的狼狈模样逗得微微一笑。

那陈俦虽然摔了跤，但两眼仍死死盯着前面的女子不放，见她回过头来，又微微一笑，顿时一阵发酥；接着，又是一阵惊异，那红色大氅，那苗条身段，特别是那回头一笑百媚生的绰约风度，他好像在哪里见过……他从地上爬起来时，顾不得拍衣服上的灰揉大腿上的痛，先敲敲脑袋……啊，想起来了，她不就是郑颢给我看的那幅画的画中人吗？

他与郑颢虽然初识，交谈时间不多，但因处于特殊环境，便有了一见如故的感觉，相互间敞开心扉，无所不谈。年轻人之间再没有比讲到自己心爱的人更兴致勃勃的了。他从墙上那个洞讲起，一口气把他与卢秀儿的故事讲个干净，又把那幅画给他看。"看，她多美！还是她自己画的哩！"那画，那画上写的字，陈俦都记得清清楚楚。

是她，一定是她。那画上写得明明白白：举家迁楚州。我现在不就在楚州吗？那天与郑颢告别时，他一再嘱咐，如有机会到楚州，帮他打听她的下落……

他决定不错过这个机会。

"请问这位小姐可是姓卢？"陈俦抢前几步，撵上那红衣女子，对着她的背问。

她停了一下，但未回话，仍走她的路。

"请问小姐可姓卢？我受郑颢之托……"陈俦跟上她，再问。

她停了下来，问道：

"哪个郑颢？"

"潞州那个郑颢。"

"你是他什么人？"

"我是他的好友，他给我看过一幅画……"

这时她才掉过头来，打量了一下陈俦，立刻又转过头去，说道：

"奴家正是姓卢，不知先生贵姓？"

"姓陈，单名一个俦字，祖居潞州，现在京城李相府上公干，与郑颢是极好的朋友。"

"不知陈先生是何时认得郑公子的，怎么没有听他说过？"

"说来话长……但请小姐放心，我与他有生死之交……"

"陈先生才从潞州来？"

"是……是……"陈俦点头回答。

"那他现在怎样？"提到他，她的话音明显有些发颤。

"好着哩，好着哩……"陈俦敷衍着。

"听说潞州要打仗？"

"还没打起来。"

谈话间，陈俦不停地把目光射向她，她躲闪着。为了知道他的消息，她不想走开，她要问的话还多。

"小姐，小姐。"

听见丫鬟在叫，卢秀儿急忙回头低声说：

"谢谢陈先生带来的消息，以后有机会请先生详谈……"

"以后，以后在什么时候？"陈俦追上一步问。

"这样吧，下一次观音菩萨的生日……"卢秀儿边走边说。

天啊……他掰着指头算算，还有四个多月……四个月，也够长的。

陈俦无比兴奋和激动地回到他的下榻处，真没想到，郑颢这小子有这么好的艳福。一个多么美的小姐啊！那飘飘若仙的身段、姣美无比的面容，那勾人魂魄的回眸一笑，还有那鲜嫩无比的说话声……他觉得，无论如何，她都是应该属于自己的。郑颢，只不过是个没有出息的书呆子，他配？

很快，陈俦就打听到她的许多情况：她的父亲曾官至户部侍郎，现正退休在家；其兄，尚在户部任职。户部，是管理全国财政的，怪不得家财万贯。户部侍郎是正四品大员，其兄是户部郎中，官居五品，职位也不低。而自己的父亲在刘从谏手下当个秘书郎，只是个七品。虽说在当地也算个人物，但究竟品级太低。这么一比，陈俦顿时失去了信心。而自己呢，如今只不过是宰相府中一个小小文案，哪里攀得上她？托人提亲的路是万万走不通的。

他决定偷偷去找她，只要设法进了她的闺房，凭自己一表人才、非凡气质和能说会道，什么女人弄不到手？只要与她有一夜温存，就是立刻死去，也值！要是，要是她不从，我便用她与郑颢私订终身这事相挟。女人嘛，总是顾名节的……

于是他一连几日去卢府附近踏访，打听到小姐住在后花园的一座楼上。

他选择了一个星光暗淡的夜晚，快三更时，爬上一棵靠近花园围墙的树，顺着枝丫爬上了墙头。就在他立脚未稳时，忽然炸雷般响起一声：

"有贼！"

接着，捉贼声四起，通明的火把将陈俦照得头晕眼花，一支长矛刺上来，穿住他的裤脚，拖下墙去捆了个结实。而后，将他押赴监军府大堂。

原来，仇士良私藏武器密谋造反案暴露之后，朝廷行文各州府县，缉拿仇士良余党。一时间各地防务加强，官兵昼夜巡逻。也是陈俦活该倒霉，翻墙时正碰上楚州监军府巡逻队，被巡丁捉住捆了送监军府报功请赏。

在审问时，陈俦跪在大堂上先是装聋作哑，一问三不知，后来吃打不过，才说出自己的姓名和住址。审判官命差役去他住处搜查，当即搜出许多金银和仇士良的书信。

见有仇士良的书信，案情立即变得严重起来，监军大人立即起床，连夜亲自审问。

"你是仇士良的什么人？"监军问。

"我是仇士良的亲信部下。"陈俦到楚州后，只顾整日玩乐，对朝廷中的变化一无所知，便信口开河抬出仇士良这座大菩萨以压压地方上的小鬼。

"掌嘴！"监军听了大怒，向差役命令道。

只听叭叭一阵乱响，陈俦被打得满口流血。但他不服，口中仍乱叫：

"你们敢打我？王八蛋！我，我告诉仇大人，叫你们吃不了兜着走……"

依据陈俦在公堂上所说，录了口供，监军命给他带了刑具，押进死牢，严加看管，然后具文上报朝廷，听候判决。

楚州刺史探得消息后，觉得案情重大，又是监军府办的案子，不敢插手，只得写信给宰相李德裕，请他出面营救。

第十章　深宫深深深几许

晚唐宫廷秘闻，多不可言。有的轻松浪漫，有的神秘莫测，有的刀光剑影，有的荒诞离奇。这些藏于历史间隙中的故事，不知引发后世多少笑声与叹息……

万寿公主是个专爱找新鲜地方玩的姑娘，她听说上阳宫里住着许多老宫女，每个人肚里都装满了故事，便一定要去看看。

"皇嫂，"万寿公主笑吟吟说着，从怀里摸出一张折得小小巧巧的纸片交给王贵妃，"这是我从父亲书房里偷来的，你不是要看吗？给。"

"就是你说的那篇研究《诗经》的文章，是吗？"王贵妃说着，接过那纸片，一折一折打开。当那张纸在手中展开，她看了两行后，脸唰地红了。还没看完，她又急忙折起来，放在茶几上，装作若无其事地问：

"你父亲现在每天还在圆梦吗？"

"嗯……"万寿公主现在长大了许多，较以前更懂大人们的事了。对皇嫂的问话，嘴里含含糊糊应了句，眼睛却盯着王贵妃发红的脸。她感到奇怪，那张纸她看过，不就写了几句《诗经》上的诗吗，怎么她就那样？难道自己没有看仔细？她一边伸手去茶几上拿，一边说：

"让我再看看。"

王贵妃见了，抢先将那纸捂住，说道：

"你，你不看了……"

"我要看！"万寿公主自幼就爱占强，如今当了公主，人人都让着她，性子更犟了。

"不是你拿来的吗？还没看够。"

"我只瞟了一眼，没仔细看。我还要再看看。"

王贵妃无奈，只得松开手说：

"好，好，你看，你看……"

万寿公主一把抓过去，一折折打开，偏着头细看。

王贵妃见面前的万寿公主站在那里已比自己矮不了多少，红扑扑的脸蛋上有一双忽闪忽闪的大眼睛，一看就是个有灵气的姑娘。算算也不小了。看那身段，该凸出的部位已现出轮廓。记得自己在她这个年纪，正在邯郸教坊里学歌舞，已经懂得与男人们调情了……要是那上面写的真的被她看懂了，多不好意思……

"皇嫂，我怎么看不懂？"万寿公主偏着头问。

王贵妃立即放下心来。

"这上面东一句西一句的，我就不懂了。你听：'黄鸟来止，宛丘之央，颉之颃之，泌水洋洋……'乱改一气。"

王贵妃听了，脸上红一阵白一阵，忙制止说：

"好了好了，别往下念了。都是些东拉西扯的话，念起来没有意思……"

万寿公主不懂了，又问：

"你说没意思，可是我父亲为什么写得这么认真呢？"

王贵妃不好回答，便岔开话题说：

"刚才你说你父亲还在天天给你们圆梦？"

"不，现在不圆梦了，天天给我们算命，一个一个地算，奶奶、母亲、弟弟、妹妹，当然还有我。就连我们家的丫鬟使女、看门当差的，他都给算。"

"啊！"王贵妃叹了口气，又问，"除了算命他还做什么呢？"

"睡觉。"

"唉！"王贵妃又叹了口气。

"嫂子，你今天怎么啦，光唉声叹气？"万寿公主明显有点不高兴了，她觉得今天王贵妃不大欢迎她。

"我，我今天头有点晕……"

"那我不在你这儿玩了，我去找太后玩去。"

"好，你去，太后天天念着你哩。去那边玩够了，再过来。"

"好，我走了。"说罢，万寿公主就一蹦一跳地走了。

万寿公主一走，王贵妃就拿出那张纸展开细读，上面的每一句都能引起她一段有趣的回忆。尽管，那已是好久以前的事了，但她感到犹如发生在昨天一样新鲜。

那天夜里，她深深地藏在他的怀里，在度过美妙的片刻后，相互深情依偎着，悄声细语地讲说着。"黄鸟来止，宛丘之央，颉之颃之，泌水洋洋。"就是当时你一句我一句用古诗连出来的。她还记得，当时，她还纠正说："你错了，原句是'宛丘之上''泌之洋洋'，你为何改成'央'和'水'？"他却反驳说："孔子可以删诗，难道我不能改诗？"他还问她："你说，这两个字改得好不好？"她不回答，只在他腰上轻轻拧了一把。他连忙告饶说："君子动口不动手。"

"嘻嘻……"王贵妃不觉笑出声来。

在门外侍候的宫女听见笑声，走进屋来问道：

"贵妃娘娘，什么喜事，也说出来让奴婢们跟着高兴高兴。"王贵妃平时最为谦和，太监宫女们对她说话都较随便。

"没什么，没什么……"王贵妃忙把那张纸藏了说。

"那，再换碗热茶？"

"茶倒不必换了，只把那炉里的香换了，换成玫瑰香。"

宫女们感到奇怪，平日，因为皇上喜欢浓香型的龙涎香，香炉里都点那种香，今天怎么叫换呢？难道今天皇上不来？这一向，皇上是天天都来的呀……一个宫女害怕弄错，又问道：

"娘娘说换成玫瑰香？"

"是的，你们快去换。"

因为那天晚上屋里点的是玫瑰香，她要回到那个香味里去，只有在那个香味里才能咀嚼出那段生活的滋味。

不一会儿，那种令人心摇神荡的玫瑰香味便飘了过来，她立即深深地沉入到过去，沉入到那难以言说的兴奋与快乐之中。

"贵妃娘娘，御膳房送来新做的点心，您尝尝。"宫女捧着一个食盒走进来说。

"放在桌子上，我现在不想吃。"

王贵妃不想这时有人来打搅她，甚至包括皇上，她都不希望他来。

她又拿出那张纸，细读细看。写得那么认真，一笔一画，一丝不苟。只是，那字太清瘦太疲惫，没精打采的，像得了病。俗话说字如其人，难道他现在就像这个样子？

说不定他真的得了什么病，整日靠算命、圆梦、回忆过去打发日子，颓废消沉，萎靡不振。这，比真的害病还可怕。她觉得应该把他从这种病态的生活中拯救出来，不然，他是会被毁掉的。要拯救他，只有把他从光王府里拉出来，让他去风雨中接受冲刷。她还寻思，他的病与自己不无联系，这就需要首先把他从自己的气息与影子中拉出来。

屋里的玫瑰香味越来越浓了，闻到那气味，她就产生一种特别的感觉，进入到一个温柔酥软的境界，甜蜜、温暖，流遍全身的陶醉与快活。她微闭着双眼，回味着，享受着，融化着……要不是远远一声闷雷把她惊醒，她真的会在那美丽的温柔之夜里睡去……

那声闷雷是初春的第一次雷声，虽然很远，但响的时间久，轰轰隆隆，半天也不停歇。雷声过后，她睁大了眼睛，望望窗外，院子里的几棵树都长出了绿色的嫩芽，廊檐下摆的那些盆景，也都青枝翠叶，密密长满了花苞，过不几天就会竞相开放。对着那满院春色，王贵妃咬咬牙，挺挺胸，下决心要做两件事。

"来人！"她向外大声喊着。

门外宫女应声而入。

"快把炉里的香换了，换成龙涎香。"

宫女们感到奇怪，不是刚刚才换了吗，怎么又要换回来？便答应道：

"是。"但她们怕听错，又补问一句说：

"换成龙涎香?"

"快去换，少啰唆！"要拯救他，必先拯救自己，她要把自己从他的气息中解救出来。

宫女们很快把香炉里的玫瑰香拔出，换上龙涎香。顿时，浓浓的龙涎香味便飘满了整个屋子。

"快给我准备笔墨纸，我马上要用。"王贵妃又吩咐。

"是。"宫女们立即去隔壁书房忙起来，研好墨，铺好纸，放好了笔。

她决定给他写点什么，让他清醒过来，奋发起来……

当她跨进隔壁书房时，又回过头来对宫女们吩咐：

"把这屋再好好收拾收拾，多准备几样时鲜水果，今晚，皇上要来……"

她知道，要拯救他，非皇上不可。

万寿公主走出王贵妃的寝宫便有几分后悔，后悔没有让她叫个宫女陪伴自己去萧太后住的大明宫。她看出来了，嫂子在想心事，没有顾上。嫂子想的什么心事她也知道，就为自己带来的那张纸。嫂子跟父亲要好她早就看出来了。每次从家里来，嫂子就问，你父亲身体可好呀，成天做什么事呀，问得可细哩；而每次从宫里回去，父亲问得最多还是你皇嫂这你皇嫂那的。两个人你想我，我想你，牵挂得可紧哩！大人之间的事怪有意思的。

想着想着，万寿公主已走过两道殿门，跨入一座十分高大的正殿门口，当她抬头望见大殿横匾上"清思殿"三个大字时，脚步便突然停了下来。她隐约看见那冷清清阴森森的大殿深处有无数鬼影在晃动，顿时，身上便起了一层鸡皮疙瘩。她真想一扭头退回去，但终于挺住了，稳稳地站了一小会儿，鼓了鼓勇气，然后一步步重重地踏了进去。她眼睛向四方搜寻，想找到一个人，不管是太监还是宫女，都行。但大殿上空无一人，于是，她的脚步声孤零零地响着，而那回声又紧紧跟随着她，使她不得不时时回头，看看后面是不是有鬼魂跟着她……

原因是她听到一个故事，一个萧太后向她讲的就发生在清思殿里的可怕故事……

萧太后讲道：

"那是敬宗皇帝时候，长安城有个算卦先生名叫苏玄明，因卦算得准，人称苏半仙。这天，有个人经过他的卦摊，他急忙起身向那人一揖到地，说：'张韶先生，在下向您道喜。'那人听叫他的姓名，便站住说：'你我素不相识，你怎知我姓名？我又有何喜？'苏半仙说：'请稍坐，待我给您算一卦后，一切都清楚了。'苏半仙见他有些犹豫，便又说：'我知道张先生今日身上没带银两，没有卦资。您放心坐下，我不收您分文。'张韶听了，就坐在卦摊旁听苏半仙给他算卦。只见苏半仙将六枚铜钱放进一个竹筒里，一阵乱摇后倒出，将铜钱摊在桌子上，先排了一阵，又用几个指头掐了一阵，最后又拿出本书翻了一阵，这才对张韶说：'张先生果然是上上命，不出三天，您必然坐上御座，面南称帝；而在下，也能沾光与你共食……'张韶听了笑道：'我只是一个普通染工，哪里有这等福分，先生莫与我开玩笑。'苏半仙正色说：'我的卦向来灵验无比，从不落空，你千万不要错过这千载难逢的机会。'张韶被他说动，狠下心说：'既然先生算得这么准，我也就豁出去了。只要能登上御座，我就拜你为相。人生在世，哪怕能坐上一天皇位，死了也值。'

"于是两人经过一番密议，张韶勾结了百多名染工，弄来几辆大马车，车上装满柴草，让染工带了兵器藏于柴草中。张韶、苏半仙装扮成马车夫，以给宫里送柴草为名，混进了皇城。在进皇宫大门时，守门卫士见大车装载过重，引起怀疑，喝令停车检查。张韶见事将暴露，便从柴草中抽出刀来，把卫兵杀了。然后叫出藏在大车中的染工，换上事先准备好的宫廷内侍穿的衣服，手执兵器，杀进内宫。这时，敬宗正在清思殿内击球，听殿外人声嘈杂，便命太监察看，回报说有一伙强盗杀进宫来。敬宗忙从后殿门逃出宫，躲进左神策军军营内避难。

"张韶等一伙人杀进清思殿，关了殿门，在里面吃喝玩乐，无所不为。张韶则坐上御榻，与苏半仙对坐品尝宫廷美味佳肴，好不开心。酒醉饭饱后张韶说道：'现在，我真的坐了御榻，过了皇帝瘾，你也与我同食，当了宰相。我们该走了。'苏半仙冷笑道：'你好不省事，这皇帝位子是随便坐的吗，既然坐了，就要坐下去。你现在走，走哪儿去？不论走哪儿都是死，不如拼老命坐下去，也许还能有个活路。'张韶赶快离开御榻说：'就凭你和我加上百十来

个兄弟，这位子能坐住吗？禁军人马一到，我们如何抵挡？'苏半仙说：'你
不是说过，只要能坐一天皇位，死也值吗？禁军来了，与他们拼，拼一个够
本，拼两个赚一个……'二人正说间，大队禁军果然赶到，把他们团团围住。
那百十号人哪能是对手，顷刻被杀死大半。张韶和苏半仙退在御榻上，背对
背举剑抵挡禁军。禁军头目下令捉活的，二人被困在御榻上动弹不得。这时
苏半仙对张韶说：'你我总算到这御榻上来混了大半天，死就死吧，千万不
能让他们活捉了去。来，你把剑指着我的背心，我把剑指着你的背心，说声
一二三，一起使劲，咱们一起死。'张韶说：'事已至此，只有这样了，就依
你。来，咱们开始数——'说罢，两人同时数：'一、二、三！'两把利剑同
时刺进对方背心，随后，两股血水小溪似的从他们的胸口流出；再随后，便
传来两人倒在御榻上的轰轰声……"

　　这时，万寿公主正心惊肉跳地走过清思殿，她好像听见后面传来轰轰声，
但她没敢回头去看，只是加快了脚步，没命朝大明宫跑去……

　　萧太后是唐穆宗的原配夫人，是敬宗、文宗、武宗三位皇帝的母亲，在
宫中享有至高无上的尊荣。她为穆宗生了五个儿子，就是没有生女儿，因此，
对新认的女儿万寿公主十分喜爱，常常把她叫进宫来玩。

　　这日，萧太后正在寝宫闲坐，见万寿公主飞叉叉跑了来，心中一阵高兴。

　　"给太后母亲请安。"见到萧太后，万寿公主心里一下就平静了下来，跑
到萧太后面前，双膝跪下，双手扶着萧太后的膝头，亲亲热热地请了安。

　　"好了好了，乖女儿，快起来快起来，让娘好好看看。怎么才几天工夫，
又长高了这么多？脸蛋红扑扑的，更可爱了……"萧太后一把搂过万寿公主，
亲热个不够。

　　万寿公主对这位母亲也特别亲近，每次进宫，多数时间都在她那里度过，
这除了能从她那儿得到许多赏赐外，还能听到许多前朝前代有趣的故事。只
要在她面前一坐，她的话篓子就打开了，讲的都是些发生在宫中她亲历的故
事，一个比一个好听。

　　今天，萧太后与万寿公主亲热一阵后又拉一阵家常。晚上，萧太后要万
寿公主同榻替她焐脚，万寿公主便扭着她讲故事。萧太后想了想说：

"好，我给你讲个真假国舅的故事，这是我亲身经历的，可有趣了，你听着——

"我的老家是福建，我父亲在我三岁时就去世了，母亲带着我和弟弟过日子。不久母亲也去世了，我和弟弟被寄养在一个亲戚家中。那年打仗，我和弟弟冲散了。我被人带到京城，长大后进宫，先是被穆宗皇帝封为才人，后来被立为皇后。

"文宗皇帝继位后，听我说福建老家还有个弟弟，就下令福建观察使寻访查找。不久，有个运茶工人名叫萧洪的，说他从小与姐姐失散，至今没有找着，至于年龄、籍贯，也一致。我便把他叫进宫来相见。我一看，那长相，差不离。又听他讲一些小时候的事情，也不离谱。失散多年的弟弟找着了，我真高兴。我们抱头痛哭，庆幸姐弟相逢。文宗皇帝也认了国舅，给他很多赏赐，还任命他当了飞骑将军，后来还外调当了东川节度使。

"谁知，没过多久，又有个名叫萧本的福建人自称是我的弟弟，说得头头是道，还把萧洪冒充国舅的底细一一揭露出来。

"经过拷问，萧洪招认了冒充国舅的事，文宗皇帝大怒，将他关进死牢。

"对萧本，经过细细盘问，看来再不会有假，我们姐弟就相认了，文宗皇帝也认了国舅，照样给他许多赏赐，任命他为左飞龙将军，连他的父亲、祖父都追封了官。"

听到这里，万寿公主插话说：

"这下当然不会是假的了，可是，我进宫这么多次，怎么从来没见过这个舅舅？"

萧太后摇摇头苦笑道：

"我们又被骗了。"

"那又是怎么知道的？"万寿公主瞪着眼睛问。

"因为后来又出现一个叫萧弘的福建人，他自称是真正的国舅……"

"这不一下子就钻出了三个国舅？"

"是呀，萧本说他是真的，萧弘说他是真的，就连那个关在死牢里的萧洪，也翻供说他是真的……这下把我们全搞糊涂了，不知该怎么办才好。你说，我的乖女儿，该怎么办？"

万寿公主想了想，说道：

"叫他们三个当面对质。"

"对！还是我的乖女儿聪明，跟我想到一块了。于是那天把他们三个都传到大殿上对质。这一对质，三个人你咬我，我咬你，我说你是假的，你说我是假的，结果都露了馅，全都是假的。把皇上气得御案拍得震天响，要杀他们。我说先别杀，他们三个都把真国舅的情况说得那么清楚，与我知道的一样，说明他们都知道真国舅在哪儿，让他们去找，谁找到了就免谁的死罪……"

"母后的主意真好！"万寿公主拍手说。

"他们三个人听了，都说自己知道真国舅在什么地方。皇上马上派官兵跟他们去福建的一个乡下，找到了真国舅住的草屋，但屋里空无一人。找邻居打听，说是三天前住在那草屋里的书呆子就背着包袱从后山走了，谁也不知道他去了哪儿。官兵在后山上找了半个月，也没人影。唉……"

"唉！"万寿公主也跟着叹了口气，问萧太后道，"母后您说，为什么假国舅一个又一个，真国舅倒躲了起来？"

萧太后回道："我也说不清楚。"

"那就怪了。"万寿公主摆摆头说。

"人嘛，就这么怪。"萧太后也摇头叹息。

因为没有找到国舅，母女俩的情绪都有点黯淡。

第二天吃罢早饭，万寿公主吵着要到宫里各处去玩，萧太后便叫上一个年纪大些的宫女，对她吩咐说：

"小公主想到各处去玩玩，你陪她去。她想去哪儿就去哪儿，宫里太大，带着她小心别迷了路。"

宫女领命，引着万寿公主出了大明宫。

万寿公主是个专爱找新鲜地方玩的姑娘，她听说上阳宫里住着许多老宫女，每个人肚里都装满了故事。还有一个百岁老宫女，当年侍候过玄宗皇帝。她一定要去看看。陪同的宫女扭不过，便带着她向后宫深处走去。

上阳宫宫门紧闭，门口站着把门太监，进出都要盘查。随行宫女向把门太监说明是奉老太后懿旨带小公主进去玩玩，他们才打开门让进去。

一跨进门，万寿公主便感到有股冷飕飕死沉沉的空气向她逼来。她有点害怕，紧紧拉住宫女的手问：

"怎么没有人？"

"有，都在睡哩。"

万寿公主抬头看看天，太阳已老高老高了，便又问：

"这么迟了还不起来？"

"她们老了，又没事干，不睡觉干什么……"

听见有人讲话，厢房里便有了动静，咳嗽声、讲话声，渐渐热闹起来。不一会儿，从各间房屋的门上和窗口，伸出许多雪白的头来。

"快来看，来了客人。"

"还有一个小姑娘，看她，长得有多乖……"

雪白头发的老宫女们兴奋地说着，她们都在她身上看到了过去的自己。

听说来的是个公主，她们纷纷出来向她请安问好。

万寿公主用奇异的目光看着她们：她们都那么老了，头上还戴着花，脚上穿着绣花鞋，身上穿得红红绿绿，一个比一个花哨。

万寿公主感到很好玩，任她们摸头发，捋衣裳，她都不生气。

"请问公主多大了？"她们问。

"十三了。"万寿公主大大方方地回答。

"啊！我就是这个年纪进宫的。"

"啊！多么好的年龄……"

"公主请坐。"她们端过板凳。

"公主请喝茶。"又送过茶。

"公主请吃炸糕。"还端过食盒。

平日寂寞冷清的上阳宫顿时热闹起来。

说笑了一阵，万寿公主要见百岁老宫女。传话过去，不一会儿，从一间房里走出个身穿白衣白裙老态龙钟的老太婆，在两个同伴的搀扶下，颤颤巍巍走过来。

"我，我昨晚做了一个好梦，就，就知道今天有贵人来。我道是谁？原来是公主……"老宫女用颤颤巍巍的声音说，"听说，听说公主想看看我，真是我的福分。来，请公主看，看了不要笑话。我老了，太老了。我十二岁进宫，今年有整整一百年了。十五岁那年，玄宗皇帝要我侍寝，看，这头上的玉簪还是他亲手给我插上的哩。玄宗皇帝呀，气力可大了，轻轻就把我抱了起来。他那胡子，扎在我脸上、脖子上、胸口上，现在都还觉得发痒发痛……那年，安禄山造反，我还跟着玄宗皇帝去了成都哩。那年他驾崩，我哭得死去活来，真想跟了他去。你看我穿的这身白衣白裙，还是为他穿的孝……"

万寿公主见她一边说，一边一步步向自己靠近。她个头又矮又小，稀疏疏一头白发，纵横交错一脸皱纹，一双小眼躲在皱纹里闪着混浊的光。嘴巴一张一合，舌头在没有一颗牙齿的嘴里搅动，没完没了地吐出一串串不甚清楚但尚能听懂的话。万寿公主望着这个侍奉过玄宗的百岁老宫女，充满了好奇地问：

"听说你还见过杨贵妃？"

她老了，耳朵不行。旁边的人大声重复了一遍。

"啊……"她有些得意地说，"杨贵妃，我见过，我还给她剥过荔枝哩。她嘛，白白胖胖，美透了，玄宗皇帝最喜欢她……可是后来，她被赐死，那赐死的白绫，还是我亲手捧给她的……"

说着，她又往万寿公主跟前挨了挨，头发已拂着鼻尖了。这时，突然一股异样的气味钻进万寿公主的鼻孔，那味道很怪。有酸味，有霉味，有腥味，似乎还有胭脂味和香粉味……各种各样气味的大杂烩，闻了叫人头晕，叫人反胃。万寿公主被熏得直往后退，又伸手把鼻子捂上。可是那老宫女毫不自觉，反倒上前一步，伸出那长着长长指甲的干瘪的手，要去摸万寿公主那白嫩的手。万寿公主只感到一阵恐惧，急忙忙后退，对身边陪伴她的宫女说：

"我要回去。"

当她走出上阳宫大门，深深呼吸了几口外面的清新空气，回味刚才的所见所闻，那感觉远没有她读过的那首诗好。那位大诗人元稹作的《行宫》写道：

　　寥落古行宫，宫花寂寞红。

白头宫女在，闲坐说玄宗。

可是，她却没有体味到宫中的寥落和寂寞，除了那些老太婆的白发上插的那些各色花朵外，想象中的那簇簇默默开放的红花，她也没看见。看到的只是杂乱、烦躁和变态。她不明白，这些在孤寂中度日月的老太婆为什么一个个精神还那么好？

她不喜欢那个地方，来时的好奇心被一种莫名的悲哀所替代，为此，她甚至连宫里都不想多住了。她想回家，回到她那无忧无虑的天地里去。

果然第二天她就告别母后，告别王贵妃，带着萧太后的许多赏赐，带着王贵妃悄悄托她交给她父亲的一幅画，还带着说不清道不明的惆怅和失落，回到了光王府。

第十一章　赵归真论道

唐朝历代皇帝都对道教情有独钟，然而，自唐太宗起，却不断有皇帝死于道士的长生不老药。可是道教却一直盛行。其原因何在？且听著名道士赵归真与唐武宗论道。

与往常一样，今天光王李忱起床时已日高三丈，丫鬟使女侍候他洗了脸，梳了头，吃了饭。看看日头，也没有移多少。他有些焦急了，这么漫长的一天怎么过呢？想想，他决定走出去玩玩。去哪儿呢？他拿不定主意。于是，他取过桌子上的签筒，口中念念有词，默默祝祷了神灵，将签筒摇了几摇，抽出一根，居然是上上大吉之签。他仔细读了上面写的签诗，又对照书上所言，来回掐了一阵指头，算来去东南方属上上大吉。

他想了想东南方的几个去处，最好玩的当然是平康里，那里新近从苏州来了几个色艺俱佳的小姑娘，虽然与她们只有一夕相会，却让人难以忘怀。从平康里出城不远，就是上泉寺，也许因为那股泉水的缘故，寺中的茶饭都特别好吃，整个长安城找不到第二处。于是他决定先去上泉寺，吃了中午饭后再去平康里。

"快备马！"他向门外大声喊着。

夫人晁氏这一向都为王爷焦心，成天闷在家里，算卦，圆梦，吟谁也不懂的诗，一脸灰蒙蒙的。她知道他的心病，但她无能为力。今天，见他要出门，心头不觉一喜，忙过来替丈夫找帽子换衣服，口中还不停地说：

"早就该出去散散心了，整天闷在家里，不闷出病来？"

她又对随从打招呼说：

"多带些银子，让王爷玩得开心。只是，一路要小心侍候，天黑以前就回来……"

随从连连点头，口称："遵命。"

李忱则瞟了晁氏一眼，说道："啰唆。"说罢径自朝大门走去，后面，紧跟着那个随从。

马已准备好，马夫正牵着马在大门外等候王爷。

李忱走出大门，在随从的搀扶下，一只脚踏进马镫，另一只脚正准备向马背上跨过去。这时，忽见那边过来一乘轿子，一看便知是宫里来的。那轿子直向光王府走过来。李忱忙把伸进马镫的那只脚取出，看来者是何人。

轿子在大门口停下，轿帘一翻，出来一个姑娘，一看是自己的女儿，李忱忙走过去。

万寿公主下轿见父亲走过来，急忙施礼说：

"给父亲请安。"

"你不是前天才进宫吗？怎么才玩两天就回来了？"

"女儿想家了……父亲，这儿有给您的东西。"

李忱会意，转身对随从说：

"今日不出去了，叫人把马牵回去。"

说罢，李忱随同女儿一起走进大门，一路说说笑笑到了后堂。

晁氏见了感到奇怪，怎么该走的没走，不该回来的却回来了？她迎上去想问个明白，但一见到洳儿怀中的那个大包袱，也就忘了问。忙把父女迎上堂来，从洳儿手中接过沉甸甸的包袱，放在桌子上抖开一看，不觉"哇"的一声叫了出来。

原来，包袱里全是奇异珍宝，那些无比贵重的珍珠玛瑙宝石玉器互斗光芒，把晁氏的眼睛照得透亮。珠宝堆里还有一卷用绸子包裹的纸张，晁氏打开看是一幅平平常常的画，她知道那是属于他的，便仍旧包好，很知趣地递给他说：

"给，这是你的。"

李忱接过那绸子包着的画，也无心看别的珍宝，走进自己的书房，打开那画，摊开在书桌上细细揣摩欣赏。

这是一幅宽约一尺，长约二尺余的立轴，一看便是出自她的手笔。

远山，在蒙蒙的云雾中隐隐约约现出些轮廓，一涧流水，穿过无数沟壑，弯弯曲曲从远处流过来，只见它越流越大，然后在面前转个弯，汹涌澎湃不可阻挡地一气向远处流去。

画的上方空白处，还有一首题诗。那诗写道：

　　　千岩万壑不辞劳，远看方知出处高。
　　　溪涧岂能留得住，终归大海作波涛。

他会意地笑了。这诗，本是他写的。

他还记得他把这首诗送给她看的情景。她读罢赞不绝口说："写得好，立意高远，气势不凡，仅从这首诗，就可以看出……"没等她说下去，他就把手伸出堵住她的嘴，说："书生狂言，请别瞎猜……""唉！"她叹了口气，说，"只是，太可惜……""唉！"他也叹了口气，说，"谁叫我是王爷呢？""王爷有什么不好？"她问。"王爷当然好，锦衣玉食，宽宅大院，仆从如云，妻妾成群……有多好，嘻嘻。"他脸上在笑，心里却想哭。对一般人来说，一辈子有那些，足够了。可是他不是一般人。王爷，对他只是一根绳子，一根把他的手足捆得紧紧的绳子。要是他不是王爷，将军、宰相、大臣，哪样他干不了？她懂他的心思，不再问下去，只抱以理解的一笑。

那笑，正在那画上晃悠……

"父亲。"女儿进了书房门，亲热地喊着，然后问，"父亲，您说，这人是从哪儿来的？"

李忱望着女儿，认不得似的。莫名其妙，怎么会提出这么个问题？

"父亲，我问您哪。"万寿公主见父亲望着自己发愣，便又问。

"这不简单，父母生的呗。"

"那父母呢？"

"祖父母生的呗。"

"那祖父母的祖父母……就是说最最早的那人是从哪儿来的呢？"

"书上说，女娲抟土为人。

"那不论男女都是土捏的啰？"

"我想是……"

"那为什么男人就那么金贵，女人就那么下贱呢？"

李忱被问蒙了。女儿怎么了，中了邪？看看不像。便说：

"你要问什么就直截了当问，别转弯抹角，叫我摸不着头脑。"

万寿公主便把在上阳宫里所见，细细讲了一遍。然后问：

"父亲您说，那些宫女在我这样年纪进宫，如今个个成了老太婆，为什么不放了她们，还要让她们在那里面活受罪？"

他感到女儿这个问题太尖锐，他无法回答，便说道：

"这是祖制，自古以来如此。书上也这么写的，你多看些书就明白了……"

他一心想知道关于她的情况，话说到此便转弯说：

"你皇嫂还说了些什么？"

万寿公主本不满意父亲的回答，现在又扯到别的事上，便不高兴了，赌气说：

"您看那画就知道了。"

没想到女儿敢这样对自己讲话，他猛地从椅子上站起来，正要发作。在外面偷听的晁氏赶紧进屋，一把拉着女儿就往外走，嘴里说道："快去给娘看看戴哪串珠子好看。"

把女儿拉出书房后，晁氏才说：

"泇儿，你也太放肆了些，对父亲，哪能这样说话？你该把那本《孝经》仔细读读。那本书可是咱李家老祖宗玄宗皇帝御注的哩！"

"哼！他注《孝经》叫天下人遵守，那他为什么去占他父皇睿宗的妃子？"

听了女儿这话，晁氏头上好似响了个炸雷，一个晚上耳朵里都嗡嗡作响。她真不知道这父女俩以后要闹到什么样子。

然而出乎她的意料，第二天鸡叫头遍，便见女儿房中有了灯光，细细的读书声从那边传过来；而昨晚在书房歇息的丈夫，也同样起了床，听他吱呀一声开了门，走进庭院，霎时，舞剑的呼呼声把清晨的宁静砍得稀烂。

几件事都使李德裕感到棘手。

潞州刘稹与河朔三镇真的联起手来，再加上与叛将杨弁合流，那可不是闹着玩的。处理好这件事首先要派人去河朔三镇诏谕安抚，不让他们与刘稹合流，最好能争取他们与朝廷合作，从背后和两侧攻击潞州。如果能做到这点，刘稹指日可灭。可是这个去河朔三镇的人实在难找。地位要高，为人要谦和通达，有威望善言词，最好还是皇室宗亲，才能使河朔三镇的节度使们诚服；其次要有钱，从户部上报的材料看，这几年连年入不敷出，征讨刘稹的费用和兵员尚未凑齐，加上再对付回鹘、吐蕃，费用和兵力更大……李德裕心里倒想好一个办法，可以增收节支，扩大兵源，但因牵涉面太大，迟迟未敢向武宗皇帝提出。现在看来，不走这一步，许多事都没法办……

"李大人。"管家在书房门外轻声喊。

"什么事？"李德裕对有人打断他的思路很不高兴，极不耐烦地问。

"禀大人，陈俦已押到，请问大人如何处置？"

一听押到了陈俦，李德裕便来了精神，吩咐道：

"快把他押到后堂，我要亲自审问他。"

"是。"管家应声退下。

提到陈俦，李德裕满肚子是火。这小子，叫你到楚州暂避，你却在那边惹是生非，给我添乱。这倒不说，仇士良那封信是什么意思？明明是脚踏两只船，两面讨好。我平生最恨的就是这种人，见风使舵，有奶便是娘。今天，我要问他个明白。如果真是这样，定他个罪，发配三千里外，然后派人半道上将他结果了，免生后患……一路想着，走进了后堂，在正中椅子上坐定后，向身边的卫士一示意，那卫士便大声喊道：

"将犯人陈俦押上来！"

话音刚落，便有两个兵丁挟着陈俦向堂上一丢。但见陈俦软塌塌跪伏在地，口中不停地说：

"小人有负恩相提拔，罪该万死……"

陈俦是作为朝廷重犯从楚州押来京城的，长途跋涉，一路上吃了不少苦头，到京城时，已是蓬头垢面，不成人形。

李德裕望了望他，板着面孔问道：

"陈俦，你口称有罪，那就把你的罪行一一招来。"

陈俦一路上早已把口供编好，便滔滔不绝地说：

"恩相在上，容小人细细禀告。小人去了楚州，向刺史递了恩相的书信，刺史大人对我格外照顾，在府衙附近安排了住处，又给我发一份薪水，每日去府衙点卯，日子过得很是惬意，打心眼里感激恩相的关怀。只是，只是小人不该与一女子交往，日日与她相会……那夜因多喝了两杯，去相会时爬错了墙头，结果被监军府的巡查抓住……"

李德裕听了心想，他年纪轻轻，又身处异地，寂寞中与个把女子交往，也情有可原。想自己年轻时也有这类风流事，这又算啥？便说道：

"本官不问你这个，你只说仇士良的那封信……"

陈俦明白，这才是今天决定自己生死的关键。他这时十分痛恨自己，痛恨自己在楚州每天只顾玩乐，连仇士良免职垮台、图谋造反的事都不知道，要是知道，那天在楚州监军府哪会说那些话？直到后来进了监狱才知道铸成大错。现在，一切都在那封信上。不过，他早已想好了对词。

"小人受相国差遣去仇士良那里送那张纸条，仇士良对我十分怀疑，派人将我看管监视起来。我心想，要取得他的信任，必要对他有所求，故而想出请他写封推荐信的主意，让他感到我冒这趟险是为了从他那里找一个求取功名的机会，消除他对我的怀疑……"

李德裕听了觉得有理。那仇士良何等奸诈，陈俦如果没有所图肯冒险送来这等重大的消息？李德裕想着，抽出卷宗中仇士良的那封信再细看了一遍，确实看不出更多的问题。他考虑片刻后又问：

"那你在楚州监军府大堂上一口一个仇大人如何，这又是何意？"

一听李德裕口气缓和了许多，陈俦便渐渐放下心来，把在路上早编好的口供滚瓜烂熟地背了出来。

"相国大人明鉴。小人不幸落入楚州监军府之手，便一心想着如何不把刺史府牵进去。因为小人是相国大人推荐给刺史府的，如果胡乱说了，定会给刺史府和相国大人带来麻烦，故而一口咬定是仇士良线上的人，任他们如何用刑，也不改口……"

李德裕想想也是，仇士良多年经营，把上至观军容使衙门、左右神策军，下到各地监军府连成一片，自成系统，专与朝廷各省部、各地方州县作对，处处找碴儿，没事生事。陈俦被楚州监军府抓住，不说出与刺史的关系，一口咬定是仇士良那条线上的人，且又有仇士良的书信为证，其用意在于摆脱与相府的关系，实在也是为我着想。看来这小子不但聪明机灵，也还忠贞不贰……

想到这里，李德裕便面带笑容走下座来，亲自扶起陈俦，安慰道：

"陈先生这趟受苦了。现在仇士良已死，再也不必担忧有人加害于你了。你休息几日，把身体将息好，我委你一个好差事……"

陈俦听了连连称谢道：

"恩相明镜高悬，为小人洗刷了冤屈，从此小人鞍前马后，随恩相调遣，哪怕赴汤蹈火也万死不辞……"

果然不久，李德裕在听取陈俦意见后，任命他为户部员外郎，虽然是个从六品的小官，但户部管全国财政，有的是油水。然而陈俦意不在此，他心里还装着那个卢秀儿。在楚州时他就打听明白，她的长兄在户部任职。去户部可以与他拉上关系，只要把她哥哥那条路打通了，事情就好办了。他实在忘不了她，特别是为她遭受到这么大场牢狱之灾，更加坚定了他的决心。如果不把她弄到手，实在对不起自己受的这场罪。

唐武宗会昌二年，即公元842年农历三月某日的清晨，一抹阳光刚刚从东方升起，红艳艳的光芒照射在宰相李德裕府第的红墙绿瓦上，泛出一片红光；那光再反射到满庭院各种颜色的花朵上，便出现一派万紫千红的景色。几只早起的蜜蜂在花朵间飞来飞去，然后嗡的一声在空中划一条弧线，便不见了。庭院里有两只高大的鹤，定定地站在雪白的照壁前，一动不动，不细看还以为它们是画在照壁上的哩。

春光融融，安静怡适，一派祥和。

这时，有脚步声从后院传出来，那脚步声不紧不慢，一听便知是李德裕踩出的。当那脚步声到了大厅，便有一道白光在大厅门槛上一晃，李德裕穿着他的白底朝靴一身整齐地走出来，立在厅堂檐下。

"轿备好了吗？"李德裕摸着他稀疏的胡子问。

"备好了，大人。正在门楼下候着哩。"不知从什么地方钻出来的管家急忙应着。

李德裕抬头看看辽阔的天，一片晴朗；低头看看宽大的庭院，红红绿绿一片。他高兴得伸出双臂，做了个深呼吸，顿时，留在脸上的昨夜的疲倦全都消失得无影无踪。"走！"他对管家下达出门的命令。

"老爷请留步。"他正要举步下台阶时，后面传来夫人裴氏的声音。

他停下脚步，极不情愿地转过脸去。他感到首先映入眼帘的是一堵花花绿绿的墙，接着便是一阵袭人的脂粉香气。他数了数，以裴氏为首的五房妻妾都来了，一溜站在厅堂上。她们的后面，是一排丫头，都用极其严肃极其庄重的目光看看她。

"老爷。"裴氏夫人上前两步说，"您昨晚跟马元贽在精思亭商议的那件事，我全都听见了。您昨夜写给皇上的疏奏，我也看了。我说老爷，这可是件比天还大的事，望老爷再多想想……"

李德裕听了，气得脚一踩，指着裴氏说：

"要不是看在你我多年患难夫妻的分儿上，我今天定要你难堪……看来，她们，"李德裕指着她身后的那群女人说，"都是你撺掇来的。你们一个个都给我回房去！"

除了裴氏夫人用委屈的目光把李德裕死死盯着外，其余女人都把头低着，眼睛看着自己的绣花鞋。

"你们四个，"李德裕指着他的四个姨太太说，"听她的还是听我的？"

四房姨太太见老爷真的动怒了，便都低头退去。剩下的裴氏夫人孤零零站在大厅上。两行热泪不住地往下淌，胸前顿时便湿了一片。她声音呜咽着说道：

"老爷，我这都是为了你呀……"

"走！"李德裕不听，一甩袖子，向管家厉声下达命令。在他下台阶时，又恨恨地吐出一句："妇人之见。"

李德裕上了他的八抬大轿后，在前面的清道锣声、两边随从的马蹄声和后面卫队的脚步声中威风凛凛地前进。

刚才府中的那点小小不愉快，早已忘记，一心想到的是今天见了皇上先讲什么，后讲什么。皇上可能提出什么问题，该怎么回答。等等，他都做了周周密密的考虑。

李德裕的轿子飞也似的穿过长安城的大街一直向皇宫奔去。

把守皇城的禁军武士们远远就认出是宰相李德裕的轿子，急急忙忙开了大门，然后毕恭毕敬站在两旁迎接他入宫。

李德裕坐在闪悠悠的轿子里，身子随轿子有节奏地晃动着。外面光线突然一暗，轿子钻进了城门洞，轿夫们的脚步立刻变得响亮起来，整齐起来，再配合着轿杆某处发出的吱呀声，组成一曲十分美妙的音乐。李德裕听了，心头掠过一阵胜利的得意。陡然间，他觉得自己变得高大起来，满身都充满着刚强。"哼！除了我李德裕，谁能把这些阉割过的家伙治住？"

进了宫后，李德裕命令轿夫直去新修的望仙台。昨天晚上，马元贽告诉他，这一向皇上都在望仙台与赵归真论道，在那里准能见到他。

轿子在宫墙之内走了一阵，经过一道弯后，在一座高大巍峨的建筑前停下。

李德裕在轿内从从容容地整理了衣冠，又摸了摸怀里的那卷纸，然后抬脚跨出轿门。但他的两只脚刚落地，就被一阵强烈的光线照得睁不开眼，他不得不把眼睛先闭上，再慢慢张开。原来，那使他头晕目眩的光芒就是从眼前这座题有"望仙台"三个金光闪闪大字的建筑上发出来的。

武宗皇帝那难以启齿的毛病自从被赵归真治好以后，他便对道教产生了浓厚的兴趣，天天要赵归真给他讲神仙术。赵归真曾在敬宗时代给皇上讲神仙术，文宗即位后，以传布邪说的罪名将他撵出京城，发配边疆。赵归真自叹道行不深，便苦心修炼。武宗即位后，他再度入宫，将修炼得来的功夫一一用上，把武宗皇帝侍候得十分满意。

唐代皇帝，历来信奉道教。开国皇帝高祖李渊在隋末起事时，道士杜元之便向他密告符命，说他当为天子，后来李渊果然得了天下，便将道教尊在孔教和佛教之上。唐太宗李世民称道教教主李老君是皇族李氏之远祖，以后高宗、玄宗，都把道士视为皇族成员，给他们许多优惠和特权。中唐以后的各代皇帝，都对道教特别关照；而道教徒们则想尽一切办法去讨好取悦皇上，以回报皇上的恩宠。

道士们明白，对皇上的回报光是戴几顶空空的高帽子、说几句玄玄的阴阳之道，那是远远不够的。皇上也是人，俗人的那些欲望和要求他们同样有，而且因为他是皇上，有至高无上的权力，想实现欲望和要求的心情更加急迫。

赵归真已不止与一个皇上打交道了，他最懂得贵为天子富有天下的帝王们整日想些什么了，都是一个调门。他针对他们的欲望和要求修炼出房中术和长生术两种本领。武宗皇帝从他那里领略了房中术的妙处，对赵归真敬若神明，称他为师。还封他银青光禄大夫的官衔。

但武宗也是个有心眼的人，他还要试试他的真本事。

这天，武宗对赵归真说：

"朕听说前朝有个叫明崇俨的道长，能在旬日之内取万里以外的鲜果奉献给皇上，不知赵师父可有这等法术？"

赵归真听了说："不知万岁现在想吃什么样的新鲜果子？"

武宗说："东都洛阳的石榴，时下已经成熟，请师父给弄些来，今晚我要吃。"

赵归真说："万岁您等着，今晚贫道一定献上。"

当晚，武宗在王贵妃处歇息，入睡前，外面太监捧了一个盘子进来，里面装的尽是又红又大的石榴，说是赵归真道长献的。

武宗用嘴接过王贵妃那纤纤玉手剥出的一粒粒亮晶晶甜蜜蜜的石榴籽儿，细细品尝着，口中还不停地说：

"赵归真，真神仙也！"

既然是神仙，那就该对他言听计从。于是，按照赵归真的设计，在宫中修起了太虚宫，修起了明阳台，又修起了望仙台。其中尤以望仙台最为壮观和豪华。

据史书记载：望仙台高十丈，"瑶楹金拱，银槛玉砌"，光芒四射，令人眩目。殿内以"百宝屑涂地，银箔饰壁""内设玳瑁帐，火齐床，焚龙火香，陈无忧酒"。室内"有灵芝二株，皆如红玉""置玛瑙柜，紫瓷盆"，用以贮神仙之书，不老之药……

武宗皇帝每日斋戒沐浴，与赵归真在里面探讨不老之术和神仙之道。谈得十分投机。

"师父，"这天武宗又问道，"当年我还是个孩子时，曾经在宫中见到过你，算来也快二十年了，你怎么还是那个模样，一点没变？"

赵归真笑道："万岁，这就是贫道平日所说的修炼功夫和药石的效果了。只要这两方面做好了，莫说二十年，就是二百年，容颜也无大变化。"

"啊！"武宗听了一阵惊异，又问，"请问师父今年仙寿几何？"

"哈哈，"赵归真笑得更得意了，他意味深长地说，"万岁，贫道在深山老林中一意修炼。忘了日月，自己多大岁数实在说不准。但可以告诉万岁的是我有个名叫欧阳东山的徒弟，他生于东晋末年安帝时代，至今还在浙江括苍山修炼，当然他早已成仙了……"

武宗听了大惊，扳着手指拇算了一阵，说：

"如此说来，他已有四百多岁了？"

赵归真点点头，笑了笑。

"那朕要问，怎么才能修炼到成仙的地步呢？"

"心诚则灵。只要潜心修炼，凭万岁的慧根，是不难达到的。"

"可是，"武宗说，"朕自随师父修炼以来，不惜花费修宫造台，每日盘香打坐，诵经论道，心不算不诚，怎么至今没有觉察到什么仙气呢？"

赵归真说道："万岁心诚，人神共知。然修道成仙尚需药石之功，而贫道开出的药方中尚有鱼毛十斤、蛇毛十斤、兔蹄十斤、马角十斤等至今尚未配齐……"

武宗听了立刻叫过太监问道："朕要的仙药为何还未备齐？"

太监跪奏道："因有几味药实在不好找，已派人到江南一带采购去了。"

"快传朕的口谕，赶快采购，要是误了朕的大事，小心脑袋！"

太监连声喏喏说："奴才即刻传旨催办！"

"此外，"赵归真接着又说，"修炼成仙多在山林旷野少有秽气之处，方能及时见效。"

"如此说来，要朕去深山老林中去修炼才能见功夫啰。只是，朕去了那地方，这江山社稷谁来管？"

赵归真马上说："也不一定要万岁去那些地方，就在宫中也行。只不过这京城之内秽气太重了些……"

武宗问道："有哪些秽气，请师父说来。"

"这就要说到佛教了。"赵归真提高音量说，"那佛教原本来自异域，属异端邪说之类，故此魏太武帝、北周武帝都曾下令废佛。我朝历代皇帝也对佛教做过限制，我朝初年就有大臣指责佛教不忠不孝，游手游食，上书皇上废佛……"

武宗听了，接过话头问道：

"僧尼云游四方，不事耕作，化缘而食，游手游食不假，但不忠不孝怎讲？"

"和尚尼姑为表示六根清净，都剃光了头发。圣人云：身体发肤，受之父母。随便剃了，岂非不孝？有些和尚，自谓得道高僧，狂妄自大，蔑视皇权，见了皇上也不跪拜；更有一些和尚，与奸人勾结反叛朝廷，远的不说，前几天京城之内就捉到好几个潞州叛贼刘稹派来的和尚奸细……"

武宗听了不住地点头。

赵归真这时故意放低声音说：

"万岁，贫道还听到京城中流传着一个谣言哩。"

"什么谣言？师父快快讲来。"

"谣言说，黑衣将继十八子为天下。"赵归真凑近武宗耳边说。

谁都知道，黑衣即僧人；十八子即李氏。

武宗不听则已，听罢不由怒气上升，也顾不得自己正在修炼之中，猛地站起来，将刚才打坐的蒲团一脚踢出殿门。那圆圆的蒲团飞出殿门后，便顺着长长的台阶滚下去，一直滚到一个人的脚前，被那双穿着粉底朝靴的脚一挡，才躺了下来。

那个人不是别人，正是有急事要来见武宗皇帝的宰相李德裕。

第十二章　标致公子

几乎被那场爱情毁掉的李忱，奇迹般地又被那场爱情拯救出来。他领了宣慰使的荣耀头衔一路风光出使河朔；只是他身边多了一位标致公子，但谁也没有注意他是谁。

面对脚下那个圆圆的花花的蒲团，李德裕也有一丝犹豫，不用说，一定是皇上在发脾气，要不，谁敢把蒲团往下撂？这一向皇上脾气大着哩，也不知什么原因。但既然都走到这里来了，岂有退后之理？他硬着头皮拾级而上，一直走到望仙台中央皇上的御椅前跪下。

武宗刚才被点燃的怒火未熄，又遇李德裕来打搅，心中更是不悦，板着脸问道：

"今天又不是上朝的日子，你急匆匆来找朕什么事？"

"陛下，"李德裕跪得毕恭毕敬地说，"若不是紧要军务，臣也不敢来打扰皇上……"

一听是紧要军务，一旁的赵归真连忙起身向武宗躬身稽首说：

"万岁，贫道告退了。"

"师父不是外人，请留下也好帮朕出出点子。"

赵归真听皇上这么说，心中自然高兴，但为了表示自己不介入朝廷之事，便闭上眼睛在蒲团上打坐。

李德裕故意说出紧要军务一句，确有撵赵归真之意。他对皇上迷恋道教早有看法，有一次他直截了当地对武宗说："赵归真，乃文宗朝的罪人，陛下过于亲近恐受其迷惑。"没想到武宗却说："他只不过是一个炼药师，找他谈谈为了消烦解闷而已。莫说他一个赵归真，就是十个百个赵归真，也迷惑不了我！"现在看来，皇上被他迷得够深了，连军国大事都让他参与了。李德裕想到这里，偷眼看看快要入定了的赵归真，心想，那好，既然皇上觉得他有用，说不定我也能用上……李德裕正想着，武宗皇帝开口问道：

"有何等重要军机，快快讲来。"

李德裕回道：

"奏万岁，臣昨晚得到消息，潞州叛贼刘稹与太原叛将杨弁结为兄弟，公然举起了反旗；刘稹派去河朔三镇的说客已先后到达节度使驻地，正在秘密谈判中。如果他们联起手来，后果不堪设想……"

"啊！"武宗听了大吃一惊，忙问，"爱卿想了什么对策没有？"

"臣下倒是想好了一些办法，但都要得到万岁的批准。"

"什么办法，爱卿快说。"武宗见李德裕还跪在那里，又说道，"爱卿请起，坐下说。"

"谢万岁。"李德裕坐上太监搬来的椅子后，接着说："现在，第一要紧的是立刻派一得力大臣，带上万岁的手谕去河朔三镇，向成德节度使王元逵、魏博节度使何弘敬、幽州节度使张仲武知照朝廷将发兵讨伐刘稹的决定，要他们守土保民，勿与刘稹交往。如能在平叛中服从朝廷调遣立下战功，厚加封赏。只要做到这一步，剿灭刘稹之事就完成了大半。"

武宗听了说："爱卿所言极是，你赶快将致河朔三镇的手谕写好，由朕签发用印就是。"

"只是这派去宣谕的大臣到底派谁，还请万岁决定。"

"还是爱卿你提个名，朕认可就是。"

李德裕说："臣也想过，但尚未找到合适的人选。"

武宗说："满朝文武大臣这么多，就没有一个合适的？"

李德裕说道："要去说服河朔三镇的节度使，不是一件小事。派去的使臣不仅要善于言辞，还要性情和蔼，有长者风范。想那河朔诸镇，长期割据，一向野惯了，如果不派一个宽容厚道的人去，几句谈崩了，再不好收拾。另外，派去的人还得位尊爵显，最好是皇室宗亲，使三镇军将觉得朝廷看得起他们……故而，这个人一时还未能物色到。"

武宗听了，也觉得这个人难找。但当他拍着脑袋猛然想到王贵妃不止一次向他提起的那个人时，便眼睛一亮，说道：

"朕倒想好一个人，你说的那些条件，他都具备。"

"谁？"

武宗一个字一个字地说："光王李忱。"

李德裕听了，果然觉得这是一个再理想不过的人了。

没想到平日只知玩乐和修炼的皇上，居然也知人善任，不由对他投去敬佩的一瞥。然后说：

"皇上慧眼识英才，光王果是最佳人选。"

武宗提名得到李德裕支持，心里觉得高兴，这不为别的，因为今晚去王贵妃处对她讲了，她一定更高兴。

"那好，等会儿爱卿拟个旨，委任光王李忱为招讨使……"

"万岁，"李德裕说，"臣以为还是改个文官的名义为好，不如用宣慰使……"

"好，朕就依你所言，委任为宣慰使，要他即刻准备，克日出京。"

"是。"李德裕回答着。他觉得今天还算顺利，但这不过是个开头。他是怀着一个大计划来的，他要趁热打铁去实现他的计划。

"万岁，"李德裕又说了，"那刘稹近日越发张狂了，声言说朝廷如果不在一个月内承认他继承父职为潞州节度使，他便立即发兵攻取东都洛阳……"

武宗听了一怔，说："不是早就下旨派兵去讨伐了吗，他怎么还这么猖狂？"

李德裕很无奈地说："万岁有所不知，讨伐刘稹的先锋部队半月前就出发了，但走走停停。而后面的大部队，尚在潼关一带驻扎待命呢……"

武宗听了桌子一拍吼道："快传朕的命令，叫他们赶快出发，谁敢半道停留，贻误了军机，定当严惩不贷！"

李德裕却分外平静，他语气缓慢地说：

"万岁，此事还急不得。"

武宗说道：

"那刘稹小儿如此嚣张，不赶快把他除了，尚待何时？"

"万岁有所不知，去讨伐刘稹的部队面临两个难题，实在不好解决。"

"哪两大难题，快与朕讲来。"

"一是军费严重缺乏……"

一听说缺钱，武宗就感到丧气，怎么一说办事就得先说银子？记得修太虚宫、修明阳台、修望仙台时，都为银子的事吵闹不休，好容易才把银子凑齐。上半年就该动工的安泰保福院，也因为银子拖到现在还未动工。怎么这银子就这么难筹？

"陛下，"李德裕见武宗愣在御座上不说话，就接着说，"俗话说兵马未动，粮草先行。讨伐刘稹的大军一动，如果补给跟不上，那是很危险的。这次杨弁煽动士兵在太原叛乱，就是因为出征前应发给每个士兵两匹布减少为一匹而引起的……"

"朕不明白，为什么这些年朝廷财政越来越困难，总是入不敷出……"

"奏万岁，据臣所知，主要原因是朝廷的赋税政策有问题。因为规定佛教寺院所占的土地不纳税，农村中凡肥美的土地多为寺院兼并。十分土地，寺院占了七分。国家收入故而年年减少……"

说到这里，李德裕以为皇上要插话，便停下，但只听见他鼻子哼了一声，抬眼一看，他的脸绷得紧紧的正在专注地听；再看对面打坐入定的赵归真，嘴角分明抽动了两下，可见他也听得很专注。

"国家收入逐渐减少的原因，还有哩……"李德裕接着说。

"什么？还有？你快快讲来！"武宗急切地问。

"朝廷还规定僧尼免徭役，免征税，因此每年都有大量的农夫工匠和贩夫走卒出家皈佛，这样一来，国家的收入也就逐年随之大大减少。"

"啊！"武宗大大叹了口气。

"这还涉及另一个问题：兵源匮乏。"李德裕一气说下去，"那么多的人去当了和尚，兵谁来当？这几年招兵越来越困难，讨伐刘稹的部队皆不满员，有的要差一半之数……"

"啊！"武宗又大大叹了口气，说道，"如此说来，这佛教对我大唐江山竟有这么大的危害，朕还没想到……"

"万岁，其危害还远不止此哩！"

"李爱卿，你今天就把这个问题谈透，只管大胆说来。"

听武宗这么一说，李德裕放得更开了，他说：

"现在军中武器也缺乏，究其原因是寺庙里以重金收购铜铁，用来铸造菩萨佛像和钟磬法器。打仗必用的刀矛弓箭……哪样能少了铜和铁？再有，国库空虚，缺乏钱币，也要铜铁铸造……

"先皇文宗帝也说：'古者三人共食一农人，今加兵、僧，一农人乃为五人共食，吾民困于佛矣！'可见佛对百姓的危害也大得很哩……"

"此外，还有对佛教不忠不孝的议论……"

"好了好了，李爱卿，你说的这些已经足够了。"武宗打断李德裕说，"既然你把这个问题看得这么透，想必有解决的办法，请你说与朕听。"

"臣早已想好一个彻底解决佛教的办法，且已写好了疏奏，将呈请万岁御览。"李德裕说着，从怀中取出一沓纸，双手呈给武宗。

武宗接过来只看了几行，便激动地站起来说：

"你要朕废佛！"

"是，万岁。"李德裕回答得很干脆。回答以后，他抬头看看武宗，见他脸色很激动很兴奋，再看看赵归真，却见他早已从入定中醒来，睁大一双眼睛望着武宗。

这时的赵归真远比武宗，甚至远比李德裕激动，他梦寐以求的那一刻眼看就要到来。他见武宗正在认真地看李德裕的疏奏。只要皇上一点头，他和他的道教就可以独霸天下了；他又看看李德裕，他非常感谢这位当朝宰相，尽管李德裕并不信道，只对道家的房中术有兴趣，他提出废佛也不过是为了建功立业扬名后世。那好，只要咱们目标一致，就该一起用劲。恰恰这时李德裕又投过来友善的目光，鼓起了赵归真的勇气。估摸着武宗已快看完那份疏奏，还存有最后一丝犹豫时，赵归真用缓慢而坚定的口气说：

"对。李大人刚才所言透辟之至，所提出废佛主张，上应天意，下孚民望。此等伟业，注定由我大唐仁圣文武至神大孝皇帝陛下完成，贫道特向吾皇陛下恭贺……"说罢，赵归真走下蒲团，向武宗皇帝连连稽首，深深施礼。

武宗已看完李德裕的疏奏，不住点头称赞说：

"爱卿所奏，言之凿凿，甚为有理。刚才赵真人也谈了这个意思。既然这是一件顺应天意、拯救下民，又有益于我大唐江山社稷的大好事，朕就批准去做。李爱卿，你下去后立即以朕的名义拟旨，诏告天下，宣布废佛！"

"遵旨！"李德裕答应之后急忙起身向武宗皇帝跪下，叩头再拜，然后急急走下望仙台。

当光王李忱接到圣旨任命他为宣慰使时，他一点也不感到意外，因为她的那幅画和那画上的诗，已经向他透露出了一个信息。他明白这完全是她的作用。他从心底里感激她，感激她伸出手把他拉了出来，从那个无所作为、庸庸碌碌，只懂得玩乐快活、消耗五谷，只巴望多生儿子多抱孙子，最多也只不过想多读几本空发议论的书的浑浑噩噩的日子里拉出来。当圣旨接到手上的那一刻，他的精神立即振奋起来，只感到浑身陡然间有了力量，在那股力量的推动下，他快速地投入到紧张的准备工作中。

首先，皇上要他提宣慰副使的人选让他颇费心思，考虑再三他提的是左神策军中尉马元赘。但这个提名就连他的晁氏夫人都觉不妥。

"老爷，别人躲都躲不过，您倒好，把一个手握大权的宦官要到您身边把您看着……"

李忱笑笑，不作解释。

其实，他心中通明透亮。宦官确实讨厌，但他们是皇上身边的人，是皇上的亲信。我作为一个亲王被派往各路藩镇做宣慰工作，皇上会不防着一手？哪个皇帝不是多心眼？成天神猜鬼疑地防这个防那个，亲父子亲兄弟都信不过，何况我这个叔叔。为了让他放心，我就要他的心腹太监跟上我，岂不大家都省心？再说，我当这个宣慰使，只是动口的事，那些边镇上的节度使，个个都是野惯了的，服硬不服软，手里没有兵，也奈何他们不得。有了神策军的统帅在一起，事情办起来就顺利得多。还有，那马元赘与李德裕的关系非同一般，他是掌握军国大权的宰相，没有他的支持，什么事能办成？……

果然，武宗皇帝很高兴李忱的提名，下旨任命马元贽兼任宣慰副使。

接着，李忱找上马元贽与李德裕一起，就宣慰使的职司、权限等等作了商议，奏报武宗认可，并从武宗那里取了致各有关节度使的亲笔手谕后，立即准备起程。

光王府笼罩在一片忙碌之中，上上下下都为王爷的出行紧张准备着，其中尤以晁氏夫人忙得最紧。她为王爷准备了一马车春秋四季的衣服，光鞋子就一大箱；又准备了一马车吃的东西。王爷爱吃什么她当然最知道。她吩咐管家采购了两百斤金华火腿，装了两大箩筐。"老爷吃惯了王府里的米，吃不惯别的米，快去抬两袋放在马车上。"她指手画脚，跑上跑下，忙得一塌糊涂。

李忱看她忙得带劲，也不管她。只是两天后出发时他只在那一车衣服里随手拣了两件换洗衣裳，在那大堆食物里选了一小罐腌菜，其余什么也不带。

因为王爷要出远门公干，去的地方远不说，还说不定会打仗，整个光王府一片黯然。从后院里还传来隐隐约约的哭泣声，那是王爷的几位夫人在一起议论王爷这次出行，有的说那地方一片荒漠，渺无人烟；有的说那里有大海，海里的大妖怪头一顶就把船顶翻……七嘴八舌，越说越可怕，说着说着几个女人便成了泪人儿。几个泪人儿为了表示各自对王爷的关心爱恋的深切，一个比一个泪流得多哭得更悲伤……若断若续的哭声给光王府里的每个人脸上都抹上一层阴云。

然而有两个人与众不同，他们的脸上不但没有阴云反而笑口常开，不停地蹦跳着从这间屋到那间屋，像过年一样高兴。他们不是别人，一个是李忱长子李温，一个是长女李泐。

他们各有各的高兴。

李温高兴的是父亲出门了，家中就数他大了。母亲管他不住，奶奶只知道疼爱，姐姐虽然比他大一岁，但个头还比不上他，至于气力，更比不上。几个弟弟，一向俯首帖耳听他的。至于那个老师，只要隔三岔五地给他送壶酒，天大的事他都不管。园子又大，掏鸟、摸鱼、踢球、逮蝈蝈、打狐狸，任他玩。不过最近他的兴趣转移，喜欢上另外的玩法，他觉得与府里的那些丫头们打闹调笑更有味道。同样都是人，怎么那些丫头们身上就有股特别的香味，在她们身上摸一把，抱住她们亲一口，那味道直让人头晕目眩，几天几夜过去了那感觉还在口中在手上留着……父亲最见不得他对那些下人们动手动脚眉目传情了。为此，撵走了不止一个丫头；他自己，也挨过打罚过跪。这下父亲要走了，而且听说走的时间不短，他可以放肆跟她们玩了。忍不住的高兴便在脸上露了出来。

至于他的姐姐泇儿，她的高兴又是另外一种。自从她得知父亲要出任宣慰使远去各藩镇公干，她便不再跟他赌气，见到父亲满脸堆笑，身前身后影子般跟着，帮父亲忙这忙那。

晁氏夫人见了最高兴，原先悬着的心一下就放下来了。女儿到底长大了，懂事了。父亲要去远方办事，她就把小性子收了，跟父亲亲热让父亲高兴。

可是李忱不这样想，他觉得女儿的变化不自然。就那么点小事，难道为父还会跟你计较？看来，她一定有什么事求我。不然，像她那样的性子，会装得这么乖？

泇儿的心事果然没有瞒过父亲。这天，她父亲问了：

"泇儿，这一向你简直换了一个人，成天在我面前又说又笑，真乖……"

"父亲，我从来都是很乖的……"

"不过这次乖得不大一样。"

"那是因为您要走了，舍不得。"

"难道就没有其他什么了？"

"当然有。您叫我看书，最近我看了不少，正想向父亲请教哩。"

李忱不相信女儿整天跟前跟后只是为了向他请教学问，但他还是问她：

"有哪些不懂的，趁我在家时你尽管提出来。"

"那好。"泇儿便认真问起来，"那天，您给我讲了女娲抟土为人的故事后，我还在书上看到她采石补天哩。她又造人，又补天，比哪个男人的功劳都大，为什么女人还被人瞧不起？"

听了女儿提出这没头没脑、让人没法回答的问题，李忱更加相信女儿是另有用意了，便开门见山地说了：

"女儿，你就别转弯抹角了，有什么话，你就直说。"

洳儿笑道："还是父亲懂得女儿，那我就直说了。我想跟父亲一起出去……"

"什么？"李忱没想到女儿会提这样的要求，吃惊地问。

"这个……为了照顾父亲的起居，我想跟您一起去河朔。"

"啊，原来这一向你天天跟上跟下是为了这。但是我这次出去要带许多随从和护卫，哪需要你照顾起居？"

"父亲，我是你女儿，照顾起来更贴心……"

李忱笑了，说：

"我女儿一下变得这么孝顺了，我高兴；可是，我问你，你没有其他打算？"

"当然有，想出去长长见识，看看天地有多大……"

李忱有点感动了，可惜她是个女孩，要是她弟弟李温有这个想法就好了。便说：

"洳儿，你是个女孩。你看哪朝哪代有女孩子风尘仆仆跋涉万里去边疆冒险的？"

"您不叫我看书吗，替父从军的花木兰不是女的吗？"

"可那是古代。"

"好，女儿举个本朝的例子。先帝高祖之女平阳公主，在贼乱时组织娘子军数万，南征北战，帮父亲平定贼乱，高祖还封她将军哩……"

看来是难以说服她了；那就对她来硬的，就是不让去！可是，当他望着女儿那执着倔强的目光，便想起那次爬树事件。虽然已过去那么久了，但一想起她在那树尖上摇晃便有些后怕。但是，他决不能由着她。他望着她，思谋着对策……

"父亲，我能猜出您现在在想什么。嘻嘻。"洳儿看着父亲，意味深长地笑道。

李忱望着这个难对付的女儿，正想回她一句什么，还没讲出来，女儿倒先讲了：

"我知道您想说，女儿呀，你现在是公主，你的事我做不了主，我要去问皇上，皇太后……是吗？"

这丫头简直是个人精。李忱心里骂了一句，但脸上装出若无其事的笑。

"父亲，您真的要去说，也没用。太后最爱我，在宫里时她天天教我舞剑，她老人家就叫我学野点，不然老受男人欺负；您要去给皇兄说吗？更没用，皇兄听皇嫂的……"

这一向太忙，几乎把她忘了，经女儿这么一提，胸中立刻掠过一股热气。

"父亲，皇嫂看了您的文章，可称赞哩……"

"什么文章？"李忱急切地问。

"就是那篇研究《诗经》的文章呀。"

"啊！你什么时候拿给她看的？你……"

李忱只感到脸上一阵发烧。他急忙把脸掉向窗外。窗外，满院开的都是花，红得照眼。

"父亲，您就让我跟您去吧……"

"简直是要挟！这个死丫头。"李忱心里又骂了一句。但是他软了，他服了，决定依她。他说：

"好，洳儿，我同意你跟我去，不过，有几个条件……"

一听父亲同意了，洳儿好不高兴，赶快走上前挽着父亲的衣袖双膝一屈说：

"我的好父亲，谢谢您了。什么条件，您老人家尽管说，再多我也依……"

"第一，你母亲那儿……"

"老爷都同意了，我还有什么说的。"早就在门外偷听的晁氏夫人跨进门来擦着泪说。

"母亲——"洳儿见母亲来了，又听她一点不反对，便赶紧扑到她身上，双手抱住她的肩亲热地喊着。

"还有你奶奶那儿……"李忱说。

"奶奶那儿好说，就说我到宫里去了。"洳儿想得很周到。

李忱又说了：

"这次我奉旨去河朔诸镇，说是去宣慰，但如果宣慰不成，说不定会打起来。一个女儿家有诸多不便，刚才你不是说花木兰吗，你就学她，女扮男装……"

"好，父亲，我最喜欢穿男装。"

"为了你的安全，我把护院阮叔带上，路上，你要听他的……"

泖儿听了直点头。从小，她就喜欢跟阮叔玩，让他扛着看灯逛庙会。遇人多了，她就紧紧抓住他的长胡子不放，生怕被挤下来……

"好，那就这么定了，快收拾收拾，后天就起程了。"李忱说着，无奈地笑笑，然后，摆摆手，让她娘俩快去准备。

还没出门就败在女儿手上了，李忱有几分懊恼。但转而一想，还多亏了这个女儿，要不是，他又怎能与宫中的她取得联系？又哪能有今天？ 而自己，堂堂一个装满一肚皮治国安邦之策的太宗子孙，岂不像一段木头，既不能做栋梁支持大厦，甚至不能做柴薪发热发光，最后只能在乱草中烂掉。

唉！泖儿是太野太犟太调皮了些，但有什么办法？小时都没调教过来，现在大了能把她怎样？就算最后一次迁就她吧。反正这次出使最多不过三几个月，待回来以后，给她寻个婆家，嫁出去了，也就省心了……想到此，李忱也就不再有什么懊恼，一心一意准备起程的事去了。

然而，他哪里知道，他的这个宝贝女儿在这趟随他出使河朔的过程中，演出那么多的惊险，那么多的浪漫。这是他怎么也没想到的。

以当今皇上之叔光王李忱为宣慰正使，以神策军左军中尉马元贽为宣慰副使的大队人马出发了。这是一次辉煌气派的出使，旗帜鲜明，声势浩大；这又是一次威武雄壮的行军，高头大马，军容整齐。李忱和马元贽各自坐在特制的马车里，在数千兵马的簇拥中出了长安东门，顺着大路过了潼关，浩浩荡荡向河朔三镇进发。

沿途州县见是当今皇叔和神策军统帅出使边关，地方官员和驻地军将尽皆殷勤伺候，远迎远送，礼数十分周到。但因军务紧急，李忱命路上不得耽搁，简单应酬一下又走了。

不过旬日，便到了此行的第一个目的地成德。成德节度使王元逵早就打听到这次朝廷派来的使臣非比往常，远在三十里外就去接住，大小官员恭立道旁，请宣慰使大人入城。然后设宴洗尘，表现出从未有过的谦卑与恭敬。李忱拿出皇上手书诏谕及各种赏赐；王元逵则伏拜跪接圣谕，聆听宣慰使大人的教诲。李忱念罢皇上手谕后，双手扶起王元逵，让他就座后才说：

"王将军，此次我与马将军奉旨出使河朔，传达皇上对边疆藩镇的慰问和勉励。望将军守土保民，拱卫大唐江山不受侵犯。成德地处要塞，还望王将军恪尽职守，不负圣恩。"

王元逵再拜谢道："王爷和马将军不远千里从京城来到边远的成德传达皇上圣谕，带来皇上的恩赏，末将万分感激。只是，只是听说二位大人来河朔还另有要务……"

李忱这才说：

"这次本宣慰使与马副使奉旨来河朔的另一任务就是要解决潞州事务。想那刘稹，其父刘从谏死后秘不发丧，上表胁迫朝廷承认其继承父职。朝廷若允诺，岂不乱了章法？我大唐自立国以来，号令统一，四方咸服。小小潞州敢于对抗朝廷，也太不自量力。皇上已下旨发大兵讨伐，特令我等前来知照河朔各节度使……"

李忱说着，瞟眼看王元逵，见他脸上红一阵白一阵，坐在那里很不自在。

"当然，"李忱接着说，"潞州与河朔三镇不同。河朔地处边关，多与夷狄交往，守将变换不利管理，节度使之职父死子继乃历代皇帝早就定下的，朝廷不会轻易改变。潞州地处腹心，岂容刘稹跋扈割据？故皇上命我等前来知照河朔各镇节度使，勿与刘稹交往，否则，朝廷大军到时，难分皂白，玉石俱焚……"

王元逵听了松了口气，说道：

"末将虽身在边疆，却一心向着朝廷，对刘稹的狼子野心早有提防。不久前他派来一说客，带上他的亲笔书信，欲说我与刘稹同谋，当即被我拒绝，扣了来人，缴了书信，专等二位大人到时交付处理。"

王元逵说罢，呈上刘稹书信，又吩咐左右将刘稹派来的说客带上来。

不一会儿，刘稹的说客就被带来，跪在堂上听审。

李忱看罢刘稹给王元逵的书信，传给马元逵观看，然后便审问起来。

那说客对如何奉刘稹之命前来成德联络，煽动反对朝廷之事一一做了招供。

审毕，王元逵命令卫士说："将他推出去斩了！"

李忱忙起身，拱手说："王将军请留他一命，也好让他回去给刘稹带个信。"说着，转身对那说客说，"你回去对刘稹讲，叫他带领他的亲属及部将，自缚其身，前来请罪，可免一死。否则大军一到，潞州城破之时后悔就来不及了。"

说客连连叩头感激不杀之恩，说道："小人一定把信带到。"说罢起身要走。王元逵吼一声道：

"且慢！武士们快去将他耳朵割去一只，让他长个记性。"

武士过去，手起刀落，割下一只耳朵。那说客捂着流血的耳根，哀叫着逃回潞州去了。

为了表示对朝廷的忠诚，王元逵还向李忱报告了河朔藩镇内部的许多情况。李忱当即给予嘉奖，又向他提出在朝廷发兵攻潞州时，从侧翼配合攻打潞州所属之陵城，攻下后划归成德镇节制。王元逵满口应承，当即约定了出兵时间等细节。

在成德的事情办完后，李忱等一行接着去了魏博、幽州以及河阳、河东等节度使驻地，比照成德的样子大同小异地做了一遍，这些地区的节度使都纷纷表示绝不与刘稹交往，愿意服从朝廷调遣，一有召唤，立即发兵围攻潞州。

一切进展顺利，在不到两个月的时间里，一个对潞州的包围圈便已形成。李忱颇为高兴地对马元贽说道：

"在京城时，都说河朔诸镇习乱已久，人心难化，担心他们与刘稹勾结叛逆朝廷，怎么我们走这一趟看他们个个对朝廷恭顺毕至，表示绝无二心。是不是原先对他们的估计有错？"

马元贽听了笑道：

"王爷有所不知，河朔诸镇，因地处边远，多年来拥兵自守，天高皇帝远，对朝廷爱理不理。往往还与贼人通谋，干些害国扰民之事，但只要朝廷派得力要员带着队伍走一趟，他们见了也畏惧三分。加上再许给一些好处，当然做得毕恭毕敬、唯命是从的样子；但阳奉阴违口是心非的老毛病难以根除，过不多久，旧病就又会复发……"

李忱也笑道："如此说来，我们这次来只医了个皮毛，要根治，还得另谋良策啰？"

马元赟说："依末将看，他们是属核桃的。"

"啊！哈哈……"李忱听了忍不住笑。

按照预定计划，下一个目标是太原。

太原节度使李石手下有个部将杨弁，利用士卒不满情绪发动兵变，撵走了李石，纵兵在城中烧杀抢掠。又与刘稹派来的使者密议，会见了刘稹并与之结为兄弟，合兵为一，造成掎角之势，与朝廷对抗。

李忱与马元赟经过一番筹划，以自己带来的数千兵马为主，加上李石的千余兵马和就近从地方驻军中调集来的数千兵力，合计有万余人之多，统一由宣慰使指挥，准备向太原发起进攻。

这夜，李忱正在帐中思虑攻城之事，忽听帐外人声嘈杂，便命随从去看个究竟。随从回来说逮住了一个从潞州来的奸细，兵士们不知该不该送来请宣慰使审问，故有喧哗之声。

李忱一听是潞州来的奸细，他正想打听那里的情况，便命快带上来。

少顷，兵士们就押进一个五花大绑的人来，将他按倒跪在帐前。

李忱见是个模样斯文的年轻人，吩咐左右为他松绑。

松绑后的年轻人因为周身四肢都回到原来的部位，脸上的肌肉也因解除了痛苦而平展了，看起来就顺眼多了。但见他匀称的身材，白净的面庞，浓眉之下是一双黑亮的眼睛。看年纪不过十八九岁，低头垂手，十分恭顺地站在那里，像个被老师问书的学生。

"跪下！"帐前军士对他吼道。

那青年听了赶快弯腿，准备下跪……

"算了，"李忱制止说，"就让他站着回话。我问你，你叫什么名字，家住何处，为何要替潞州叛军当奸细？"

"我不是奸细。"那青年分辩道，"我姓曾，因排行第三，便叫曾三。家住潞州。只因潞州刘稹反叛朝廷，四处拉兵。小人不愿当兵，与父母商议，趁黑夜缒下城墙，准备逃到太原投奔舅舅。谁知太原兵变，进不了城。因饥寒交迫，流落郊野，见这边有片灯光便投奔而来，却被几个军爷抓了。因我说是从潞州来的，就把我当成奸细，实在冤枉，请大人明察……"

李忱问了他一些潞州城内情况，他一一回答，与李忱所知大多吻合。

"曾三，"李忱又问道，"你今年多大岁数？操何营生？"

曾三回道："小人属猴，六月初六生，再过三个月就十九岁了。因从小念书，未能学得谋生本领。"

李忱说："既然你从小念书，必然能写一手好字，来，这里有一份文告，你照抄一遍让我看看。"

说罢，李忱叫左右取过纸笔摆在案上。曾三也不推辞，取过笔，蘸了墨，照着原稿一挥而就。李忱看了大喜，连说："好书法，好书法。"而后问道，"曾三，我看你不像歹人，又写得一笔好字，不如先留在我帐下做些抄抄写写的事情，待大军攻进太原后，你再去找舅舅。你看如何？"

曾三正在无处可投之时，立即跪下谢道：

"小人眼下投亲无门，后退无路，如蒙王爷留在帐下，有个吃饭住宿之处，实在求之不得。"

于是他便留在宣慰使帐下，做些文案之类的事务，专等攻下太原后去找舅舅。

谁知那兵变头领杨弁是个不中用的货，一见朝廷调集大兵攻城，便自家慌作一团，尚未接仗就带了剩余人马弃城而逃。

李忱未伤一兵一卒得了太原，入城后安抚百姓，整顿治安，很快恢复了正常秩序。曾三进太原后便去找他舅舅，但因战乱舅舅举家外逃，不知去向，他只得回头找宣慰使光王。这时李忱已住进宣慰府，见了投亲不遇的曾三说："那你就先留在我这里，待收复潞州后再说。"曾三再三叩谢。李忱见他为人忠厚，文笔又好，便留在府衙内做事。

也是合当有事，这天李忱外出公干，曾三正在文案房内伏案抄写。写着写着，忽然屋内光线一暗，一个人走了进来，径自走到曾三案前，偏着头看看说：

　　"我说这人怎么这么眼生，原来是个新来的……"

　　曾三听了，不觉抬起头来。这不看则已，一看，四目久久相对，两人都惊得呆了……待了一会儿，两人又几乎同时指着对方说道：

　　"好标致的公子……"

第十三章　冲出鸟笼

> 长大了的小公主心更野，胆子也更大了，她要冲出鸟笼。她天不怕地不怕，只是，当她第一次真正握住一个男孩子的手时，却止不住脸发烧、手发烫，心快从口中跳出来了。

　　出发那天，李泂头戴铜盔，身披软甲，脚踏大头云靴，腰间还挂了把长剑，趾高气扬地跨上马背，跟随着父亲的马车，威风凛凛穿过长安城的大街出了东门。然后快马加鞭、马不停蹄地向前进发。除了马车里坐着的父亲和骑马相随的阮叔，再加上她自己以外，再没有人知道这个面如满月、精神抖擞的年轻军官是谁了。在如潮水般看热闹的人群面前，在众多羡慕、敬仰和惊异的目光下，她感到极大的自豪和满足。特别是街道两边楼上楼下的年轻姑娘的贪恋目光和娇气的话语："看那小将，好标致好漂亮！"她听了不觉脸红心跳，全身心都似乎浸泡在无比巨大的荣耀与欢乐里。

　　出了东门后，便是一望无际的平原，农舍、树木点缀在田陇间。大队人马过处，惊起一阵阵飞鸟，跟着自己乱飞乱叫。天上有几朵云，雪一样白，一会儿看像只狗，隔一会儿看又像只猫，也一直跟着自己。如果说有谁问她这时的感受，她一定会说："哇，天好大，地好大，我们这支队伍好大。我，骑在高高的马上，也好大，好大……"她还会说："我真高兴，高兴得就像天上的那几片云，就像头顶上那群叽叽喳喳乱叫的鸟……"

然而，她的这份兴奋与喜悦并没有保持多久便被另一种心情取代了。

队伍在宽阔的官道上列队整齐地行进。她在马上向前望去，马队也好步兵也好，都一行一列井然有序地向前移动，但她却发现不断有人离开队伍，跑向道旁的野地里背着身子站着，面前，立即有一道弧形的白光在阳光下闪耀。当她弄清楚那是他们在撒尿时，感到脸上发烧，不敢再看。但她只有憋着，憋久了，那滋味很难受，眼前再好的景致也无心看了。本来，她可以跟父亲说了，找个地方停一下，可是她不。她太好强了，不便也不愿启齿。就这么忍着，忍着，好容易挨到整个队伍打尖，她才在一家农户找到个地方，大大松了口气。由于这次的教训，从此她尽量少喝水。

这件麻烦算是应付过去了，但更大的麻烦事还在等着她。

她觉得骑马太威风了，骑在马上就陡然高了许多，再挺直腰，让马不快不慢地跑着，凉风紧一阵缓一阵掠过面颊，那滋味别提有多美了。可是，一天骑下来，腰也酸了，屁股也硌痛了，身子骨要散架似的，瘫软了。第二天一早再见到那马，连跨上去的劲都没了。但她还是硬撑着，又骑了一天。晚上，便对父亲说：

"父亲，明天我想坐车，骑马骑腻了。"

"好，叫人给你拾掇一辆就是。"李忱当然知道原因，他不拆穿。

第二天她果然坐进舒适的马车里去了，因为坐在马车里，抖威风也没人看见，于是头盔不戴了，软甲不穿了，剑也不挂了。半躺在软和的座垫上，偶尔揭开窗帘看看四野和天空。看累了，就打个盹，实在是再惬意不过了。

可是后来，为了赶路，马车跑得更快了，加上离京城远了，路也不那么平了，马车开始颠簸起来。有两次，竟把她从座位上颠了下来，把屁股摔得生疼，她叫了一声"娘——"可是娘不在，没人给她揉，只有忍着。于是，她再没有多少心思去看天空看原野了，只是紧紧抓住两边的扶手，别让再跌下去。

但是她还没忘记一件事：她估计快到临潼了，那里有她向往已久的地方——华清池。这来自她爱读的那首白居易写的《长恨歌》，其中"春寒赐浴华清池，温泉水滑洗凝脂"，使她做梦都想去那温泉里洗个澡。何况，奔波了这么几天，真的能洗个澡该多好。当初她拿定主意死乞白赖也要随父亲走一趟，就是要去看看名山大川，游游名胜古迹，长长见识，看看世界，父亲听了还点头表示赞同哩。现在，华清池就在眼前了，她怕父亲忘了，便找个机会提醒他：

"父亲，我们不在临潼歇歇脚吗？"

"为什么要在临潼歇脚？"

"那儿有华清池呀。"

"这么大支队伍，能在那里停吗？"父亲板着脸回答，但他发现女儿噘着小嘴不高兴了，便软下来补充一句，"等回来时我们再去吧。"

就这样，她不仅没有洗到那个温泉浴，没有领略到她的祖先玄宗皇帝与贵妃娘娘留下的那份浪漫，就连华清池是方是圆都没见着。她的马车从骊山下颠颠簸簸经过时，她连掀开窗帘向外看一眼的兴致都没有。

坐马车比起骑马当然舒服多了，但一个人坐在空荡荡的车里也太寂寞。外面的景致除了平原还是平原，千篇一律，早就看够了。这么长长的一天实在不好打发。她想找个人讲话。要是身边有个人讲话该多好。她对父亲说了：

"父亲，整天坐在马车里好闷，连个说话的人都没有，这样再坐几天，女儿恐怕连话都不会说了。父亲，您给我找个丫鬟来做伴吧……"

"好。"李忱刚说出口就感到不对劲，立刻纠正说，"不行，你想，给你找个丫鬟，陪你这个小将在马车里讲话，你想别人会怎么说？"

她想想，再看看自己一身打扮，果然不妥，自己也忍不住笑。便说："那就……"本想说那就同样派个小将来，但一想，更不妥。话没说出口便咽了回去。

她有些懊恼。她觉得自己像关在笼子里的小鸟，总想出来，现在出来了，却是连笼子一块提出来的。

她只有天天在马车里憋着生闷气，生了气睡觉，睡了觉生气。但路况越来越不好，车越来越颠得厉害，刚迷糊一下，就又被颠醒了。睡觉不成，那只有光生气了。

好容易到了成德，她想这下可好了，可以到边地城镇去看看风景了。可是父亲不许，说是为了安全，只准待在军帐里，不准乱走。阮叔整日跟在屁股后面，想去哪儿也不成。以后到魏博、幽州、河阳等地方，都一样，不得出军帐半步。她自幼就想看海，都快到海边能听到大海的潮声了，就是不让去。她开始跟父亲赌气，但父亲不理她。

自从住进了太原城中的宣慰使府第，李忱对女儿的管束就放松多了。在后院专为她收拾了两间屋供她起居，仍然穿男装，可以在府第内活动，公开身份是队正，负责巡查保卫。在阮叔陪同下成天在宣慰府内转来转去。活动空间大了，但她的笼中小鸟的感觉并未消失。

这天，父亲一早出门公干去了，她在阮叔指导下练了两路拳脚，再回到府中看书。但翻了几页实在看不下去，就从房中走出来到处游转。因为已住进好多天了，府内所有的地方也都转遍，想想还是前院文案房好玩，便径直去了那里。

文案房有两个老头，长着花白的长胡子，鼻梁上架着老花眼镜，整天坐在那里抄抄写写。但凡见她进来，就毕恭毕敬站起来向她拱手，道一声："向公子请安。"其实，他们并不了解她的身份，只见一个穿着整齐腰挂长剑的军官模样的年轻人向自己走来，便不敢怠慢，赶紧起身拱手问好，做出十分谦卑的样子。

李浲喜欢到文案房来，是觉得这两个老文牍和蔼好玩，笑眯眯的像两个罗汉；还有个原因是他们手上抄写的那些材料多是民间诉状，每张诉状都是一个故事，看了觉得有趣。

但是今天她来文案房的目的不是为了看诉状，她听说那里添了个年轻书生，写得一手好字不说人才也标致透顶，她不信。她只听人说过：看，宣慰使府上那位年轻小将，好标致！现在怎么又钻出个标致书生，她要去看个究竟。于是，她怀着好奇心踏进文案房……

文案房里那个新来的书生坐在一大堆案卷后埋头抄录着，他做得很认真很专注。但是，他的心里却很不自在。他觉得自己从来没有做过这等亏心事。人家宣慰使大人跟你非亲非故，把你从绳索下解救出来，在你走投无路时给你一个安身之地，当你投亲不遇时又给你一个差事，免去衣食之忧流落之苦，算是恩重如山了吧；可是，可是你连一个真实姓名都不给人家，叫什么曾三。你这算人吗？想想，这事也不全怪自己，都是父亲。记得逃出潞州那晚上，他一再叮嘱："颢儿，父亲告诫你，你一人在外，又是兵荒马乱的时候，千万不能对人说真话。逢人只说三分话，不可全抛一片心。这是古训，你要记住！"记倒是记住了，可是郑颢却变成曾三了，而且是对有恩于自己的宣慰使大人。他感到很不自在……

"你就是才来的？"

专心伏案抄写和一意想心事的郑颢对有人绕着自己转了一圈竟未察觉，及至听到有人问，才慌乱地抬起头来回道：

"是，我是才来的。"

回答以后，郑颢平静下来看看对方，原来是个眉清目秀的后生。看他模样，衣着整齐，风度翩翩，像个书生；但腰上的那把剑和他的举止挥洒，又更像是个武官。但见他直愣愣看着自己，一双黑而亮的眸子锥子似的，看得自己脸上发烧。

"果然……请问，怎么称呼？"

"在下，姓曾名三，一二三的三。"

"啊，曾三。我姓李名山，大山的山。"

"啊，李公子，失敬失敬。"郑颢拱手说。

旁边书案后的老文牍接过话说：

"别看李公子年纪轻轻，他是我们府里的队正哩；他可是宣慰使大人跟前的红人……"

"什么队正，什么红人？就叫我李山。"说着，她专对郑颢说，"我比你小，就叫我李山弟，我就叫你曾三哥。好吗？"

"这……"

"什么这呀那的，我说了算，这就定了。"

这时，只听外面一阵嘈杂，李洳出门一看，是父亲回来了，便转身过来一拱手，说：

"下次再见。"

今天李忱提早回府是因为才接到圣旨，皇上要马元贽立即回京。自从出使河朔以来，二人关系融洽，一路愉快。马元贽奉调回京，明日就要起程。李忱早早回府，安排一下晚宴为他饯行。

晚宴十分丰盛，但客人只有一个。李忱陪马元赞细斟慢酌，气氛随和而亲切。当酒也喝得差不多、话也说得差不多时，李忱命左右取出两口大箱子放在堂前说：

"马将军，这次你我奉旨出使河朔，同舟共济，和睦共事。借圣上神威，一路顺利，不仅三镇咸服，而且收复了太原。眼看大功过半，至于潞州叛逆，不日定将平定。将军多有辛苦。现在将军奉调回京，我无以相谢，箱子里的这点东西，都是一路上别人送的礼物，特全部转赠将军，请勿推辞。"

说罢，命左右揭开箱盖，里面尽是黄金白银珍贵珠宝。马元赞看了很是感动。回想这次随光王出来，原有许多疑虑。哪个王爷都有自己的怪脾气，难侍候得很；不想光王如此仁厚至诚，处处迁就自己。特别是在处理太原监军府里的几个太监参与杨弁兵变叛逆案时，他全权交给我办，给我留住面子；每有军情奏报朝廷，是功他把我说在前面，是过他则一人独揽。凡州县所赠，他都分一半给我。现在，他又将他的一半送我……想到此，马元赞眼圈发红，忙起身离席，推辞再三才收下。

第二天，马元赞带一半兵马起程回京，李忱率宣慰府衙及地方大小官员送出十里以外，一再托付马元赞奏知皇上早发大兵攻取潞州，而后洒泪挥手而别。

李忱送走马元赞回府后，立即传来阮叔，对其吩咐说："明日一早，你随我出城去拜会两个朋友，记住换了便装，不带随从。"阮叔应声而退。

李忱选择马元赞走后便装去拜访他的两个朋友当然是有原因的。

他第一个要去拜访的是崔发。

十多年前，在长安县令任上的崔发，因拟惩办横行不法的太监而罹祸，险些丢了性命。出了狱后，便回到太原附近乡下的老家，守几亩薄田过日子，甚是清苦。李忱进驻太原后，早就想去拜访他，但想到他与太监那段宿怨，而与自己同府署事的副使马元赞恰是太监头领，为避嫌，只得等马元赞离开太原后再去。

李忱第二个要去拜访的是牛僧孺。

牛僧孺少时家贫，靠勤学苦读考上进士，因在试卷中对朝廷有所指责，为当时宰相李吉甫不容，长期不得重用。穆宗时，牛僧孺与李吉甫之子李德裕同被列为宰相人选，后牛僧孺得进，李德裕被贬出京城，为浙西节度使。此后，历经敬宗、文宗、武宗几代皇帝，牛僧孺与李德裕你上我下，轮流入朝为宰相。由于原来的隔阂和政见不一，两人便成了冤家对头。但凡牛僧孺在朝为相时，便将李德裕的人马全部换掉，任用自己情义相得的人；李德裕在朝为相，又将牛僧孺的亲信全部挤走，换自己的朋党。这样，便逐渐形成各自的集团，结党为私，相互争斗。这便是晚唐历史上有名的"牛李党争"。武宗继位后，李德裕得势，对牛僧孺及其同党一个不放过，通通贬谪外地。牛僧孺则一贬再贬，从东都留守、山南节度使、汀州刺史，直贬到循州长史。此时，因奔父丧，正在太原乡下守孝。

李忱幼年在宫中时，牛僧孺为太子太保，二人有师生之谊。现在，李忱出使到了太原，自应去拜会。但因他与当朝宰相李德裕水火不容，而马元贽又与李德裕关系密切，如果不避开他，恐怕引起麻烦。故而马元贽一走，李忱便决定去拜望牛僧孺。恰恰牛僧孺与崔发都住在太原城北郊，两家相距不远，明日一早出发，两处都去看了，天黑前便可赶回。出去一天，别的顾虑没有，只是泅儿要给她打个招呼，叫她不要乱跑。正准备叫她，却见她蹑手蹑脚地进来了。看看没有别人，便亲亲热热喊了一声"父亲"，然后说：

"找您大半天，这才找着。"

看了女儿那身英姿飒爽的军官打扮，又见她那副讨人喜爱的模样，李忱心里一阵高兴。这次出了远门，长了见识不说，也懂事多了。便说：

"我正要找你哩，你倒来了。对你说……"

"父亲——"李泅长长叫了一声，撒娇说，"女儿找了您大半天，您不问什么事，您倒先问起我来……"

李忱听了笑道："好了好了，我的乖女儿，你先说你先说，什么要紧事？"

"我昨晚做了一个梦，梦见我掉进水里去了。好深好深的水，也没人来拉我……父亲，您会圆梦，给我圆圆，看是吉是凶？"

"哈哈哈，我当什么大不了的事哩……"

"这事还不大呀，因为我不知道是吉是凶，大半天门也不敢出，话也不敢说……"

"你怎么相信起梦来？"

泇儿不解地望父亲，说道：

"不是您教的吗？以前您每天一早就问我昨晚做了什么梦，要给我说个吉凶。有时想不起来了，您还叫我使劲想……"

李忱又是一阵哈哈大笑，而后说：

"梦兆吉凶，是骗人的话。《周礼》上说梦有六种：一曰正梦，就是平常一般的梦；二曰噩梦，是因惊愕而做梦；三曰思梦，是因思念而梦；四曰悟梦，是有所悟而梦；五曰喜梦，是因高兴而梦；六曰惧梦，是因恐惧而梦。都是因为白日有所思，夜晚便有所梦也。与吉凶无关。你那个梦就不用圆了……"

"可是，父亲，"李泇问道，"以前您可不是这样说的呀！"

"以前是以前，现在是现在。就像你，以前是女孩，现在变成男孩子了。"

"但我是假变，您是真变……"说着，她的嘴又噘起来了。

见女儿那样，李忱逗道：

"看你，嘴噘得可以挂个油瓶了。"

女儿不开腔，只把身子摇了摇，表示不乐意。李忱不理她，岔开话题说：

"乖女儿，为父告诉你，明日，我要带你阮叔出城去办事，要一整天，你好好在府中，别乱跑。"

李泇听了心中一喜，噘着的嘴立刻收了回去，但为了掩饰自己心中的喜悦，又把嘴噘起说："整天都待在这院子里，谁乱跑了！"

李泇自从那天从文案房回来后，再也忘不了那个有几分憨气的书生了。宽宽的额头，浓浓的眉毛，黑而发亮的眼睛，端直的鼻梁下有一张阔阔的嘴。面皮洁白，一说话，脸上就掠过一阵红晕。还有，还有那平坦而又起伏不定的胸脯，不知那里面装有多少神秘和温暖。可惜，可惜与他只有那么几句短短的交谈，父亲就回来了。幸好，父亲没看出什么。可是阮叔却问我到什么地方去了。真讨厌。明天，父亲跟阮叔都走了，要整整一天，太好了……

宣慰使府第的前院有几棵大树，树上有窝喜鹊，那窝喜鹊天刚亮就喳喳乱叫。天天如此，比叫晓的公鸡还准。

郑颢的简单卧室就在那窝喜鹊下，每天第一声喜鹊叫就把他吵醒。

但是今天天不亮他就被一阵马蹄声吵醒。接着，他又听见开大门的声音。然后，那马蹄声便消失在大门外了。那马蹄声是从后院响出来的。后院多大，他没去过，不知道。他只知道后院住着宣慰使大人和他的随行人员。对了，那天到文案房玩耍的那个叫李山的队正，也住在后院。

想想那李山，真有趣，硬要给我当弟弟，把我叫曾三哥。也好，反正我也没有弟弟，认一个也行。只是那个弟弟看来有些调皮。不过他还小，我在那个年纪也是很调皮的。

"喳喳喳喳——"房顶上一阵喜鹊叫声把他的思路打断。他立刻翻身起床，洗脸，漱口，然后去门外小食铺买两个馒头吃了。桌子上的壶里还有半壶冷开水，倒大半碗喝了，便去文案房，拿出扫帚里里外外扫起来。等那两个老文牍来上班时，屋里已拾掇干净。

两个老文牍在衙门里混了多年，办事慢条斯理不慌不忙，等他们上了厕所、沏了茶、坐进书案后的大圈椅之后，郑颢才小心翼翼恭恭敬敬走到他们面前，接过他们交办的材料，然后退到自己的书案后坐下，认认真真做起事来。

一方阳光穿过树枝和窗棂，斜斜地铺在他的桌子上。他已磨好墨，铺好纸，开始抄写一份公文。虽然都是"等因奉此"那一套，他还是兴致勃勃地在做。

正抄着，一个小小的东西飞到纸上，他以为是个什么虫，捡起来看却是个花骨朵儿。一定是风吹过来的，他没在意，仍埋头抄写。还没写上两个字，又一个花骨朵飞来，这次还是落在桌面上。他抬头看看窗外，云没有动，树没有摇，没有一丝风。那花骨朵是从哪儿来的呢？他感到奇怪，便把眼光探出窗外到处搜寻。

窗外是宽宽的廊檐，廊檐外是大大的庭院。院里有几棵古树。忽然，他在一棵树的根部发现一只穿着粉底大头靴的脚。他知道是谁了。

果然，从那树背后露出一张脸来，就是他，那个调皮的李山。

"喂！"李山向他又挤眼睛又招手，要他过去。

　　郑颢有些犹豫，但经不住他不断招手蹬脚挤眉弄眼的引诱，心有些动了。便偏过头去，见两个老文牍都在埋头做事，就鼓足了勇气，踮着脚走出来。

　　郑颢走到树下，笑着问道："干什么？"

　　他只望着自己，不说话。郑颢这才仔细地看到他的脸，圆圆尖尖的，只是比那天要红得多。

　　"去玩……"她被看得不好意思了，红着脸说。

　　"不敢，怕宣慰使大人查看。"

　　"父……"说漏了嘴，赶快纠正，"大人他一早就走了，要天黑才会回来哩。"

　　"那两位老先生……"郑颢偏偏头，用下巴指指文案房。

　　"这好办。"说罢，只见她上前两步，对着文案房扯开喉咙喊道，"曾三，后院大人叫你，快去！"

　　郑颢睁大眼睛把他望着。

　　"走吧，三哥。"郑颢被一把拉住，跟着进了后院。

　　后院又是一重天地。宽大的庭院里虽没有树，但有鱼池，池里有假山。一群红鲤鱼见有人来全都钻进了假山下的窝里。还有花圃，各色花朵争芳斗艳。至于厅堂、房屋和廊檐，较前院装饰得更精致、更鲜亮。郑颢左顾右盼，看个没够。

　　"三哥快走，有什么看头嘛……"郑颢被拉着走出后院，进了一个通道。

　　"到哪儿去玩？"郑颢问。

　　"别问，只管随我来。"李山说着，拉郑颢上了一座楼。

　　在楼上，李山推开一扇窗户，问郑颢：

　　"三哥你看，这下面是什么地方？"

　　郑颢伸头看看说："是后花园啦。"

　　"那边呢？"

　　郑颢顺着李山手指看去，说："是花园的围墙。"

　　"那围墙外面呢？"

　　"外面，外面是房子，是街道……"

　　"对了，我们今天去街上玩。"

郑颢看看身边这个有几分天真又有几分固执的小弟弟。用商量的口气说：
"咱们就在府里玩玩吧。"

"嗯——"李山孩子似的撒娇说，"府里，我早就玩腻了。"

"可是……"

"你怕？"李山问，不等回答，又说，"怕什么？有我哩！走！"

不由分说，郑颢被拉下楼，匆匆穿过后花园。李山从身上摸出钥匙，开了花园门，他们便站在外面的小巷里了。

到这时，她才真的有了一种飞出鸟笼的感觉。她看看身旁的曾三，既高大又斯文。她想去拉他的手，但只碰了一下，心就发跳，便拉着他的衣袖说：

"走呀，三哥！愣着干什么？"

郑颢有一种豁出去的感觉，随着走出小巷上了大街。

太原本是个繁华地方，因为刚经过一次叛军的洗劫，街上行人稀少，店铺一半未开门，显得有些冷清。不时，又走过一队巡查士兵，踏踏的脚步声又把街道渲染得有几分沉重。

转过几条大街，都是这样，两人便进入小巷，东走西逛，终于让他们找到一处热闹地方。那是靠城墙边的一条小街，两边店铺虽然低矮，但家家开着门，吃的穿的用的玩的，样样都有卖。沿街还有许多小摊，专卖各种小玩意儿：有小孩玩的风车、泥人、陀螺、皮球、风筝……有妇人用的剪刀、锥子、针线、胭脂……有为庄稼人准备的锄头、镰刀、犁头、铧片……还有供读书人用的笔墨纸砚……

"哇——"李山见了，高兴叫了一声便紧紧拉着她的三哥挤进人群。

这次她拉住了他的手。

"你的手好烫。"郑颢说。

"我，我怕走掉了……"

"那就拉紧点，别真的走掉了。"

两人紧拉着手，高高兴兴地在人流中挤来挤去。

"三哥，给我买个这……"李山指着小摊上的泥娃娃。

郑颢摸摸身上的荷包，尴尬地说："我没带钱，你自己买吧。"

"我要你买！"李山从腰里摸出一把银子交给郑颢说，"给，拿上给我买。"

郑颢接过银子笑道："好，我给你买。"

这时李山已选好一男一女两个小泥人，左看右看，爱不释手。又问郑颢："你看，乖不乖？"

"乖，乖……"

"多少钱？"李山问摊主。

"小公子，便宜卖给你，一钱银子。"

"好，三哥，付钱，给我买下。"

郑颢摸出银子付了钱。

又在一个小摊前停下了。

那小摊前有块木板，木板四周还画有龙虎鸡鼠等十二种动物。木板中央有个长钉。一块竹片中间钻个眼，套在那钉子上。只要给两个小钱，便可以将竹片拨动一下，让它转动。当转动停止，竹片上拴有红绳的一头指在画的动物上，摊主就用糖给你捏出那个动物。摊主的手艺很巧，捏出的动物惟妙惟肖，煞是可爱。因为那是糖捏的，又可以吃。

李山拉郑颢挤进了小摊。

当他俩挤出来时，已一人手上拿着公鸡，一人手上拿着老虎，边看边说边笑。玩够了，便吃起来，先是吃自己的，然后你吃口我的鸡，我吃口你的虎。吃了后两人都说：

"怎么这鸡肉与虎肉一个味道？"

走一路玩一路买一路，已经买了一大包，都是李山喜欢的小玩意儿。

路过一个书摊，郑颢发现一本书，脚步立即停下来。他在那本书上好像看到一双眼睛，一双使他脸上发烧心里发热的眼睛。李山顺着他的目光找去，发现他死死盯住的那本书是《任氏传》，便一把抓过来，对摊主说：

"这本书我买了。多少钱？"

"五钱银子。"摊主说。

"三哥给钱。"

郑颢一面付钱，一面问：

"贤弟，你也喜欢这本书？"

"我看你喜欢……"

看到这本书后，郑颢就心不在焉了。我的狐狸精啊，你现在在哪儿呢？……

"喂，三哥。"李山见他愣在那里，大声喊他。但他仍在回忆里，没听见。

"哎哟……"他被掐了一把，这才走出来，抚摸还在发痛的左臂问道，"什么事？"

李山捂着嘴暗笑，说道："今天，你给我买了这么多东西，我该买一两样送你才对。"

"不要不要，我不缺什么。"

"你看你这顶帽子，又破又旧，该换了。"

郑颢伸手摸摸头上，帽子确实又破又旧了。记得那天匆匆离家时，父亲把这顶帽子给戴在头上时还说："戴上顶旧帽子，免得打眼。"但是他不好意思要，便捂着帽子说：

"还可以戴哩，不换不换。"

李山伸出手指戳着帽子上的一个洞说："你看，这窟窿都这么大了。"说着，又使劲钻了钻，那窟窿更大了。

正巧，到了一个帽子铺门口，李山把郑颢拉了进去，选一顶帽子，伸手把郑颢头上那顶旧帽子取下，将新帽子给他戴上，左看看右看看说：

"真好看，蛮合适。"

"算了算了，不要不要，我……"郑颢扭捏地拒绝着。

李山也不理他，只说："少啰唆，快把钱付了。"然后，手一扬，那顶旧帽子便飞到街对面的房子上去了。郑颢眼睁睁望着房顶上歪躺着的那顶帽子，又看看笑弯腰的李山，自己也跟着笑了。

一阵香味飘来，他们顺着气味走进一家烧饼铺，一人要了个烧饼。伙计将烧饼从中剖开，里面灌了酸辣凉粉，一口咬去，那味道就甭提了……

吃饱以后，玩的劲头更大了。街尾空地上套圈打靶耍猴斗鸡走钢丝变戏法，想玩什么玩什么。长安当然也有，但李泇常年在府中关着，哪有机会去玩？

她又有了新发现：那边一堆人又吵又闹玩得真带劲。挤进一看，是赌钱的。

　　庄主坐在上方，面前有个盘子，盘子上扣只茶杯。只见庄主双手抱住那杯盘一阵狂摇，里面的骰子便发出一阵乱响。然后，将杯盘轻轻放下，喊道：

　　"左单右双，想赢钱的快押上……"

　　四周的人纷纷把铜钱和银子押下去，有的押在左边，有的押在右边。

　　"开宝啰！"随着庄主一声呐喊，一抬手，揭开茶杯，两枚骰子一个三点一个五点。庄主又喊："双的赢！"喊着，便把押在左边的银钱全部收了，然后数着右边的钱注如数赔了。赔完，把茶杯盖住盘子，双手抱着再一阵猛摇……

　　李洇看得手痒，喊一声："三哥，拿钱来，我也玩玩。"

　　"贤弟，咱们不玩这个……"

　　"嗯——"李山又噘着嘴哼着撒起娇来。

　　郑颢最怕他这样，只得摸出银子。

　　李洇接过来便押在右边。

　　"开宝了！"随着庄主的一声猛喊，杯子揭开了：两个四点。

　　她赢了，高兴得跳起来。

　　接着，她又押了两宝，都赢。

　　看看日头偏西，郑颢拉拉她的衣服。

　　李洇图新鲜，玩了两盘，兴味也就淡了，便收了银子挤出人堆，与郑颢并肩往回走。刚走几步，后面撵上来一个满脸凶相的汉子，手一伸说：

　　"二位留步！"

第十四章 忏悔人生

牛僧孺，晚唐"牛李党争"中的牛党首领。到了晚年，一贬再贬，狼狈至极。此时，他回首当年，得势时骄横跋扈，颐指气使，有理从不饶人，无理强夺三分，做下那么多蠢事傻事荒唐事，然已无从挽回，只得对自己冷冷地说一句："报应！"

太原城郊偏僻山村的牛僧孺家小院里，这几天被一团阴云笼罩着，一家大小六七个人脸上见不到一丝笑容，就连那只平时欢蹦乱跳的黑狗，也神情灰暗地躲进窝里，只把一双眼睛伸出来忽东忽西地窥望。

事情的起因是因为不久前武宗皇帝发布了废佛诏书，命令全国在规定时间内拆寺毁庙，还俗僧尼，遣散寺院奴婢，没收寺院的田土财产，以及寺庙中的铜铁铸像、钟、磬等，上缴盐铁使衙门用以铸钱和打造农具。官宦士民之家所有的金、银、铜、铁制成的佛像也统统上交官府，如有抗命不交者，将依法治罪。

牛僧孺一家都信佛，得知这样的消息自然震动很大。夫人的想法很简单，她说：

"既然是皇上下的诏书，那就照办，将那几件铜罗汉、铁香炉交了就是。至于另外的几件，先藏一藏，我们这偏僻的山旮旯里，谁会来查？"

"不行！"牛僧孺坚决地说，"既然圣上有旨，我等臣民就得不折不扣遵行。我曾为朝中宰相，现在也还是地方上的一任官员，如不为百姓做忠君的表率，岂不枉食君禄有负圣恩？快将家中有关违禁的佛像及法事用具全部清理出来，明天一早便送去交官。"

牛僧孺明白，武宗皇帝废佛决定主要还是来自李德裕，从那诏书的行文，也看出是李德裕的手笔。自己虽然被一贬再贬，李德裕并不罢休，还在不断找我的碴儿。躲之犹恐不及，哪能为几尊佛像授之以柄呢？还是一样不留全部交了省心。

可是，当儿子把家里的所有佛像及法事家伙交上去后带回来的消息，却让全家人把心都揪紧了。

消息说，长安和洛阳两京的废佛行动正在大规模展开，两京除各留两个寺庙，每个寺庙留二十名僧尼外，其余寺庙、佛堂、斋所等尽行拆除。僧尼还俗，遣返回家。所搜经卷，全部烧毁。若有隐匿抗拒者，严惩不贷。

消息还说，圣上下诏废佛，声势浩大，还波及其他如景教、摩尼教等。

皇上还下诏全部销毁天下的独轮车，长安西校场堆积如山搜缴来的独轮车一把火全烧了。还下令屠杀黑色的猪、狗、驴、牛、猫等牲畜。东西两京的肉市上肉成堆，送人都不要。原因嘛，说是独轮车车辙碾在道中心，会引起道士不安；道士穿的是黄袍，忌讳黑色，凡是黑颜色的东西都被取缔……

听到这里，牛僧孺倒抽一口冷气，向儿子道：

"你没听错？"

"没有，"儿子回答，"这是县衙的孔目大人亲口对我讲的……"

"哈哈，"牛僧孺一阵苦笑，"奇闻，真是奇闻……如此说来人们头上的黑发也都该剃了；那道士头上的黑发也该剃了，这么一来，岂不都成了佛门弟子？"但他接着还是说，"好，既然皇上有诏，那就该照办，赶快去烧水，把我们家喂的黑猪黑羊黑鸭黑鸡，还有那条黑狗，通通都杀掉……"

牛僧孺刚吩咐完，他儿子又弓着身子过来细声说道：

"父亲，县衙孔目大人还让我悄悄给您带来一个消息……"

"什么消息，大点声说，别那么鬼鬼祟祟的。"

"父亲，"儿子声音放大了，却有些吞吞吐吐，"孔目大人说，从京城来的内部消息，李德裕宰相放出话来，说父亲名字中有个'僧'字，与皇上废佛的旨意相悖，要父亲改哩……"

牛僧孺听了，脑子里"嗡"地响了一声。他紧握着拳头向茶几砸去。但拳头还没落下便收了。只见他脸颊上的肌肉滚动着，不停地滚动着。当平静下来后，他微微一笑说：

"李德裕欺人太甚，莫说这只是你李德裕的意思，就是皇上的意思，我也不从。我这名字是五岁读书时父亲所赐，随便改了，乃大逆不孝之罪。当儿子的宁死也不能这样做……"

"老爷，"夫人在一旁听了劝道，"俗话说人在矮檐下，怎敢不低头。那李德裕在朝中红得发紫，放个屁都能吹燃火，你就……"

牛僧孺听了，也不答话，袖子一甩出门去了。

春天的阳光，暖洋洋地照着大地，返青的麦苗、发绿的树叶和野草，在阳光下舒舒服服地抖动着。两只麻雀厮打成一团从树上掉下来。一只黑狗箭似的从牛僧孺身后蹿过去，刚伸出两只前爪去抓，那麻雀便"扑扑扑"扇起翅膀飞了。黑狗不甘心，跳起来追去，两只麻雀这时已站在高高的树枝上瞧着黑狗叽叽喳喳乱叫，好像在讥笑它。那黑狗不甘示弱，仰头一阵汪汪乱叫回骂着，还做出要爬树的架势。两只麻雀见了，便"嗖嗖"两声，飞入云中去了。

"黑子，过来。"

黑子是牛僧孺从小喂大的狗，听主人唤，摇着尾巴跑过来，瞪着一双大眼睛望着主人。

牛僧孺抚摸着它一身油光水滑的黑毛说：

"你为什么要长一身黑毛啊！"

黑子见主人今天对自己特别亲热，尾巴摇得更欢了。当主人转身顺着小路向后山走去时，它又蹦又跳地紧跟着，把路边草丛中躲着的小虫吓得乱跳乱飞。

牛僧孺直奔后山苍松翠柏间父亲的坟墓。这是一座很简单的新坟。牛僧孺带着家人在这里守孝一年多来，天天都要到坟上看看。逢上个什么日子，还备了香烛祭品，带着妻儿老小祭奠一番。

"父亲大人在上，请受不肖之子僧孺三拜。"牛僧孺在坟前跪下，口中轻声念着，"不肖子有负父亲教诲，不识时务，故连连遭受厄运，一再遭贬。但儿生性淡泊，处之泰然。只是而今又遇上名字犯讳之事。如改，有悖孝道；如不改，则又恐罹祸。望父亲大人怜惜不肖之子的苦衷，赐给我一个明白的梦……"

牛僧孺在坟前祈祷后便回家睡觉等着做梦，可是一连三天，平日每次睡觉都要做梦的他却没做过一个梦。这期间，家里的黑猪黑羊黑鸭黑鸡都宰了，仅剩下那条黑狗，因为天天有骨头啃显得特别精神，特别逗人喜爱。最后，该轮上它了，但一家人都不忍心下手，便趁黑夜把它用麻袋装了，远送到几十里外的山野里，让它逃命去。

与牛僧孺一个梦也不做相反，他的夫人却一个接一个地做梦，每个梦都是要牛僧孺立即改名的，否则会大祸临头。牛僧孺不信，他说："我自己的事，要我自己做的梦才算。"

这天，他又去父亲的坟上祈祷，请父亲赐给他一个梦。当回到家中时，发现以夫人为首带着儿子儿媳，儿媳面前还有个刚满两岁的小孙儿，在院子里整齐跪成一排，同声请求他改名字。只听夫人哀泣道：

"老爷，我们一家人都给您跪下了，请您把那一个字改了吧，不就那一个字吗，不要因为一个字害了您，也害了全家。老爷，您就体恤体恤您自己，体恤体恤咱们全家吧……"

面对这样的场面，牛僧孺不知所措了。

正在这时，忽听汪汪狗叫，回头一看，黑子竟逃回家来，而大门外路上，正有两人牵着马向院子里走来。

一家人都惊呆了，以为是衙门里的差役来逮黑狗和它的主人。

"牛先生，久违了。"一个三十多岁的商旅打扮的人见了牛僧孺，忙把手中的马缰绳交给身后的随从，上前几步，双手抱拳，一躬到地，说。

牛僧孺一怔，仔细看了又看才认出来：

"啊，光王爷驾到，有失迎接，恕罪恕罪。"

李忱见院子里跪下一排，不知何故，问道：

"这，都是牛先生的家小吧，何事跪得这么整齐，是祭祖，还是敬神？"

"啊！"牛僧孺听了觉得好笑，忙对夫人及子媳们摆摆手，"快起来快起来，快来拜见贵客宣慰使光王爷……"

牛僧孺夫人及子媳等这才醒悟过来，起身拜见了光王爷。然后让进客堂，分宾主坐定。

牛僧孺问道，"下官为父守孝住在穷乡僻壤，王爷怎么就寻到了？"

"说来也怪，"李忱说，"今天来时走到岔路口正不知往哪儿走，忽然从山坡后面跑过来一条黑狗。它看看我们，就朝这边跑。跑着跑着反回头望望。四周又没有人好问路，就随着它走。那黑狗像认得我们一样，跑跑停停，等着我们，一直带到你这大门口……"

大家听了都说这黑狗有灵性，半夜送它出几十里外还认得回家，回来时又迎来贵客。大家去找那黑狗，它正趴在牛僧孺的床底下睡觉。

这时，菜饭已摆好，专为光王爷接风。牛僧孺请光王爷入座，边吃边叙，当光王问到刚才为何全家下跪之事时，牛僧孺便将废佛之事一一讲了。他说：

"皇上下旨废佛，作为臣民，自该遵守，至于连姓名也要避讳，下官实在想不通。下官名字中有个'僧'字，是幼时父亲所取，我若改了，甚是不恭。再说，如果凡与佛教有牵连的字都要改，那朝廷的尚书省、尚书令、尚书仆射等等与和尚的'尚'相忌，不知该怎么改？民间叫惯了的大姑小姑，姑太太姑奶奶，与尼姑的'姑'相忌，又不知该怎么改？我这名字是先父赐的，如果改了，岂不是不孝？如果不改，又是上面的意思，岂不是不忠？我该怎么办？请王爷赐教……"

李忱听罢，沉吟片刻说：

"皇上颁旨废佛，实乃是英明果断之举。想那佛教自传入中土，起初也是劝人向善，普度众生，倒也很好。只是后来信徒越来越多，图的是游手游食，免税免丁，致使国力日衰。加之后来宵小之徒混迹其间，借佛作恶，把一片净土闹得乌烟瘴气。故自古以来就有魏太武帝和周武帝排佛之举。当今皇上废佛正是有感于佛教势力太盛，天下财产十占七八，朝廷岁岁入不支出；青壮年都去当了和尚，边境用兵也征调不齐。所以，废佛势在必行……只是，只是道士赵归真借机迷惑圣聪……"

"除了赵归真，还有李德裕。"牛僧孺忍不住打断李忱的话，说，"他要借此建功立业扬名后世，也无不可；只是借此挟嫌报复，要利用我的名字做文章，置我于两难之地，其用心也太可恶。"

李忱安慰说："先生不必为这等小事生气。记得当年敬宗皇帝在位时，曾数次要拜先生为相，皆为先生上表固辞。文宗皇帝继位，任命先生为兵部尚书，同中书门下平章事，先生又自罢其职，请调离京，原因都在于不想与某些人共事。既然那么大的事都忍了、让了。改名，也不是什么大不了的事，又何必看得太重？"

牛僧孺听了说："我牛僧孺立身处世，以退让求平静，功名利禄我都不在乎，只是这名字，若是我自己取的，倒也罢了，因是先父所赐，若改了，如何对得起先父？"

李忱说："我倒有个两全的办法。记得先生字思黯，想来也是令尊所赐。不如以字代名，那僧孺两个字暂先不用。先生以为如何？"

牛僧孺想想说："既然王爷都认为这样可以，那也只有这样了。唉！没想到我牛僧孺竟落到连自己的名字都保不住的地步……"

李忱不知该用什么话来安慰他，只得说：

"先生度量，能容大海，世人皆知……"

"唉！"没等李忱说完，牛僧孺又叹了口气，说道，"我也是咎由自取……"

"先生何出此言？"

"细细想来，与李德裕积怨三十余年，我也有许多不是。当年，年轻无知，意气用事，一个钉子一个眼。凡是他的主张，明明有理，我也找出许多不是，给否定了。当时图痛快，图解气。现在，回过头来看，误国害民，贻害无穷。因为我与他并非一般百姓为鸡毛蒜皮小事争斗，我们都是朝廷重臣，争的都是军国大事，其中一旦加入个人成见，其后果就太严重了……"

李忱见他动了真情，便劝道：

"都是过去的事了，别去想它了。"

"我要想，"牛僧孺固执地说，"不仅想，还要写出来留给后世，为当政者戒！"

这时，李忱反倒不想劝他了，让他说下去更好。想当初，他与李德裕各自拉上一帮人，像拉大锯似的你拉过去我拉过来，把大唐王朝折腾得够呛。

口头上，一个个谦谦君子，一抹溜光，背地里都是鸡肠小肚，打个人算盘。现在，也该忏悔忏悔……

"就拿那次李德裕在西川节度使任上处理悉怛谋降唐的事来说，他就是对的。吐蕃占我维州，派大将悉怛谋镇守。悉怛谋降唐，使我不费一兵一卒就收复了维州。可是当时身为宰相的我却表示反对，向文宗皇帝说什么纳降悉怛谋是失信于吐蕃，惹恼了吐蕃可不是好玩的，他们发兵来攻不出三天就会兵临咸阳，长安就会有危险……文宗皇帝听了我的建议，命李德裕将悉怛谋及随同降唐部下全部遣返回吐蕃。李德裕几次上表朝廷，请求赦免悉怛谋，文宗皇帝问我，我都说不可。结果李德裕只得遵旨将悉怛谋及部下好几百人捆了，放进竹筐，抬去送给吐蕃。那些降唐官兵一路痛哭哀号，大呼冤枉，说送他们回去必死无疑。就连押送他们的西川将士见了，也都洒泪。其结果可想而知，悉怛谋等数百人全被酷刑杀害，连他们的孩子都不放过，用刀乱剁乱砍，成了肉酱，死得好惨……"

说到这里，牛僧孺已泣不成声。稍停，他又说：

"现在想来，此事因有我判断不准的原因，但更主要的是我嫉妒李德裕收复维州之功，怕他以后发达了影响我在朝中的地位……由于我的一己私念，便冤死了那么多人。维州本是我大唐国土，复又拱手送给吐蕃……如果我当初不对李德裕那么无情，他现在大概也不至于对我如此不义。所以，现在我认了，从今后，就叫我牛思黯……反思反思我那些见不得天日的事……"

可惜李德裕并不知道牛僧孺的这番忏悔，要是知道，大概也不会在数日后潞州城破刘稹被杀时，他打听到牛僧孺为刘稹之死长叹一声的情报，立即奏报武宗，还添油加醋说牛僧孺长期以来勾结藩镇反对朝廷，惹得武宗龙颜大怒，再次下诏贬牛僧孺的官，还把他的薪俸减少到难以糊口的地步。这自是后话。

牛僧孺说得痛心疾首，涕泪滂沱。待他渐渐平息后，李忱说道：

"古人曰，人非圣贤，孰能无过？其实，就是圣贤，也是会有错的。能如先生这样对过去多年的事做如此真诚的检讨，实在难得，实在可敬。我自幼聆听先生教诲，明白了许多事理，今日听先生一席话，更是受益匪浅。我当终生铭记。今日天已不早，我还准备去看看崔发先生哩……"

一听说崔发，牛僧孺连连摇头说：

"王爷，不去也罢……"

"为什么！"李忱不解地问。

"惨！"牛僧孺神色黯淡地说，"想当年他得罪了宦官，从监狱放出来后，在离这里二里地的一个小村里教几个顽童为生。可是那些宦官仍不放过他，派人拆了他的学校，不准他再教书。他只得改行务农。他本是个读书人，初学务农其艰苦可想而知，因此不免说几句牢骚话。谁知又被人告发，再次抓去官府一阵苦打，放回时已不成人形。此时，他老母已气得病逝，妻子也随人走了，只剩下个害癫痫病的儿子。崔发此时已万念俱灰，便吃了哑药，成了哑巴，整天带着儿子在田间无声地劳作。王爷您要是去看了，一定很难受……"

李忱不听则罢，听了一定要去看看。他请牛僧孺带路，二人一路谈话，一路观赏乡村景色，不觉便到了崔发住的小村。时遇一老者在路边放牛，牛僧孺下马问道：

"请问老人家，崔发现在何处？"

老者顺手向田间一指说："那不是，正在那里薅草哩。"

谢过老者，牛僧孺领着李忱向那薅草的农夫走去。

"看，那不就是他。"牛僧孺指着田间弯腰劳作的农夫说。

从背影看去，那农夫花白头发，佝偻着身子，褴褛的衣衫仅能蔽体。裤脚挽过膝头，现出一双枯柴般的腿脚。走近了，迎面看去。只见一个满是泥垢的大额头。头发因长久未梳洗，粘连纠结成条状。瘦小的脸上满是乱糟糟的皱纹和胡须。因为他一直埋着头，看不清他完整的脸。他的眼睛只盯着手上的铲刀，而那握刀的手，由一层薄皮包着骨头组成，青筋像蚯蚓似的盘在手背上，随着手的动作不断蠕动着。

"崔兄，你看是谁来看你来了？"牛僧孺走近他身边说。

崔发继续他的劳作，不抬头，也不开口。

"崔兄，李忱来看望您来了……"李忱走到他面前，深施一礼说。

他仍然继续他的劳作，不开口，也不抬头。

半晌，大家都默默无言。只听崔发手中的铲刀铲草发出的窸窣声。

田埂那边走过来一个半大孩子，手足极不规则地舞动着，手上提着的瓦壶也忽上忽下摇晃着。那小孩跌跌撞撞走了过来。

"那是崔兄的孩子。"牛僧孺介绍说。

那孩子见有几个生人，也不害怕，只傻傻地发笑，露出一口白牙。只见他走到崔发面前，嘴里不知叽咕了句什么话，这时崔发才抬起头来，从摇摇晃晃的儿子的手中接过只剩下小半壶水的瓦壶，双手捧着，对着嘴一饮而尽。喝罢水，把瓦壶交给孩子，复又埋头铲草，孩子接过瓦壶，又对几个陌生人一阵傻笑，转过身去高一脚矮一脚跳着舞走了……

看得李忱、牛僧孺不停地擦眼泪。

牛僧孺不由自言自语地说：

"像我，过去骄横自大，颐指气使，做了那么多蠢事，如今受点罪，也算报应！可是他，在长安县令任上，清正廉明，有口皆碑。而如今却落得这般下场。王爷您说，这人世间天理何在？"

李忱实在无法回答他，便转过身去，对埋头除草的崔发说："崔兄，我知道你的委屈，我一定救你……"他不管崔发听见没听见、听懂没听懂，十分认真、十分坚定地对他说。

说罢，叫随从取出几大锭银子，交付与牛僧孺，请他多多关照崔发，而后互道珍重而别。

当李忱回到太原宣慰使府第中时，天已渐黑。刚下马，卫士就报告：

"李队正和曾三二人开了后花园的门，不知去了何处，至今尚未回来。"

李忱听了，并不惊慌。只在心里说了句："果不出我所料。"

话说郑颢与李渱从赌摊上挤出来正准备往回走，忽被一个面目凶恶的黑大汉拦住。郑颢以为是赢了钱输家不让走，便摸出银子说：

"大哥，对不起，这银子还你。"

那大汉正伸手来接，李渱忙拦住说：

"凭什么要给他？"

郑颢手一拐弯，把银子放到那黑大汉手心，还赔笑说：

"我这兄弟还是个孩子，不懂事体，请大哥不必计较。"说着，拉上李渱就走。

"谁还是孩子？"李洳不高兴了，一甩手便走。

"慢着！"那黑大汉拦住李洳。

"不是把银子都留下了吗？"

黑大汉说："银子留下，你们两个人也得留下。"

"为什么？"李洳、郑颢问。

"不为什么，只为你们两个看着眼生，我们西门守备要盘问盘问。"说着，一招手，过来六七个兵汉把两人围住，不由分辩，推推搡搡把二人押进一个衙门里。在里面转了几道弯，但听钥匙声响，打开一道铁门，两人便被搡进一间黑屋里。接着又是关门声上锁声从身后传来。这时他俩才明白被关进了监狱。

"喂，你们凭什么关我们？"

"快开门，快把你们当官的叫来。"

"你们这些浑蛋，快把我们放了！"

李洳和郑颢打着铁门，使劲地喊着，也没人搭理。喊一阵，累了。两人便退到墙边，靠墙坐下。这时，他们才发现这屋子很大，里面已经关了不少人，都靠着墙根抱着膝头坐着。

郑颢偏头看看他身边一个农夫模样的年轻人，问道：

"大哥，请问你，这是啥地方？"

"不知道。"那农夫摇摇头说。

"那你是怎么进来的？"

"俺在街上卖菜，一个当兵的说买菜，俺就跟他进了这衙门大院。等俺把菜挑进伙房，找他们要钱时，过来两个当兵的说到里面拿。这不，就到了这里面……"

再问几个，都一样，不是哄骗来的，就是被强行抓来的，都是年轻力壮的外地人。

李洳这时才真的感到有些害怕了。她紧靠着郑颢，小声问道：

"三哥，你看这咋办？"

郑颢这时也没了主张，但见李山胆小地依偎在自己身边，顿时便拿出做兄长的气概，拍拍胸脯说：

“别怕，有你三哥我在，你吃不了亏。”

李洳听了，把他依偎得更紧了。

就在这时，铁门响处，又推进来几个。同样，也一阵吵闹和质问，无人搭理，最后归于平静。

从屋顶瓦隙间漏下的光线渐渐淡下来，天快黑了。这时，铁门又一阵响，一支火把照进来，点燃了吊在屋梁下的那盏灯，把屋里的每个角落都照得透亮。

这是一间三间屋大的房子，四周的墙都抹着白灰，因为年代久远的缘故，墙上的石灰开始大片剥落，露出里面的泥墙和竹筋。屋内地面平整，从地面上零零星星留下的糠秕和老鼠屎看，大概以前是个堆粮食的仓库。

亮灯以后不久，又进来几个士兵，他们挑来两筐蒸馍和两桶炖肉。顿时，肉和馒头的混合香味便弥漫了房子的每个角落。接着，一个提着竹篼的士兵顺着墙根给每个人发碗筷，他后面跟着的士兵提着木桶手执铁瓢，一人一瓢的倒进碗里。然后，提筐的士兵给每个人发两个大馒头。再然后，就是一片碗筷的碰击声和品尝大肉馒头的叭叽声。

饿了半天的李洳闻到香味碰碰郑颢：

“能吃吗？”

郑颢也顶不住香味的诱惑，说：

“那些人都在吃，怎么不能吃？吃！”

于是两人也就毫不客气地大吃起来。

等人们吃完后，大兵收了碗筷，便见几个士兵拥着一个军官模样的人进来。那军官在当中站定，身边的士兵介绍说：

“这位是西门守备衙门里的队正彭大人，现在请他老人家训示。”

“诸位兄弟，”彭队正不过三十挂零，却留有稀疏几撮长胡子，他抹着胡子客气地说，“今天，把诸位请到这里来，不是为别的，是为了给大家一个发达的机会。说白了，就是一个升官发财的机会。你们也知道，前不久杨弁将军率兵起事，占了太原。朝廷派兵征讨，杨将军闻声便领兵撤退了。他到了哪儿里？去了潞州，在潞州与刘稹大人合兵一处，又招了不少兵马，而今要杀回太原。你们知道吗？现住在太原的宣慰使是谁吗？他是当朝皇上的叔，光王李忱。杨将军和刘大人这次带大兵来攻太原，就是为了他，捉住他做人质，要朝廷承认刘积大人为潞州节度使，杨弁将军为太原节度使，而且以后世代继承。朝廷要是不承认，就杀了李忱。今晚三更三点，杨将军亲率的大军就到太原，西门守备蒋大人早就与他约好大开城门迎接，然后里应外合，一同去捉宣慰使。事成之后论功行赏。你们看看，这不是好运来了？我这里准备有黄绸带子，每人给你们发一根，拴在胳膊上，等一会儿还给你们发兵器。到时候放你们出去，见没有拴黄绸带的官兵就杀。明天，这太原城就是咱们兄弟的了。到时候，你们想要什么有什么，想干什么干什么……"

说到此处彭队正收起笑容，露出凶相说："只是，你们要誓死向前，不准后退，如果临阵脱逃，存有二心，那就别怪我不客气……来，这里是黄绸带子，每人一条。记住，拴在左胳膊上。"说着，他从腰里拿出一把黄绸带，按人头发给。人们见他那架势，谁敢不接？

可是发到第三个人头上时，竟遭拒绝。

那是一个书生模样的青年，他双手一拱，彬彬有礼地说：

"大人高抬贵手，在下家中有年老父母尚待侍奉，且在下是个读书之人，手无缚鸡之力，就请大人饶了我吧！"

彭队正瞪他一眼，冷笑一声说：

"既然这位先生不愿，那就请你上前一步，我对你有话说。"

那书生果然上前一步。

"好，我马上送你回家。"彭队正说。

"谢大人……"那书生话未说完，就被一剑刺进胸口，尚未来得及呻吟一声，身子一歪就倒了下去。

彭队正抽出剑来，就在那书生身上擦了血迹，向大家说：

"这位先生不识抬举，吃了我的军粮还想回家，那我就送他上路。不知，诸位当中还有没有想回家的人……"

见了这场面，谁还敢说半个不字，尽皆接了黄绸带。

李泇虽然胆大，但见真的杀了人，鲜血流满一地，也不敢看，只紧紧抓住郑颢的手，不敢放松。

郑颢早在潞州就见过多次杀人，他一面用手轻拍着身边的李山，一面说：

"贤弟别怕，贤弟别怕……"当彭队正手拿着黄绸条走过来时，鼓励她大胆去接，又帮她系在胳膊上。

彭队正发完了绸带，吩咐手下士兵把刚才杀死的那书生拖出去。然后说道：

"各位兄弟，你们接了那黄绸带，就是我的部下了，以后，就跟着我彭某人走，咱们有福同享，有难同当。现在天已不早，大家兄弟先打个盹，待会儿听我的命令。"

说罢，彭队正领上他的士兵走了出去，铁门也随即锁上。

大概是灯里的油少了，灯光开始暗淡。虽然彭队正叫大家休息，但谁也睡不着。细声的交谈在半明半暗的灯光下进行，说些什么谁也听不清。

"贤弟，你还在害怕？"郑颢问身边的李山。

"刚才有些怕，一想怕也没用，就不怕了。只是，我不知道该怎么办。"

"第一要紧的是把杨弁攻城的消息赶快送出去。"

"对，无论如何要赶在他们之前送出去。"李山也这样认为，"可是，怎么才能出去呢？"

"是呀，怎么才能出去呢？"

他们仔细观察这间关他们的房子，房子太高，爬不上去。四周除了那道紧锁的铁门，再无门窗。李洳看着那墙，墙上石灰剥落处露出的土坯。她伸手摸摸背靠的墙，恰恰那里石灰也剥落了。用指甲抠抠，居然很松散。她感到兴奋，悄悄对身边的曾三说：

"三哥，我有了办法。"说着，拉上他的手，挨在身后的墙上，"你摸摸，这土墙好松，一抠就掉下来一块。"

郑颢摸着，也一阵兴奋。很快，他们就把背后的土墙抠掉一层。但抠着抠着就抠不动了，因为墙的表皮一层受了潮，轻易就抠下来了。里面，却又干又硬，很难抠掉。她的手指很快就被磨破了。

"三哥，这墙怎么就抠不动了，手指甲都被磨破了。"

"嗯，我知道原因了，墙土太干。这好办，你撒泡尿就是。"

"什么？"

"要用水浸。没有水，你撒泡尿也一样。"

"我……"李泇不知该怎么说了，想想说，"我现在没有尿……"

"那好，我先撒，你等会儿再撒。"说完，郑颢解开裤对着墙"唰唰"尿起来。

李泇说不出自己此时心中的感觉，只感到心跳得紧。

土墙被浸湿后，果然抠起来容易得多。

附近的人听见响动，都惊愕地看着他俩，有那胆小怕受牵连的挪挪身子躲远点；可也有那胆子大的，主动加入进来，轮流去抠，去尿，无奈没有工具，光凭手指抠挖，进度很慢。

时间，在焦急中过去。谯楼上，已响起了更鼓。

墙上的那个洞不过碗口大，而且很浅。挖洞的人逐渐失去了信心。正在这时，不知谁在墙角摸到一枚铁钉，用来刨土，效果大增。人们的情绪复又高涨起来。但那是枚生了锈的钉子，没挖几下便断了。人们失望了，都垂头丧气地坐着。只有他俩还用那半截锈钉一点一点地挑着墙土。

"咚——咚——咚——"，不知从何处隐约传来敲击声，每次声响都伴随着小小的震动，这震动他俩的手上感受得最明显，好像就是从墙外面传来的。李泇把耳朵贴在墙上，细听一会儿，听清楚了。她肯定有人在外面挖这堵墙，对郑颢说：

"三哥你听，把耳朵紧贴到墙上听。"

郑颢把耳朵贴到墙上，也听清楚了。他说：

"那边有人在挖墙。"

"怕是来搭救我们的。"

他俩把耳朵紧贴着墙，顺着咚咚声找去，找到了源头，就离他们不远。

那声音越来越清楚了，有咚咚挖墙声，有嚓嚓铲土声，好像快挖穿了。

屋里其他人也听见了，都把目光集中在那片发出声响和不断落下墙土的地方。很快，就在那里，石灰抹过的墙壁像有破壳小鸡从里面啄出来，先是裂缝，然后便有一个尖嘴从墙里一啄一啄地伸出来。细看，原来是镐头的尖。那尖嘴又啄了几次，就出现个碗口大的黑洞。接着，从洞中伸出一双巨大的手，将正挖松的土块推的推，刨的刨，很快，那洞就可以钻过一个人了。这时，从洞里伸出个头来，轻声喊道：

"李山，曾三，你们在哪里？快过来！"

"阮叔！"李泇拉着曾三，一头钻了出去。

然后，又从墙洞中伸出头来，对里面的人喊道：

"快，快钻出来跑！"

第十五章　草人借箭

李忱对自己这位公主女儿的淘气十分头痛却又万般无奈，打不便打，骂又不好骂，成了他的一块心病。正在此时，女儿献上的"草人借箭计"却为他分了忧。然而他顺着这个思路，想出了更高明的解太原之围和除心头之病的巧计。

李忱在出门去看牛僧孺和崔发之前为带不带上阮叔思虑再三。阮叔武艺高强忠诚可靠，能保证自己的安全，但他走了泖儿交给谁呢？

李忱是个再精细不过的人，对女儿跟自己出这趟远门的良好表现甚感怀疑，天天住在把守严密的军帐里和高墙深院的府第里她心甘？但他又转而一想，女儿长大了，懂事了，成天犯人似的防范着她太没必要。何况，只一天，又是在府里，会出什么事？于是他决定带上阮叔。

可是睡了一夜，他又改变了主意。他叫来阮叔，对他说：

"今天，你就不跟我去了，我实在放心不下泖儿。但你得躲起来，让她以为你跟我走了。然后你暗地里看着她，她去哪儿，干什么，都别管，只远远地跟着她，保护好她就是。"

因为有了这样的安排，所以李忱回到府中得知女儿与曾三出门去了心里并不慌张。他想，两个年轻人玩得起劲，说不定正在哪家书场听书哩。只要有阮叔跟着，就不会出大事。只是待女儿回来后他定要找她算账。

洳儿这头的心事刚放下，牛僧孺、崔发和他手舞足蹈的儿子的影子就立即浮起来。从他们身上，他好像看到冥冥之中有只手，那只看不见的手胡乱地拨弄着世事，不分青红皂白，没有善恶是非。如果他能抓住那只手，他一定一剑把它剁了。

不过，他觉得崔发也太脆弱了，怎么就变成那样了？难道他真的认不得我了？或者，他装作那样？还是牛僧孺放达，一贬再贬，从一品宰相贬到七品芝麻官，他都想得开，还在做自我反思、自我检讨，难得。更难得的是他还有心思写传奇，竟写了那么一大本……想到这里，李忱忙拿出今天牛僧孺送给他的那套《玄怪录》，整整十卷，最新刊刻的版本，还散发着浓浓的墨香哩。人，能活到他这个份儿上，实在不易。

李忱认真地翻阅着，其中有些他早就读到过，而大部分都是新作，都是些神仙鬼怪的离奇故事。看来，他自觉进入到生命的晚年，要给自己做个总结。忽然，李忱想起一篇当年掀起一场轩然大波的《周秦行纪》，想再读读，但遍翻不见。李忱感到不解，这个牛僧孺，不是文宗皇帝早就做了结论了吗，还这么胆小。难道真的成了惊弓之鸟？

这时，谯楼上传来更鼓声，李忱方想起女儿还没回来，什么戏也该结束了呀。他感到有些不妙。

李忱急忙叫来侍卫传令集合宣慰府卫队待命，如果再等半个时辰未回便出发去全城寻找。另外，又派人去太原节度使府衙，请节度使李石过府共商对策。

李忱这时才觉得自己太大意。明明知道自己的女儿野性难收，还偏偏给她个机会。虽说有阮叔暗暗跟着，但太原这个地方刚刚才闹过乱子，杨弁又是主动撤退，实力仍在，走前必然有所布置，前几天发生的那起宣慰府军官被暗杀事件，肯定是他们干的。洳儿、阮叔，还有曾三，都是外地来的，说话口音也不对。加之洳儿胆大包天，哪儿热闹往哪儿钻。那个曾三老实胆小，定是被她连哄带拉叫去做伴，当然一切依她。还有阮叔，莫说我交代只远远跟着，就是守在跟前，也管不住她……李忱不想则已，越想，越觉得问题严重，急得在大厅上直打转。

忽听大门上人声嘈杂，报说李队正一行回来了，李忱心里的石头咯噔一声放了下来，却板着脸。虽然三人进来后一排跪下，不停地说"末将有罪""小人罪该万死""在下失职"，李忱也不理睬，桌子一拍，正要发作，李洇忙说：

"请大人息怒，待末将把要紧军情禀报后，听凭大人发落。"

"那快讲来……"

李洇翻动嘴皮炒豆般将今日经历讲了一遍，特别把彭队正训示中说今晚三更三点杨弇来攻太原西门守备做内应，开城门迎接然后直奔宣慰府捉拿宣慰使大人做人质等一段讲得仔细。讲完，又从腰间摸出黄绸带连同曾三那根一同呈给李忱验证。

李忱听罢，又看了黄绸带，觉得事情果然紧急，挥手说：

"你们都起来。现在卫队已集合在外，阮叔和曾三你二人带路，立即去把西门守备衙门围了，把守备等官员押来见我！"

"父……"李洇冲口而出，立刻改口，"不，不知把我也叫上，我对那儿熟悉……"

"你嘛，"李忱狠狠盯了女儿一眼，说，"你年纪尚小，有他们两个就够了，回去吧……"

李洇对父亲瘪了瘪嘴，很不情愿地朝后院走去，在跨出大厅时，又回过头来对曾三伸伸舌头，扮个鬼脸。

话分两头，且说郑颢、阮叔奉命带着大队人马急急赶到西门，围了西门守备衙门，解救出关押的百姓，抓了守备等一伙叛乱军官押回宣慰府。重新任命了守备及军将，牢守西门，防备贼兵攻城。押回的蒋守备、彭队正等一干叛逆，由宣慰使李忱、节度使李石亲自审问，蒋、彭等人在证据面前只得招供画押，立被判了死罪，斩首示众。其余有牵连的下级军官和士兵免予处分，以观后效。

在处置西门叛军的同时，李忱与李石连夜对加强城防做了安排，将城中各路兵马四千余人统一指挥，由李忱、李石分任守城指挥正副使。

半夜过后，果然杨弇领了兵马来攻西门，因为清除了内奸，杨弇未能得手，他便下令围了太原西门，天明后发动攻城。但因城内早有准备，攻城连连受挫，于是便屯兵城下，紧紧把太原包围起来。

　　两个月前杨弁发动兵变占了太原，立即将被太原节度使李石扣押的潞州使者放出，并与刘稹结为兄弟。二人各占潞州和太原，成掎角之势，与朝廷对抗，声称朝廷如不答应他们的条件，让他们永久坐镇潞、太两镇，便联手发兵攻打洛阳。谁知自从朝廷派了李忱、马元贽在周围宣慰一番后，附近各镇尽皆改变了原先的态度，一致倒向朝廷。故而李忱攻打太原的军队还在几十里外，杨弁自知不是对手，掳掠一番后弃城而逃，投奔潞州刘稹去了。

　　刘稹近来因派去附近各镇的使者有的被杀有的被扣，幸而逃回来的不是被割了耳朵便是被剁了手指，心中甚是惶恐。正在此时，杨弁带了兵马来投，他顿觉有了依靠，及至了解到杨弁是兵败弃城而来的，惶恐更增加了几分。

　　杨弁见了劝道："贤弟，急也没用，总要想出对策才是。"

　　刘稹说："原先，我已派人去见成德王元逵、魏博何弘敬、幽州张仲武等，取得联络，许他们些好处，让他们保持中立，必要时帮我一把，他们也答应了；谁知朝廷派了宣慰使李忱去游说一番，给了些甜头，他们一个个都改变了主意，而且已调动兵力，只要朝廷一声令下，便从我身后和侧翼发起进攻。如果真的朝廷兵马一到，四面受敌，我潞州几万人马哪里招架得住？"

　　杨弁听了不由心中一紧。他知道刘稹暗地派人与李忱接触，准备归顺。只是李忱条件比较苛刻，他尚在犹豫中。据说，李忱还放出风来："刘稹归降尚可赦免，而对杨弁这种胆大妄为犯上作乱之徒，绝不宽贷！"杨弁想，如果不把刘稹完全拉下水，断了他的后路，自己是无法生存的。

　　"贤弟，"杨弁亲亲热热地喊了一声后说，"从目前局势看，对咱们弟兄确实不利。不过，归顺朝廷也不是上策。据我所知，李忱要你带上亲人及部下，自缚其身去长安请罪，条件何其苛刻。大丈夫立身于世竟受如此大辱，也太没意思。何况，他们答应保全你及部下的身家性命，但到那时，你成了菜板上的肉，横切竖切全由人家。你想想，有几次朝廷是讲了信义的？"

　　"对此，我也想过，一旦交了兵权，朝廷翻脸不认，就悔之不及了。只是，目前的处境如此艰难，实在别无出路……"

　　"不！"杨弁说，"我这里就想好一条出路。"

　　"那就请兄长讲来。"

　　"现在，太原城内因宣慰副使马元贽回朝，带走了大部分神策军，兵力十分单薄。我现在手中有二千兵马，贤弟再借我几千兵马，我一起带上杀他个回马枪……"

"再占了太原，成掎角之势？"刘稹问。

"这只是一个目的，"杨弁解释说，"更重要的目的是攻进太原，抓住宣慰使李忱。贤弟，你知道李忱是谁吗？"

"这我知道。"刘稹说，"他不就是当今皇上的叔叔光王吗？"

"这就对了，抓住他，掌握在我们手上，再提什么条件朝廷不答应？"

刘稹拍拍脑袋，说："这个主意不错，只是他就那么好抓？"

"贤弟有所不知，我在撤离太原时，留下不少内线。这次去攻城，给他来个里应外合，趁黑夜从里面打开城门，悄悄杀进去，他李忱往哪里逃？"

刘稹听了，连连点头，嘴上却说：

"此乃大事，容我再想想。"

杨弁知道，他说再想想，是要去找他的心腹将领王协、郭谊、崔玄度、刘武德等人商量。

果不出杨弁所料，刘稹当晚便把几个心腹部将找来，专门商讨杨弁的建议。由于杨弁已先于刘稹找了王协、郭谊等人，他们得了杨弁许多好处后纷纷都说这个办法可以："杨将军的这个建议可以说是挽救我潞州免遭灭顶之灾的最佳方案""这个建议很好，只要把李忱掌握在手，我们提什么条件朝廷都会答应"……

刘稹听了，立即决定拨八千兵马，由心腹部将崔玄度带领，交杨弁统一指挥，立刻开赴太原捉拿李忱。

杨弁接过兵权，带上万余兵马，采取黑夜行军的隐蔽方式向太原进发。按照他的计算，太原守军不过四五千人，其中除了李忱带来的不足千名神策军外，其余兵士都是七拼八凑来的，无甚战斗力，加上夜间进攻，出其不意，城中又有内应，破城易如反掌，李忱只有束手就擒。谁知队伍开到西门，与里面联系不上，懵懵懂懂又被埋伏在城边的官兵杀个措手不及，白白送死了一二百兄弟。西门进不去，其他各道城门也都把守严密，不敢贸然发动进攻。

见此情况，崔玄度主张罢兵回潞州，杨弁忙说：

"不可。你我劳师靡饷辛苦奔波一趟，一无所获便回，如何向刘大人处交代？依我看，目前城中兵力单薄，供应不足，我们将它紧紧围了，每日不断攻城，使之疲于应付，多则个把月，少则十数天，太原定可拿下。否则，你我脸面往何处搁？"

崔玄度想想也是，与其回潞州受那无能小儿奚落，不如就在这里扎营攻城。

处决了叛逆，加固了城防，李忱带领将佐沿城墙视察一周，只见杨弁兵马围城一圈，密密扎下营寨，叫骂搦战之声不绝于耳，不时还有冷箭射来，叫你躲闪不及。李忱见敌方兵力甚众，而城中兵员有限，不宜与之交战，便下令各部坚守城郭，任他叫骂，不准出城应战。

杨弁见城内不出战，下令士兵架上云梯，甩上软梯，强行攻城。但城上早有准备，云梯尚未靠墙，箭便雨点般射过来，云梯上的士兵中箭死伤一半。后面补充上去的士兵踩着同伴尸体继续向城墙靠近。这时，伏在城垛后的官兵便改用长矛长刀乱刺乱砍，云梯上的兵士用短兵器相迎，但短兵器终敌不过长家伙又被杀伤一批。待云梯靠拢城墙时，上面剩下的不多几个士兵跳过墙去，与官兵对杀起来。而这时，城头上另一批官兵用蘸着油的箭头带着火向云梯射去：很快引燃了木条制作的云梯。一阵风来，火势渐猛，顷刻间被烧成一堆木炭。爬上城头正在拼命厮杀的士兵见云梯已焚，断了退路，心中更加乱，一失手，尽被官兵砍成肉块。

那些用软梯爬上城墙的士兵死得更惨，他们好容易躲过飞蝗般的箭矢，靠拢墙根，又被一阵滚木乱石砸得死伤大半。剩下的则把铁钩抛上去勾住墙头，顺着绳梯爬上一半，就被官兵砍断绳索，跌在墙根的乱石上摔个半死，而后又被一阵从墙上抛下的石头砸中，成了团肉酱。也有奋力爬上城墙的，但立脚未稳，就被官兵用枪一挑，像醉汉似的歪歪倒倒一个倒栽葱摔下城墙，再也爬不起来。

尽管屡攻屡败，杨弁仍催促兵士不断攻城，忽而在城东，忽而在城西；有时白天，有时晚上；有时动真格的攻打，血肉横飞；有时呐喊一阵，虚晃几枪便退。很明显，杨弁是在寻找薄弱部位，伺机发动大规模攻城行动。但太原城高壁坚，守卫严密，攻了半个多月，一无进展，杨弁心中万分焦急。

其实，城中李忱更是焦急。虽然，围城才半个多月，但军心已开始涣散，民心也不稳，一其主要原因是供给困难。

太原原本是个富饶的地方，因才经过杨弁兵变的抢掠，城中粮食及日用品匮乏。官兵收复太原后，重开了商贸集市，四乡和邻近城镇的物资不断运来，供应情况逐渐好转。但元气尚未恢复，杨弁又来围城，城中数万百姓和士兵的粮食菜蔬顿时断了来源，常因供应不上和分配不均，部队内部发生纠纷。市面上，也多次发生哄抢事件。

严重缺乏的还不仅仅是粮食，还有守城少不了的箭矢。为对付叛军用云梯攻城，耗费了大量箭矢，一时补给不上。制箭需要的铁矢、竹木条，城中很难找到，特别是箭头，需要铁或铜来锻造。原本可以利用的寺庙里的佛像、钟磬等，又因刚刚过去的废佛运动收缴一空运走了。箭矢无法补充，只有下令控制使用。

这时，李忱对自己原先抱定的坚守待援的宗旨开始重新考虑了。他决定派人冲出包围，先去通知附近各镇，要他们派兵来解围。但这不是根本的办法，因为一些边地节度使多年来已养成拥兵自保、见风使舵的恶习。朝廷威势强大时，他们一个个俯首帖耳、恭顺毕至；一旦朝廷有难相求，他们则装聋作哑、观望等待，不落井下石就不错了。因此，李忱对他们不抱过高希望，只是知照他们，看他们的表现。而对其中忠于朝廷的河阳节度使石雄、昭义节度使卢钧、成德节度使王元逵等，则要求他们立刻驰兵太原解围。但更重要的是，李忱要写一份奏书送往京城，请朝廷趁刘稹分兵太原、潞州兵力分散之际发兵攻潞州。如果刘稹调围攻太原的兵马回救，则太原城内官兵尾追杀去，围潞州之朝廷兵马则迎头夹击，将杨弁消灭在潞州城下。然后，合力攻潞州。他还要写信给马元赞，请他奏报皇上马上发兵，切莫误了歼贼良机。

李忱主意已定，立即从卫队中选出武艺过人机智勇敢的武士三人，安排他们带上书信材料，深夜时选僻静处缒下城墙，而后偷偷越过贼兵包围圈，分别去京城及附近各镇送信。

三个武士接了使命，准备停当。行前，李忱亲自斟酒为他们壮行，送至宣慰府大门外，又一再叮嘱，目送他们消失在夜色中。

自从经过那天的事情后，李洳的胆子就更大了，不仅阮叔不好再管她，就连李忱也对她放松了许多。原因很简单，她立了大功。试想，如果那天她不出去玩耍，就发现不了那个叛变的阴谋；如果那个阴谋不被发现，其后果还堪设想吗？所以，李忱不再去责问她那天擅自跑出去玩耍的事。就连曾三，李忱也没说他半句。

这天，李洳得意至极地对父亲说：

"父亲，这下您该不说我是您的累赘了吧？"

李忱也很得意，他说：

"我的女儿生来就是福星，哪怕你去干件坏事，也会得到个意想不到的好结果。"

李洳听了不愿意了，嗔道：

"我干了什么坏事了？"

"我是说，那天你不该……"李忱本想说你不该擅自出去。但想想不妥，便改口说，"你不该又叫上曾三……"

"我不叫他叫谁？阮叔不在，叫那两个老文牍？他们老得都走不动了，还要我去扶着他们？"

"可是曾三擅离职守，耽误了重要公文……"

"父亲，"李洳赶紧说，"曾三是我叫的，责任在我，您可不要去为难他。"

李忱听了女儿说话的口气，又看着她，忽然发现她眼睛里闪过一道奇异的光彩。女儿长大了，性子又野。那曾三虽然老实，长得可真英俊漂亮，得要防着点。但他对女儿说：

"我哪会为难他？这次他也算立了功，我还要重用他呢……"

但是，李忱对女儿防不胜防。围城以后，他整日在城上巡视，指挥守城，有时连夜晚都在城楼上过。专门负责照管她的阮叔，往往也因紧要军务被李忱叫走。李洳这下便成了无笼头的马，整日往文案房跑。此时，文案房的两个老文案因战事紧急未来上班，堆积如山的公文全靠曾三处理，有识文断字又活泼机灵的李山贤弟来帮忙，他当然求之不得。不过这时的公文再不是原来那些读起来有滋有味的民间诉状，都是些军务报表之类千篇一律枯燥乏味的文字，但李洳干起来却分外带劲。因为身边有了他。

她感到奇怪，很小的时候，她喜欢跟父亲在一起玩，稍长大后，她喜欢往娘怀里钻。在父母身边好温馨好亲切。可是，自那天被关在黑房子里紧紧依偎着他度过那个既惊心动魄又美好无比的夜晚后，同样是在一个人的身边，感觉就大不一样，也温馨，但更多的是甜蜜，是使她感到周身酥软的幸福与陶醉。她念念不忘那种感觉。甚至，她还渴望得到比那进一步的感觉。

两个年轻人在文案房里欢乐地忙碌着。他们把收到的文件分类登记，转呈给宣慰使大人批阅；然后又把宣慰使大人已批阅的文件该存档的存档，该下发的下发，该抄录的抄录。除了摆弄公文，当然还有别的节目。于是，轻快的笑声不时从文案房里传出。不过，传到李忱耳朵里却变成："看文案房里的两个年轻人，比亲兄弟还亲热。"李忱听了一惊，他不能听任他们这样下去，但他实在太忙，还没腾出手来。

李泹已不满足于在文案房中的嬉闹了，这天傍晚，趁父亲和阮叔都不在，她手拿一套军官服装递给郑颢说：

"三哥快穿上。这一向，城墙上打得好热闹。走，咱们去看看。给，这里还有弓箭，也拿上去试试身手，说不定还真能射死个把毛贼哩！"

郑颢不敢接。

"看你，像个男儿汉吗？外面仗打得这么凶，你连去看看的勇气都没有……"

"我怕……"

"怕什么，怕一箭射上来把你射死？没出息！"

"不，怕宣慰使大人……"

"大人不在。我是府里的队正，你要听我的……"

看他那一本正经的样子，郑颢不好再推辞。这么久，他也看出来了些眉目。别看李山只不过是个小小的队正，可宣慰使大人都对他让着三分，不知道他在京城有个什么大背景。他也姓李，是皇上一家子的，来头一定不小。他叫去就去，远远地看打仗，也很有意思。万一要是宣慰使大人知道了，是他叫我去的……不过，他倒是很讲义气，有事尽往自己身上揽，这种朋友很难找……

想到这些，郑颢便顺从地穿了军装，戴了头盔，背了弓箭，挎上腰刀，跟着李山高高兴兴出了府门。因为李洳早就准备好了宣慰府的军务腰牌，一路通行无阻，上了城墙。

这时，天已黑透，本应有的半个月亮被云层遮住，只是从云的空隙中漏出些微弱星光，在天空的远处懒懒地眨着眼睛。站在城墙上放眼望去，还有些星星点点的灯光，不用说，那是从围城叛军的帐篷里漏出来的，也因为比较远，鬼火似的闪着。

他俩肩并肩在城头上慢慢走着，像是在巡夜。若无人时，李洳便把肩膀向他轻轻撞去，然后轻松地一笑。郑颢转过头来，憨憨地望着这个调皮的弟弟，也轻松地一笑。

他们顺着墙头走着，遇有哨兵，就亮出腰牌。一看是宣慰府的，当是巡夜的军官，还向他们恭恭敬敬行个军礼。

他们静悄悄走着，不讲话，专去领略那夜的宁静与辽阔。李洳自然多了一份感觉，她有一路走进梦中的飘然，有一种进入仙境的神秘，还有一种说不清道不明的热烈与渴求。她很想把这种热烈和渴求变为一种行动，但一看到靠着墙垛坐着打盹的一排排士兵，她不敢轻举妄动，只轻轻地喊了声：

"三哥——"

"什么事？"郑颢问。

"没，没有什么，只想喊喊。"

"还小，要吃奶？"

李洳使劲向他膀子掐去，但隔着硬硬的皮甲，一点也没把他掐痛，只得狠狠地说：

"以后再算账……"

忽然一阵恶臭钻进鼻孔，她赶快把鼻子捂上。

"哪来这么臭？"她问城上站岗的士兵。

士兵指指城墙下方说："下面死了一堆人，能不臭？"那士兵还指指城壕那边一串串绿色的光亮说："你们看——"

"是贼兵？"李洳问。

"不，是野狼和饿狗，它们是来吃死人的。"

李洳不觉打了个冷战，什么兴致也没有了，转身对郑颢说：

“三哥，咱们回去吧。”

“你不是说要看打仗吗？”

“不看了，我想回去。”

二人正准备顺着石梯下城墙，忽听城下一声喊：“官兵缒墙了！”接着，便下雨般射过一阵箭来，但听箭镞撞在城墙上不停地发出“喳喳”声，恰如急雨打芭蕉。有几支箭还越过城墙，嗖嗖从李溆头顶上飞过去，吓得她直弯腰躲避。见墙下不断地射箭，李溆想起了自己身上背的弓箭，忙取下来，走近箭垛，朝城下的黑暗中射去。她射了一箭又一箭，当她去取第三支箭时，她的手被郑颢按在箭袋上。

“别射了，黑灯瞎火的，射也白射。”

“要射。”李溆犟着说，“也许刚才那两箭就射死了两个毛贼哩。”

“贤弟，难道你没看到兵器库的报表？里面一支箭都没有了。”

李溆取箭的手停下了，她早就听说过严重缺箭的消息。

这时，贼兵已停止了向城上射箭，“喳喳”声没有了，但城墙那边却嘈杂声不断。他俩寻声找去，就在不远处几个士兵正从城墙垛口中拉上来一个人，身上中满了箭。李溆见到立刻想到刺猬。接着，又拉上来两个，都一样，满身是箭，人，早死了。刚放在地上，便有士兵去拔他们身上的箭，拔出一支，血便从小小的箭眼中涌出，顿时，无数个小眼孔里流出的血把地下染红了一片。

李溆不忍再看，拉着郑颢就走。

路上，她满眼都是刺猬；而后，又满眼是流血的小孔。

“三哥，你说，那些士兵争着去拔箭，是为了把那人救活？”

“那人救不活了。”

“那他们干什么？”

“可以再用呀！听说，用敌人射过来的箭射回去，更准哩！”

“啊！”

她突然产生了个奇妙的想法。

“三哥，你不是说我们兵器库里一支箭都没有了吗？”

“是呀，那表册你也看到的嘛。”

"嘿！我倒有个办法，包能一夜之间得到无数支箭……"

郑颢一拍头，站住了说："你的办法我猜到了。你附耳过来……是不是？"

李泇把耳朵伸过去贴上他的嘴，听得直点头："对，对，咱们俩想到一块了，快，快去向大人报告……"

李忱这时的心情很沉重，因为刚刚听城上来报，说三个缒城而下的武士全都被射死在城墙上。他很焦虑，如果与外界通不了消息，这孤城能守多久？他曾想到突围，如果组织得当，杀出重围是完全可能的，却失去了一个牵制贼人的据点，不利于歼灭叛贼。想来想去，还是固守城池，设法与外界取得联系才是上策。

"拜见大人。"

一听是女儿的声音，抬头看去，见她一身戎装。身后，还站着那个曾三。他很不高兴，厉声问道：

"这么夜深了，你们又去了哪儿？"

"大人请息怒，待末将把话说完，说完了听凭大人处置……"

摊到这么个任性的女儿，在目前这种情况下，打不能打，骂不便骂。只气得吹胡子瞪眼睛。

李泇也不管他，上前两步说：

"大人，您不是缺箭吗？"

"这关你什么事？"李忱看看女儿，反问道。

"怎么不关我的事，我是大人麾下的一名武官，眼看贼人如此猖狂，天天架着云梯攻城，我们却没有箭去对付他……"

"你能想到这样的事，倒也不错，"李忱说道，"只是你想想，造箭需要的材料哪里来？特别是铁，你看，连我宣慰府上大门的铁扣都撬下来打箭镞去了……"

"可是大人，我刚才和曾三却想了个不需要任何材料就可以得到一大批箭的办法。"

"那你快说来。"

"这是机密，不能让更多的人听见。"

"那好，"李忱说，"你过来对着我耳朵说。"

李洶走上前去，对着父亲的耳朵悄悄说：

"父亲，我们想的办法是……"

李忱听着听着，很快就改变了不以为意的表情，最后连连点头，说道：

"这个办法不错，可以一试。好，我马上吩咐准备，明晚就依计而行……"

第二天深夜，太原城头人影幢幢。三更鼓一响，东西南北四门附近的墙头上各有数百人影从墙头往下缒。城下贼兵发现后大呼："官兵缒城啰！"杨弁在军帐中听了，忙下令快用箭射。他又亲自骑马巡视，果然隐隐约约看到不少人从城上顺着绳子往下溜，便下令加派弓箭手，对准城墙上的人影猛射。围城四周都发现官兵缒城，此伏彼起，一直闹腾到东方破晓，方才渐渐停歇。杨弁回到军帐，正要休息。忽有兵士从墙根处拾得一具被箭射断绳索掉下来的草人，穿的是官兵衣服，身上被箭插得满满的，活像一只刺猬。杨弁看了，气急败坏地大呼一声：

"我们上当了！"

李忱采纳了李洶和曾三的"草人借箭"之计，一夜间得了万余支箭，顿时解决了箭支奇缺的困难。他在对女儿和曾三大加表扬的同时，顺着他们的思路，想出一个更加高明的妙计。他要用这个计谋解太原之围，还同时除掉自己的心病。

说干就干，李忱是个果断的人，他马上召集部将，做了如此这般的周密部署。

第十六章 跟皇帝开个玩笑

皇帝最怕死，因为人世间值得他贪恋的东西太多。唐王朝共有二十一个皇帝，个个想长生不老，而其中有六个却死于长生不老的"仙丹"。唐武宗抱定"前赴后继""视死如归"的宗旨，去参与这个要命的玩笑。

李忱的计划是在极其秘密的情况下进行的，直到开始行动前的一个时辰，他才把阮叔和曾三叫来，对他们说：

"你们赶快准备一下，三更时你二人缒城突围，然后日夜兼程直奔长安。我这里有一份奏书两封书信，奏书交宰相李大人，两封信一封交神策军帅府马元赞将军，一封回府交给夫人。只是，不要对她多说什么，就说我在这里一切都好，不日即将回京……"

阮叔接了书信放在怀里说："王爷放心，在下与曾三一定能把这些书信送到。"

李忱转过脸来，对郑颢说：

"这次你与阮叔同去京城，一则你们同行，互相有个照应，便于顺利完成这次使命；再则，明年是大比之年，你去京城准备应考，不然，错过了时间，又要等三年。所以我安排你去。你在这里整日抄抄写写，耽误了青春，实在可惜……"

郑颢没想到宣慰使大人会对他作这样安排，听了很突然，不知该回答什么好。

李忱见他有些犹豫，以为他胆怯，便说：

"你读过不少书，是个有见识的聪明人。兵法云，虚虚实实，兵家之道也。昨天，我采纳了你和李山的'草人借箭'之计，凭空得了万余支箭。今日，我将派数百精兵从城头缒下，分几路去偷营劫寨、杀贼兵、抢物资、烧军帐，骚扰一番后，迅速撤回，城内自有守军打开城门接应。你与阮叔便趁乱钻出贼军包围圈。我这个安排，万无一失，你不必害怕……"

郑颢忙解释说：

"在下受大人知遇之恩，无以为报，又蒙派遣与阮叔一起去京城送信，此乃关系到太原城中数万军民存亡之大事，在下将誓死效命，绝无害怕之理。只是，在下在京城无亲无故，送罢信后不知到哪里落脚……"

李忱听了说："此事你不必担忧，我已经替你想好了。这里有书信一封，是给户部尚书杜大人的。到了京城，你交给他。他自会给你安排，保你衣食无虑。"

郑颢接过信，向李忱拜谢道："谢大人想得周到，在下一定努力效命朝廷，绝不负大人栽培。"

"不过，"李忱说，"你别领会错了我的意思，我让你去户部找杜大人，不是让你去混碗饭吃，是让你有个暂时的栖身之地，好安下心来攻读诗书准备应考。你聪明机警，忠厚老成，学识文才，皆为上乘，前途不可估量，切莫去了京城繁华地方，就与那些浪荡之徒混在一起，毁了你的前程。"

郑颢恭立在堂上，连声说：

"谨遵大人教诲。"

"我这里还给你准备了一件小礼物，送给你作为纪念。"李忱说着，把书案上一本书取过来交给郑颢。

"谢大人。"郑颢双手接过来，往封面上一看，原来是一本他曾读过的《幽异录》。

"这是一本专写神仙鬼怪的书，一般人只把它当成消遣的传奇浏览，其中有许多做人的道理，要细细品味才读得出来。不过我送此书给你的用意不在此，而是要你学着写几篇……"

李忱见他似有不解地望着自己，便笑道："我不是要你去当小说家。你未去京城参加过考试，不知其中奥妙。我告诉你，你在参考前，先用心写几首诗赋，向一些名人和显贵呈献。这叫行卷。过几天，你再写一两篇传奇，又给他们送去。这叫温卷。只要名人显贵对你写的东西有个好评，你就算有了名气，以后参考，考官们会另眼相看，你准保考上。懂吗？"

郑颢听得很认真，但好像还不完全懂。

"有人说这写传奇对以后为官从政有什么关系？"李忱对他解释说，"其实，写传奇能看出一个人的各方面才能：它要有丰富的知识、独到的见解、流畅的文字，是史才、诗笔和议论能力的全面考核……"李忱觉得说得太远，忙打住说，"好了好了，时间已不早了，你们快去准备吧。"

二人告退后，李忱也觉得累了。对身边的人挥挥手说：

"都休息去吧。"

李忱刚刚准备回房，李洵一头钻了进来。

"父亲，我也去……"她说。

"去哪儿？"李忱奇怪地问。

"去长安。"

李忱明白，刚才的话，她都偷听去了。便不理她。她却蹭了上来，又说：

"我要跟阮叔、曾三他们一起去长安。"

"他们有要紧军务，你去干什么？"

"我去，多个人，也多份力嘛。您不是常说三个臭皮匠，顶个诸葛亮吗？再说，我也想娘了。"

"可是，要通过贼人的包围圈，危险！"

"您不是说了吗：万无一失……"

李忱无话可说了，但他脸一沉说：

"不准你去，这是军令！"

李洵知道这次犟不过父亲，但她不甘心，便赌气转过背去。

"报大人，贼兵攻城很紧……"一个部将跨进大厅说。

"知道了。"这一向贼兵都在死命攻城，看来他们很着急。李忱听报不甚在意。

"大人，他们在城南挖通了地道，已经有贼兵钻进城了……"

"啊！快备马！"李忱这才急了，丢下女儿就向大门走去。他见女儿也跟了上来，回头问道："你到哪儿去？"

"我去送送曾三，我与他兄弟一场……"

李忱未置可否，径直向大门走去，直到跨上马，他都没说一句话，心里只想到一件事：庆幸自己果断，要不然，还不知会闹出什么样的笑话哩！

"三哥。"李浵踏进郑颢的小屋，低低叫了一声。

郑颢正在收拾东西，见李山进来，笑问："你知道了？"

李浵见他很高兴，便说："人家都难过透了，你还笑。"

"怎么不该笑？我还没去过京城哩。从小，我做梦都想去京城，去看像山那么高的皇宫，去看并排能过十辆马车的大街，还去看勾鼻子蓝眼睛的波斯人……听人说，波斯人的蓝眼睛是用颜色染的。你是从长安来的，是吗？"

没听见回答，郑颢放下手上的东西，掉头看去，见李山正在背着灯影擦眼泪。他赶快过去拍着她的肩说：

"你看你，三哥这次去京城准备应考，说不定考上个状元。你该高兴才是，怎么哭哭啼啼的……"

李浵这时已擦干眼泪，转身说：

"谁哭啦？只是，心里有些难过……"

"没哭就好。其实，我也有些难过……"

两个沉默了一阵，李浵从怀中取出一本书说：

"咱们这一别，不知何日能再见。这本书还是那天我们一起在街上买的。我看了，怪有意思的。本来也是给你买的，你拿上，就算做个纪念吧。"

郑颢接过那本《任氏传》，说了声"谢谢"，但他马上就想到那幅画，觉得放在包袱里很不妥，应该藏在贴身的衣兜里。于是，他在将那本《任氏传》放进包袱里时，顺手取出那一方折得整整齐齐的绸子，解开衣服，准备放进贴身里衣的口袋里。

李浵眼尖，一把抓过来说："什么金贵东西，要藏得这么紧？让我看看。"

郑颢只得傻傻一笑，由他。

"哇！还真漂亮哩！是谁送的？"李洳展开那幅画好奇地看着。

郑颢回答道："就是那画中人送的。"

"我不信。"

"你听我说，这是一个很有趣的故事……"郑颢沉浸在美好的回忆里，有滋有味地讲述着……

李洳听得很专心，但也很沉痛。听完以后，她看看曾三那张英俊而憨厚的脸，再看看手中的那幅画和那画上的字。她相信那是真的。但她却说：

"我不信，这等好事，我怎么就没遇上过？"

"真的，千真万确……"郑颢赌咒发誓说。

"那，那一定是狐狸精，就像那本《任氏传》里写的……"

"不会，我打听过，有根有底的……"

"算了算了，三哥，不要去做那个无边无际的狐狸精梦了。我这个当兄弟的给你保个大媒，给你找个公主……"

郑颢听了只感到好笑。

"你怕她长得丑？那你先看看我，丑不丑？"

郑颢天天看见的，但还是抬头认认真真看了一眼，说：

"顶顶的一个美男子，貌似潘安。"

"潘安的妹妹——一个真正的公主。"

"贤弟，你不要拿我开心了；再说，即使是真的，"郑颢指指那画中人，"我也跟她有约在先了。"

"三哥，你是没有见过我那公主妹妹，要是见了，你一定会喜欢……"

"不会。"郑颢说得很坚定。

"一定，而且，一定会娶她！"李洳也说得很坚定。不过说完以后，她又笑着说："算了算了，咱俩别争了。你喜欢这个狐狸精，就拿去。"说着，她把那画仍旧折得方方正正的，顺手揣进郑颢的怀里。揣好后，又给他扣上衣服，还拍了拍说："好好藏着，别让她跑了……"

他们还谈了很多，直到阮叔来叫郑颢。李洳与他们道了珍重，看着他们匆匆走出宣慰府大门。

李忱带了一干部将赶到城南时，那里的战斗正在激烈进行。

贼兵从城外挖了地道，直通到城内一家院落，他们从地道爬过来不少人，把院落做据点，一次次向外发动进攻。

李忱赶到后，一面指挥官兵紧紧围住院落，一面命令士兵迅速拆去院落相邻的房舍，将木料柴草堆在院子四周，然后点燃火种，顷刻间，院落便燃起了大火。里面的贼兵受不住烟熏火烤，纷纷向外冲杀，又被官兵团团围住，一阵乱砍乱杀，扼住了贼人的势头。

这时，因大火的熏烤，贼兵再不敢从地道中钻出来；已钻进城的贼兵迅速被歼灭。但地道口尚未堵住，始终是个隐患。李忱经过观察，想好了对策，对身边的部将如此这般吩咐一番后，便转身上了城墙。

城墙垛口下面，正躲着几百待命缒城准备去偷袭贼营的勇士。李忱召来带队军校，再做一番交代布置；又找来阮叔、曾三等送信使者，给以最后的嘱托和安慰。时间一到，李忱下令，几股偷袭队伍同时从城墙上扭着绳索下滑。

城下贼兵见城头有人影顺墙而下，大声叫喊："官兵缒城啰！"杨弁听了，怕又中了昨日"草人借箭"之计，下令部下仔细看看再射箭，不要再上官兵的当。

就是这短短时间的犹豫，城上的勇士全数下了城墙，手执兵器一阵呐喊冲向贼营。当杨弁醒悟过来命令紧守营寨时，因挖地道攻城打开的几道寨门关闭不及，被官兵杀将进来，一阵冲杀。官兵又将随身所带引火之物点燃，抛向军帐和粮草堆上。顿时一片火起，照红了半个天。几支官兵在敌营中横冲直撞，杀得贼兵一片狼藉。待杨弁摸清了情况，整顿兵马准备合围时，城上一阵锣响，官兵们呼啸着迅速杀出营寨，退到城门口，城内守军立即开门接了进去。待杨弁兵马追到时，城门已紧闭。

一场惊慌后，杨弁清点兵马死伤百余人，烧了一些粮草帐篷，其余无大损失。杨弁命继续攻城。只是部下来报说，昨日从地道中攻进城里的士兵在里面放了一把火后再无动静，今早再去洞口察看时，地道已被大水淹没。杨弁这时才觉得实在不是李忱的对手，下令部下暂停攻城，找来崔玄度共商对策。

　　且说阮叔与郑颢缒城而下后，混在偷袭的队伍里杀进贼营，混乱中抢得两匹战马，越过贼军阵地，钻出包围圈。而后，寻上大路，连夜赶往京城长安。

　　到了长安，郑颢拿着光王李忱的信件，去户部投上。户部尚书杜大人见了，不敢怠慢，立即在衙门里给他安排了个抄抄写写的差事。郑颢有了安身立命之地，每日除了去衙里点卯，兢兢业业做好那份工作外，一心埋头攻读，准备来年参考。

　　阮叔回到长安后，先回光王府向晁氏夫人呈交了老爷的家信，回答了问话，便急忙去宰相府将老爷写给朝廷的疏奏呈交给李相国。接着，便去神策军衙门，把老爷写给左神策军中尉宣慰副使马元贽的书信呈上。

　　但是，当阮叔去神策军衙门面呈书信时，门上说：

　　"难道你不知道，我们马将军受皇上派遣当了宣慰副使去河朔还没回来吗？有信，你就留下；你要面陈，就等将军回府后你再来。"

　　阮叔感到纳闷。当时，说是皇上有旨叫他星夜回京，连太原节度使摆好的送别宴会都未及参加便匆匆起程了，怎么至今尚未回到京城？算算时间，两个来回都该到了。因为老爷有交代，信要亲自交给马大人。他只有把信揣进怀里，心里却在琢磨，这到底是什么原因呢？

　　原因，只有马元贽一人知道。

　　因为皇上给他一纸密诏，叫他采办鱼毛十斤、马角十斤，选北方健壮女子百名，限期回京复命。

　　传旨太监私下对他说，赵归真道长为皇上开的长生不老成神成仙的药方中，尚有鱼毛十斤、马角十斤至今未能找到。据赵道长掐算，这两味药要到北方找，而马公公此刻正在西北方向巡边，此事就交给你了。传旨太监还说，赵道长炼长生不老药要在五月初五子时全配齐，六月初六子时接天降露水，七月初七子时配制，八月十五月圆时分皇上服用。如果错过了这个时间，又得等一年。所以皇上要得很紧哩！

　　马元贽听了，向传旨太监说，请公公回京奏知万岁，请他不必着急，奴才马元贽一定不负圣恩，天大的困难也不怕，就是掉一层皮，少活二十年，也要把皇上交办的事办好。

送走了传旨太监，马元赟立即打点起程，说是奉旨回京，半道上一拐，转向北方大漠地带，为皇上选美女、找马角去了。

马元赟骑在马上不停地想，这美女，莫说一百，三百五百都好找；这鱼的毛和马的角，莫说是十斤，就是一两一钱也没处寻。他还记得小时候听老人说古今，说的是战国时候，燕国太子丹在秦国当人质，他想回国，秦王不允，说：你要走吗？除非乌鸦白头马长角，可见自古以来就没有马头上长角的。又有谁见过鱼身上长毛的？这明明是赵归真糊弄皇上，可我们当臣民的也只能相信。既然赵归真能开出这样的药方，那我马元赟就能找到这种药。不然，我这大活人岂不让尿憋死了？

想了几个来回，马元赟便胸有成竹了。他把队伍拉到大沙漠大草原兜了一圈，所到之处，地方官员巴结侍候周周到到，美女珍宝，多多献上，唯有鱼毛马角未能找到。马元赟也不着急，暗地里叫来两个心腹，如此这般吩咐一番，两人自去准备去了。

转眼四月将尽，五月将临。马元赟计算了一下时间，这才催动部下起程返京。

五月初四，马元赟回到京城，当夜便带上心腹部下把准备好的鱼毛马角，加上无数贵重珍宝，去上清宫拜见赵归真。赵归真收了厚礼拿起鱼毛马角又看又摸又闻又尝，验明确系质地优良的"正品"无误。

第二天一早，马元赟进宫向武宗皇帝复命。

武宗皇帝这几天正为他的长生不老丹缺两味紧要的药而焦急万分时，马元赟的到来使他心花怒放。立即请来赵师父验收鱼毛马角。赵师父认认真真地摸一摸看一看闻一闻尝一尝之后，向武宗皇帝稽首说：

"恭喜皇上，贺喜皇上。想那鱼毛马角乃世间稀有珍奇，多亏马公公跋涉大漠，费尽心血采得这等上好货色，且又刚好赶上贫道今晚三更三点需要，实在是万岁的洪福，上天的特意安排……"

趁赵归真天花乱坠讲话时，马元赟偷眼看看皇上。不看则已，一看大吃一惊，怎么才两个多月不见，皇上就变了一个人？但见他两眼深陷，颧骨高耸，面色发青，印堂灰暗。马元赟看了一阵心酸，等赵归真刚讲完，便向皇上问道：

"万岁在上，奴才奉旨外出，两月有余，戎马倥偬中，无时无刻不在牵挂皇上，不知龙体可否安康？"

"好得很，好得很，"武宗笑道，"朕自从吃了赵师父的丹药，精神抖擞，情绪饱满，勇力大增……马爱卿，这次你出使边关，劳苦功高，又为朕寻回奇药，可嘉可嘉。不知叫你物色的一百名北方女子可曾带回？……"

马元贽听武宗说话，声音倒不小，可怜中气不足，而且略带沙哑。他觉得皇上有点不对劲。再听他说什么"勇力大增"，又急着问北方女子，便知道皇上的毛病出在什么地方了。马元贽从小就被净身，从未尝过女人的味道，只是听说那味道怎么怎么好，不过他从皇帝们对女人的那种劲头，也能想象到那确非一般。看着她们，就没有满足的时候，勇力不足时，都靠道士的丹药去对付，哪怕身子骨毁了也不在乎。看当今皇上龙颜灰暗，元气大伤，再这么下去，真不堪设想。皇上呀皇上，您如今才过而立之年，要是断送在那些俗事中，奴才又靠谁……

"马爱卿，那一百个北方女子都带回来了吗？"武宗又问了，话音里有些不高兴。

"带回来了，带回来了。"马元贽在想心事，竟忘了回皇上的话，他赶快回答，"已经送到后宫去了，都是经过奴才亲自挑选的，请万岁去看……"

"嗯，好……"

马元贽这时才想到还有件大事没有奏报，忙说：

"启奏陛下，奴才这次随光王爷去河朔，先去成德……"

"讲简单点，简单点……"武宗显然对这个话题兴趣不大。

马元贽只得拣最要紧的讲，讲到最后说："以上诸多事体，光王爷和奴才都不敢擅自做主，请万岁示下……"

武宗微闭着眼睛，说道：

"朕都听明白了，所提出的几件事，你去找李德裕商量商量，拿出个办法来再告知朕决定。"

马元贽听了，只得退出。

"马公公，王贵妃有请。"

刚刚跨出含元殿大门，还没走几步，一个小宫女就跪在道边行礼说。

王贵妃是皇上的宠妃，还议立过皇后。马元贽不敢怠慢，随那小宫女转过几道门，走到王贵妃的寝宫。只见王贵妃笑吟吟站在门口相迎。

"给贵妃娘娘请安。"马元贽见了施礼说。

"不必多礼。"王贵妃说，"听说马公公胜利班师，特向您贺喜。"

"娘娘过誉。奴才只是奉旨回朝，并非胜利班师。"

"什么要紧事急着要您回来呀？"

马元贽听问，便知道她一定听到什么，不敢隐瞒，就将采办药物和美女之事讲了。

"原来是这样，怪不得一大早宫里就听到一片侉里侉气的女人说话声呢。公公给皇上办了这等好事，皇上一定重重有赏啊……"

马元贽当然听得出话音，手一摊说：

"贵妃娘娘，我只是个奴才，皇上叫办，我敢不办？"

"马公公，"王贵妃语重心长地说，"你今天也见了皇上，你看看他的气色。赵道士那药吃了，小病送走了大病却来了，眼看身子骨垮了，脾气也大了，我真替他担忧。你这回宫了，天天在皇上身边，别忘了劝着点。"

"奴才谨遵娘娘教诲。"

王贵妃转转话头，问道：

"出使河朔公公与光王爷同去，他怎么又没回来？"

马元贽是个眼眨眉毛动的人，早知王贵妃要问光王爷的事，便说：

"光王爷驻守太原，身负重任。要等平了潞州叛乱后方得回京。"

"好像听说他被贼兵围困在太原了？"

"奴才奉旨回京时，光王爷还为我设宴饯行，太原城平安无事。贼兵围城是我回京后才听说的。不过，光王爷雄才大略，那几个毛贼不在他话下……"

"不知皇上什么时候发兵去解围？"王贵妃问。

"皇上说了，叫我去找李相国商议，今天就拿出解围的办法来。"

"啊，那好，我就不耽误公公了……"

最近个把月来，武宗天天晚上都驾临王贵妃的寝宫，不过都是在半夜以后。来的时候由两个身强力壮的太监扶着——准确些说是抬着，一直送到王贵妃的床上。看他，已经筋疲力尽，睡在床上一动不动。问他，只含含糊糊哼两句，不知说些什么。又不像是喝醉酒，身上一点酒味没有，脂粉香味倒是很浓，王贵妃便知道他去干了什么了。她叹着气，抱住他，让他舒舒服服睡在怀里，帐外的灯光，拨得暗暗的。她望着他日益消瘦的脸，听着他有气无力的呼吸，伤心透顶。无论如何，今晚要好好劝劝他，哪怕被他骂，被他打，也不在乎。

怀里的武宗抖动了一下，她以为他要醒了，便揉揉自己的眼睛，准备跟他说话。可是他并没有醒，只向她身上拱了拱，又睡去了。脸上，还留有笑意。她知道坏了，他又在做昨晚那种梦……

她长长叹了口气，而后，一串热泪便吧嗒吧嗒滴在武宗脸上。武宗被从甜甜的梦中惊醒，很生气，迷迷糊糊中一挥手，叭一声打在她的脸上。

还没有劝哩，倒先挨了打。但她并不灰心，轻揉着被打的半边脸，等武宗完全清醒过来，才轻声问他："陛下，刚才您又做那种梦了？"

"嘻嘻，"武宗反倒笑了，"佩服，朕实在佩服……"

她望着他笑时露出的泛着黄色的白牙，浑身为之一颤。原先是一副多么丰满的脸啊，而今竟瘦成这样。不笑时，高高的额头下两个深陷的眼窝，然后是高高的颧骨，颧骨下是两个脸颊的深坑；笑起来时，那两颊处的深坑便布似的打着皱褶，露出干瘦的牙床和发黄的牙齿，还有牙齿间宽宽的空隙。忽然，她想起小时跟母亲去上坟，在乱坟岗间就看到过……

"嘻嘻，你要听吗？"武宗问。

"那个梦？"她反问。

"比那更精彩。"武宗来了精神，说，"赵师父的药真有劲。你看，昨晚，朕一连临幸了六个北地送来的小女子……你说，这赵师父叫不叫人佩服？"

啊，原来他竟佩服这。

"我不佩服。"王贵妃说，"要是真的是好药，陛下就不该这么消瘦枯槁，这么容颜憔悴……"说着，王贵妃怜惜地抚摸着武宗凸凹不平的面颊，往下，摸着他突兀挺立的锁骨和梯子似的胸骨。泪水，不住地往下淌。

"爱妃不必多虑，赵师父说了，朕服用了他的丹药，消瘦是很正常的，是在脱胎换骨。即使服后有什么不良反应，也不必大惊小怪，那完全是得道成仙的征兆。朕现在大概正处于这个关键阶段。不用多久，朕就会成仙，到那时，再来度你……"

"陛下，"王贵妃擦着眼泪说，"妾不要成仙，妾只要伺候陛下一辈子，不被陛下遗忘，就心满意足了……"

"爱妃，你对朕的一片爱心，朕心里最明白。你别看我整日在别的宫里跟那些女人玩，但最后还是要回到你这里来。只有在你怀里我才睡得踏实；只有与你在一起，我才觉得最有意思。爱妃，刚才我迷迷糊糊——你，你不要往心里去。来，你照样打我一下……"武宗说着，抓过王贵妃的手使劲往自己脸上打。王贵妃尚未回过神来，手掌就打在武宗脸上了。她吓得直缩手，连声说：

"罪过罪过，妾实在是罪过……"

武宗忙说："该打该打。你知道，朕这一向都喜怒无常，爱妃要原谅……"

"陛下，"王贵妃诚恳地说，"妾只求您从此不要去吃那丹药了。只要您不吃，打我，骂我，甚至杀了我，我也不怨……"

"你怎么这么啰唆，"武宗听到不让他吃丹药，脸一变火气又上来了，说，"真是妇人之见！"

王贵妃不敢再说下去。看看窗外，日头已过了窗棂，便说：

"今日是朝会的日子，时候已不早，陛下该起床了吧？"

"算了，今天就不去了。"

王贵妃不好再说，自己穿了衣服起床。刚梳洗毕，外面执事太监便来催驾说：

"众宰相在延英殿等候皇上多时了……"

王贵妃说："告诉他们，今日皇上不上朝了，有要紧事疏奏，交给马公公代呈。"

执事太监走了不多久，马元贽果然拿了一沓疏奏来。这时武宗已醒，但实在不想起来，就躺在床上眯着眼睛对马元贽说：

"马卿，你把疏奏中拣要紧的交给王贵妃，让她念给朕听。"

马元贽便拣了几份交给王贵妃。王贵妃接过手，瞟了一眼，随意翻了翻，将最下面的一份放到上面，便轻启朱唇念起来：

"宰相李德裕等上表奏道：臣等奉仁圣文武至神大孝皇帝陛下诏旨，传谕天下，铲除区区西方异俗之释教，以正典法，济人利众。今已拆全国大小寺庙四万六千六百余所，还俗僧尼四十一万余人，收奴婢为两税户十五万人，得良田数万顷，各种寺财庙产折银数百万两。天下经像僧服焚烧罄尽，佛身上金银剥尽，铜铁佛像砸光，钟磬等法事用具悉数收缴完毕。从此可望国税增收，征兵足员。六合百姓，同归皇化。天下归心，万民拥戴，齐颂吾皇英明……"

"好，好。"武宗半躺在床上，得意地说，"朕废佛之举，上合天意，下顺人心。于国于民都是大好事。当初，还有不少大臣反对，我坚持不让。现在，看他们怎么说？马卿，你传朕的旨意，着李德裕起草一份诏书，向外颁布废佛的赫赫成果，让天下都知道……"

"是！"马元贽躬身应着。

王贵妃接着又念第二份。

第二份是份捷报，说的是朝廷派兵对屡屡犯边的回鹘大举征讨，获得全胜。其首领乌介可汗在走投无路时被其部下所杀，从此北方边境可告安宁。

武宗听了自然高兴。

回鹘之乱，已经多年了。穆宗时，他们就自恃兵强马壮，不把唐天子看在眼里，经常攻城略地，杀害边民。那时国力薄弱，一连嫁了几个公主给他们的可汗为可敦，仍不满足。武宗登基后，借回鹘内讧又与邻国交恶之际，采用李德裕的计谋，迅速平定了为害数十年的边患。武宗当然高兴。高兴尽管高兴，但他没有多讲话，大概因为刚才讲话太多，头有点晕，只不住地点头说：

"好，很好……"

第三份是关于奏请皇上批准发兵解救太原之围和平定潞州之乱的。王贵妃念得格外认真和投入。

武宗刚刚听完，便翻身从床上爬起来，怒不可遏地吼道：

"马元贽！快快向李德裕传朕的旨意，立即发大军去解太原之围。哼，一个小小叛贼竟敢如此张狂。对李德裕说，要活捉杨弁送到京城来，把他碎尸万段！再对他说，叫他代朕拟诏，命令伐回鹘的兵马乘胜南下，配合朝廷大军攻潞州。你别忘了问他，而今废佛后，兵员给养都解决了，看他还有什么难处？……"

马元赞答应一声，急忙转身退下。

没想到，一个女人，比自己的心计还更胜一筹。自己原来想将解救太原之围的奏章放在上面，以便引起皇上重视，及早解决。没想到她却把奏章放在最后，待皇上听了废佛的洋洋成果，听了打败回鹘的赫赫战报，自信心大增，情绪高涨时，再听太原被围的坏消息。这时他必然怒火骤起，毫不犹豫地下令发兵……想到这里，马元赞虽已跨出大门，却又回头朝王贵妃的卧室投去佩服的一瞥，心中说：好厉害的女人！

第十七章　掉包之计

> 隐藏在那张美人画背后的故事，有的真诚纯洁如一泓清泉，有的杂乱无章似一团乱麻，有的则充满着伪善与背叛，是一个巧设的骗局。

当陈俦穿上员外郎的官袍坐在户部府衙的公事房里接受同事们惊羡的目光时，他确有一种进入梦境的感觉。他算算时间，从离开家乡潞州到京城闯世界，前后不到两年时间，可是这两年对他来说太不平凡：潞州遇险，仇府送信，楚州奇遇，以及相府受审等等，哪一次不充满了惊险？然而，都闯过来了。而今，才二十出头，就在户部当了个从六品的员外郎，大小也成了一个人物。想想父亲，干了一辈子也才熬上个七品。要是他老人家知道儿子这么有出息，还不知道该怎么高兴呢。

不过陈俦更多的是想未来。他暗自算了算，现在是六品员外郎，再过两年升为五品郎中，再两年四品侍郎，再两年便是三品尚书，运气好，委任个同平章事，不就是宰相了？想到宰相，不觉想到李德裕。跟他，算跟对了。他现在是皇上的大红人，皇上对他言听计从，只要顺着这条线走下去，不愁当不了宰相。要牢牢抓住他！

然而陈俦觉得这还不够，不能只是单方面抓住他，还得要他抓我。不能只是我少不了他，要让他也感到少不了我才行。

　　于是，一个个设想，一个个计谋，在陈俦心里酝酿着、选择着、等待着……

　　这天，是道教始祖玄元皇帝降生日，武宗降旨将这天定为降圣节，朝廷百官放假一天。同时，下令长安、洛阳两京"设斋行道作乐，赐大酺三天"。

　　陈俦今天一早起床，穿戴齐楚，踌躇满志地朝大街走去。

　　他今天不是去街上看热闹，不是去吃免费酒菜，他是专程去拜访一位官员。

　　当初，李德裕问他愿意到哪个部门去任职时，他一口认定去户部，因为他实在忘不了那个楚州的她，忘不了为她而吃的那么多苦头。她的兄长在户部任五品郎中，通过他，就有希望把她弄到手。现在，如愿以偿地进了户部，还当了个六品的员外郎。上任头两天，他就把她兄长的情况打听得一清二楚。今天，趁放假之机，前去拜访。因为打听到这位卢大人除了爱读诗书别无嗜好，陈俦便怀揣一本诗稿，前去以文会友，先在他面前亮亮相，博得好感，然后，顺理成章……因此，出门前，他在镜子面前照了又照，自我欣赏了一番风度衣冠，还秀了两个动作，直到用再挑剔的目光也找不到一丝破绽时，这才出门。

　　然而，当他刚刚踏上街面，就被迎面过来的混乱人群挤得抬了起来，把他朝相反的方向挤去。难道今天日子没选好？可是皇历书上不是明明写着"今日出门，上上大吉"吗？

　　今天，长安城大街小巷都被人挤得满满的。人们拥来拥去，拼命向施舍斋饭和免费供应酒菜的摊点挤去。尽管，长安城内设了许多这种摊点，但因为从四面八方赶来吃免费饮食的人太多，一时间哪里供应得上？于是潮水般的人流一浪涌过去，一浪涌过来，几个来回后，老弱孩童中有不少被涌入浪下，任人践踏，再也爬不起来；一伙地痞泼皮，则趁势起哄，推波助澜，乱中偷摸扒窃，调戏妇女，丑态百出。一时间求救声、尖叫声、呼哨声，响成一片。长安城乱成了一锅粥。

　　出现这种局面是武宗皇帝怎么也没有想到的。废佛进展顺利，讨伐回鹘取得战果，特别是自从拜赵归真为师跟他修炼以后，自觉精神焕发体力过人，看来离成仙成神已为期不远。他要让他的臣民沾他的光，托他的福，恩泽天下，福降万民，因而大方地从修建宫内道宫仙馆剩下的银子中拨出一笔，用来在长安、洛阳东西两京设斋赐酒，以示皇恩浩荡，与民同乐。

可是，武宗哪里知道，这些年收成本不好，加上连年用兵，皇上又大肆搞修建，老百姓的日子很不好过；再者，废佛以后，成千上万僧尼还俗没有妥善安置，流落街头，衣食无着。就在这时，皇上在两京免费供应吃喝三天，饥民们怎不蜂拥而至？

陈俦被汹涌的人群挤得无法前进，只得随人流移动，挤到哪儿算哪儿。幸亏自己年轻，没有被挤伤，只是才买的新鞋被挤掉一只，衣襟被撕破一块。还好，怀里的那卷诗稿安然无恙。

他被拥进一条小街，人的稠度变稀，这才脚踏实地，退到街沿一家门楼下喘气。喘定气后他想想这该上哪儿去？去卢郎中府或回到住处，都要经过大街，望望那万头攒动的人潮他就害怕，哪里敢再挤进去？转身向后看，原来自己站在一个被废的小庙门前。他想里面一定很清静，找个地方坐坐再说。他于是大胆去敲门，敲了好一阵才听见里面脚步响，接着便有了哗哗啦啦的开门声。门"呀"的一声开了，他正抬脚往里跨，一抬头，与里面的人正好面对面，顿时，两个人都惊异地叫起来：

"你——"

在废佛运动中，长安城数百个大小庙宇除皇上特许留下两座外，其余拆毁的拆毁，未拆毁的改作他用。有的改为道观，有的成了作坊，还有的出租给进京赶考的举子作居住读书之用。

郑颢拿着光王爷的书信去户部报到后，被安排了一个抄抄写写的差事，领一份薪俸。为了便于读书，他就在一座废庙里租了间屋。除了上班点卯，每日足不出户，一心攻读。

这天降圣节放假，因同住的几个读书人都外出看热闹去了，他独自一人在家，关了大门，埋头在书堆里专心阅读。正读得有劲，忽听敲门声，还以为是同住的几位上街回来了哩，便去开门。

门刚打开，他与外面那个人同时都愣住了。等看实在了，两个几乎同时喊道：

"陈兄！"

"郑颢……"

陈俦还有个"弟"字没喊出来，就被郑颢伸出的手捂住嘴，又前后看看，没有外人，他一把拉过陈俦，关了大门，这才说：

"陈兄，我现改名叫曾三了，别再叫我郑颢……"

"好好的，改名干啥？"

"唉，一言难尽。"郑颢一边让进陈俦，一边把自己为何从潞州逃出，如何遇见光王爷，改名曾三，又如何从太原到了京城，而今在户部公干等情况，讲了个详细。

陈俦听了说："太巧了，我们还在一个户部里公干，怎么就没见着？"他想想又说，"我在左街户部衙门，你大概是在右街，是吗？"

"就是就是，我那边叫户部右街衙门。"

郑颢说完，才注意到陈俦衣冠不整，甚为狼狈，便指着他光着的一只脚说："你这……"

"唉！说来话长。"陈俦是个有心计的人，他讲自己的经历时该讲的讲，该隐的隐。只是在讲到新近在户部任职时，滔滔不绝，眉飞色舞，荣耀风光，溢于言表："今天趁降圣节放假，带上诗稿去拜会一个朋友，不想却遇到如潮的人流，挤成这个样子……"

郑颢见陈俦光着一只脚，便解开包袱，取出一双新鞋，让他换上。陈俦见那双鞋土头土脑，本不想穿，无奈光着一只脚，只得穿了。

二人又谈了许多分别后的情况，郑颢想到陈俦刚才提到有份诗稿，便说：

"陈兄，刚才你说身上揣有诗稿，准备与朋友谈诗，反正你今天也去不成了，不如拿出来让兄弟我先睹为快。"

陈俦也不推辞，从怀中取出一卷诗稿交给郑颢说：

"这些诗都是我近半年所写，甚是浅陋，贤弟读了不要见笑。"

郑颢接了诗稿便摇头晃脑地认真读起来，还不住地说："好得很，好得很。"但读着读着，却突然停下来，眼睁睁望着陈俦问道：

"这诗你刊行过？"

"嗯——"陈俦不明他问话的用意，含糊地应了一声。

"怪不得，我好像在哪本诗集里读到过。只是那诗集的作者署名不是你，难道你用的别名？"

"嗯——"陈俦又含糊应了一声。但他此时有些心虚。没想到自己费那么大的劲东拼西凑抄了一大本，竟被年纪轻轻的他看出破绽。他一时不知该如何解释，便顺着说："就是，就是，有时也用别名……"

"但是，这首《垂钓》诗：'垂钓绿湾春，春深杏花乱。日暮待情人，维舟绿杨岸。'这两句怎么几乎与前代诗人储光羲的句子一模一样？"郑颢不解地问。

陈俦伸头过去看看，解释说：

"这首诗，是我前不久去城郊钓鱼时写的，你说与前人的诗相同，想来也不奇怪，那是我们有相同的感受罢了。"

郑颢听了，拍拍脑袋说：

"兄长此话有理，自古就有'英雄所见略同'的说法……"

陈俦不想让他再问下去了，便伸手拿过诗稿，说道：

"你我兄弟难得相见，这文字游戏的玩意儿下次再谈，先拣要紧的话说。喂，我问你，你连放假都不出去玩玩，成天闷在家里读书，到底为啥？"

"为了考功名呗。"

"嗨！看你，跟我们头次见面时一模一样，真是榆木疙瘩。我早就对你说过，考功名那条路走不得。看你，苦读了十多年书，县上州上考了多少次，不就捞个贡生？而今，又到京城来考。你想想，全国成千上万举子进京赶考，每次不过考上二三十个进士，容易轮上你吗？你看我，什么也不考，现在照样当六品官，在地方上，比个县官还大哩，好多考上进士的还不一定捞得上当哩。你我是好兄弟，对我，你还有救命之恩。我把你向他们引见引见，保你今后前程无量……"

"可是，我父亲……"

"你父亲不同意？别管他，俗话说将在外君命有所不受。那么远，他管得着？再说，那次我与你父亲同桌吃饭，听他那些话，尽是迂腐之见。你看看当今朝中大员，有几个不是李德裕宰相那根线上的人？他们不比你父亲有见识？"

陈俦见他有些松动，进一步鼓吹说：

"我这全是为你好。你想，你如此苦读，就算考上个进士什么的，没有后台，还不是只给你一个闲差事，能有多大油水？何况，那容易吗？每次考试，都有不少白发苍苍的老翁来参考，他们考了一辈子，到老到死，都一无所获。你也想跟他们一样？"

陈俦见他越发松动了，便说：

"这样，我们约定个时间，你到左街衙门来，我带你去拜见一个人……"

郑颢目不转睛地望着陈俦，目光中有感激，有信任，有期待，但也有疑虑。

陈俦从郑颢那里告辞出来，天已不早。因为派了大批神策军来驱散人群，大街上人也稀少了，只有一些差役在清扫街道，一筐筐拾捡着踩掉的鞋子。陈俦走在清静的大街上，心情特别好，他庆幸今天发生的这场混乱，不然，怎会巧遇郑颢？遇见郑颢，才没有去拜见卢郎中，避免了一次难堪。他实在有些感激郑颢了，他总在自己有困难时出现。不过，现在与在潞州时大不一样，那时，他对我的用处只是救我出潞州；而现在，他对我的用处可就多了，比如可以成为我的助手，一个有才干又老实厚道听使唤的助手，再比如……越想下去，越觉得他对自己的用处多，简直多到取之不尽用之不竭的地步。他感到他就像脚上他送的这双鞋，虽然土头土脑，但穿起来舒适，走起路来跟脚……他要静下来好好梳理一下，看怎样更有价值更加巧妙地利用他……

正在这时，陈俦走近一只装满各式各样鞋子的竹筐边，里面装有大头长筒靴，有尖头绣花鞋，有官人穿的皮靴，有农夫穿的麻鞋，有小娃穿的虎头鞋，有老头穿的隆鼻鞋……他突然产生一个想法：说不定能从中找到他的那只被踩掉的高靿大头白底黑帮的官鞋，他甚至试着用手在那鞋筐里翻动了一下，直到引来一个打扫街面的衙役好奇地连望他好几眼，他才恋恋不舍地走开。

经过两个晚上的深思熟虑，一个个充分开发利用郑颢的计谋在陈俦脑袋里形成。

他咬咬牙，决定放弃对卢秀儿的追逐。起因就是那卷诗稿，他东摘西抄好容易编了那么一本，结果连郑颢都没有哄过去。那卢郎中是进士出身，肚里的诗书比郑颢又不知多好多，凭自己这半罐子水，准在他面前一败涂地，又何必去自讨没趣。然而他不会对她就此罢休，他要把她派在更大的用场上。也就是说，他要把她送给恩相李德裕。在未遇郑颢之前他还没有这个打算，因为那不现实。而今，郑颢在，只要从他那里把那幅画弄到手，呈给相国，他看了准保晚上睡不着觉。虽说在朝廷大员中，李德裕的绯闻最少，都说他一心扑在国事上，不近女色。但陈俦却知道李相国已有好几房夫人，前不久又收了个丫头；而且，他早在川西节度使任上，就跟道士练房中术……何况，古往今来，哪个英雄豪杰不在女人面前闹点笑话？只要把那张画给他看一眼，然后再如此这般给他出谋划策，让他如愿，今后，我向他求点什么，不比菩萨还灵？

说干就干，当下他就去找郑颢，要把那张画从他手上诓过来。他满怀信心地走过大街，走过小巷，脸上露出得意的笑，好像那画已拿到手，已呈给李相国，李相国正在称赞他知恩图报，事成之后一定官升三级……但是，当他走进郑颢住的那条小街，眼看那废庙的大门已在面前时，他突然有点犹豫，有点悲壮。他为那画中人付出了那么多，几乎把命赔上，难道就这么送人？这时，他才觉得她在自己心中已扎根太深，要忘掉她是那么不易。他真怕自己再去看了那幅画会改变主意……他停下脚步，最后一次告诫自己：不能为了一个女人而毁了自己的前程。没有牺牲，哪里会有收获？试想，如果为李相国办好此事，他一句话，自己的官马上就大了起来。到那时，不用你操心，甚至不用你出声，世界上最美的女子就会有人给你送上门来。看，现在自己这么花心思，费气力，来往奔走，不正是为当宰相的李德裕跑那档子事吗？而且还是自己的意中人……

这么一想，陈俦便毅然决然大步跨进了那废庙。

"恭喜恭喜……"一见面，陈俦就对郑颢双手一拱，满面笑容地说。

郑颢莫名其妙。什么事值得恭喜？莫非他已约好引我去拜会的什么大官儿？但我并不想走那条路，还是父亲的话有道理，走那种门子，当再大的官也不光彩。他紧锁着眉头望着陈俦。他感到有些难办，人家到底是一片好心。

"哈哈，真是天大的喜事。"陈侗继续说："这一两天，我要去楚州公干。你以前委托我代你寻访卢秀儿的事，我一直放在心上。你知道吗，卢秀儿的父亲原先是户部尚书，现告老在家。她的兄长现在户部为官，是五品郎中，与我常见面。他听说我要去楚州，委托我给他家中带去书信和他父亲七十大寿的礼品。你看，这不是一个天赐的良机吗？只要我去了楚州卢府，定有机会与卢秀儿见面。到时，把贤弟对她的思念之情说了，你们这件事不就成了吗？哈哈哈。"

听着听着，郑颢的眼睛亮了起来，当陈侗最后一次响起哈哈时，他也忍不住打开锁住的眉头笑起来，连连拱手说："谢陈兄操心，谢陈兄操心，没想到我日日夜夜魂牵梦绕的这段情缘，居然会有美满的结局……"

"不过，"陈侗收了笑容说，"也不能高兴得太早，谁知道那卢秀儿是否已嫁人？"

"不会。"郑颢说，"我与她有那段难忘的过去，山盟海誓，永不变心……"

"要真是那样，那就好。"陈侗说，"只是这事该怎么办，还请贤弟说来，跑路算我的。"

郑颢想想说："我写封书信给她，告诉她我的情况。关于婚事，我与她都该先与父母讲了，然后待我考取功名后去楚州接她……陈兄你看如何？"

"好，好，这信，我包送到她手上……只是，我与她并不相识，只凭你一纸书信，她就会相信？这可是她的终身大事呀！"

郑颢想想也是，这等大事，光凭一个陌生人交的书信，似太轻率。他立即想到那幅画，如果用它做凭证再好不过。但是他舍不得拿出来，那可是她唯一的信物，要是……

"贤弟想好了什么办法吗？"

"我想拿那幅画……"他终于还是说了出来。

"啊！"陈侗似恍然大悟地说，"好了，你给我看过的那幅画。那当然再好不过了，再加上你写的信，她就深信不疑了……"

"可是……"

"可是什么？"陈侗说，"你怕我弄丢了？这你一百个放心，我性命丢了也不会丢了它。我去了楚州，拿给她看了，让她验正无误了，就请她退还给你，我还会说你须臾也离不开……"陈俦见他还在犹豫，就换了口气说，"当然，如果你真的信兄弟不过，我也不计较。我为朋友两肋插刀，何况你对我有救命之恩，我就算回报你。你快把信写了，我拿去对她说一说，只是她要是不信……"

"陈兄休要多心，绝不是小弟我信兄长不过，实在是那张画天天揣在怀里，一旦不在身上，我就六神无主……"

"啊！原来如此。"陈俦笑道，"看不出贤弟这样的书呆子也这么痴情，怪不得那卢家小姐非你不嫁了。不过，贤弟你想，要是你不暂时离开那张画，你能永远与卢小姐相聚吗？你知道，楚州离京城这么远，跑一趟不容易，如果错过这次机会……"

"好！"未等陈俦说完，郑颢就解开扣子，从怀中取出一叠白绸，"我就将这画交给兄长，拜托兄长帮我办好这件事，成就我与她的这段姻缘，我们会永世不忘……"

说着，郑颢将那块折叠得整齐的白绸放在书案上，一层层打开。大概因为激动的原因，他的手有点抖。于是那逐渐展开的白绸上便时时显出浪似的波纹。

郑颢此时的心情确实很激动。这幅画自从那日从墙洞中取出后，就一直随身带着，可是今天要与它告别，虽然是暂时的，也很舍不得……只剩下最后一折了，只要一抖开，他就会看到她含情脉脉的笑脸了。他记得，还是半个多月前在太原那个晚上打开过。到了京城这么些天，成天马不停蹄地忙，没时间打开来看，只是想她时，便按按胸口，隐约中摸着那方绸子，他心里就踏实，就有一股暖意……而今，在暂别前再一次细细看她一眼。

陈俦这时也死死盯着那即将展开的画。他还清楚记得他第一眼看到那个画中人的感觉：心，止不住地狂跳；按那画的手也不住地颤抖；魂儿，一下就被那回头一笑的目光摄去了，很想很想把那画捧住亲一口……他更难忘怀在楚州的白水寺与她的巧遇，那感觉至今想起来就一阵晕眩：她那恍如仙子的神韵，她那飘动的长发和细碎的脚步，还有她那柔嫩动听的话语……他可以肯定，只要李德裕看到这幅画，一定会像自己一样再也无法从她的影子中逃出；而且，一生一世也休想摆脱她。李德裕只要摆脱不了她，也就摆脱不了我。只有我，才有办法让他得到她……

……郑颢屏住呼吸，轻轻用指尖牵住那方绸子的两角，然后，轻轻一抖，那幅画便展开了……

然而，当两人的目光落在画上时，看到的竟是两朵红花。他们都惊呆了，愣愣地看着那两朵鲜红艳丽的花，半天，也说不出话来。

宫里这两天气氛很不正常，因为皇上日渐消瘦，精神憔悴，脾气越来越暴躁，稍不如意就拍桌子打板凳摔家伙，宫里的花瓶、茶壶、茶碗、酒觞，以及珍奇古玩、名人字画，被他砸的撕的不计其数。又动辄骂人打人甚至杀人。闹得太监宫女嫔妃美人们见了他就像耗子见了猫，吓成一团。每个人脸上都挂着恐惧与忧虑，惴惴不安地过日子。

较之别人，王贵妃的心情则更多一份灰暗和悲观，她不止一次做那个可怕的梦，那梦可怕得不敢向任何人说。梦醒时，她就紧紧搂住武宗那正变得更加枯瘦已显得扎人的身子。她怕，她怕他一旦走了时她去靠谁？因此，当昨晚他深深进入自己身体时，她想到的竟不是快乐，而是一心一意承接他的龙种，虔诚地祝祷上苍，让她生下一个胖小子。可是，当他精疲力竭地从她身上滑下来时，她的希望又一次破灭。

可是，就在前不久，后宫里就有嫔妃连连给他生了两个儿子。于是，立后的议论又起来了。

"爱妃，你放心。"武宗安慰她说，"除了你，谁也别想去坐皇后的宝座。朕一定会让你给朕生个太子……"

可是自己的肚子太不争气。她不止一次狠狠地对自己瘪瘪平平的肚子又打又掐，好像在对待一个仇敌。

王贵妃的痛苦还远不止这些，她还有一分对谁也不敢说的对他的牵挂。她感到后悔，后悔不该在皇上面前多次提起他，称赞他的能干与忠诚。只以为让他有个摆脱苦恼的机会，避免被锈蚀、坍塌的命运，没想到却被围困在太原。现在，虽然皇上已下令发兵，太原之围指日可解，但究竟叫人担惊受怕寝食难安！要是真的有个什么三长两短，我就罪该万死了……还有那个万寿公主，这么久也不进宫来看看，只要见到她，也能多少知道一些他的消息，平息一些对他的思念……这个死丫头不知又到哪儿疯去了。

万寿公主这一向心情特别坏。自从她的曾三兄走后，她就不停地跟父亲闹别扭，吵着要回长安。李忱不理她，也没有时间理她，任她在后院使小性子。

其实，如果仅仅是曾三的离开，她的心情也不至于如此坏。主要是坏在那张画上。

那天晚上，当听父亲要曾三突围去长安时，她就把早就准备好的那方画了两朵红花的白绸找了出来，准备临别时送给他。在那两朵花的旁边，她还写了几个只有她自己才认得出来的字，看起来只不过是花的枝叶……可是，当她无意间发现他的那幅画，看到画上的那个女子，又听他讲了他与那个女子的故事后，她的心一下就碎了。但是她绝不会就此罢休，当时就要魔术似的把那幅画换了过来。她很满意自己的机灵和手疾眼快，想到那一瞬间就忍不住好笑。可是，当她再一次拿出那幅画，看到画中那个女人的媚态时，她就怒火中烧。她几次决定要撕了它、烧了它，但终于没有。她不是怜惜那幅画，而是怕伤害了他。她想，当他发现他的画被我掉了包，一定很生我的气，要是我撕了烧了，将来，他不更生我的气？

望着画中那双发亮的眼睛，她说：“到那天，我会交还给他，让他把你撕毁，把你烧掉！”

“哼！他不会！”画中那发亮固执的眼睛好像在说。

“他会！他敢不会！我是公主！”她咬着牙，对着画中的那双眼睛说。

第十八章　背叛，再背叛

> 唐朝的藩镇割据在一系列的背叛中开始，在一系列的背叛中发展，而后，又在一系列的背叛中结束。二十余年的潞州割据，完整地演绎着这个故事。

"一定是他！"郑颢望着那幅画有两朵红花的画，回忆那天晚上的每个细节后，十分肯定地说。

"谁？"陈俦好奇地问。

"李山。"

"李山是谁？"

"我在太原宣慰使大人府上认识的一个朋友。"

"是女的？"陈俦仔细看着画问。

郑颢不解地望着陈俦说："哪来的女的？是个十六七岁的小兄弟，他在宣慰使府上当队正。就那天晚上他来跟我告别时看见了那幅画，不注意就被他换了……"

"你一定给他讲了那画的故事。"

郑颢点点头。

"那一定是他看上画中的秀儿了。他要从你手上抢走。"

"不会。李山虽说跟我是在太原才认识，他人好着哩，挺够朋友的。"

"贤弟，你太简单了。俗话说，知人知面不知心。别看他对你好，心里怎么想的你知道？要不是他看上了那画中人，他会偷着换去？"

郑颢想一阵说："也许他别有用意。"

"什么用意？"陈俦急着问。

"他对我说，要把他的妹妹嫁给我，还说他的妹妹是个公主……"

"啊？"陈俦听了觉得蹊跷。他又低头细看书案上的画，心想，也许画中有什么秘密。但横看竖看也没看出来。便问坐在一边生闷气的郑颢：

"李山会画画？"

"没见他画过，但他说起画来一套一套的，好多名画他都看过，倒不外行。"

"你看这幅画是他画的吗？"

郑颢这才站起来，认真细看书案上的那幅画。

这是一方质地很好的绸子，只是比原先那幅稍短。绸子正中画着两朵花，粗看像牡丹，但比牡丹的花瓣更整齐，颜色也红得更鲜，线条也更粗，但每朵花上的小蜜蜂，却画得十分逼真，连腿上的茸毛都画出来了。功夫花得很细。花的下方，也有几片绿叶，还零零乱乱地画了些枝丫，像是随手添上去的。画的技艺说不上很好，但色彩浓淡相宜，线条粗中有细。他觉得这画应该是出自李山之手，便说：

"我看这画是他画的。"

"是专门为你画的？"陈俦进一步问。

"怕不是。他要是专门为我画的，上面不写上？看这画，什么也没写。"

"咱们再仔细看看。"陈俦说。

于是，他们把画从上到下仔细看了一遍，眼也看累了，一个字也没发现。

"唉！"陈俦感到枉费了一番心机。

"唉！"郑颢为丢失那幅画而难过，但他不甘心，狠狠地说，"哼，等他回长安时，我再找他问个明白。"

就在此时，太原城里的万寿公主正在打点起程回长安，按她的计划，回长安的第一件事，就是要去找那个叫曾三的人，向他问个明白。

　　因为这时太原之围已解，叛将杨弁已被杀。李忱得到朝廷命令，要他立即回京复命。

　　恰如当初一夜之间贼兵围城一样，一夜之间，围城的贼兵竟消匿得无影无踪。

　　这完全是因为贼兵内部发生的一场争斗。

　　杨弁因对太原久攻不下，与崔玄度发生了分歧。崔玄度要回兵潞州，杨弁说只要再围攻几天，定能攻下太原。双方争持不下。

　　杨弁心里明白，如果一无建树空手回到潞州，不光是受奚落遭白眼，就连落脚之地也没有了。说不定把你捆了献给朝廷，作为他们归顺朝廷的进见之礼；但是，如果不回潞州，崔玄度将他的兵马带走了，自己只剩下这一两千人能有什么作为？他想，要是……要是能把崔玄度的七八千人拿过来，即使攻不下太原，有上万把人，另外占领个什么城池，也能跟官兵周旋一番……想到此，一个计划便在心中形成。他找来心腹，如此这般布置一番后，准备当晚下手。

　　正在这时，崔玄度派人来报告说，潞州刘稹大人为犒劳攻打太原的将士，特派宅内兵马使郭谊将军带了书信礼品前来慰问，请杨将军去东营外恭迎。

　　杨弁听报，想那郭谊乃刘稹心腹将领，且与自己有一面之交，不去迎接未免失礼，当即带了随从卫兵骑马赶赴东营。

　　杨弁一行在来人带领下刚刚翻过东营外的土坡，便听得嗖嗖几声怪叫，迎面射过来一阵箭雨，杨弁及十余骑随从卫兵尽皆中箭落马。这时，崔玄度领一彪人马过来，见杨弁身中数箭尚未断气，用手指着崔玄度想说什么还没有说出口，便被崔玄度兜胸一枪，刺个对穿。然后下马看看确已死去，割下首级提上，再飞身上马，领着部队围了杨弁军帐，宣来杨弁部将，对他们说：

　　"杨弁心怀二志，图谋不轨，已被本将军诛杀。你等谁敢与我作对，定与他一样下场。现在，本将军奉命率军回潞州，你等赶快准备，如有怠慢，军法从事……"

　　杨弁部下见主帅已死，敢不听命？当即拆了营帐，随崔玄度回潞州去了。

　　这时，崔玄度才从杨弁部下口中得知，当晚已安排鸿门宴，要对他下手。

算来，前后只差一个多时辰。崔玄度听了连声叹道："险些让他占了先。"

李忱发现围城贼兵不战自退后，派探马将原因打听明白，便与太原节度使李石商议派兵追杀，乘势攻取潞州。而这时，朝廷下令，命李忱班师回京。正是追杀贼兵、攻取潞州的好时机，怎么急令回京？李忱感到不解。

他女儿万寿公主却不一样，听说要回长安，高兴得几乎跳起来。

在遭到一系列挫折后，刘稹才发觉自己当初多么可笑。读了几本兵书，就以为胸中有了百万兵，意气风发，纵横捭阖，天下无敌。谁知玩政治哪能随心所欲。学问深着哩，玩不好，父亲交下来的这份家当全完蛋不说，自己的小命也会赔进去。掉过头来，他望望墙壁上他亲手写下的"委蛇朝廷，交谊河朔，内急外缓，伺机进取"十六个大字。这些字显得那么稚嫩，那么轻佻，每个字都好像眨着小聪明的眼睛看着他。他一步跨过去，扯下那幅字，哗哗撕得粉碎。

刘稹正在心急火燎时，又收到一份情报，说是邢州守将裴问杀了派去的税官投降了朝廷。看了情报，刘稹又气又急，慌忙跑向后院去禀告母亲。

自从朝廷发大兵讨伐潞州的消息传开后，刘稹手下已有好几员大将投降了朝廷，但他绝没想到亲舅舅裴问会背叛。他所在的邢州，是潞州属下的一个重要地盘，他的投降，使潞州失去了一方的屏障，刘稹怎么不急？

刘稹的母亲裴氏，是唐宪宗时的宰相裴冕的女儿，嫁给刘从谏后，朝廷封她为燕国夫人。刘从谏病重在床时，裴氏见儿子幡然悔悟，一改往日的放荡，在他父亲病榻前把如何保潞州的方略陈述得周周到到、滴水不漏，便不再顾虑丈夫死后这份家当后继无人。但是，从这段时间看，儿子到底太年轻，纸上谈兵还可以，遇到具体问题，往往束手无策。接连发生的几件军事失利、部将叛变、哄抢粮食等事件，他都处置欠妥。裴氏为儿子捏着一把汗。

"母亲，"刘稹急匆匆赶到母亲居住的内堂，禀告说，"刚才闻报，舅舅杀了派去的税官吕七，献了邢州，向朝廷投降了。"

裴夫人听了一惊，但很快平静下来说道：

"此事我早就料到了。当初，我就叫你把舅舅调到潞州来协助你处理军务，可你听郭谊的话，说邢州重要，不能随便调动。你以为郭谊真是这样吗？他是怕你舅舅来了会分他的兵权；你更不该听郭谊的话，委吕七为税官去邢州收税。那吕七是个贪婪残暴心狠手毒的人，他去邢州，必然横征暴敛，目中无人，在你舅舅面前指手画脚，飞扬跋扈。你舅舅会受他那种小人的气？一定是逼得走投无路时才杀他的……"

"母亲。"刘稹低沉着声音说，"儿很后悔当初没听您要我归顺朝廷的话。现在，一个接一个部将背叛，闹得人心惶惶，说不定还会冒出谁来。我想，就依了母亲的主张，我向朝廷上表归降……"

裴氏听了，连连摇头说："现在，现在已经晚了。如果当初咱们势力大时，又没跟朝廷闹僵，归降了，朝廷至少可以委你一个刺史，换个地方还可以当官。而如今，已跟朝廷对抗了这么久，还打了好多次恶仗，杀了好多官兵，眼看朝廷大军压境，在走投无路时才去请降，有你的好果子吃吗？且不说别的，就那'自缚其身，赴京请罪'一条，你受得了？你受得了我却受不了。依我看，与其受辱，不如跟他们周旋下去。我们现在还有五六万兵马，只要内部精诚团结，朝廷大兵来了，我们依靠潞州城高壑深，守上半年再看……"

"母亲……"刘稹欲言又止。

裴氏知道他要说什么，脸一变说：

"刘稹，你要是我的儿子，就振作起来，像你父亲刚去世时那样，挺起精神，拿出威风，不要为几次小挫折灰心丧气。你是主帅，大家都看着你，不要怕，有娘在。死，咱娘俩也死在一起！"

刘稹从来没听过母亲用这种口气讲话，胸中的热气被煽动起来，当即向母亲恭恭敬敬一拜，说：

"母亲大人，儿谨遵母命，从今振奋精神，鼓励将佐，誓死捍卫父亲传下的基业……"

"那就好，你快去处理军务，不要整日待在府衙里。再有，为娘要你记住'为政之道，在于察人'的古训。切记切记。"

"儿记住了。"刘稹说罢，转身告退。

裴氏看着儿子不断远去的背影，不觉涌出两行热泪，但她立刻伸手抹去，对身边的女兵说："快去传我的话，把诸将军的夫人请来府中，说我有要紧事要见她们。"

女兵应一声，迅即出门传话去了。

是夜，府衙后堂大厅灯火辉煌，裴氏摆了几桌丰盛酒席，各将军夫人依次入席，先说一阵闲话，酒过几巡后，裴氏起身站起，叫斟酒的丫鬟给每位夫人斟满酒，然后举起酒杯，涕泣不止地说：

"今日，设宴请各位夫人相聚，别无他意，只有几句话请你们回去转告你们的夫君，望他们不要忘了与先夫的同生死共患难，切勿学那些卖主求荣的小人。各位夫人能把我这几句话如实传达给你们的夫君，就请干这一怀……"

各将军夫人见裴夫人今天如此动情，也受到感动，纷纷举杯，众口一词说：

"我们一定将夫人的话如实转达，大家共渡难关，绝不做那种没良心的事……"

"各位夫人，"裴夫人接着又说，"请你们向各位将军说明大义与利害，切勿轻信朝廷的许诺。原先仇士良专权，如今李德裕独揽朝政，他们都是那种薄情寡义不讲信用的人，如果此时投靠他，自恃有功，到时候，战事平息大局稳定后，他就翻脸不认人，绝不轻饶你。要是不相信，那就往下看……大家只有一心一意保住潞州，方能保住身家性命，才能保住荣华富贵……"

裴夫人的一番话，说得众夫人连连点头称是，回家以后，都向夫君说了，劝丈夫忠心事主，共保潞州，不要轻信朝廷，否则，后悔莫及……

"哼！纯粹是妇人之见。"内宅兵马使郭谊听了老婆的传达，桌子一拍说，"我堂堂五尺男儿汉，岂能被一个女人牵着鼻子走？该怎么做我自有主张，你等婆姨们只管烧锅做饭带孩子，男人们的事休管！"

郭谊夫人见丈夫怒目圆睁地看着自己，不敢再说，长叹一声，退回房中去了。

其实，这时郭谊早就串通了兵马使王协、新从太原回来的将军崔玄度等，决定杀了刘积，将他的首级献给朝廷，以求赦免；而且已派密使与晋东节度使石雄取得联系。石雄说，只要杀了刘积，献了潞州，保郭谊为潞州节度使，其他有功者，皆有封赏。郭谊等得到这样的许诺，便加紧策划对刘稹下手。

刘稹有个同族兄长名刘十三，人称十三郎，忠诚可靠，勇力过人，唯脾气暴躁。他被任命为中军使，率领亲兵护卫刘稹。郭谊要杀刘稹，必先除掉十三郎。这天，他对刘稹说：

"少主，目前情况这么紧急，我们有急事来见你往往都被拦在门外。你那个兄长十三郎，把我们当外人，他在你身后一站，两个眼睛盯了这个盯那个，众将见了大气都不敢出，哪个还敢向你说什么军情？你不把他换了，必定会误大事……"

刘稹听了觉得有理，找来十三郎对他说：

"兄长，你对我一片忠心，我心领了。只是你的态度太生硬，众将都怕你。这样，凡在后院议事，你就别随我去了。"

十三郎一听大叫道："有我在你身边，那些有异图的人才不敢有所动作。我要是离开了你，你和你家人定遭毒手……"

"没有这么严重。"刘稹说，"你看这些将军，都是先父一手提拔的，他们岂会对我有异心？他们既然提出了这个问题，我要是不听，岂不认为我对他们不信任？"

十三郎听了，头一犟，固执地说：

"把少主您保护好，是先主交给我的使命，我不敢违背。"

刘稹听了眼一瞪说：

"先父去世后，遗命于我。我是统帅，谁敢不听命？"

十三郎听了，一顿脚，无可奈何地说：

"好，好，我不进后院，只是，只是望少主保重……"

支开了十三郎，郭谊、王协、崔玄度等经过一番密议后，郭、王二人来到刘稹居住和议事的府衙后院。

坐定后，郭谊说有机密军务相商，刘稹不疑，挥手支开了贴身随从。这时郭谊说道：

"自裴问献了邢州后，近得情报，他州亦有叛意，不知少主有何主张？"

刘稹答道：

"此事我已问过母亲，她认为在目前情势下，只有坚守潞州，可以自保。

我们潞州尚有兵马五万，粮草也还充足，只要各位叔辈将军协力固守，保住城池，静观待变……"

郭谊、王协同时回道：

"既然夫人是这个意思，我等当不负先主所托，一心辅佐少主，守住潞州，共渡难关。"

正在这时，忽然前院传来一阵喧哗，把守内院的卫兵来报：

"崔将军押了两个奸细，说有紧要军情要进院报告。"

刘稹尚未开口，郭谊就说：

"既是逮住了奸细，快押进来审问。"

话音刚落，崔玄度便带了四个武士，押上两个穿百姓服装的奸细，走进后院在大厅前站了。崔玄度则两步跨进大厅，向刘稹躬身拱手说：

"禀告大人，这两个奸细很有些来头，请大人亲自审问。"

刘稹听了，抬头向下看去……

就在这时，崔玄度走近刘稹，抽出腰刀，趁其不备，向他腰间猛刺进去，但听刘稹"哎哟"一声呻吟，回头望望崔玄度，说一声"崔叔——"，便软倒了下去。

郭谊上前对刘稹猛踢一脚，见他已死，转身对台阶下站着的武士们说：

"快去把守院的几个人干掉，把队伍带进来。凡刘家的人全杀，一个不留！"

站在院中的武士，包括那两个化装成奸细的，纷纷从腰间抽出刀剑，呐喊一声，乘守院护兵不备，砍翻几个。扬手一招，从门外冲进数百兵士，依照郭谊的命令，先杀尽刘稹的守院护兵，而后杀人后宅，将刘氏宗族全部男女老幼，包括二十多个尚在襁褓的婴儿，全数杀死。

这时，两个士兵押着一个中年妇女来报：

"郭将军，这个女人自称是刘从谏夫人，说有重要事情向您说。"

郭谊一看，果然是裴夫人。平日，这个女人有胆量有心计，心高气傲，威风八面，不把自己看在眼里。而今，居然求于我，待我奚落她几句再杀不迟。便对押她的士兵说：

"放开她，让她走近点好说话。"

裴夫人甩开两个押她的士兵，上前几步，走进大厅的台阶前，指着坐在上面的郭谊、王协、崔玄度说：

"我说的话，对你们最要紧不过，你们听好了。我可怜你们跟我先夫刘从谏一场，给你们报个信，你、你、还有你……"她一一点着坐在上面的三个人说："你们死期已到，快给自己准备后事。迟了，就没时间了。就这个事。我说完了，你们杀吧！"

崔玄度忍不住提剑要去杀地，被郭谊按住说：

"这种女人，死到临头了还卖弄嘴皮子，茅厕里的石头，又臭又硬。现在别忙杀她，等你我兄弟在朝廷任了新职那天，再杀她，也让她瞑目。"

郭谊说完，一挥手，命士兵把她押下去，看管好。

杀戮很快从节度使府衙内向外扩散，凡刘从谏、刘稹信用的人，凡与郭谊等有过宿怨的人，本人及其家属，部下、亲友、一个不留；还有那些因甘露之变逃到潞州避难的人，也都未能幸免。顷刻间，潞州城变成一片血海，人口稀了一半。

郭谊又命割下刘稹人头，用木匣装了，派遣使者，连同降表一起送去石雄军中。

直到这时，郭谊才稍稍松口气。他命令部下催促城中杀剩下的百姓，打扫街道，布置欢迎石雄大军进城。他则与王协、崔玄度等住进修整一新的节度府衙内，专等石雄到来宣布朝廷对他们的任命。

但一连等了好几天，也不见石雄大军的影子，郭谊等心中有些不安，便猜测起来。

"依我看，"王协说，"说不定朝廷怕我们在原地任职不妥，要另调他镇，所以拖延了时间。"

"这也一样，"崔玄度接下说，"换个地方郭将军还是当节度使，王将军当个副使，我嘛，给你们当个手下……"

"崔将军过谦了，"郭谊说，"说功劳，你杀了叛将杨弁，又杀了元凶刘稹，我们都比不上哩！"

几个你一言我一语，说得开怀大笑。于是，他们认定自己的估计不错，抓紧时间准备鞍马，收拾行装，安顿家眷，待朝廷任命一下来，便立即起程赴任。

不久，探马来报，说石雄一行正在向潞州进发，已经不远了。郭谊等忙亲率文武官员三十里外迎接。

石雄奉了皇上密诏和李德裕的密札，率大军进了潞州。郭谊等文武官员及全城百姓跪迎入府衙。参拜毕，石雄大声宣布说：

"郭谊等文官武将今晚在府衙内的操场上接受朝廷恩赏。"

当晚，郭谊等早早来到府衙内的演武场。少顷，石雄领着队伍进来，把演武场围了，然后拿出名册，对郭谊等一一唱名，验明正身无误。

这时，石雄威风凛凛地站在高台上，就着灯光大声地念道：

> 逆贼郭谊，狐鼠之妖，依洞穴而自固。先助刘从谏对抗朝廷，后挟刘稹潜袭父职。阻兵抗命，藐视皇威，种种罪恶皆出自郭谊之谋；及至势孤力穷，行将败亡之时，郭谊等又卖稹以求赏。此等恶徒不诛，天理不容。郭谊、王协、崔玄度逆贼，尽皆处斩。其余反党，分别惩处。另，刘从谏虽死，然罪大恶极，沿先例削夺职位，剖棺暴尸，为后者戒。会昌四年八月。

郭谊、王协听了，先是一惊，而后耷拉下脑袋，长吁一声，后悔不迭。只有崔玄度不服，他大声喊道：

"朝廷说了话难道是放屁？我崔玄度杀杨弁、杀刘稹，难道功劳还小？要杀我，我不服，我要见皇上，见皇上……"

石雄命武士将早就准备好的木塞把崔玄度的嘴堵了，连同郭谊、王协等一起按倒在地，用绳子捆了，拉至场子中央。刽子手们迈步走过来，举起明晃晃的鬼头刀，就要砍下……

"哈哈哈……"半空中忽然传来一阵尖厉的妇女的狂笑。全场为之一惊，刽子手的刀也凝固在半空中。"谁在发笑？"石雄发怒地问。

"是我——"那女音回答道。

寻声看去，原来在演武场对面的楼上晃动着一个女人的身影。

石雄问道："那是谁？"

有知道的人报告说："那是刘从谏的妻子裴氏。"

石雄想起来了，就是那个乖乖巧巧泼泼辣辣讨人喜爱的小女人，有十来年没见过了。

"她还没有死？"他问。

"她说要看郭谊的下场。"

"那郭谊没杀她？"

"郭谊说要她看看他就任朝廷新职的庆典。"

好厉害的女人。石雄想见见她，便说：

"把她带下来，我要见见。"

手下武士立即把裴氏从对面楼上带到石雄面前。在灯光下，石雄见她梳洗打扮得齐齐楚楚，款款走来，毫无惧色。

"嫂夫人，你还认识我吗？"石雄问。

"化成灰我也认识。"裴氏回道。

"你刚才放声大笑，必有原因，请讲来。"

"我只有一个小小要求。"

"请讲。"

"我要对郭谊说几句话。"

"这容易，你去。"石雄豪爽地答应着。

"谢将军。"裴氏向石雄深施一礼后，轻移脚步向跪在演武场中心的郭谊走去。

浑身被捆得又痛又麻的郭谊，头脑十分清醒。是自己把那个跟自己较劲的女人安排在演武场边楼上的，是自己要让她看看自己就职节度使新职庆典的。可是，做梦也没想到竟是这样的结局。他听见她的脚步声一步步走近，直到那双穿着红绣花鞋的脚在自己面前停下。

"郭谊，"她声音一如以往那么平淡，"现在我无论对你说什么都是多余，我只希望你对着我的眼睛看一眼，只一眼……"

"郭谊！"她的声音变得严厉起来，"孬种！连看我一眼的勇气都没有？"

郭谊这才慢慢抬起头来，脸上一无表情，两个深陷下去的眼窝里，贮满了泪水，但他终于没有睁开眼睛……

"杀！"石雄一声令下，闪过一阵刀光，响过嚓嚓的砍杀声和咚咚人头落地声，顿时，人头球似的滚满一地。

"夫人，"石雄对裴氏说，"你是先帝宪宗裴宰相的千金，你兄长裴问率先归顺有功可表，末将愿向皇上奏报，免你死罪……"

"谢谢将军美意，不用了。"裴氏说。

当晚，裴氏用一根绳子，把自己的生命结束在她居住过多年的阁楼上。

"杀！"

一阵杀声又在潞州城里响起。

杀郭谊、王协等一干叛将后，石雄命令部下搜查他们的亲属、朋党、部下等一切有瓜葛的人，然后一一斩首。不到十天，原潞州军将士兵卒被杀了一半，他们刚刚从对别人的屠杀中抢来的财物很快被转移到石雄部下的手上。

潞州终于被杀得平静下来，从此，自刘悟至刘从谏再至刘稹三代在此地的二十六年割据宣告结束。

当歼灭刘稹收复潞州的消息传到京城时，光王李忱已回京复命好几天了。直到这时，他才弄清楚为什么在讨伐刘稹即将取得胜利的前夜皇上颁旨叫他回京的原因了。这完全是李德裕一手策划的，理由很简单：为了光王爷的安全，冠冕堂皇的旗号下掩饰着他个人的动机。消灭藩镇割据是李德裕多年来的政治抱负，为之付出了心血和代价，他不愿在即将取得关键性胜利时让别人抢了功。此其一。其二是他派嗜杀成性的石雄进驻潞州，目的是用他的残暴屠城数日，血洗潞州，把凡与刘稹党羽有牵连的人斩尽杀绝，斩草除根。为的是防止死灰复燃，更是杀鸡给猴看，让其他藩镇再也不敢藐视朝廷……

李忱对李德裕的估计不错，但他还少估计到一点。

在持续了几代皇帝的"牛李党争"中，对待藩镇的态度是两党争斗的一个焦点。牛党主张对藩镇妥协迁就，息事宁人，避免引起更大的麻烦；李党则主张坚决镇压，削夺藩镇权力，以维护朝廷统一。今天，对潞州割据的讨伐成功，使朝廷威信大振，李德裕以此证明李党政治主张的正确，并要以此作武器，给已经失势的牛党人物再一次打击，"踏翻在地，再加上一只脚"。

因此，在一次上朝时，李德裕向武宗皇帝奏道：

"启奏我仁圣文武至神大孝皇帝陛下，万岁，万岁，万万岁。托万岁陛下的洪福，潞州之乱现已铲平，从此天下归心，四海咸服，万民皆呼皇上英明，功盖尧舜。然而却有用心险恶之小人对潞州贼首刘稹之死表示同情与惋惜，请万岁降旨追查，以肃清刘稹余党，保我大唐江山永固……"

坐在龙椅上打瞌睡的武宗，一听说有人反对皇上，立刻惊醒过来，问道：

"是谁这么大胆？"

"是牛僧孺。"

"他，不是贬了几次了吗？还有什么不轨之举？"

"据他身边的人报告，当他听到刘稹被杀的消息后，长长地叹了口气……"

"啊！"武宗听了龙颜大怒，下旨道，"真是贼心不死，再贬！"

"是！我皇圣明。"李德裕再拜说。

第十九章　风流韵事

　　唐武宗专心致志地从事他的风流事业，异想天开，花样翻新，比起他的老祖宗高宗、玄宗来毫不逊色，但结局就比他的老祖宗们差远了。

　　武宗皇帝好容易挨到下朝，由两个宫女扶了，径直向王贵妃的寝宫走去。

　　自从那次王贵妃向他说了那番理之后，他就把时间做了调整，每次下朝之后，先到她那儿，下半夜再去后宫其他女人处。

　　这段时间武宗的兴致很浓，他的自我感觉越来越好，身轻如燕，健步如飞，确有一种飘飘欲仙的味道，恰如赵归真师父说的那种样子，大概真的离成仙不远了。还有国事，也件件如意，特别是潞州的平定，是几代先皇梦寐以求的，居然在我手上顺利解决了……这些，怕都与赵归真的虔心祈祷有关。只是，只是这王贵妃，怎么老没动静？算来也这么久了，天天晚上都先去她那儿，每次都服用了仙丹，怎么就没有用？难道她就真的没有当皇后的命？

　　当武宗皇帝轻飘飘地走到王贵妃寝宫门口时，远远地就看见王贵妃在那儿跪接圣驾，武宗快两步走近将她扶起，说道：

　　"朕是天天来的，爱妃可不必讲这么多礼数？"说着便与王贵妃相互搀扶着进了卧房。

今日，王贵妃的卧房又有一番新的布置。她撤去了那些摆古玩的木架，换上两架新书；取下了墙上那些妖冶的仕女图，换上淡雅幽深的山水画。就连窗帘和幔帐，也换成淡紫色和浅绿色，让人感到幽静和安稳。

武宗在宽大柔软的靠背椅子坐定后，小宫女献上茶，然后退去。屋里，只剩下他和她。

茶几上摆的都是时鲜水果，王贵妃一面给皇上剥荔枝喂到嘴里，一面跟他说闲话。

他迷那个赵道士已到了是非不分好坏不辨的程度，自己却无能为力。看来，都怪自己学识太浅薄，如果能有位学问渊博的人在他左右，对他多讲些历朝兴亡的道理，点拨点拨，也许能把他从赵归真的迷魂阵里拉出来。

"万岁，"王贵妃说了，"您看这房中与往日有什么不同吗？"

武宗往左右瞧瞧，有些不悦地说：

"你把我爱看的两幅画换了？"

"妾见陛下整日忙于国事，日理万机，甚是疲惫，需要有个安静的地方休息休息，故换上几幅山水，有古人所说'仁者乐山，智者乐水'的意思。"

武宗想想不错，换了副笑脸说。

"还是爱妃最懂朕，就连赵师父也说，要在山林旷野间才能修炼成仙哩……"

王贵妃的本意是想要皇上慢慢疏远那个道士，可是他偏偏什么事都往他身上扯，便说：

"万岁，我看他靠不住，别说成仙，就连……也没有效。"

"这事我问过赵师父了，他说别急，他有一种专治不孕症的丹药，正在炼制，到时你我同时服用，一定见效。只要你生了皇子，一满月，朕就立你为后。"

"陛下，妾只有这个命，别的不敢妄想，只望皇上龙体康健，万寿无疆。那仙丹，就请陛下不要再吃了。"

还没听完，武宗一挥手打断她说：

"你这话朕听了多次了，朕心中有数。"

王贵妃不敢再说下去，便在果盘里选了个又红又大的果子，送到武宗嘴边，让他咬一口，然后自己咬一口，慢慢嚼着说：

"万岁，您看这房中还有些什么变化？"

"不就是把那些古玩换成了书吗？朕天天看奏书，看邸报，看呈文，一见到纸上有字的东西头就痛。"

"万岁——"王贵妃娇滴滴拖着声音说，"妾这些书不是那些干巴巴的奏事文书，也不是四书五经，全是新刻版的本朝大诗人的集子，有上官仪、刘希夷、李白、杜甫、白居易、李商隐……您想看看不？"

一听这些人的名字，武宗便来劲了，他以前在教坊就听熟了用他们写的诗谱了曲子的歌："晓树流莺满，春堤芳草积""年年岁岁花相似，岁岁年年人不同""春蚕到死丝方尽，蜡炬成灰泪始干"……一听起来魂儿就像被谁勾去了似的，每首歌都有一段难忘的故事……

王贵妃见武宗已被打动，便再问：

"万岁想看谁的诗？"

"白居易的。"武宗毫不犹豫地说。

王贵妃更高兴了。记得刚入宫不久，他们就在长生殿上共读白居易的《长恨歌》，他紧紧地搂着她悄悄说道："你在朕心里，就像玄宗皇帝心里的杨玉环一样。她被封为贵妃，朕现在也封你为贵妃"……想到这里，王贵妃甜滋滋地从书架上把厚厚一摞《白氏长庆集》取下来，放在武宗面前。

王贵妃趁武宗随手翻阅的间隙，说道：

"听说白居易还健在哩，陛下这么喜欢他的诗，不如把他召来京城，也好让他陪陛下读诗。"

"其实，朕在即位之初就想过召他进京，但想到他当初执意要求外放，怕他不愿回来……"

"据妾所知，当初他是不愿介入牛李之争才要求外放的，而自陛下登基后，朝中争讼平息，陛下如召他，他不会不来。"

"嗯——"武宗应着，他本想说什么，却被书中一首诗所吸引。他把那首诗默默读了两遍，一个奇异的想法立刻萌发。只见他把书一合，塞进袖内，起身就往外走。

站在一旁的王贵妃慌了，不知发生了什么事，急忙跪下说：

"万岁，您，您要到哪儿去？"

"朕有件紧要事要办。"

武宗回答着，头也不回地向外走去。

王贵妃抬头望着武宗远去的身影，满脸是狐疑和茫然。

两个平日搀扶武宗皇帝走路的太监感到特别奇怪，今天皇上怎么精神这么好，比我们还走得快？

武宗把两个太监远远抛在身后，轻松地走着，很快便到了望仙台。

望仙台门上的小道童远远地看见皇上走来，忙入内报了，赵归真赶快出门迎接，躬身而立说：

"万岁驾到，未能远迎，望乞恕罪。"

"不必客气，朕有点急事特来相扰，还望师父见谅。"

说着，武宗进入内殿，在他平日修炼的蒲团上坐下。赵归真坐在下首相陪。

道童献茶毕，武宗从袖中取出那卷书对赵归真说：

"记得前几日师父在谈到如何快速修炼成仙时说，如能与具有仙胎慧根的女冠相合，阴阳相补，就能缩短修炼时间，早日得道成仙。今天，我在读白居易诗时突然发现了这首诗，请师父一读。"

赵归真接过书来，按武宗指点的地方，他看到一首五言律诗。那诗写道：

> 绰约小天仙，生来十六年。
>
> 姑山半峰雪，瑶水一枝莲。
>
> 晚院花留立，春窗月伴眠。
>
> 回眸虽欲语，阿母在傍边。

赵归真一看，便知武宗的意思，但是他却说：

"贫道与白居易七十余年前有一面之缘，那是在代宗年间，我去新郑云游，恰逢他周岁，其父白季庚将他抱来让我给他看相。我只看了一眼，便知他是非凡之人，在他头上拍了三下。从此，他天眼开启，天聪顿悟。五岁懂音律，十岁会诗文。十六岁那年到长安，拜会大诗人顾况，投上名片，顾况见了笑道：'长安米价正贵，居亦不易，何况白居？'但读了他的诗中有'野火烧不尽，春风吹又生'之句后，大为赞赏说：'有这等才华，去哪儿都是上宾。'后来，白居易考上进士，做过杭州太守、忠州刺史、刑部侍郎、河南尹等朝廷大员，而今在东都洛阳任太子宾客……"

要是平时，赵归真再啰唆，为了成仙，武宗都耐着性子听下去，可是今天他是直奔一个主题来的，一听赵归真没完没了地扯下去，忍不住截断他的话头说：

"朕读了白居易的这首诗，便想到师父曾说过与沾有仙气的女冠交合可以长寿可以成仙的那些话，故前来向师父求教。"

赵归真见武宗那急不可耐的样子，心中害怕起来。他不是怕武宗发脾气，是怕武宗这样下去后果不堪设想。当时，自己急于邀功，用药的剂量都偏大，把他的精神倒是提起来了，可是竟一发不可收，一夜得有几个女子相陪，才能平息。看他日渐消瘦形损枯槁的模样，赵归真为他捏把汗，也为自己捏把汗。现在，他正在设法慢慢减少剂量，让他恢复元气……

"师父，这样吧。"武宗见赵归真沉默不语，便自拿主张说，"您看南方哪座山有那得道成仙的女冠，说出几个，朕即刻下旨叫他们骑驿站的快马去接。"

赵归真无奈，只得说出几处仙山几个女冠的姓名，武宗命随身太监记下，交内府快快去办。

参禅打坐的蒲团里虽然填的是棉花和蒲草，坐上去软软绵绵的，可武宗这时觉得它硌屁股，正想站起来要走，赵归真赶紧说：

"陛下，贫道有句话不知该问不该问？"

"师父有话，但问无妨。"

"王贵妃……不知如何？"

武宗正想问这件事哩，一提起，便说：

"师父的药也吃了，朕又照师父所言去做了，可是她仍没动静。我还正想问师父呢。"

赵归真沉吟片刻后问道：

"不知陛下近来除了临幸王贵妃寝宫外，去后宫的时候多吗？"

"每晚两处都去。"武宗回答得很干脆。

"陛下，请恕贫道直言。贫道之药，虽功力非凡，但过滥则不灵；不仅不灵，还有损龙体。依贫道之见，陛下可暂不去后宫。王贵妃处，也三日一去。多留些时间与贫道一起修炼。如能这样，可保两三月之内王贵妃受胎，皇上龙体也不会亏损。今日正是十五，待月华初上，天清月朗时正好修炼，请陛下就在望仙台打坐悟道，不知如何？"

武宗听了，不好拒绝。待道童们在院里摆好香案供品，便与赵归真一人坐个蒲团，闭了双目，静心悟起道来。

不知坐了多久，赵归真从迷糊中醒来，睁眼一看，对面蒲团上空空如也。皇上是什么时候走的，他一点也不知道。

"哎呀，我的小公主妹妹，你好久都不进宫来看看我，可把我想坏了……"王贵妃见万寿公主远远走来，几步迎上去，一把搂住她说。

"给皇嫂请安。"万寿公主两腿一弯拱手行礼说。

"快起快起，怎么几个月不见就生分了，还行起大礼来。走走，快进屋坐……"说着，王贵妃搂住万寿公主进了她的卧室。刚刚坐下，又问："快说快说，这几个月你到哪儿去玩去了？给我一一招来。"

万寿公主没回答，只抿嘴笑。而后，从随身带来的小包里摸出一件东西递到王贵妃的眼前。

哇！一串葡萄。两片绿油油的叶子下，护着几十粒长得熟透了的紫葡萄，像是才从架上摘下来的，皮上一层蒙蒙的白霜尚在，绿叶上有两滴露水已滑到叶边，眼看就要掉了下来。

看得王贵妃直流口水，伸手便拣大个的摘，但扭几下却未能扭下来。

"哈哈哈，好馋的嘴……"万寿公主忍不住大笑。

王贵妃这才发觉上了当。这是什么季节，哪来的鲜葡萄呀？她再摸摸，全是假的。

"好哇，连嫂子你都哄起来了。"王贵妃佯怒着，那没有摘下葡萄的手立刻改变方向，紧紧扭住万寿公主的一只耳朵。

"哎哟哟，皇嫂恕罪，皇嫂恕罪。"万寿公主被扭痛了，可怜巴巴地乞求起来。

王贵妃也觉自己的手太重，赶快松开，对着万寿公主的耳根又吹又揉。

"耳朵都快叫你拧掉了。还有更好的东西呢，不给你了。"说着，万寿公主就把那包紧紧捂住。

王贵妃听说还有更好的东西，便来抢。万寿公主越发捂紧了。王贵妃抢不着，就伸手去她腋下挠痒。万寿公主最怕这个，求饶道：

"好嫂子，饶了我。我给我给……"

说着，就从小包里摸出两个乖巧无比的瓷娃娃。

王贵妃接过来，双手捧着，头偏过去偏过来细看：胖乎乎，粉嘟嘟，笑嘻嘻，两个腰间都拴着鲜红的小肚兜，但腿间的小麻雀都伸出小脑袋向外偷看。真是乖透了。王贵妃抚摸着，还忍不住凑近嘴边，亲亲热热亲两口。

"这是我送给嫂嫂的……"万寿公主说。

"那，那串葡萄又是谁送的？"王贵妃当然想到他，但她不好说。

"那串葡萄吗？"万寿公主故意卖个关子，顿一顿才说，"是我父亲这次去河朔别人送的，我看它做得这么精致乖巧，就偷来送给你……"

"原来你是个小偷……"王贵妃笑道。

"那你便是窝家。"万寿公主也笑着回一句，但她接着又说，"不过，我偷的时候，被我父亲抓住了，我赶快说偷去送给皇嫂，他就把我放了——哎哟！"万寿公主脸上被指头戳了一下，痛得她虚张声势地叫起来。

两姑嫂说笑一阵后，话题自然转到光王出使河朔，万寿公主便喋喋不休地将河朔风景、太原被困、叛贼攻城、最后班师回朝等，讲了个详详细细一点不漏。

刚听完，王贵妃就指着万寿公主鼻子说：

"我知道你这几个月到哪儿去了！"

"哪儿去了？"

"跟你父王到河朔去了。"

"我？那哪行……"

"你敢嘴硬？女扮男装，瞒天过海！"

万寿公主这才低下头，默认了。但接着，便哭泣起来。

"怎么了？"王贵妃奇怪地问。

万寿公主不讲话，只低着头抹泪。

"你是怕皇上知道了怪罪？"王贵妃劝慰道，"莫说皇上不知道，就是知道了，也没啥。古时花木兰女扮男装替父从军，谁不夸？"

"皇嫂救我……"万寿公主突然向王贵妃跪下，泣不成声地说。

"好妹妹，快起来，天大的事，有嫂子给你撑腰。你讲。"王贵妃一把拉起她，拿出手绢给她揩眼泪。

"父亲叫我嫁人。"她终于说了。

王贵妃听了好笑，说道：

"我当啥事咧，原来为这。男大当婚，女大当嫁，自古如是。按我们皇家规矩，公主十五岁就该出嫁了，你都十六了，哭啥？"

"我不愿嫁人。"

王贵妃感到奇怪，问道：

"你不喜欢那家？"

"我还不知道是哪家呢。"

"那是为什么？"

"皇嫂，您给我拿个主意……"万寿公主不再哭泣，擦干了脸上的泪水，便一五一十将如何女扮男装随父亲去河朔，如何在太原宣慰府里认识曾三，太原被困时二人如何共立战功，以及小屋告别、巧手换画等等细节一一讲了。

王贵妃听得入迷，被她那些惊心动魄、美丽缠绵的故事所打动。

"妹妹，我真佩服你，羡慕你。我要是能像你那样见上如此大的世面，体会体会行军打仗的生活，与自己喜欢的人肩并肩手挽手在大街小巷自由自在地走几圈，也算不虚此生了。妹妹，你真有福气……"

"嫂子，看我都急死了，你还取笑我。"

看看万寿公主眼睛眉毛急成一团的样子，王贵妃感到不可思议，这个无忧无虑天不怕地不怕的丫头居然也有着急发愁的时候。不就为那个曾三吗，怎么一个女人喜欢上一个男人后就变成那样？

"嫂子，我的好嫂子，给我想想办法吧。"万寿公主见王贵妃半天不讲话，就摇着她的膀子央求说。王贵妃想了几个来回后，问道：

"妹子，你这么喜欢他，你知道他喜欢你吗？"

万寿公主点头说：

"喜欢，他处处让着我，护着我。贤弟贤弟的叫得可亲热了。"

"你没跟他明说？"

"临走那晚上，我本想向他明说了，再劝他用心读书，只要考上功名，两人的事准成。可是后来看见那张画，又听他讲了关于那张画的故事，就一个心思把那张画弄到手，断了他的心事。可巧，我也给他画了张画，就趁他不注意时换过来了。"

"那画呢？给我看看。"

"藏在家里哩。我怕弄丢了以后不好向他交代。"

"那个画中人一定很美吧？"

万寿公主嘴一瘪，说："狐眉狐眼的，臭美！"

"看你看你，还在哪里哩，就这么大的醋劲……哎哟，死丫头，直朝怀里拱，要吃奶呀？"

万寿公主也觉得拱重了些，便缩回头来，伸手轻轻给她揉起来。她感到一阵舒服，便关怀地问道：

"我问你，你回长安后为什么不去向他明说？"

"去了。费好大劲才找着他住的那个废庙，可是房门紧锁着，同住的书生们说他回潞州去了。"

"啊！"王贵妃为她叹口气，接着说，"那只有去潞州找他；或者，等他回来。"

"我都想过，去潞州找，不可能；等他；谁知要等到什么时候？"

王贵妃笑道："你就等不及了？"

万寿公主也笑了，说："嫂子，你尽拿我开心……"

王贵妃收了笑容说了：

"妹妹，咱们什么事先往坏处想，要是你见到他，对他明说了，他要是不愿意呢？"

"他一定会愿意，凭我这容貌、这身段，哪样也不比那画中的狐狸精差……"

王贵妃看着亭亭玉立在镜子面前左顾右盼的万寿公主，也很有信心地说："倒是，凭妹妹这副模样，哪个男子不动心？何况，还是当朝公主。"

"所以呀，只要见了面，我一说穿，他准保喜欢。"

"只是……"王贵妃欲言又止。

"只是什么呀？"万寿公主急着问。

"只是可怜那个画中人了。"

万寿公主嘴一扁说：

"我可没工夫去可怜她，我只可怜我自己。嫂子，你就不可怜我？"

"唉！"王贵妃长长叹口气说，"女人呀，都该可怜……"

两个沉默一阵，万寿公主才发觉话扯远了，就说：

"嫂子，不是我等不及，就是等个十年八年，我都等。只是父亲要逼着我嫁人。"

"这好办。"王贵妃说，"只要你照我的话去说，准保你父亲不敢再逼你。"

"什么话这么管用？嫂子快说给我听。"

"这很简单。要是你父亲逼你嫁人，你就说：'父亲，我虽是你的女儿，可我又是当朝公主。我的婚事，没有太后的懿旨，没有皇兄的诏书，女儿实难从命。'"

万寿公主听了，果然是好主意。高兴得抱着王贵妃又搓又揉，两人都笑得喘不过气来。

当收复潞州的消息传来，郑颢决定立即起身回家看望父母。他本想约陈俦一起走，但陈俦说公务繁忙，不得脱身。郑颢只得一人起程，行前，将废庙中他的那间房的钥匙交给陈俦，请他代为照看，多则三五月他就回来准备应试。

经过一番路途辛苦，郑颢回到潞州。

郑颢的父亲郑崇，凭几十年当顺民的教训，本着"风大随风，雨大随雨""浑浑水养昏昏鱼"的原则，让老伴多织几段布，不管是官兵还是贼兵，谁来了就写欢迎谁的标语挂在门上。也不关门，官兵也好贼兵也好，进屋打一头转几圈见没有什么可抢可拿的，便对站在门口恭迎恭送的老头老太婆拣难听的话骂两句，转身扇起一阵风，头也不回就走了。老两口靠后园里的野草野菜松树子儿，加上池子里的黄鳝泥鳅，居然熬到官兵收复潞州。但潞州收复的第二天，官府就来派差役。一场接一场的屠杀后，潞州人口减少大半，抬死人埋死人的差事就落在活着的老百姓身上。郑颢之父虽然年老体弱，也不能免，要是不去可拿银子抵。

就在这时，儿子回来了，一家人自然高兴。幸好郑颢带回几两银子，抵了差役后，剩下的买点粮食先把口糊住，一家人又回到往常的日子：父亲侍弄园子，母亲纺纱织布，郑颢仍在他的书房攻读诗书准备应考，只是他有事没事都去后园活动，趁父母不在打开那墙上的小洞看那边的变化，但每次，都像他回家头天就打开看到的那样，一个人影也见不到的荒凉。

"你什么时候才回来呢？"他对着那一片荒凉问。

陈俦真不愧是皇上的忠臣、朝廷的精英，当潞州收复，郑颢邀约他一同回家看望时，他一本正经地说：

"贤弟，我不比你，我是朝廷命官。现在藩乱刚刚平复，户部公务十分繁忙，实在无法分身回去潞州看望父母。自古忠孝难以两全，我想，父母会理解我的。"

其实，陈俦内心里的想法，要比这复杂得多。父亲，是叛贼刘稹手下的秘书郎，虽然因为自己的事被刘稹关押，但至今生死不明，从潞州城里不分青红皂白的大屠杀看，可能已被杀，但到底死于叛贼之手还是死于官兵之手，不得而知。他要等那边稍稍平静后，设法托人弄一张证明父亲死于贼人之手的文书，这样，自己便成了功臣后裔。这对今后仕途至关紧要。而今情况不明，急匆匆赶回去，是福是祸难以预料。因此，他决定不回去。

除此之外，还有一个使他不想离开京城回家探亲的原因——

陈俦自见了那画有两朵红花的画以后，就觉得那不是一幅平常的画。里面，一定有什么秘密。那日他与郑颢看了一阵，没看出眉目。但他不甘心，他一定要揭开这个秘密，而且，连同那个名叫李山的送画人的秘密。

这天，他拿着郑颢临走时交给他的那把钥匙，走进那座废庙，打开那间小屋。

　　屋里的陈设十分简陋，除了床、桌子和椅子外，他在床下发现一只木箱，拖出来打开一看，里面全是书。陈俦估计，那张画一定夹在哪本书里。他从上到下细细翻检，果然，在最下层的一本书中找到那张画。他找来抹布，把桌子抹得干净，然后把画铺在桌子上，仔仔细细看起来。

　　陈俦是那种聪明才智能充分运用到歪门邪道上的人，干起欺世盗名背盟弃友投机取巧的阴谋诡计来一套又一套，而且做起来脸不红心不跳，像做慈善事业那样心安理得。这当然也不完全怪他自己，唐代晚期的腐朽社会正需要这种人，没有这类人，那部庞大的机器便无法运转——然而，正因为有了他们，那座大厦才最后倾覆。

　　陈俦从容不迫一丝不苟地研究那幅画，他横看竖看，比着画着，终于，他从那花的枝丫中认出了"赠三哥"三个字。他为自己的重大发现欣喜非凡。"三哥"当然指的曾三，郑颢的化名。但那"赠"者是谁呢？他从那两朵花和几片叶子上慢慢去认，去揣摩，去猜想，但看了半天，怎么也看不出"李山"两个字，也看不出其他任何字。

　　他有点丧失信心了。也许，赠画人根本就没有留下姓名。

　　他离开那张桌子在满屋转悠着，脑袋里像一部渭水河边的水车，不停地转动着。

　　这时，一方阳光冲破云层穿过窗户照射进来，恰恰照在那幅画上；顿时，满屋红光一片。此时再看那两朵红花，却分明是个草字头。一阵惊喜后陈俦接着往下看，下面的几片绿叶与那草字头组成了个"萬"字，再往下看，剩下的绿叶则分明是个"壽"字。但这只能站在稍远处看，走近了，那两个字就变得模糊了。

　　陈俦为自己的发现高兴得叫起来，口中不停地念着：

　　"万寿赠三哥，万寿赠三哥……"

　　"万寿"是谁？他一时还弄不清，但他相信很快就会弄清。而且，他已隐隐约约感觉到他是谁了。真是天助我也！什么好事都叫我碰上了。对不起，郑颢，不，曾三老弟，你的陈俦兄长要失礼了……

　　想着，陈俦便将那张画一折折收好，仍然叠得方方正正。然后解开衣襟，准备把它藏进怀里。

　　"住手！"如一声霹雳从窗外炸进来，哪怕贼胆包天的陈俦，也被吓得浑身冒汗，手足发冷。

第二十章　千呼万唤始出来

> 神画师画笔一挥，画出个绝色美女。谁要是把她的名字诚心诚意地叫上一百天，她就会从画上下来陪伴你。唐武宗做梦也想得到这样一张画。
>
> 万寿公主自打从太原回来以后就没有一天安稳过，整天板着面孔不说话，动不动还摔盘子砸碗，闹得家中神鬼不宁。

女尼女冠乃六根清净了断尘缘遁入空门修行的女人。但在唐武宗后期，一些寺庵道观的女性却不然，她们盛服浓妆，放浪佻达，专与士大夫和读书人往来，上演了许多浪漫故事。

比如长安著名的咸宜观有位著名的女道士鱼玄机，史书上称她"色既倾国，思乃入神，喜读书属文"，是位颇有名气的女诗人。但她却"素行放浪，不能自持"。于是风流之士争相与她交往，"鸣琴赋诗，间以谑浪"。过的是神仙般无拘无束的浪荡日子，令世人羡慕不已。就连大诗人白居易也情不自禁去那些地方与那些年轻貌美的小道姑们调情。

长安、洛阳两京如此，其他地方自然不会例外。

且说广陵净德观有一女道士名李兰兰，年方十九，国色天香，且琴棋书画，样样精通。她又常在观内设坛论道，把道家经典讲得深入浅出，听者莫不佩服。那些达官显贵文人墨客，见她体态轻盈美貌出众，都想与她结交；

但她十分挑剔。意气相投者，笑脸相迎，读诗论画，调笑玩耍；不相投者，哪怕布施千金也难得一见。因为她长得苗条瘦削，弱不胜衣，又爱紧蹙双眉，似有病态，人们便给她取了个"病仙"的称号。

李兰兰虽说风流放浪，但真正近得她身的只有一个落第举子沈好好。沈好好家贫，几次进京考试花完了家产，便依附在李兰兰的道观中干些笔墨勾当。二人情意相投，难舍难分。情浓时，李兰兰对他说：

"好好，你在我这道观里再待上一年半载，待我攒够了钱，咱们一起远走高飞，找块地方修几间茅屋，你教几个顽童，我喂一群鸡鸭。你也别再去求官，我也不再想得道成仙，就过那平常日子……你中意吗？"

沈好好点头说："兰兰，你的话说到我心上了。几次考试下来，考场弊端已使我心灰意冷，今生今世只要有你在一起，什么我都不要了……"

从此，两人在风月道场中恩爱快活，专等兰兰把银子攒够了便远走他乡。岂知天有不测之风云。

这天，突然间从广陵府来了两个官人，一见李兰兰便躬身打拱，连声说："恭喜仙姑，贺喜仙姑……"

李兰兰不知所措，问道：

"姑娘我本是化外之人，守着一个小道观修行，不知有何喜事？"

一个官人指着另一个胖官人说：

"这位是刚从京城皇宫里来的公公，奉皇上圣旨，要召仙姑去宫里为皇上炼制仙丹。"

那胖公公尖细着声音说：

"皇上久闻仙姑大名，命下官连夜赶来广陵，召仙姑进京。因时间紧急，请速作准备，明日随下官起程。"

李兰兰听了一惊，忙说：

"大人恐怕弄错了吧，我本是一个没有见识的山野道姑，从不会炼什么仙丹……"

"仙姑不必过谦，临行前赵真人交代得明白，下官一见面便知是您。皇上有旨在此，请勿推辞。"

原来就是那个教中的败类赵归真。记得当年自己在蓬莱仙岛随师父学道时，师父就说到过他："逆道而行，必得报应。"他今天为献媚皇上，把我也拉进去。看来，不去是不行的，只是苦了他……

"既是赵道长的举荐，皇上又有旨意，算是小女子我福星高照，明早即随大人起程进京便是。"

李兰兰答应后，约好明早来接，两位官家人便告辞回衙去了。

沈好好得知皇上要李兰兰去京城的消息，犹如五雷轰顶，只觉得眼前一片黑暗，唉声叹气不止。

李兰兰倒显得分外平静，她说：

"好好，我这一去多则半年，少则两个月，就会回来与你相聚。你就放心在这儿住下，只要维持香火不断就行。"

沈好好听了奇怪，问道：

"皇上既然要你去了，哪会轻易放你回来？你看那些宫里的女子，有几个出来了？何况，如你这样年轻貌美的道姑，要你去是陪他修炼，能放你走？"

"我的好好，你有所不知。"李兰兰压低了声音说，"想那皇帝自从信了赵归真的鬼话，便被迷了心窍，一心贪爱女色，正危在旦夕尚不自知。京城之地皇宫之内美女如云，成千累万他都还嫌不够，居然想到数千里之外我这个道姑身上，可见他已走上邪途和末路，他的日子不会太多了……"

好好听了不解地问：

"皇上乃一国之主，底下有那么多文武大臣，难道眼睁睁看着他毁了自己？"

李兰兰用指头戳了一下好好，说道：

"我的好好呀，你是书读得太多，迂了。皇上身边的人是多，但谁不看眼色？像开国之初魏徵那样的大臣哪还有？真的有也早被杀掉了。你以为当今皇上是太宗，勇于纳谏，谁说得对就听谁的。他才不呢。"

"如此说来，他就没救了？"好好问。

"小时候呀，"兰兰慢条斯理说道，"我跟爷爷放羊，遇上小羊跑到岩边，怕它掉下去，就拉着尾巴把它拽回来。可是，要是遇上牛跑到悬崖边，特别是发了疯的牛冲向崖边，谁也不敢去拽，谁去拽谁倒霉。不是让那疯牛红着眼把你一角打下崖去，就是把你一起拖下崖去，摔个粉身碎骨……"

"啊！"好好惊叹一声，明白了。

兰兰又说了：

"好好，你我萍水相逢，却一见如故。人海茫茫中能遇见你这样的知己，实属难得。为不负你我恩爱一场，我为你赋诗一首，以作暂别的纪念。"

沈好好接过来一看，这首题为《奉召入京留别广陵故人》的诗写道：

无才多病已龙钟，不料虚名达九重。

仰愧弹冠上华发，多惭拂镜理哀容。

驰心北阙随芳草，极目南山望旧峰。

桂树不能留野客，沙鸥归浦谩相逢。

沈好好读了诗后，感动得泪流满面，拉着李兰兰的手，呜咽着声音说：

"兰兰，大概是命中注定，你我有这场相聚，有这场离别。我相信我们缘分未了，我一定在此守候你，哪怕守到天荒地老……"

二人如此这般凄凄艾艾缠缠绵绵过了一夜，第二天天刚亮，便有一辆马车停在净德观门外等候。沈好好与李兰兰在相互千叮咛万嘱咐中分手。眼看兰兰上了马车，在两个骑马官员的护送下，随着马蹄声的由缓而急由近而远，那马车便渐渐消失在晨雾中了。

从广陵到长安千里迢迢，少说也得半个月的路程。因两个护送官员一路上催快，那木制的车轮碾过凸凹不平的地面，把车中的李兰兰震得心烦意乱，翻肠倒肚地吐个不停。李兰兰几次叫马车慢点，但护送的官员都说，不是下官不体恤仙姑，实在是皇命紧急，不敢怠慢啦……

可是，到了第三天，只见迎面一骑快马飞奔而来，见了护送的官员一阵耳语后，两个官员脸色骤变，大声命令马车夫：

"快赶车，误了大事要你脑袋！"

于是，车轮更快地转动起来，车里的李兰兰被颠簸得五脏六腑都要吐出来。幸好，快到京城时，路面比较平整，车速虽更快，但颠簸倒没有原先凶了。

马车终于到了长安。进了城门，穿过大街，在皇宫门口停下。几个太监过来，从车上扶下筋疲力尽的李兰兰，然后换上小轿，一直抬到望仙台下。直到这时，李兰兰才弄清楚那天为什么马车突然加速，要她尽快赶到长安。原来，宫里发生了一件极不寻常的大事……

十五那天晚上，武宗在赵归真的规劝下，耐着性子与他对坐在月光下修炼。开头半个时辰倒还坐得住，但越到后来就越觉得浑身发躁发痒，心意烦乱，似有一股热浪在胸中涌动。

他睁开半只眼睛，看月亮已快升上头顶。月色中，赵归真闭着一双眼坐在那里一动不动。这时，武宗故意挪动一下身子，弄出一点响动，见赵归真一无反应，便知他已睡去。而后，他轻手轻脚从蒲团上站起来，脚不沾地一溜烟出了望仙台大门。好在他这一向瘦骨嶙峋，身轻如纸，双脚踩在地上犹如两片树叶落地，没有发出任何声响。贴身太监们见皇上御驾启动，也都悄悄跟在后面，不敢弄出半点声音。

不过，武宗皇帝一走出望仙台大门，胆子就大起来了。他回头望望那高大的望仙台心想，我堂堂一国之君，难道被你这个道士管住了？于是他大声咳嗽，把忍在嗓子眼里的那口老痰顺到口中，然后憋住气，对着路边那白晃晃的石狮子脑袋猛吐去……但是，武宗的身子太虚了，中气不足，那口酽痰不但没飞出去，连嘴唇边都未离开，顺着流到下巴，然后叭一声落在自己鞋子上。

武宗骂了一句。

后面太监们不知发生了什么事，紧赶两步撵到武宗面前，弓着身子问道："万岁，奴才在……"

"浑蛋！"武宗骂了起来。

太监们大惊，不知什么事又惹怒了皇上。但他们都知道，这一向皇上火气都很旺，动不动发脾气，一发脾气不是打人骂人，就是充军杀头，可不是闹着玩的。于是几个太监都惊惧地围着他跪下，叩头请罪。

"王八蛋！"武宗骂着，而后指指自己的脚，"你们都瞎啦？"

月光下，实在看不清楚。跪在武宗面前的太监恰恰又是个近视眼，把头伸到他的脚面也没看清，他以为那白糊糊的一团是朵花。

这时武宗大怒，一抬脚向那太监的脸上踢去，那泡痰正好踢在他的鼻子和嘴上。这时那太监才从那咸咸酽酽和腥腥臭臭的味道中明白了到底是什么。他不想不敢也来不及去揩它，而是赶快用自己的衣袖去擦拭皇上的鞋；而这时，另一个太监自动横着身子，弯腰跪在武宗背后的膝弯处，轻声说：

"万岁，请坐。"

武宗此时余怒未消，狠狠一屁股朝太监背上坐下去，架起腿来，任脚下的太监将鞋擦干净后，踹一脚将他踢倒，然后才慢慢起身向后宫走去。

在一系列的胜利之后，李德裕又信心十足地开始筹划另一件大事：他要建议皇上发兵彻底平定回鹘，同时趁吐蕃内乱，出兵收复河、湟等四镇十八州。他要在自己当宰相期间，重振大唐国威，洗刷去自安史之乱以来唐王朝受到的奇耻大辱。让我李德裕的画像上凌烟阁，名字永垂史册……

武宗皇帝看了他的奏章，一一批准，命他全权负责，有什么问题，可以便宜处置。

李德裕见皇上对自己如此信任，心中好不欢喜，只是有一件事他感到费解。他记得，那天皇上是这样问他的：

"李爱卿，自你担任宰相职务以来，日夜操劳，为朕分忧，做了好几件大事，实在把你累了，朕想，再给你添个副手，帮你分担些事务。你看谁最好？"

李德裕听了觉着奇怪，他计算了一下，自从主持尚书省以来，经自己引荐而居相位的已有李绅、李让夷、陈夷行等好几个。他们各司其职各安其位，工作运转正常，何必再增加职位？难道认为这些人都是我的好友而不放心，要添个把牛党人物来牵制我？或者……

"朕看，白居易还不错，把他调回京城如何？"武宗见李德裕半天不说话，就把自己的想法说了出来。

李德裕听了，悬着的心稍有放松。那白居易虽是牛僧孺的老师，却与牛党人物保持距离。只是他的诗文天下第一……想到此，他说道：

"白居易倒是一位才学能力道德文章俱佳，且有多年为官经验的老前辈，只是他年纪已过七旬……"

"不过，"武宗打断他说，"朕听说，他身体还很健壮呢。"

李德裕忙说："前几天有人从洛阳来，说白居易先生因风湿卧病在床不见宾客，视力也大不如从前了。如果召来京城供职，恐怕有负圣命。"

"啊！"武宗叹息一声，感到很遗憾。但他一心想读那些风流艳丽的诗并想和能写那种诗的诗人在一起闲话聊天，便说："那你看，还有没有像白居易那样有才气的诗人给朕推荐一个来。"

李德裕想想说道："白敏中。他是白居易同族兄弟，现任殿中御史。他的文才不在白居易之下，且器宇轩昂，风度不凡……"

"是不是写传奇小说《画师》的那个？"

"正是他。"

"好得很。他现在在哪儿？"

"在东都洛阳。"

"那你快去调他到长安来，给他好好安排个职务。"

"是，陛下。"

李德裕从宫里出来，心中很是高兴。皇上对自己真可算是言听计从、信任有加，起初那点疑虑顿时消解干净。只是这个白敏中究竟不是自己这条线上的人，把他提拔起来后会怎样呢？但他转而一想，既然是我提拔的，他岂会不向着我？想着想着，心情更是愉快起来。

武宗皇帝的心情这时更愉快。

原因是他想起了白敏中的那篇名之曰《画师》的传奇小说。

他记得还是几年前尚未登基当皇上时在兰花馆听说书人讲的。

他还记得那说书人是个瞎子，但听他木板一拍，口齿伶俐地说起来：

"各位客官听着，在下说的这段书是根据先帝穆宗长庆年间及第进士白敏中相公写的一个传奇，题曰《画师》……"

话说穷书生赵颜久试不第，甚是潦倒。这日遇见一画师，谈话间得知赵颜年已三十尚无妻室，便画了一幅美人画送他。赵颜一见便爱上了那画中的美人。画师对他说，这是我专为你画的神仙画，画中的美人名叫真真，只要你真心诚意叫上她的名字一百天，她就会答应你。我这里还有一瓶百彩酒，你拿上，只要听她一答应，就把这酒给她喝，她就活了。

赵颜听了，便把那幅画挂在墙上，沐浴焚香，精诚备至，昼夜不停地呼唤"真真"。到了百日那天，画上的美人果然"哎——"一声答应了。赵颜赶快将百彩酒给她喂去，那画中美人喝完酒就袅袅娜娜从画上走了下来，向他深施一礼，亲亲热热叫了声"赵郎"。又说："感谢您对我的召唤，我愿侍候您一辈子。"说罢便与赵颜一同携手进入罗帐共享鱼水之乐。从此，他们成了恩爱无比的夫妻。一年后，还生了个白胖小子。

这天，赵颜有个朋友来，见他有了佳妻娇子，甚感奇怪，赵颜将经过如实讲了。朋友听了大惊道："她肯定是个妖精，一定会给你带来灾祸。我这里有口神剑，你拿去把她斩了。"

当天晚上，赵颜把剑带回卧房。真真见了哭道："我实话告诉你，我是衡山上的银杏仙，不知怎地被人画了下来，你又不断地呼唤，我才来到你身边与你成了夫妻。可是，你竟听别人的话，怀疑起我来，想来真没意思。我不能再同你住下去了。"说着，抱起儿子就走。赵颜此时悔恨已极，忙跪下说："娘子。请原谅我一时糊涂，你不能走……"真真冷笑一声说："你我夫妻也算恩爱，还有了孩子，却当不了旁人的一句闲话。算了。"说罢，转身便走。赵颜抓住真真的衣袖不放。但听"哗"一声，真真挣断衣袖，端直朝墙上走去，回到那张纸上。赵颜手中握着那半截衣袖，愣愣地望着墙上那幅画。画上的真真仍然微笑着看着他，只是她的怀中多了个胖娃娃……

武宗还清楚记得，说书人讲完后，听众席上一片唏嘘与叹息，都说赵颜是个傻瓜。但他却最恨赵颜的那个朋友。

武宗一心想见到白敏中，打听那个画师的去向，找到他，叫他认真画上一张，朕愿意沐浴焚香，把她的名字千呼万唤叫上一百天，把她叫活，让她陪伴朕……朕才不听旁人的谗言呢，谁来说她是妖精，朕便命武士推他出去斩首……

"嘻嘻，朕的小仙女……"当武宗被宫女们扶进王贵妃的寝宫时，脸色发青，两眼发直，自言自语哈哈笑着，双手不停地舞动，把王贵妃吓得魂飞魄散……

陈抟很快就从惊吓中苏醒过来，抬头隔着窗子看去，原来是个面目陌生的年轻后生。但很快，他就从他漂亮的脸蛋和清脆的声音中猜到他是谁了。

"窗外的公子请进屋说话。"陈抟客气地邀请着。

窗外的公子从容大度地跨进屋来，看了陈抟一眼后说：

"这位相公趁此屋主人不在，翻箱倒柜窃取别人珍藏，你可知罪？"

陈抟笑了笑，没有回答，继续把手上的画放进怀中里衣的荷包中，而后伸出手来又摁了摁，认为放实在了，才说：

"公子言重了。我正是怕我朋友的珍藏被别人偷了，才把它找出来代为收藏的……"

"那你是谁？"

"我吗？我是郑，曾三的好友陈抟。但对公子你，我不需问便知是谁。"

"是谁？"

"李公子，李山，李队正。不错吧？"

正是她。回长安后，这是第二次来这里找曾三了。上次来，不在。这次来，一进来看门开着，还以为他回来了呢。她一阵高兴，可走近一看，却是另外一个人。她闪在窗子边，一切都看得详细。瞧那鬼鬼祟祟的样子，哪会是曾三的好友？可是，要不是，曾三会把钥匙交给他？而且，还把我的姓名告诉他？再仔细看他，五官端正，相貌堂堂，面带微笑，能说会道，也不像个坏人……

"是，在下正是李山。"她回道，"刚才在下说话多有冲撞，望陈兄勿见怪。"

陈抟回道："不知者不为罪嘛，哪里会见什么怪？"

"只是，在下想问，那曾三兄走时为何不把那幅珍藏的画带在身上？"

"因为走得匆忙，忘了带。直到我送他出了城，他才想起，要我回来取出，代他妥为收藏。这一向实在因公务太忙，未及抽身来取，直到今天才……"陈俦很满意自己随机应变天衣无缝的回答。

"啊！刚才，我见陈兄对那幅画看得如此专心，不知可否拿出来让在下也观赏观赏？"

陈俦听了本想取出来让他看看，但一想到郑颢的那幅画被他掉包之事，就笑道：

"这幅画本是李公子送给曾三的，又出自您的手笔，又何必再看。"

好哇，曾三你这小子，我与你同过生死患难，你都没有说你有个叫陈俦的朋友，可是却把我的事讲给了他，就连那掉画的事也讲给他听。既然如此，一不做二不休，我把这幅画也弄到手，到时候一并收拾你……想到此，便说：

"既然你已知道这幅画与我的关系，让我看看又何妨？"

"我怕……"陈俦用戏谑的语气说。

"你怕什么？"

"我怕中了你的掉包之计……"

长这么大，还没人敢用这种口气对自己说话哩。万寿公主气往上涌，脸一变说：

"你少说。我问你，给不给我看？"

"不给。"陈俦仍然涎着脸说。

"告诉你！"万寿公主怒道，"我不仅要看，而且要……我要把这张画收回来！"

陈俦因当了几天官，火气也大了起来，收了笑容呵斥道：

"放肆，你，一个小小的队正，也敢跟我堂堂朝廷六品官员撒野？"

万寿公主听了怒气上涌，手按腰中长剑，上前半步说：

"哼！一个芝麻官竟敢在本公、本公子面前这么说话。今天你要是不把这张画拿出来，本公子定不饶你。"

陈俦顿生一计，放软了口气说：

"李公子想要这张画，在下提个条件……"

听说讲条件，万寿公主也缓过口气说：

"什么条件，你尽管提来。要钱？五百两银子怎样？"见陈俦摇头，她又说，"嫌少？一千两……"

陈俦说："钱，我不要，我要你掉包换去的那张美女画……"

原来这家伙又在耍弄人，万寿公主大怒，立即拔出剑来就要动手。

"公子息怒，公子息怒……"

正在危急时，一个花白胡子的长者从门外急速跨进来大声制止。

万寿公主扭头看去，原来是阮叔。她只得把剑收回。阮叔说：

"公子，老爷正有要紧事找您哩。"

"下次找你算账！"万寿公主指着躲在墙角里的陈俦说。说罢，转身便走。阮叔急急跟在她身后，一同走出大门。

这时，陈俦揩着额头上的汗水从墙旮旯里走出来。他没想到那个李公子真的敢动手。只见他抽出明晃晃的利剑，要不是那个老头喊住他，现在不就完了……想想，他真有些后怕。

但是，细想下去，使他更害怕的是今天与李公子的那场争吵。从郑颢介绍看，他可不是个等闲人物。今日一见，那风度气质，那说话口气，都像是有大来头的人，怎么自己就忍不住跟他斗起嘴较起劲来？自己不过是个六品小官，在京城里，像我这种品级的官员多如牛毛，有什么值得炫耀的？看来，还是自己太冒失、太不自量。从他临走时凶狠的一瞥看，他是不会善罢甘休的……想到此，那幅揣在怀里的画好像变成了一条随时都会咬自己一口的毒蛇……

"父亲找我什么事？"刚踏出那废庙的大门，万寿公主就问阮叔。

"公主，"阮叔不正面回答她，却说，"您知道，刚才跟您吵架的那人是谁吗？"

"不就是个户部的六品小吏吗？"

阮叔说："此人官虽不大，后台可硬着哩。他是宰相李德裕派去户部的心腹；说不定还与宦官也有交往哩。在京城里，这种人背靠朝廷大员，靠有权势的太监，还与地方上的泼皮混混们搅在一块，干起坏事来一套一套的。就连王公贵胄，也躲着他们……"

"我不怕！"万寿公主不屑地说。

"可是，"阮叔无奈地说，"可是王爷担心着您哩……"

他们一路讲着，快到光王府大门时，万寿公主转过头来说：

"阮叔，今后你少跟着我。"

自从出使河朔回京后，光王李忱便赋闲在家，日子又回到往日的模样，不同的是，比往日增添了几分忧愁。

宫里传来消息说，皇上日渐消瘦，精神恍惚，但脾气却越来越暴躁，又整日迷恋于成仙飞升的修炼中，往往一连十几天不上朝，不仅延英殿与宰相们的定期议事被取消，就连正旦日的百官朝贺也取消了。看来，皇上的病情不轻，一旦有个三长两短，我大唐王朝又少不了一次折腾。难道真是气数？不然，为何连连几朝皇上都短寿？李瀍算来也才三十多点，如果……岂不苦了她……

还有比这更使李忱烦恼的事。

万寿公主自打从太原回来以后就没有一天安稳过，整天板着面孔不说话，脸上都拧得出水。动不动还摔盘子砸碗，闹得家中神鬼不宁。

"我的乖女儿，你到底有什么心事，给母亲说……"晁氏夫人问。

万寿公主不开腔。有次问急了，她说：

"你去问父亲……"

晁氏便真的去问李忱：

"老爷，你看咱们女儿出去一趟回来变了一个人，整日疯疯癫癫。我问她，她叫我问你。你说到底是为了啥呀？"

李忱当然知道是为了啥，但他却问：

"咱们女儿今年多大了？"

"属鸡的，今年十六了。"

"那你十六时在做啥？"

晁氏想想说："我十六时做啥呀？不是在你家吗……"说到这，晁氏恍然大悟。是呀，自己在未出嫁前，也整日胡思乱想六神无主，心里像有只兔子乱拱。

于是夫妻俩便商量起女儿的婚事来，有些眉目后就叫来万寿公主。

李忱说了："洇儿，你现在也大了，我跟你母亲在许多求亲的人家中看上一家……"

还没等父亲说完，万寿公主就抢过话头说：

"我才十六，还小，不嫁人。"

"女儿，母亲十六时都怀上你啦……"

"你是你，我是我。"

"洇儿，你怎么能跟你母亲这样说话？自古儿女婚事父母做主，这事由不得你。"

"女儿是公主，婚姻大事还得太后和皇上说了算。"

李忱气得吹胡子，晁氏听了直叹气，再也谈不下去。

类似的谈话已进行了几次。

如果女儿只是使些小性子闹闹，也还罢了，她还换了男装偷偷出门，从小便练就爬树本领的她，前门后门都限制不了她。李忱知道她去干什么，他也打听到那个曾三去了潞州。有时，他真想把女儿捆起来打一顿。但细想不可，女儿性子烈，逼急了不定会闹出什么事。再说她又是公主，要是闹出事来，怎么好向皇上交代？何况，与宫里的那点联系，还全靠她……

这天，李忱又得知女儿悄悄出门去了那废庙。当晚，他假装不知地把女儿叫来说：

"听说皇上龙体欠安，你明天进宫去看看，服侍些汤药，也是你当妹妹该做的。皇上有病，老太后一定着急，你当女儿的也该去陪她老人家说说话，安慰安慰；还有你皇嫂那里，一定也很忙，你也该去帮她做点什么……"

李忱一心要女儿进宫去多住几天，让她收收心。

万寿公主可有另外的想法。曾三那小子没找见，又遇上一个叫陈俦的家伙从中打岔。她心乱如麻，不知该怎么办。皇嫂点子多，找她准有办法，听了父亲的话，忙回道：

"是，女儿谨遵父命，明天就去。"

"好！"李忱高兴地说，"这才像我的乖女儿哩！"

第二十一章　肠断《忆秦娥》

> 唐武宗在弥留时对他的王爱妃说："你提出的所有条件朕都依你，但你也要依朕一条……"说罢，他把手伸向枕下，摸出一个物件……
>
> 万寿公主回想昨晚偷听到的那些话，心，在不停地乱蹦。要是父亲真的当了皇上，我不就成了真的公主了？

万寿公主今天一进皇宫大门就觉得气氛不对。往时，只要随从丫鬟说一声"万寿公主来了"，守门武士立即开门说"有请"。可今天，门口新添了几个太监，拦住轿子对随从丫鬟说："请打开轿帘。"万寿公主在轿里听了，不等丫鬟动手，就掀开轿帘伸出头来说："怎么，不认识啦？"太监们见了，忙躬身赔笑说："公主别见怪，奴才们是奉命行事。"说罢，身子一闪，让轿子进了宫门。接着，进二道宫门，三道宫门，都经过一番盘查验证后，方才准进。

进了三道宫门后，万寿公主下轿步行，看到的景象就更不一样了。最显眼的是每道门上都贴了一张黄表纸画的符，那符像字不是字，像画不是画，笔画纵横交错，忽粗忽细，看似无章可循却又有迹可辨，使人感到神秘莫测。除了门上的符，围着内宫，还插满了各色各样的旗帜，迎风招展，光彩夺目。布置得最为特殊的是望仙台，从上到下都用金黄色的绸带包扎一新，台的周围各色旗帜插得也更多，旗帜上画着各种各样从未见过的怪鸟怪兽和古怪图案。一些小道士小道姑穿梭往来，急急忙忙进进出出，不知忙些什么。从望仙台高大宏伟的殿宇里，又传出一阵阵浑厚庄严的乐声，伴着锣、鼓、钹、磬的敲击声和着道士道姑的诵经声，万寿公主突然产生一种进入仙境的感觉。她本想进去看看，但想到先要去拜见太后，去给皇兄皇嫂问安，于是驻足片刻后便往后宫赶去。

因为当皇上的儿子病重，太后心里很难受，听万寿公主亲巴巴叫一声"给母后请安"，不觉眼泪簌簌往下淌，母女抱着哭了一阵，太后说：

"我的乖乖你来得正好，今晚，要在望仙台做一个道场，由赵真人主持，祈祷上苍，叩问吉凶，望上天诸路神仙护佑你皇兄早日康复。今晚你也去，你是个福星，去为你皇上哥哥磕个头……"

万寿公主听了说：

"母后，莫说去磕一个头，就是跪上三天三夜，磕上几百几千个头，只要皇上哥哥龙体早日康复，女儿也是愿意的。只是，女儿希望母后不必为皇上过分忧伤，千万要保重，别把身子急坏了。女儿在家天天都祝祷上苍，保佑母后平安，寿比南山，福如东海……"

说着，万寿公主从怀里摸出一颗珠子，送到太后面前：

"母后你看，这颗珠子是父亲出使河朔带回来的，我看它好玩就悄悄偷来孝敬给母后……"

太后被逗笑了，说：

"好你这个丫头，你把偷的东西送给我，我岂不成了窝赃的人啦？"

万寿公主见太后笑了，也跟着笑起来。然后把那珠子放在太后眼睛边说：

"母后，您对着亮仔细看，里面还有戏文哩！"

果然，太后在里面看到了戏文，看得连声说好。

万寿公主陪太后玩一阵，吃罢午饭，便告辞去王贵妃寝宫。但她不在，小宫女说贵妃娘娘正在太清宫侍候皇上，已经好几天没回寝宫了。万寿公主听了，急忙赶去太清宫。

武宗病重后，赵归真掐算应在皇宫西南方调养，于是御榻便设在太清宫内。武宗一直未立皇后，对王贵妃特别钟爱，每日由她陪伴服侍汤药。

近两日，武宗的病情急剧恶化，但他心中想着的那两件事却没忘。

"爱妃，"武宗对守在病榻边的王贵妃说，"那个叫兰兰的病仙，怎么今天还没来？"

自从前几日见了那个道姑，武宗再也忘不了她。一天不见也不行。

"万岁，她正在给您取药，一会儿就来。"

"爱妃"，武宗又问，"白敏中说的那个画师来了吗？那幅画画好了吗？"

王贵妃只有哄他说：

"正画着呢，画好就送来。"

"爱妃……"武宗有气无力地喊着，便又昏昏沉沉地睡去。

王贵妃给他掖了被子，然后放轻脚步走到外间。外间，有张临时的床，那是她专为侍候皇上铺设的，天天她就在那儿睡。

刚躺下，便有小宫女来报："万寿公主到。"

王贵妃一把搂住她，叫一声"我的好妹妹"，就忍不住哭了起来。

万寿公主想劝她，但不知说什么好，也陪着哭起来。

两人哭了一阵，万寿公主掏出手绢，给自己擦擦，又给王贵妃擦擦，但刚擦去，泪水又泉水般涌出来。

"我的命好苦……"王贵妃握着万寿公主的手抽泣着说道，"好容易有了今天，可是……老天爷也太不公平了，我一心一意侍候皇上，到头来，连一男半女也没有……"

"皇嫂，"万寿公主劝慰说，"您别难过，待皇上痊愈以后……就好了。"

"恐怕……唉！"

这时，门外宫女来报："娘娘，李仙姑来了。"

"快请她进来。"

一声"有请"，一位身着宽大道袍、脚穿圆口麻鞋、手执雪白拂尘的年轻道姑踏着细碎的脚步走进屋来。见了王贵妃躬身说：

"见过贵妃娘娘。"

王贵妃忙还礼说："仙姑不必客气。"然后，拉过万寿公主说，"来，二位认识认识：这是皇上妹妹万寿公主；这是才从广陵来的李仙姑李兰兰……"

万寿公主见了，一阵惊叹，这么年轻美貌神采飞扬的女子，怎么会出家当了道姑？她感到不解。

兰兰道姑进宫已十余日了，天天来太清宫侍候皇上，今天才第一次见到万寿公主，但就在第一眼就从她闪亮的目光中看出她的刚毅和自信。心中叹道，好一个美丽非凡又任性非凡的女子。

"仙姑请稍坐，皇上正睡着呢。"王贵妃说。

兰兰道姑把挎在肩上的小布包取下，放在桌上，慢慢坐下说：

"今日送来赵真人刚刚炼制的丹药。真人吩咐说每天应多服一次。"

王贵妃说道：

"皇上这几日常常昏迷不醒，这丹药是否暂停服用？"

"娘娘，"道姑说，"这话前日我也向赵真人讲过，他说，这是新制的丹药，服后出现昏睡病状属于正常。他一再说要越服越病，越病越服，才能得道成仙哩。"

万寿公主插话说：

"真怪，还有'越服越病，越病越服'的说法？"

"小道我功底浅薄，不懂其中奥秘，只是按赵真人的吩咐照实说。"

王贵妃见兰兰道姑低着头，便说：

"这话，我也听赵真人说过……"

"爱妃——"从里屋传来武宗的喊声。

"皇上醒了。"王贵妃听了，一面说，一面拉着万寿公王和兰兰道姑，赶快往里走。

"病仙来了吗？"武宗半睁着眼问。

"来了来了。"王贵妃回答道。

"小道拜见万岁。"兰兰道姑上前几步，走近武宗床前，躬身说。

"免礼，免礼。来，靠近朕，再靠近些……"武宗说着，趁兰兰道姑靠近床边时，他伸出那干枯的手，一把把她的手抓住……她扭动了一下，极不情愿地任他握住。脸上，顿时升起两团红云。

红云同时也在万寿公主脸上升起。

"万岁，您看谁来了？"为了摆脱大家的尴尬，王贵妃把万寿公主推到武宗面前。

"啊！"武宗睁开另一半眼睛，有些兴奋地说，"真真，梦里，我都在叫你的名字，果然把你叫活了，来，快过来……"

万寿公主莫名其妙，忙跪下说：

"万岁哥哥，小妹万寿公主给您问安。"

武宗仍在梦幻中，他放下兰兰道姑，一把向万寿公主抓去……

"万岁，她是万寿公主妹妹，进宫来看您的。"王贵妃上前拉住武宗的手说。

"啊……那，那幅画还没有……"微弱的说话声随着一汪口涎，从武宗嘴中流出来。

"快快快快。"王贵妃说着，急从袖中取出手绢揩去武宗嘴边的痰液，又示意兰兰道姑，"万岁该服药了，你快去取来……"

众人七手八脚，服侍武宗服了药，而后恭立床前，等他问话。但他却闭着深陷下去的眼睛，一动不动睡在那里，要不是胸口处缓缓地有些起伏，还以为他真的成仙飞升了呢。

这晚，一个特大型的道场在望仙台举行，因为是专为武宗皇帝设的法事道场，高高的法坛前跪了一大片皇上的嫔妃子女兄弟姐妹。武宗因未立后，王贵妃便带上几个为武宗生了儿子的嫔妃跪在当中，她们身旁，是武宗的五个儿子，但都年幼，便由他们的母亲照料跪在身边。万寿公主作为皇妹，在王贵妃身边找个位置跪下。

宫中有头脸的太监们，也在马元赞的带领下紧挨着皇室亲族跪在后面。再远些的地方，便是宫中的一般宫女太监。法坛下，黑压压跪了几大片。

时辰一到，赵归真披发仗剑登上坛台，这时，台下数百名道士道姑敲钟击鼓吹响唢呐和笙箫，围着坛台不停地转着圈唱念经文。好一阵喧闹后，道士道姑们在指定方位站定。这时，急促的法铃声震荡着空气，只见赵归真在法台上口中念念有词，挥剑一阵乱刺，又点燃几道符纸，法坛上便不时闪着神秘的光。

台下跪着的人们怀着莫名的虔诚与恐惧，伏地跪拜着看不见的半空中的神灵。唯有万寿公主，她不时大胆地抬起头来东瞧西望，她想看看天边冉冉飞来一只仙鹤，仙鹤上骑着一位白发苍苍的神仙……但她没看到，只看到赵归真披头散发手执长剑在坛台上不停地念叨，然后举剑刺向四方，又横劈竖砍；放下剑，从桌上拿起一方木头一阵乱拍，那声音震耳欲聋。放下那方木头，又取过一对牛角做的卦，在法坛上连掷三下，那两片牛角在蹦跳几下后或仰卧或俯卧躺在法坛上，现出阴卦或阳卦来……

闹腾到下半夜，道场才做完，人们伸着懒腰打着哈欠捶着麻木的双腿各自散去。王贵妃与万寿公主手挽手正准备回太清宫，兰兰道姑赶来说：

"娘娘请留步，赵真人有请。"

王贵妃听了，拉着万寿公主随兰兰道姑进了望仙台内殿。殿堂上，赵归真正与马元赟讲话，见王贵妃进来忙起身相迎。

坐定后，赵归真说了：

"贫道在今夜作法中，得神灵指点，言当今圣上之病，主要是因五行相克所致。皇上名李瀍，'瀍'字从'水'，与大唐崇尚土德不合。依五行相克之说，土胜水，'瀍'名被土德所克，所以不利，如若改名从'火'，与土德相合，皇上之病方可痊愈。故请娘娘、请马将军留步，以此相告。"

王贵妃听了，把眼睛看了看马元赟，说：

"马将军以为如何？"

马元赟忙躬身说：

"但凭娘娘裁夺。"

"那好，就按赵道长的意思，明日请马将军告知李德裕，让他召集大臣们商议。"

说罢，王贵妃拉着万寿公主一同回到太清宫。

与宫中一片忙乱和焦虑相反，宫墙之外是一片宁静与悠闲。神策军左军中尉马元赟利用手中掌握的军权，把皇宫里的动静封锁得严严的，李德裕曾数次要求进宫，都被拦在门外。不管李德裕如何大发雷霆，门上坚持说，没有马将军的亲自批示，谁也不放行。他一个又一个地打报告，说有重要军政事务面奏，请求皇上接见，但无一回音。他感到情势有些不妙。

正在着急时，门上来报说马将军拜访。

李德裕一阵高兴，走出中堂挽着马元赟的手迎入内厅。客套几句后李德裕迫不及待地问：

"近闻皇上病情加重，不知详情，下官实在着急哩！"

马元贽说："前一阵，皇上龙体是有些欠安，但现在已好多了，恩相不必着急。"

"既然皇上已经好了，怎么这么久了都不上朝？"

"末将正是为此事来拜见大人。皇上叫末将对大人说，他近日天天修炼，离成仙已不远，最怕人世间繁杂冗务打扰，故朝中大小事务，全交付给宰相大人处置。"

"啊！谢皇上重托。"李德裕悬着的心放下了大半。

"皇上还有一件事交办。"马元贽说，"昨天晚上，赵真人为皇上做了次大道场，在神坛上问皇上成仙之事。说是皇上名'瀍'，'瀍'字从水，与我唐朝崇尚土德不合。据五行相克之说，土胜水，'瀍'名被土德所克制，所以不利，应改名为'炎'。'炎'从火，与土德相合，可以消灾避祸，以保皇上早日成仙。此事请李大人召集大臣们商议。"

李德裕听罢，对皇上把改名的大事也交给自己办，心里更是感动，忙起身当空一拜说：

"臣李德裕一定不负圣恩，请陛下放心。"

送走马元贽后，李德裕当晚就召集大臣商讨皇上改名之事，大家一致附和赵归真的"土"克"水"之说，连夜起草请求皇上改名的奏文，第二天一早就送进了皇宫。

很快，以武宗皇帝名义签发的诏书就发下来了。诏书先对历史上皇帝名字与国家的关系做了一番回顾，阐发"敬顺五行，理宜避克"的道理，进而将皇上"秉承天意，妥择佳名"以永保帝业的心意说个明白，最后才说从颁布诏书之日起，改"瀍"为"炎"，特诏告天下，知告臣民避讳，一体知照施行，等等。

但是，改了御名的皇上，病体未见丝毫转机，成仙更无动静，整日干瘪瘪地躺在床上昏睡。偶尔醒来，仍然不停地呼唤他的"病仙"，见了床边的万寿公主仍然叫"真真"……

每天，太监总管、神策军左军中尉马元贽都要来皇上御榻边看几遍。这天夜里，他探视了武宗后走到外间，见陪伴王贵妃的万寿公主已经睡去，便示意王贵妃支开身边的宫女，然后对她说道：

"贵妃娘娘，依奴才看，皇上龙体已难康复，不知娘娘对皇上后事有何打算？"

王贵妃哭道："这一向皇上的病闹得我六神无主，还请公公拿个主意。"

沉默了一阵，马元贽掰着指头说：

"皇上现在五个儿子，长子李峻三岁半，次子李岘两岁半……"

"马公公，我大唐王朝近百年来历经磨难，国势日颓，应有一位年长德高，有治国经验的皇上，才能扭转危局……"

"奴才也是这个意思，且早就想好一位年长德高有治国才能的人，只是……"马元贽欲说又止。

"公公，妾自入宫以来，一向敬重公公，诸事小心谨慎，难道公公还信不过……"

"光王李忱。"马元贽终于说出，但他又补充说，"只是，他并非皇上……似觉有些名不正言不顺……"

"马公公此言差矣！"王贵妃说，"想自穆宗皇帝归天以后，长子敬宗继位；敬宗驾崩，传位其二弟文宗；文宗晏驾，传位五弟也就是今上。皇位兄弟相传已有惯例。光王李忱，乃穆宗之弟，继承大统，正是名正言顺呢……"

"但光王乃当今皇上之叔，叔继侄帝位，恐人说无先例……"

王贵妃听了，先亲亲热热喊了声公公，然后说：

"我朝自宪宗先帝以来，皇上的废立，皆出自宫中当权的公公之口。今马公公身为宫廷太监总管，又是神策军统帅，立谁为皇上，都在您一句话。只是，如果立当今皇上的任何一个儿子为嗣，都属子承父统，是沿旧例而已，就是拥立起来，也没有什么功绩可言；如果迎光王李忱入宫，以皇叔名义承继帝位，将来于公公不是更好？何况，妾听说光王是个通达之人，且与公公同赴河朔，交谊深厚……"

马元贽听了对王贵妃深深一拜说：

"娘娘真不愧为女中俊秀，一番话说得奴才茅塞顿开，那就立即以皇上名义传下诏命，说皇子年幼，令皇叔光王处理国事。"

王贵妃点点头说：

"妾本女流，一切，都听公公安排……"

马元赞走后，王贵妃兴奋得实在难以入眠，她不停地在屋里走来走去，回味着刚才的一番谈话。天意，真是天意。要是他当了皇上，与他的事就成了。尽管他是叔辈，那又何妨？则天皇后还是高宗之父太宗的才人哩，他们还不是成了夫妻，和和美美过了几十年。而且后来，则天皇后还当了皇帝……可惜，可惜这个天大的好消息不能马上告诉他，让他先高兴高兴……想到此，她看看罗帐里睡着的万寿公主。好像刚才与马元赞谈话时她翻了个身，我还示意马元赞小声些。说不定她全偷听到了，这丫头鬼着哩。也好，让她回去先透个信……

第二天一早，刚吃过早饭，万寿公主就说要回家。

"皇嫂，我进宫已多日，想回家看看，过两天再来给皇上请安，陪嫂子说话。"

果然，这丫头偷听到了。要不然，她不会急着今天就走。王贵妃说：

"怎么，想家了？那好，你回。过两天别忘了来看我。只是，这么多天把你辛苦了。"说着，找出些上好的珍宝包了，放在万寿公主手上说，"你回去，代我问候叔叔婶婶好，说待皇上康复了，我去府上向他们请安……"

告别了皇嫂，万寿公主上轿出了宫门。在轿上，她回想昨晚偷听到的那些话，心在不停地乱蹦。要是真的父亲当了皇上，我不就成了真的公主了？谁也不敢在背后议论说什么"她不过是个假公主"了……

但是，万寿公主刚刚高兴一会儿，就觉得事情不妙。我要是成了真的公主，就得搬进皇宫去住，高墙深宫，门卫森严，出入就没那么容易了。还有，父亲一旦成了皇上，就再也不敢在他面前耍泼放赖了。要想出门去找姓曾的那小子，岂不比登天更难？想到此，她掀开轿帘对轿夫说：

"先不回府，去街上看看。"指挥着轿夫左弯右拐。她要去那废庙，看曾三那小子回来没有……

手上拿着宫里刚送来的诏书，仔细阅读一遍后，李德裕一下子愣住了。皇上不是已经康复了吗，怎么要急着立传位诏？要立，也该在皇上子嗣或兄弟中找，怎么找到皇叔身上了？什么李忱"植性忠孝，聪明天纵，温文敏裕，博厚宽仁"。还有什么"言必依经，动不违矩……"就那么十全十美？当他细想一遍，意识到这一切都与马元赞分不开时，这才觉得自己终究未能钻出宦官们挽成的圈。

　　这倒在其次。那李忱却是个看不透深浅的人，而且，自己还得罪过他。河朔回来后，皇上本要委他一个地位显赫的职位，自己却说根据祖制亲王不宜在朝廷中任职。这下好了，要是他真的当了皇帝，还有我的好日子过？但转而一想，自己辅佐皇上，为国事操劳，数年间政绩赫赫，李忱难道就不想想我李德裕的功劳？再说，平日也听说他性情稳沉，温文尔雅，诏书上都说他"博厚宽仁"，该不会计较那档子事吧……何况，哪个当皇帝的不喜欢给他歌功颂德戴高帽子？到时候，拣好听的话一筐筐说给他，不怕讨不到他的欢心……想到这些，李德裕脸上的愁云渐渐散去，嘴角边还挂上了微微笑意……

　　自从那天在废庙中与那个李公子闹了一场后，陈俦的情绪极为低落，他发觉自己犯下了一个不可饶恕的错误，一连好多天不敢出门，闷在屋里生自己的气。这天，又恰恰因一件公事没办好，被才上任的户部侍郎白敏中叫去训了一顿。当着面，他唯唯诺诺，俯首认错，感谢白大人教诲；一回家，便心中发恼，一点也不服气。你白敏中板凳都没坐热就训人，那么多大事你不抓，偏偏抓住我这点小事不放。你不过是个四品侍郎，一个副职，吆五喝六的，有什么了不起……可是，当他得知白敏中是经李德裕推荐、皇上亲自下旨召来京城的背景后，回想起前两天受到他的训斥背后骂了他，才发现自己又犯下一个不可饶恕的错误……

　　但是，比起今天上班看到的那份诏书，这些，只算是小菜一碟。

　　就是那份皇上命光王处理国事的诏书，他看完后一阵头晕，要不是很快摸着坐到椅子上，他会立刻晕倒在地。

　　这个消息对他来说太可怕了。光王李忱作为皇叔处理朝政，那就意味着皇上驾崩以后他就继位，成为皇上。而那天在废庙中为那幅画被自己骂过的那个公子，十有八九便是光王的儿子，他可能就是将来的太子。得罪了太子，那还了得？他还清楚记得那天李公子临走时狠狠看他的那一眼。简直太可怕了……

越想越怕。

想来想去，只有那张画能救自己。

他不是要那张画吗，就给他。以后，再投其所好给他些好处，套近乎拉关系称兄道弟，再给他办一两件贴心事，不就成了患难之交？只要把皇太子这根线抓住了，将来还愁没官做？莫说你白敏中，就是李德裕……

想到此，陈俦突然来了精神，把桌子上的卷宗一合，转身回到住处，取出那幅画，匆匆出门而去。

"朕要吃饭——"

武宗醒来，第一个感觉是肚子饿。他使出最大的气力喊着。

守在御榻旁的小宫女听了立即跑到外间叫来王贵妃。

"爱妃，我饿——"

王贵妃一阵惊喜。皇上好几天都没吃饭了，喂什么吐什么。问赵归真，说是什么"辟谷"，快成仙了。今天，突然要吃饭。忙叫宫女将准备好的莲子稀饭端来，她亲自一口一口地喂。居然，一气吃了大半碗。

吃了饭，他还要坐起来。王贵妃和宫女们将他扶着靠床头坐了。看他脸色，微微泛红，两眼，闪着生动的光。他说话了，而且声音也很亮：

"朕今天感到精神特别好，就想跟人说说话。爱妃，你坐过来，陪朕说几句……"

王贵妃坐上床去，把武宗那双干枯扎人的手攥在自己细嫩雪白的小手中，轻轻揉搓着，抚摸着，说道：

"万岁，您的病体看来快好了，所以有了精神，想说话。"

"看。"武宗望着窗外，露出些笑意说，"看那朝阳，多美。"

"万岁爷，"旁边的一个小宫女纠正说，"那不是朝阳，是夕阳。"

武宗听了，浑身不觉一颤。

王贵妃感到他手的颤动，再看他的脸色，由红转灰，刚挂上嘴角的笑容也消失了。她一脚向多嘴的小宫女踹去。

挨了一脚的小宫女不知犯了什么错，忙跪下说：

"奴婢该死！"

武宗脸上复又挂起笑容，说道：

"起来起来，没事。"

见那小宫女起来后，武宗对王贵妃说：

"王凤——我很久没有叫你的名字了，今天叫叫，心里感到受活；你，也叫叫我的名字，像以前那样……"

"妾不敢……"

"我要你叫，你就大胆叫。"

王贵妃无奈，只得轻轻叫一声：

"李炎……"

"怎么，才几天，把我的名字也改了？李炎，这名字多别扭，我不爱听。"

"李瀍，五郎……"王贵妃亲切地叫着。

"哎——"武宗轻声答应着，又轻声叫道，"王凤。"

"哎，李瀍。"

他们回到以前，回到新婚的季节。

"王凤，"武宗说，"好久，都没听到你唱歌了，今天，为我唱一曲，好吗？"

"当然好，不知五郎喜欢听哪一曲？"

"就唱那曲《忆秦娥》吧。"

王贵妃应了一声，命宫女取来古筝，调好弦，自弹自唱起来：

箫声咽，秦娥梦断秦楼月。

秦楼月，年年柳色，灞陵伤别。

乐游原上清秋节，

咸阳古道音尘绝。

音尘绝，西风残照，汉家陵阙。

残照汉家陵阙。

唱得凄凄惨惨哀哀切切，唱得武宗泪流满面，唱得宫女低头而泣。就是窗外的小鸟和知了，也停止了鸣叫。

过了一会儿，武宗叫着还在流泪的王贵妃，问道：

"这两天，朕昏昏沉沉中听你和马元赞议论让光王李忱处理朝政，不知是真是假？"

王贵妃听了大吃一惊，慌忙跪下说：

"请万岁恕罪。只因万岁昏迷不醒，而国家又不能一日无主，故而……"

"起来起来。"武宗叫起王贵妃，说道，"你的一片苦心，朕都知道。朕现在自觉已不久于人世。你要立光王李忱，朕也不会反对。他从小就表现非凡，而后饱读诗书，精通治国之道，是块当皇帝的材料。"说到此，武宗稍作停顿。这时，只见他两边腮帮上冒出两道粗粗的肉埂。待肉埂消失后，他才接着说："只是，只是你要依朕一条……"

王贵妃听着，止不住的心惊肉跳，回答说：

"莫说一条，千条万条妾也会依，请万岁讲……"

武宗缓慢而清楚地说：

"没有更多，只有一条，你听着……"

第二十二章　英雄末路

李德裕曾为几朝帝王的肱股之臣，学问渊博，胆识过人，雄才大略，功勋卓著。但他为人孤僻，心胸狭窄，最终走向了一条悲哀孤独的末路。然而，走向末路的英雄还不止他一个……

光王府陷入一片喜庆与忙乱之中。王爷要进宫当皇帝了，合府大大小小都高兴。但是这个高兴只能隐在心里，千万不能挂在脸上，因为宫中的武宗皇帝还有最后一口气，他的即将死亡是举国哀痛的大事，谁也不敢流露出半点笑容来，特别是光王府中的人，谁要是露出笑容被宫里知道了，那可不是闹着玩的。于是大家都做出一副哭丧的脸，为王爷入宫承继帝位而忙碌着。

万寿公主也在忙碌着，但她既不是为父亲进宫当皇帝，也不是为自己进宫当真正的公主，她忙的是另一码事。

前两天，她借从宫中回来之机冒险去了一趟废庙，她派轿夫进去打听那个曾三的消息，说是还未回来。但她并不灰心，她要趁合府上下一片忙乱时再去那废庙，一定要见到他。

但是她又感到信心不足。从她见到的武宗皇帝的情况看，也就是三五天的事了。一旦驾崩，父亲就要进宫继位，一家大小都得跟着进去。到那时，出来就不易了。他能在这短短的几天内回来吗？

她想做个梦，让梦预示她一些消息。因此天一黑就睡觉，可是闭上眼睛却睡不着。先是因为想心事睡不着，后来是因为枕头高了睡不着；换个矮的吧，怎么还是睡不着？折腾了大半夜，倒是睡着了，但醒来想想，什么梦也没做。

她想问菩萨，可废佛以后屋里什么菩萨都砸了。这时，她想起那天晚上在宫里看到的赵归真做道场，怪有意思的。

她脱下她的那双小巧玲珑的绣花鞋，将它们合在一起拿在手上，闭上眼睛口中念念有词道：

"要是今天去那废庙能见到他，就请给个顺卦。"

说罢，将那双鞋直直向房顶抛去，那鞋在空中翻了几个乱七八糟的跟头，叭叭两声落在地上，两只都鞋面朝上底朝下。好，顺卦。

万寿公主高兴极了，但她觉得一次还信不过，三下为准。接着，又如法抛了两次，全是顺卦。

她决定立即出门。换了衣服，从后花园翻出墙外，然后穿大街过小巷，一路顺利走到那废庙门口。大门未关，从门口看去，曾三那小屋的门果然开着。那卦还真灵，他一定回来了。她高兴至极，也紧张至极，三步并作两步走进那间小屋。里面有人，却不是她日思夜想的三郎。

"李公子久违了。请进请进。"

一看又是上次吵架的那个家伙，她板着脸，站在门口不动。

"小人有眼无珠，上次冒犯了公子。这里，我向公子赔罪……"说着，连连躬身作揖，十分谦卑。

万寿公主见了，冷笑道：

"我一个小小的队正，怎受得起你朝廷六品大员行的这么大礼……"

陈俦并不在意，诌笑道：

"都怪小人瞎了眼，望李公子雅量，原谅小人这次。"

说着，还搬过椅子，用衣袖擦去灰尘，说道："请公子坐。"

万寿公主也不客气，一屁股坐下问道：

"你与曾三是朋友？"

"是。"

"你们是什么时候认识的？"

"我们，我们是潞州同乡。"

"他什么时候回来？"

"他临走时说回潞州看望了父母便回来准备参加会试。什么时间，没说。"

"那你今天来此地干什么？"

"今天么，今天是专等公子您的。"

"啊！等我，要跟我再吵一架？"

"不敢不敢，小人断定公子还会来，特地等您。已经等几天了。"

"什么事？"

陈俦忙从怀中取出那幅画，双手递给万寿公主说：

"给您送这幅画来。上次您要，小人没给，回去后一直后悔。这本是您的画，物归原主本是正理。"

万寿公主没接，却说：

"你先放在桌上。"

陈俦将那幅画恭恭敬敬放在桌子上后，恭恭敬敬站在万寿公主面前说：

"小人狗眼看人低，得罪了公子，请公子大人不计小人过。公子要有什么办的事，尽管吩咐，小人以死效命。将功补过……"

"那好。"万寿公主说，"这画，我先代为保管。要是他回来了，你告诉他李山公子找他；他要是近日未回来，你什么时候回潞州见着他，转达我的问候。叫他来京时去找阮叔。当然，我不会让你白辛苦，到时候，自有你的好处。"

"是，是，小人一定照办，请公子放心。"

万寿公主站起来，在小屋里走了一圈。她想一个人在他住的小屋多待一会儿，便对陈俦说：

"你可以走了。"

"是，小人先走一步。"陈俦说罢躬身退出。

"慢着！"万寿公主说。

陈俦立即停步，望着对面这个年纪轻轻却说话口气咄咄逼人的神秘身份的人。

"把钥匙留下。"

陈俦顺从地从怀中摸出钥匙，双手递上。

"曾三兄来，就说钥匙在我这儿，如要，去找阮叔。"一副这房子主人的口气。

"是，是。"陈俦回答着，慢慢退去。

一出大门，他一面抹去额头上的汗珠，一面为自己庆幸。一切，都在自己预料之中。他给自己的评价是：料事如神。

转弯走上大街，陈俦心里还在得意，自己又抓住了一个机遇，将来……正想着，突然与前面过来的人撞个满怀。他正要发作，抬头看去，原来是户部里一个天天见面的同事，忙拱手赔笑道：

"对不起，对不起。"

"哪里，哪里。"

"不知兄台有何急事，这么匆忙？"

同事说："陈兄难道不知？明天是我户部郎中卢新大人母亲六十大寿，我们几个朋友凑了些银子买上礼物，明日好去给卢老夫人祝寿。"

陈俦听了，心中一喜，忙说：

"既是卢大人母亲寿辰，在下也得去，来，我也出一份。"

说罢便从怀中取出银子交给那位同事。那位同事接过银子说：

"好，人多更热闹，明日咱们一块去。"

告别了同事，陈俦才发觉最近以来被那个姓李的小子搅得一塌糊涂，竟忘记了一件大事，卢郎中那儿，早该去拜访了，却拖到至今。现在有这么好一个机会，岂能错过？既然是给他母亲做生日，他妹妹卢秀儿一定也在……

陈俦猜得一点不错，卢秀儿此时正在长安他哥哥家。

自从一年前的刘稹叛乱前夕，卢家得到消息，老太爷带着全家连夜逃出潞州，到楚州住在大女儿家。听说潞州叛乱已平，老太爷老夫人因不习惯南方气候，不顾大女儿女婿一再挽留，坚持要回潞州老家。路上，弯道来到长安，准备在儿子处住几日。这时恰逢老夫人六十生辰，卢新便在府中摆上酒席，为母亲祝寿。

　　按卢新原来的想法，母亲六十大寿，要热热闹闹铺铺张张地办一下，但因近日从宫中传来消息说武宗皇帝病危，便大大缩小了规模，只请户部的同事，加上老太爷原先在京城做官时的旧交，以及他们的女眷，人数也可观，把卢新不甚宽绰的宅第挤得满满的。

　　怀里揣着一个心愿而来的陈俦，今天刻意打扮修饰一番：身穿京城最流行的紫红色绲边长袍，脚踏猪肝色长筒皮靴，头上高高戴上一顶方帽，风度翩翩谈笑风生鹤立鸡群地活跃在来客中间。

　　他的这一招果然起了作用。为母亲生日忙着在后堂应酬女眷的卢秀儿，偶尔也走到通向大客厅的门口，在满座高朋中，那个穿紫袍戴方帽的人很惹人注意，当认清了他的面目后心中便止不住的兴奋。自从去年在楚州白水寺见过一面，以后两次在观音菩萨生日却未见到。原来他到了京城。他一定知道郑颢的消息，无论如何也要找个机会问问他。

　　为了讨母亲的欢心，卢新请了一拨梨园戏班来助兴，后园又有合适的场地。当然不敢锣鼓喧天地大轰大闹，但唱几出文戏也不会惊动四邻。午饭以后，趁人们都聚集在后院看戏的时候，卢秀儿派心腹丫鬟把陈俦叫到一个僻静的地方。

　　一番相互问候之后，卢秀儿问道：

　　"陈公子，那日白水寺约了时间，不知为何没来？"

　　对今天的会面陈俦早就准备好了一套话，他回道：

　　"只因京城有要务叫我回来，未能及时相告，尚请小姐见谅。"

　　"潞州平定后陈公子回去过吗？"

　　"回去过，回去过。"

　　"见到郑公子没有？"

　　"见到过，他好着哩。"

　　"您给他谈到奴家吗？"

　　"谈到的，谈到的。"

　　"他问到我吗？"

　　"问倒是问了，只是，小姐听了莫生气……"

　　"怎么讲？"卢秀儿急着问。

"他叫我碰见你时告诉你,他父母替他定了门亲事。"

"他答应了?"

"答应了。"陈俦见她表示怀疑,问道,"你不信?"

"我不信!"

"我也不信,可是,你送给他的那幅画,他却……"

忽听门外传来丫鬟的咳嗽声,卢秀儿不及再问,急忙打开另一道门,身子一隐走了。

卢秀儿捂着狂跳的胸口回到她的闺房,既紧张,又难过。但当她慢慢平静下来后细想,像郑颢那样憨厚的人是不会背盟毁约的,说不定会是陈俦的胡诌,看他那色眯眯的目光就知道。及至过了两天,母亲突然告诉她,有个户部名叫陈俦的员外郎托人来提亲,因为那天他来祝寿,一家人都见过,挺不错的……

"女儿,你注意到了吗?那个穿紫红袍戴学士帽的年轻人,你看……"

一切,她都明白了,头一扭回道:

"不,女儿不嫁人!"

王贵妃听罢武宗皇帝的那个"条件"后便再次跪了下来,半天也没说话,只把目光冷冷地看着武宗那又似要喷火的眼睛。

"难道,你不愿意?"武宗问。

"愿意。"王贵妃尽量忍住,不让泪水流下来,坚强地说。

"爱妃,"武宗开导说,"朕是替你作想,你没有子女,朕去以后,你会孤单的。再说,后宫也是个险恶的地方,你孤身一人,如何应付?还有……"

"万岁,"王贵妃不想听他再讲下去,便接过话来说,"臣妾是个明事理的女人,对皇上这么多年的疼爱铭心刻骨。臣妾愿随万岁去,永远陪伴您……"

"还有,"武宗不顾王贵妃的打断,接过话头说,"还有,你是朕此生最宠爱的女人,朕绝不能让你在我死后……"

"万岁!"王贵妃大声打断武宗的话说,"我不会死在你以后。今天,就是我的死期。只是,我在死去以前,也有一个请求,希望你答应……"

"你说。"

"请你放兰兰道姑出宫吧，她还有一个痴情的男子等着呢……"

武宗有些迟疑，但最后说：

"朕在盛年归天，实在遗憾。那个小病仙，太惹人怜爱了。不过，既有你为她求情，看在你的分儿上，我就让她自去……"

"万岁皇恩浩荡，妾代表她向您感恩。"

说罢，王贵妃面对铜镜，仔仔细细梳理了那头乌黑的长发，松松地挽个髻，盘在脑后；再从衣橱里翻出那件以前在颍王府时常穿的大红镶边的绸袍，慢慢穿在身上。

这时，武宗看她准备好了一切，便从枕下摸出一条丝巾，说：

"爱妃，拿去！"

"谢万岁。"王贵妃双手接过来，挽个圈，把它丢过御榻的床架上，拉紧了。再搬过一张小凳踏上，将头伸进圈内，笑着对床那头盯着她的武宗说：

"万岁，妾早走一步了！"

说罢，蹬开小凳，她就像平日打秋千那样摇摇晃晃吊在那里了。

武宗目不转睛地望着她，一直到眼前变成一片模糊……

一场兴师动众热热闹闹辉辉煌煌的改御名活动并未能挽救武宗的性命。846 年，即唐武宗会昌六年六月二十三日，在位仅六年、年仅三十三岁的皇上武宗李瀍又名李炎驾崩。其时，离他改名不过十二天。

三天后，皇叔李忱在太极殿侄儿武宗的灵柩前继位，是为宣宗。这是一次极为庄重而盛大的典礼，作为宰相的李德裕是这次典礼的当然主持人。早在头两天，他就对自己在这次典礼中所扮演的角色反复演练。这可是能否取得新皇上信任保住相位的一次关键性活动，一定要做到万无一失，让新皇上对自己有个好的第一印象。

这次典礼的内容有两个，一个是宣读武宗遗诏，一个是宣读宣宗即位册文。

典礼开始了，文武百官一声不响如木头般站在殿上，李德裕手捧武宗遗诏站在太极殿上方的台子上，用他那河北家乡话代表武宗一字一句侉腔侉调地念着。

武宗遗诏是谁起草已不可考，但文中对武宗在位六年的伟绩却说得一点不漏，什么诛灭刘稹、擒杀杨弁、废除佛教等等，一一罗列仔细。接着，对李忱可继位的理由又一一道来。他"天资睿哲，贤善可余。其德可以宁邦国，其仁可以安百姓"，传位于他是"无愧神明，托付得人"等等。最后要求要在"枢前即位，以安天下"云云。

遗诏的末了还有几句话，李德裕念得更是认真，甚至有几分得意："……仍令太尉、同平章事李德裕总掌朝廷政务……"

念完武宗遗诏，李德裕又捧出宣宗即位册文，缓缓念起来。

册文仍是武宗的口气，先对自己在位的政绩宣扬一番，再对皇叔的品德夸奖一番，还对即将继位的新皇宣宗祝愿一番，都是官样文章。最后，也照例有那么几句让李德裕念起来更兴奋的话："……宜令同平章事李德裕，捧册宣读……"

念完以后，请新皇登上御座，然后文武百官在李德裕带领下山呼万岁，庆贺宣宗皇帝登基。至此，典礼全部结束。

李德裕对自己今天的表现非常满意，特别是念诏书和册文，抑扬顿挫，轻重缓急，掌握得体。他还特意偷眼看了几眼宣宗皇帝，见他果然温文尔雅，眉目慈祥，不像是个薄德寡恩之人。于是原先心中的那丝疑虑也就消散了。

然而刚坐上御座的宣宗皇帝对他却是另一番心思。典礼刚刚结束，他就问身边的马元贽：

"刚才怪声怪气念诏书和册文的人是谁呀？"

"陛下，那就是宰相李德裕。"

"啊！"宣宗惊叹一声说，"难怪他每看我一眼，都让我感到毛骨悚然恐怖万分呢。"

马元贽听了不觉大吃一惊。

半年前李德裕又纳了房小妾，小名妮妮。长得不高不矮不胖不瘦，美丽无比，聪慧无比，温柔体贴，善解人意。李德裕对她百般怜爱。但她的好处还远远不止这些。别看她小小年纪，却熟读诗书，能写会画。说起话来，有条有理。有时，李德裕遇上难解之事问她，说出的点子居然还挺顶用。李德裕便越发喜爱她了，常搂着她说："没想到我李德裕到了晚年还能遇上你这个红颜知己。就这，也不枉一世。"妮妮也在他怀中摸着他的胡子娇嗔地说："大人把话说反了，是妾有福气，遇上您这位相知。妾这一生能陪伴老爷，就是死了也值得……"

今天，李德裕主持了新皇登基仪式回府后第一个目标便是去妮妮的卧房，他要向她细说今天的情景，让她分享快乐。他把典礼场面如何庄严宏大，皇上和文武大臣如何恭立专注地听他一字一句地念诏书、念册文，以及新皇如何用极其温和甚至是感激的目光看了他几眼，等等，讲了个详详细细。

妮妮听了笑道：

"我说老爷您原先的那些想法是多余吧。大人您想，新皇上继位不依靠原先的大臣依靠谁？何况，老爷您政绩卓著，声名远播，谁不知道？"

"现在看来，幸好没听裴氏那个黄脸婆的话，要是听了她的，向上面打了退职报告，新皇上肯定多心。莫说主持这么隆重的典礼了，就连台下，怕也没有我的位置哩！我的小妮妮，还是你有见识。"

回想武宗皇帝刚归天时，许久没见面的裴氏夫人从她后堂的小屋里走出来，走到李德裕面前，手里数着念珠说：

"老爷，我有几句话实在憋不住，非说不可。"

"你说。"李德裕不冷不热地说。

"俗话说一朝天子一朝臣，而今武宗皇帝已晏驾，您就告老还乡安度晚年吧，别再在官场上混了……"

李德裕听了没开腔，但他心里想的却很多，他想到功成身退，想到见好就收，甚至想到鸟尽弓藏……

见丈夫不说话，以为他动心了。裴氏接着又说：

"老爷，您这些年给朝廷干了这么多事，功劳算是第一份了，可是您知道得罪了好多人啊……"

"别说了！"一听裴氏说得罪人，李德裕就火了，指着老婆说，"你还记住你姐那档子事？真是妇人之见。那刘稹谋反，他母亲裴氏不但不劝阻，反而为他出谋划策，鼓劲打气。难道不该死吗？因为她是你姐，就让我徇私情灭大义，岂不有负朝廷和皇上？"

裴氏不敢再说，背转身去，数着她的念珠，向后堂走去。

望着裴氏渐去的背影，李德裕的气毫未消退。这女人太不知趣，我看在几十年夫妻的分儿上，给你面子，任你在后堂供菩萨，也不干涉你念经烧香，你倒干涉起我来了。哪天把我惹毛了，非把你后堂上的菩萨砸了不可……

气，一直带到妮妮房中，在妮妮百般温存下才慢慢化解，信心百倍地投入到新旧皇帝交接时期的繁杂工作中。今天，皇上继位大典已顺利结束，从皇上脸上看出他的满意，这才庆幸当初听了妮妮的分析与劝告，没有去打什么告老还乡的报告。

李德裕正在房中与妮妮亲热，忽听门上来报，说宫里马公公派人送来礼物。

要是别人，李德裕只答应一声"知道了"就算了，因为是为立新皇起了关键作用且与自己有深交的马元贽送来的礼物，不能怠慢。说不定还有什么要紧消息透露呢。因此，听报后赶快穿衣出门走进客厅。但客厅里空空荡荡，只有门房老头手捧一个大布包，双手呈上来说：

"老爷，这是马公公派人送来的礼物。"

"送礼的人呢？"李德裕有些奇怪地问。

"他把礼物交给我，叫我一定交给宰相大人，就走了。"

"你怎么不把他留下？"

"他一定要走，留不住。"

李德裕不再问什么，接过包来，打开一看，原来是一领白狐毛的皮袍。提住领子，哗一声泻下来，如一阵瀑布。其白如雪，其轻若无。手摸上去，柔软细滑，是顶顶上等的皮毛了。李德裕心里很高兴。马元贽还算有良心，没有忘记我对他的好处。他提着那领皮袍，快步回到房中。他要把这领皮袍送给她。这等上好的皮货，只有她才配穿。

妮妮接过皮袍细看一遍，赞不绝口，忙往衣橱里藏了，又与李德裕说笑一阵，便吹灯就寝。但刚刚睡下，李德裕突然说声：

"不好！"

"什么事不好！"妮妮问。

"问你，现在是几月？"

"六月。"

"六月大伏天，马元贽给我送冬天穿的皮袍，这是什么意思？"

"那会有什么意思？"

"我看这里面有意思。"李德裕沉思一会后又说，"不仅有意思，而且意思很深，他是在告诉我：现在气候不宜，我当引退……"

"哈哈哈。"妮妮听了一阵大笑。

"笑什么？"

"我笑你们当官的，整天疑神疑鬼，提心吊胆。累不累？"

"妮妮，你没听说过伴君如伴虎、宦途不可测的老话？"

"听过。可我也听说过杯弓蛇影、草木皆兵的老话。"

李德裕听了，把妮妮紧紧搂着说：

"我的好妮妮，你还真懂得不少。"

"老爷您想，那马元贽是干什么的？不过是个侍候皇上的太监，一个粗人，他会想那么多，那么深？您不是说过他以前如何投靠您，您又如何在皇上面前举荐他。他今天得势，不忘旧情，得到件贵重袍子给您送来，不过是报恩讨好而已。您倒想那么多那么远。真好笑。"说着，她使劲把头向他胸口拱去，娇声说，"老爷，天都不早了，趁今天高兴，天又凉快，别可惜了这么好的晚上……"

但是，李德裕的快乐心情没有保持几天，就被另一件事败坏了。

宣宗下旨要办赵归真，追究他蛊惑圣聪、毒害武宗的罪行。同时，还听到风声说，宣宗皇帝要开禁佛教，重修寺庙，再度僧尼。

李德裕打了个冷战，剑，已悬在自己头上了。他向妮妮谈了自己的焦虑。

妮妮却说：

"新皇要查办赵道士，是因为他的仙丹毒死了武宗，这与老爷何干？"

"妮妮，赵道士曾传授过我的房中术，还有……"

"嘻嘻，这也算你的罪过？"妮妮笑着问。

"可是废佛的主张却是我提出来的呀！"

"那也是皇上批准的呀，皇上不下旨，宰相敢擅作主张？"

"倒是……"

"老爷别多虑，今天是妾二十岁生日，我已准备下酒菜，咱们痛饮三杯。"

李德裕迅速果断铁面无私地处理了赵归真毒害武宗的罪案。就在大理寺头审中，赵归真及其同伙共十二名道士全被打死在公堂上。

这块心病除了的第二天，宣宗皇帝就下了对佛教的大赦诏书。

当李德裕垂头丧气回到他的宰相府，刚跨进大厅，裴氏夫人就迎上来，给他接过衣服帽子，服侍他洗了脸，亲手给他端上茶，然后一边数着念珠一边说：

"老爷，一个皇上一个脾气。新皇上的脾气您又摸不准，再干下去不定还会出什么事呢。老爷您就听我一声劝，辞官回家吧……"

"难道我主张废佛错了？"

"老爷，您就别说什么错呀对的了，回家乡去吧，那里咱们有房子有地，后半辈子安安静静地过日子。"

"我要上书……"

"对，明天就上书辞官。"

"不是辞官，是上书皇上收回对佛教的大赦诏书。"

"唉，人说不撞南墙不回头，您是撞了南墙也不回头……"

"放肆！你敢对我这样说话？"

裴夫人叹口气，数着她的念珠，背过身走回后堂。

妮妮把李德裕迎进她的卧室，替他捶腿、捶背、揉胸口，温柔地说。

"老爷，您别难过，废佛之事您没错。新皇上不过心血来潮，过不好久，想通了，他自会收回成命；只是，只是大太太说话，也太没分寸。古话说，夫唱妇随，她却处处跟老爷作对……"

"哼！看我去收拾她……"

"老爷，您就别去了，天都快黑了……"

李德裕嗖地站起来，气冲冲大步走向后堂。

"老爷，您别去……"妮妮跟在后面喊着。

不一会儿，后堂便传来一阵乒乒乓乓砸东西的声音。妮妮知道那是他在砸裴氏供奉的菩萨和蜡台香炉。而后，又传来老爷的骂声和裴氏的哭声。这时，她才移步去后堂，把老爷劝着拉回卧室。

第二天天不亮，裴氏夫人收拾些衣物开后门走了。李德裕听报心中一阵难过，几十年患难夫妻就这样不说一声就走了。细想，也怪自己太鲁莽，昨晚不该对她那样……妮妮在一旁劝慰道：

"老爷，大夫人一时想不通走了，不过是回娘家去了。过几日，她自会回来，老爷不必忧虑。再说，她走了，也免得在眼皮底下惹您生气。这一向，本来就遇到不少烦人的事，她又来添乱……"

"真是不懂事的女人。"李德裕心里骂了一句，就闷着一肚皮气上朝去了。

要是平日，李德裕遇上心里不痛快，找个借口就不去了。可今天不行，今天是宣宗皇帝脱去丧服正式上朝听政第一天，作为宰相不去是怎么也说不过去的。他硬着头皮进了宫，混在朝班中向宣宗皇帝三拜九叩后，站在殿下听皇上宣示。当他正在猜测宣宗临朝听政第一天要办的第一件事是什么时，忽听传话太监大声喊：

"李德裕接诏。"

李德裕一惊，忙站出班列，走前几步，跪伏在地，尖着耳朵聆听皇上的诏书。

但听宣诏太监尖细着声音念道：

同中书门下平章事兼门下侍郎，弘文馆大学士、上柱国、卫国公李德裕，岳渎间气，钟磬正音，词锋莫当，学海难测。自入膺大任以来，以其安边之术，伐叛之谋，立下盖世之功，布在册书，辉映前古。

朕即位之后，念其为国辛劳，应予奖励。荆南地处两楚，为五都要会，边镇雄藩，需一德才兼具之要员坐镇治理。宰相为国家之干材，群臣中之首辅，入则主政理财，出则威靖一方。故特委李德裕出任荆南节度使之职，并仍兼领中书省门下平章事。望接诏后立即打点赴任。钦此。

李德裕接了诏书只觉得一阵茫然，在朝臣的一片窃窃私语的嗡嗡声中退出朝堂，上轿回到家中。然而终因年老，经不住打击，刚刚跨进妮妮房中便瘫倒在床上。

听说老爷被贬往外地，合府上下人心惶惶，一片混乱，都聚集在厅堂上吵吵嚷嚷，闹着要散伙。

妮妮在屋里听了，走上厅堂，放大声说：

"大家听着，我家老爷奉诏调任荆南节度使，仍是朝廷封疆大臣，何况还兼任中书省平章事，宰相职务未变。你们闹什么？你们中有不愿随老爷去的尽管说，老爷发给银子让你们走。愿意跟老爷去的，就各自准备行装等候起程。"

几句话一说，果然安静下来。妮妮命管家登记造册，准备银两，干脆利落做了安排处理。

李德裕在房中听得明白，待妮妮回房后，握住她的手无比感激地说：

"妮妮，只有你，才是我的知音。"

妮妮笑道：

"老爷，人事变迁，从来难以预料。想老爷几十年宦海生涯，几上几下。现在，只不过是点小波折，算什么？别说有几个人闹着要走，就是全走光了，妾也会陪着您去荆南，去天涯海角……"

说得李德裕老泪纵横，泣不成声。

"只是，我已老了，怕再难翻过来了……"

"老爷莫说丧气话，那姜子牙八十岁遇文王，您比他，整整小二十岁呢。"

几句话说得李德裕精神陡增，病也好了。他立即起身，叫来左右随从和领班，叫他们分头准备，他要立即起程赴任。

两天后，李德裕办好一切交割，第三天就起程。

李宰相离京的场面实在有些凄凉，随从寥寥无几不说，就连平日娇惯的几房小老婆中，也有两个不辞而别，剩下的除妮妮外，都悲悲切切像是赴死一般。

来送行的人则更少，稀稀拉拉三五人。在十里长亭上李德裕还故意等了一阵，也没见再有人来。他觉得别人不来送行尚可说，唯有那个原来像膏药贴着自己的陈俦，今天也不见人影。他感到不可思议。直到坐上马车，他都还在不停地叹气。

　　"老爷,"在马车上,妮妮依偎在他怀里说,"何必为那个无耻小人生气,等几年您回来时再找他算账不迟。"

　　李德裕听了,心里如涌进一股暖流,把妮妮抱得更紧说:

　　"这世上,只要有你,其他什么对我来说,都微不足道。"

　　在马车的摇晃中,他俩紧紧相拥着渐渐睡去。

第二十三章　最后的孽缘

李德裕的最后岁月实在有些惨淡，被撵出朝堂，扫地出门，一贬再贬。唯一值得庆幸的是奇遇一位红颜知己。然而，当他从温暖的梦中醒来时，才发觉那不过是段冷冰冰的孽缘。

这几天陈俦两只耳朵老发烧，他正猜测会有什么事情发生时，托请去卢府提亲的人回来了，说是卢家父母倒没啥，但卢秀儿说不嫁人。陈俦听了不但不生气，反倒重谢了媒人。媒人捧过一堆白花花的银子说："这，这，事没成，无功不受禄……"陈俦笑道："你已经办成了一半。待办成另一半，我还重谢。"媒人说："那，我听大人吩咐……"

这件事过了，陈俦耳朵还是发烧。这次，他知道是什么事了，但这时，他已顾不了那么许多了，只有暗地说，李德裕，您好走，我还忙着哩。他要忙着改换门庭，李德裕倒了，他要找个新靠山。

他选定了白敏中，因为白敏中新近已被任命为户部尚书，听说皇上还要他领同中书门下平章事，也就是说要兼任宰相。不过他感到有些奇怪，白敏中不是李德裕推荐的吗？这官场上的事真说不清。

这天，他准备了一份厚礼去拜见白敏中。

刚登上户部尚书位置的白敏中，很希望有部属来看望他。他知道在京城做官不易，自己又新来乍到，没有几个得心应手的部下这位子是没法坐稳的。

他见来的是那天因公务出错被他训斥过的陈俦，便更加热情地迎进客厅，让坐看茶。

陈俦见白尚书大人如此客气，受宠若惊，忙行礼道：

"在下陈俦今日登门拜见大人，一则给大人请安；再则，那日受大人教诲后，日夜反省，深知错误严重，特向大人当面请罪。"

白敏中笑道：

"至于那日之事，一时发怒，重说了两句，还望先生别在意。先生年轻有为，知错能改，前程还大着呢……"

"那，还请大人多多教诲，多多关照提携……"

"那是自然。"白敏中又问："不知先生是什么时候来户部任职的？"

"半年以前经宰相李大人举荐进的户部……"他特别说出李德裕的举荐，是想说明我与你一样，也是他的举荐，你白敏中别小看了我。

"啊！"白敏中不觉惊叹一声。

一听白敏中赞叹，陈俦便有几分得意忘形，信口就吹起来：

"前天，李大人出京，外放荆南节度使，在下还去为他送行，握手告别呢……"

"啊！"白敏中又叹一声，说道，"那好那好，今天我还要处理几件要紧公务，咱们下次再谈。"

陈俦忙起身告辞，谦卑地说：

"以后，还请大人多多指点。"

"那是那是。管家，送客。"

陈俦离开白府后，在暖暖的太阳照耀下，有说不出的轻快与惬意，趁着兴致，又去花街痛痛快快玩了一夜，第二天一早，便去户部点卯。

刚跨进公事房，就见他的桌上有个包，走近一看，原来是昨天他送给白敏中的那份礼物。取过包，下面压着一张户部用笺，那笺上写着一行大字："陈俦即日除名，不再来户部上班。"落款处，赫赫签着"白敏中"三个字。

陈俦一阵头晕，只觉得丈二和尚摸不着头脑。不过，当他清醒过来后，冷冷一笑，说了声："好——"

陈俦原是李德裕派往户部的，官职虽不高却是个实权人物，户部一些重要银钱的收支，都要过他的手。他本就是个浑身长着心眼的人，再经过官场摔打，肚里装着一套套应变的本领。就在他被除名的当天下午，他抱着一沓卷宗大喇喇走进白敏中的公事堂，也不管旁边有人没人，大声说道：

"白大人，我陈俦既被大人除名，但走要走得清白。我这里有两笔账原是白大人签署同意的，再呈上请大人复核认可，免得以后大理寺勘问起来职责不清，留下后患……"

白敏中心中一惊，想想，果然有两笔账，都是签字叫送给李德裕相府的，要是拆穿对自己太不利……没想到，还真小看了这个京城的小官油子……

"哪两笔，你拿给我看。"白敏中装着若无其事地说。

陈俦上前几步，把卷宗放在白敏中面前。

白敏中细看一遍后，屏退身边的人，先请陈俦坐下。然后说：

"这账，倒是不假，只是本官签字的条子并不在。"

"大人的签字条子在此。"陈俦说着，便从怀中取出两张纸条，远远地让白敏中看了，说道，"请大人过目。"

白敏中看了半晌不语。最后说：

"关于你的事，本官既已做了决定，不便更改。这样，你把这边的事交了，就到右街户部衙门上班，职位不变，薪俸不变。以后有机会，我再提升你。"

陈俦说：

"既然大人如此安排，卑职就先道谢了。我想大人身居高位，一言九鼎。那，卑职的前程就托付给大人了。"

说罢，陈俦从身上摸出火镰，打燃火种，然后将两张纸条再次拿给白敏中验看，这才吹燃火种，把纸条凑火点燃。顿时，一道火光升起，把白敏中那惊诧的脸照得清清楚楚。做完这一切后，陈俦向白敏中深深一揖，说："谢大人栽培，今后有用得着我陈俦的，尽管吩咐。"说完，取过卷宗，缓缓退去。

唐宣宗登基那年已是三十七岁，目睹了自穆宗、敬宗、文宗、武宗四朝帝王的兴衰生死，他对大唐王朝日渐走向没落的病灶看得很清楚，对怎样当一个力挽狂涛重振唐室的皇帝早就成竹在胸。

免去权臣李德裕的职务并撵出京城，这是他出手的第一拳。这一拳虽然打在李德裕身上，却惊动了满朝文武。谁也没料到新皇出手就这么准这么狠。官员们都惴惴不安地窥视着、揣摩着、担忧着皇上下一步的动作。

其中，神策军左军中尉马元贽的担忧与不安较之他人则更甚。虽然，他对宣宗有拥立之功，但自己与李德裕的关系太密切了，随便抖两件出来就足以使自己身败名裂。这个李德裕也是，那么聪明的人，难道对我给你送白狐皮袍的事竟意会不到？你要是早一步抽身，何至于落得颜面丢尽的下场？颜面丢尽倒是其次，朝中的人见你威风扫地，落井下石的事会一件件跟着你屁股后面来，不要以为离开京师就没事了……但愿你不要把我牵扯进去。

对李德裕的担心没完，另一件更使他担心的事发生了。

这天朝会，宣宗端坐在御椅上细听大臣们的奏报。忽然，他从中书侍郎、同中书门下平章事马植的腰上看到星星点点的蓝光，原来是他拴了根新腰带。

"马植你过来。"宣宗指着他说。

马植上前几步，躬身而立，等皇上问话。

"朕问你，你腰间的那根新腰带是哪儿来的？"

马植听问的是这个，吓得立即跪下，如实说道：

"这腰带是马公公所赠。"

宣宗这时偏过头去，看看在殿上值班的马元贽，问道：

"马植所言属实吗？"

已吓得汗流浃背的马元贽腿一软跪下说：

"是奴才所赠，奴才该死。"

宣宗这时放大声音对殿上的文武百官说：

"这根腰带名犀角宝石带，乃外国进贡珍品，是朕赏给马元贽的。我大唐祖制早有明文规定，大臣不得结交宦官……"

宣宗说罢退朝，立即下诏免了马植宰相职务，贬出京城，出任常州刺史。马元贽从此日夜担忧，不知会受到什么处分。但宣宗像忘了似的，再不提此事。反倒使马元贽更加不安。他希望皇上早给个处分，好放下这个心事，可皇上偏不。

但是，宣宗对宦官、内园使李敬实的处分却非常及时。

李敬实这天带着一帮太监骑马在街上东游西荡招摇过市，正遇宰相郑朗上朝的轿子迎面而来。按规矩，宦官路遇大臣应下马让路，但骄横惯了的李敬实毫不买账，打马擦着郑朗的轿子扬长而过。

郑朗上朝时将此事奏知宣宗，宣宗马上叫来李敬实训斥道：

"内官路遇大臣应回避，你为何不？"

李敬实辩解道："供奉官向来不避大臣。"

宣宗怒道："胡说！你如果有朕的敕命在身，哪怕你横穿宰相队伍也是可以的。你因私事出行，怎也不避宰相？"

于是李敬实立即被剥夺了官阶，发配到外地衙门充当衙役。

宣宗清楚意识到宦祸的可怕，但如果宦官与大臣相勾结，那更可怕。经过亲手处理了几件这类事件，宦官们安分多了，朝臣与宦官的交往的事也少了。但宣宗并不以此为满足，他要彻底根除宦祸。

这天，宣宗以读诗论画为名，召来翰林学士韦澳，然后摒开宫人，问道：

"近日来，外面对宦官权势还有何议论？"

韦澳回道："陛下果断处理了几件事，宦官们再不敢妄动了。"

宣宗闭着眼睛摇头说："还差得远呢。大臣对他们还畏惧着呢。爱卿你看有什么治本的办法没有？"

韦澳说："此事只有徐徐图之，如果急了，怕重演甘露之变，依臣之见，对他们中有犯罪的，立即除掉；有缺位的，不再补充。慢慢地，不就消耗干净了？"

"你这只不过是下下之策。"宣宗听了失望地说，"朝廷中，凡是穿黄色、绿色乃至绯色衣服的中下级官员，对朕都感恩不尽，大胆奏事。一旦穿上三品以上的紫色官服，就变得畏首畏尾，说话与朕一致了……"

说得韦澳满面羞愧，诺诺而退。没两天，他就被罢了翰林学士之职。

按以往的惯例，随着李德裕的倒台，李党人物就应一律扫地出门，牛党人物则应通通召回京师，委以重用。但宣宗没这样做。他认为"牛李党争"之所以成为几十年来一大顽症，原因就在于"牛党""李党"你上我下，我上你下，恶性循环，争斗愈来愈烈。因此，李德裕被逐后，"牛党"第一号人物、原宰相牛僧孺并没有召回京师，只是对他的处境做了些改善，把他从地处偏远的循州长史任上调为衡州司马，"牛党"另一重要人物李宗闵由封州长史改任为郴州马司。相反，与"牛党"无瓜葛的崔发，宣宗下旨派专人从太原乡下把他接进京城，任命他为京兆尹。对"李党"，除了几个主要人物发放外地外，其他各安其位。

不仅如此，宣宗还下诏任命白敏中为同中书门下平章事，替代李德裕成了宰相首辅。

这一住命宣布后，朝野的震动几乎不下于李德裕的被撵出京城。

白敏中不是李德裕推荐的吗？不是"李党"是什么？怎么还如此受重用？人们迷惑了，不知皇上闷葫芦里卖的什么药。

宣宗当然有他的用意。正因为白敏中是李德裕所推荐的，重用他表明皇上唯才是用，并不分你是那一党。再说，白敏中短短时间从侍郎而尚书而宰相，都是我一手提拔的，他敢不听话？他又是从外地才来京城，与宦官与朝臣无甚瓜葛，使用起来更放心……

几板斧砍下来，困扰几朝皇帝的党争、宦祸，在宣宗手上得到扼制，皇权大大加强，朝廷的乱糟糟局面开始改变。

但更大的麻烦来自皇室内部。至宣宗时，李唐王朝统治已达二百余年，经历了十六位帝王，父传子，子传孙……皇亲国戚不计其数。这支庞大的皇室亲缘家族，凭借其特殊的地位身份，巧取豪夺，为非作歹，欺压百姓，无所不为，给朝廷带来很多麻烦。宣宗即位后下令神策军修一个巨大的百福宫，其中有雍和殿、亲亲楼，以及屋宇房舍共七百余间，专供诸王子王孙聚会玩乐之用。一些爱惹是生非的亲王由宣宗亲自点名请来游乐，借机对他们进行礼法教育。这一着果然有效，皇亲国戚被规范在一定范围内活动，民间告他们的状子很快就少了下来。

不过宣宗也碰到一件棘手的事。

宣宗生母郑氏在宣宗即位后立为皇太后。她有一个弟弟郑光，本是个没有才学的粗人，想当官，求到姐姐。皇太后叫来宣宗说：

"你看，你舅舅膀大腰粗的，给他个什么事干干。"

宣宗至孝，不敢驳母亲的面子，便任命郑光为右卫大将军，还赏了不少庄田，又下诏免除其赋税。

中书省的宰相们立即上奏说："税役之法，天下皆同，今独免郑光，似觉不妥。"

宣宗听了，虚心接受，立即下诏对郑光庄田照样收税，并表示自责。

但郑光并不理睬，命他的管家一连几年抗税不缴。管家还自恃后台硬，横行乡里，称霸一方。百姓忍无可忍，向京兆尹崔发处告了一状。崔发立命将管家收监关押，查明罪状，判了死罪。郑光找到姐姐皇太后，太后找到宣宗。

宣宗找到崔发，先拐弯抹角叙叙旧交，再问问进京以来生活可好，儿子的癫痫病是否痊愈？最后，转入正题：

"郑光的这个管家是朕舅舅的妻弟，与朕也与沾亲带故，你看，是不是可以法外开恩……"

崔发听了说：

"陛下之所以用臣为京兆尹，是要清除京畿多年积弊，如果对郑光的管家宽宥了，那陛下的法律只能是专为贫穷无权的人制定的。臣不敢这样做。"

宣宗噎住了，半晌，才无可奈何地说：

"诚然如此，但郑光整天来扭住我。你就看在朕的面子上，打那囚徒三百棍，给他留条狗命，如何？"

崔发也无可奈何地说：

"陛下的话，臣不敢不听，但臣提个条件……"

"什么条件，你只管说。"

"郑光一定要把几年来欠的税赋交清了，而且保证今后不再拖欠……"

"行，行。"宣宗连声答应，接着还说，"朕为了舅舅而枉法，实在惭愧……"

唐代历朝皇帝都对音乐有特别爱好，宣宗更不例外。宫里有个叫罗程的乐师，弹得一手好琵琶，且精通音律，很受宣宗宠幸。但他自恃皇上恩宠横行街市打死人命，被京兆尹崔发判了死罪，关进监狱。众乐工兔死狐悲，要借皇上对罗程的宠爱为他说情。

这天，宣宗到后苑听乐，乐工们将罗程的琵琶举过头顶，向宣宗哭泣跪拜。

"你们这是什么意思？"宣宗不解地问。

乐工们奏道："罗程有负陛下，罪该万死，只是可惜他的精妙琴艺，从此就绝了……"

宣宗听了正色说：

"你们可惜的是罗程的琴艺，朕爱惜的是国家的法度。罗程犯法当诛，朕绝不宽贷！"

说罢，立即亲笔写诏书给崔发，命他依法办案，不要受任何干扰。

皇上的亲戚也好，宠幸也好，犯了法照样治罪，毫不讲情，谁还敢胡作非为貌视王法？京城面貌焕然一新。

一看皇上动了真格的，臣民中有那过去受过冤枉的便纷纷上告，请求昭雪冤情。其中，有一桩牵扯许多朝廷大小官员的冤案被翻了出来。

那是武宗在位李德裕当权时，韶州刺史吴武陵因贪污被贬为潘州司户参军，其侄永宁县县尉吴汝纳、江都县县尉吴湘，皆因叔父之事长久得不到提升。吴汝纳怀恨在心，便投靠李宗闵成了"牛党"成员，等待时机往上爬。

这时，其弟吴湘因贪污和娶百姓颜悦之女被告发，当时审理此案的是"李党"人物淮南节度使李绅，依据法律以吴湘贪污和娶百姓之女判死刑。

结果上报朝廷后，朝野因对李德裕与吴武陵的旧怨早有所闻，怀疑李绅从中做了手脚罗织成罪。谏官上奏武宗，请求复查。

于是武宗派御史崔元藻去江都复查。复查结果是吴湘贪污属实，但所娶颜悦之女并非百姓之女，因颜悦曾任过青州衙推，其妻王氏也出身士族。

原来唐代社会等级森严，贵族与平民严禁通婚。作为贵族官员的吴湘若娶出身平民之女那自是大罪一桩，加上贪污，足可以判死罪。但经过复查，事实与原来的结论有出入。李德裕出于党争私利，看了复查报告大为恼怒，不顾旁人议论与反对，也不再派人作进一步核对，更不交刑部详断，独断专行下令将吴湘处死；又以"复查报告模棱两可，极不负责"的罪名，将崔元藻贬出京城。

　　现在，一份吴汝纳为其弟吴湘鸣冤的上疏摆在宣宗的御案上。宣宗看了，立即调回被贬逐的崔元藻，命他重新调查此案。崔元藻再次去了江都县及所隶属的扬州，把案情调查得详详细细清清楚楚。

　　话说扬州有个浪荡子弟名叫刘群，靠关系在府衙混了个虞侯的差事，手下管有二三十名差役，是扬州城里掌红吃黑叫得响的人物。武宗会昌二年五月某日，他带上副手陆行到颜悦家喝酒，喝得几分酒意时便点名叫道：

　　"快叫阿颜出来陪我喝两盅。"

　　阿颜，是颜悦与妻王氏所生的独生女儿，长得颇有几分姿色，刘群早就对她垂涎三尺。但阿颜对他一无好感。阿颜父母惧于刘群权势不敢一口拒绝，只有应付着进女儿房中叫她，但阿颜抵死不出房门。

　　刘群恼羞成怒，桌子一拍骂道：

　　"好个小贱人如此不识抬举。既然看不起我，那我给你找个看得起的。实话告诉你，扬州监军使正在给皇上物色美女。你等着，马上就来带人。"

　　说罢站起来，对身边的陆行说："你先把人看着，别让她跑了。"

　　也不顾颜悦夫妇的苦苦哀求，刘群头也不回地出门去了。

　　刘群走后，陆行对颜悦夫妇说：

　　"我们刘虞侯在扬州也是个大人物，年轻有为，一表人才，旁人想攀还攀不上呢……"

　　颜悦夫妇听了只是叹气。

　　且说刘群一气之下出了颜家，外面凉风一吹，酒醒了大半，心想原不过吓吓他家，就扯了个监军要在扬州为皇上选美的谎。待转一圈再回去吓唬吓唬她，不怕她不从。

　　刘群在城里转了半圈，又叫上两个差役，再次去到颜家。

　　颜悦夫妇见刘群带了差人来，一阵惊慌，忙摆酒招待。

　　刘群将酒一推说：

　　"我问你，你们想好没有？"

　　颜悦赔话道：

　　"不是我们不同意，实在是小女脾气太犟，待我们再去劝劝她，婚姻之事，总得大家欢喜才好……"听说还是阿颜不干，刘群便扯开嗓子骂起来：

"什么货色这么高贵？明日把你弄到京城陪皇上。哼！别以为皇上会看上你，宫里多的是美女，你只配去扫地劈柴。长安那地方可冷哩，冬天滴水成冰，屙屎屙尿立马就把你冻得撑在那里，动弹不得……"

说得随从差役哈哈大笑。

阿颜屋里听了，一阵恶心，对进来劝说的父母说：

"如果你们硬逼着女儿嫁给他，那我只有死……"

颜悦夫妇无奈，只得出来对刘群说：

"刘大人，小女这几日因病，脾气反常，待一二日病好了，我们再劝她，她是会听我们话的……"

看看天色已晚，随来的弟兄已有倦意，刘群说：

"好，今日且饶过你们，明日定给我一个明白的回答。"

说罢，领着几个弟兄吆喝着走了。

刘群一伙走后，颜氏夫妇去到女儿房中，相对无言，不知怎样才好。

王氏忍不住对丈夫说：

"你是男子汉，又是见过世面的人，该拿个主意才是。"

颜悦心里正在盘算，听王氏问，就说：

"现在看来，刘群那厮不会就此罢休，女儿又抵死不愿。依我之见，不如给女儿赶快找个婆家。只要嫁出去了，那刘群也就没法了……"

王氏说："你说得倒容易，出嫁女儿又不是买卖针头线脑，街上有的是，总得要门当户对年纪相当吧。加上我这小姐，从小娇惯了，还得依她。你看，哪有这么现成的？"

"还不光你说的这些哩，还得找个官职权势比刘群大的，以后他才不敢来找麻烦。你看这不难上加难。"颜氏夫妇你一言我一语，越说越觉得难办，急得抓耳搔腮捶胸顿足。

"父亲，母亲，"女儿阿颜开口了，"为了女儿的事给二位老人增加这么多烦恼，女儿实在难过。刚才二老讲了这么多难处，女儿也都听得清楚。但要女儿嫁给那个姓刘的泼皮，女儿是万万不从的。女儿倒是想好一个人，不知父母意下如何……"

一听女儿这么说，王氏忙问：

"是谁，快讲给我们听。只要是女儿中意的，再差也差不到哪儿去。"

阿颜这时也顾不得害羞了，说道：

"就是那天来我家与父亲谈诗论画的吴大人……"

"啊！"颜氏夫妇一听是他，人品、学问、地位，都有。觉得女儿有眼光。

可是颜悦却说："那倒是个很不错的人，只是年纪稍大些……"

"女儿不嫌。"

"可是他已有了妻室。"父亲又说。

"女儿宁愿嫁与他做妾，也比嫁给那个泼皮强。"

"对，咱女儿说的对，那姓刘的不论那样都没法与吴大人比。吴大人是县尉，那姓刘的小子不过是个差狗子……"

"娘，"阿颜说，"女儿绝不是看官位大小，实在是把人逼得无路可走了……"

颜悦想想，再没有别的办法，点头说：

"那就这么定了，我马上找人去说。"

说罢立即出门，找了个相好朋友，向吴湘转达了这个意思。

那吴湘少年得意，二十八九年纪就在扬州府治下的江都县当县尉。虽已娶妻，但无生育，意欲再接一房以续香火。他早听说颜悦有一美丽端庄的女儿，曾借故去他家，见过两面，果然不错，只是不便启齿。今天有人来提亲，真是喜从天降。说与其妻，其妻也表示理解。于是当即定了下来，就由颜悦好友充当媒人，两头说合，择了个最近的日子，一乘小轿便把阿颜抬到吴家，二人拜堂成亲。

过几日，刘群又来颜家，方知阿颜已经嫁人，他大骂一声拉过颜悦正要行凶时，从屋里走出几个高大的衙役，对他怒目而视。刘群见了，自觉不是对手，咬牙切齿恨恨而去。

一贯横行霸道的刘群哪里忍得下这口气，四处托人，八方活动，买通州县官吏，定要置吴湘于死地。

也是吴湘活该倒霉，他任江都县尉，常有公务远行，在"程粮钱"上账目不清被查了出来。所谓程粮钱，是指官吏因公远行，计程给粮。但粮重不便携带就折合成银钱发给，故称程粮钱，可见金额并不甚大。但得了刘群好处的州县官吏却抓住不放，以贪污定罪。不过仅以此罪还不足以置吴湘于死地。于是采用刑讯逼供等手段，罗织成一条强娶庶民之女的罪行。两罪并发，判了死刑。在上报到淮南节度使李绅手上时，李绅本"李党"人物，一见是"牛党"成员吴武陵的儿子犯罪，也不细问，批了同意后转报朝廷。大权在握的李德裕，出于对"牛党"的仇视，便利用手中权力，下令对吴湘立即处死……

　　详详细细看了崔元藻的复查报告，宣宗气得将御案一拍，马上传来御史台、大理寺和刑部负责官员，命三司再详细勘问。三司领命，仔仔细细核对一番，证明崔元藻的复查报告属实。仅为此案，宣宗就亲手拟了几道诏书：吴湘冤死应予昭雪；崔元藻无辜受贬，应予复职；刘群脊杖五十，配流岳州；陆行由三司量刑处分……时为淮南节度使的李绅"今已身殁，无以加刑"，但仍削夺官爵，以示惩戒。其中，尤以对李德裕的处分最为严厉也最为特殊……

　　李德裕虽是贬出京城，但出任的是荆南节度使，头上还有"同平章事"的头衔，加之他为官多年，同党同事同乡部下遍处都是，所以沿途欢迎欢送，仍然十分风光，加上身边又有个娇美的人儿妮妮相陪，京城去荆南的数千里路程不觉间便到了。略作休息后，便临署视事。白天去节度使府公干；夜晚，回府与妮妮吟诗诵词弹琴吹箫，日子倒也轻松。

　　"妮妮，"李德裕常常轻声喊着他的小可人说，"你说这人生多有意思，好像冥冥之中有只手在安排一样。我这一生就与节度使有缘，与南方有缘。算来，我已六任节度使，其中三次是在剑南、淮南、荆南……"

　　"老爷，您与南方的缘分还不止这些呢，您忘了？"

　　"啊，我的妮妮也是南方人……我这一生与南方结下不解缘，那好，我就在南方与你一起度过我的晚年吧……"

　　"老爷，你这话也说得太早了。"妮妮反对说。

　　"怎么讲？"

"说不定啦，那天皇上来了诏书，召您回京，您还说不去？"

李德裕听了，心中流过一阵热浪。我堂堂李德裕，叱咤风云几十年，干过那么多轰轰烈烈的大事，而今在这边远之处当个地方官岂不大材小用？皇上一定会想到我，召我回去的……

"还是我的妮妮懂得我，虽然我已年过六旬，但浑身还有使不完的劲呢……"

妮妮笑道："老爷有劲没劲，我最清楚……"

两人说笑间，忽听门外大声报：

"圣旨到——"

"怎样？"妮妮说，"老爷，皇上下旨召您回去了。"

李德裕急忙整理衣冠，走上客厅，跪接圣旨。但听传旨太监气吁吁地念道：

"……李德裕，先朝委以重权，却有负圣恩，结党为私，致吴湘冤死……免去荆南节度使职及同中书门下平章事衔，任命为岭南观察使……"

对李德裕的处分念完后，下面还有一段：

"中书舍人崔瑕原草拟对李德裕处分诏书时，蓄意包庇，不言其罪。贬为端州刺史。"

李德裕接旨后，甚是颓唐，妮妮却笑着劝道：

"老爷，您不是说与南方有缘分吗，果然又加了个'岭南'。老爷别生气，岭南那地方崇山峻岭，气势雄壮，风景美着呢。我们会更好玩。"

李德裕极不情愿地离开荆南去岭南赴任。一路上较之出京时更为凄凉。小老婆中，除了妮妮以外，全都带了私房细软不辞而去。随从也只剩下两个老弱。因为多是山路，全靠骑马步行，一路甚是辛苦。赶到岭南时，已是精疲力竭。

然而，在观察使任上板凳还没坐热，皇上又一圣旨，再贬李德裕为潮州司马。

李德裕只得卷起被盖继续南走，幸好一路有妮妮安慰鼓励，总算坚持到了潮州。

可是，还没在潮州住两天，圣旨又到，更贬李德裕为崖州司户参军。崖州即今日之海南岛，唐时最为荒凉，犯人多流放到那里。这倒罢了，最使李德裕伤心的是皇上圣旨中说的那些话：

"……李德裕，武宗会昌之际，把持国政，专权生事，妒贤害忠，勾结朋党……又附会李绅之曲情，断成吴湘之冤狱……骄倨自夸，狡猾无比，数罪无穷。宜移投荒服，以谢万方。"

这些话已够厉害了，然而还有更厉害的：

"……纵逢恩赦，不在量移之限。"

也就是说，今后即使遇上大赦，李德裕也不在其列。他成了罪大恶极、十恶不赦的罪犯了。

听罢圣旨，李德裕先哭了一阵，后又笑了一阵。后来，不哭不笑了。死，一个一了百了的想法逐渐形成。

妮妮从他的眼神中看出了他的想法，她防止着，劝慰着，鼓励着：

"老爷，您一生经历多少坎坷，难道还在这点波折面前倒下去了？您的对手不笑话您？老爷，想开些，活着就有指望。有我陪着您，咱们走，到崖州去！"

李德裕果然被鼓动了起来，打起精神，在妮妮搀扶下，走向崖州那不可知的荒凉。

终于到了崖州。李德裕到小村似的州府所在地报了到，被安排在一间破旧的房子里。房内，除了一张床、一张破桌和一条断腿板凳外，别无他物。幸好这时的李德裕除了一箱书稿外再没有更多的东西，有家具也派不上用场。只是因为简陋得没有锅灶，妮妮不得不去拾来三块半截砖，捡来一口破锅，支着煮饭。尽管如此，熬出来的稀饭还特别香。

休息了一夜，第二天李德裕去州衙点卯。因为是第一天，交接的事情很多，直到中午以后才回到他的破屋。

刚跨进屋，他就愣住了。

他的妮妮不在，屋中间圆圆的蒲团上坐着个身披袈裟光着脑袋的年轻尼姑。那尼姑闭着眼睛，正在入定。

"你，你是谁？"李德裕惊异地问。

过了好久，那尼姑才缓缓地说：

"难道你没看出来？"

"妮妮，你？"李德裕听出她的声音，走近她，想拉她起来。

"别靠近我！"妮妮冷冷地说。

"你，你天天劝我！可你却出了家……"

"我本是出家人。你看我头上的戒疤，是今天才烧出来的吗？"

"那，你为什么？"

"为了你。"

"为我？为什么？"

"因为你心狠手毒废灭佛教。我奉师父之命来报复！"

李德裕打了个冷战。但很快恢复了平静，说道：

"既然你是为了替僧尼来报仇，杀了我就是。"

"哈哈，"妮妮大声笑着，睁开眼望望李德裕说，"我们佛门子弟不讲杀人，只讲报应。看到你现在这样的下场不比看到你死更好？"

"啊，原来你……"李德裕恍然大悟。

"你醒悟了，可是已经迟了。告诉你，李德裕，把你送到这天涯海角来，我的使命就完成了。你就在这待着吧，品尝你的报应吧。我们，总算夫妻一场，而今孽缘已尽，后会无期。看那锅里，稀饭还是热的，你吃吧……"

说罢起身，向李德裕双手合十，转身便走。

"妮妮，你别走……"他实在舍不得她，伸手去抓，她风一般已走出很远。

"你，"李德裕撵上几步说，"告诉我你的名字……"

"你天天叫着的：女尼。"说毕，头也不回身影就消失在夕阳中了。

李德裕只感到一阵头晕，站立不稳，退几步，跌坐在身后的蒲团上，紧紧地抱着头。

不知过了多久，他觉着有人在拍他的肩。猛抬头一看，原来是他的裴夫人。

"老爷！"她亲切地喊一声。

"你？"李德裕惊异地问。

"自您出京以来，我就远远地跟着您……"

李德裕动情地抓住她的手，说不出话，两行热泪流下。

裴夫人倒笑了，说：

"老爷，现在好了，这儿也清静。您不是要写书吗？您就写吧，再没人来打扰您。"

他果然利用晚年放逐的时间写了不少文章，流传至今的文集有《会昌一品集》《穷愁志》等。

公元850年，即唐宣宗大中三年十二月，李德裕死于崖州，终年63岁。

第二十四章　难断画中情

围绕那幅画，一个个或美丽纯真，或任情放纵，或荒诞浑浊的故事被演绎出来。真诚、虚假、善良、狡诈，形形色色，千种百样，都在认认真真地完成着自己。

陈俦做梦也没想到，在经过一番较量之后，白敏中把他调到户部右街衙门去充当卢新的副手。

这真是天赐良机。从上班第一天起，陈俦就对卢新表现出特殊的恭敬与殷勤，十分谦卑地接受公务安排提调，把交办的事情做得妥妥帖帖。多几日，陈俦摸透了卢新的脾气与爱好，自己案头也添了几册书。言谈举止衣着等等方面，也变得似乎斯文高雅起来。

卢新在母亲的生日那天第一次见到陈俦时，见他相貌堂堂、精明能干的样子，已有几分好感，所以当他托人求娶妹妹父母问他时，并不表示反对。只是说，虽说都在户部，但对他并不了解。而今，一个公事房办事，细细观察，印象确还不错。因此，在父母面前还有意无意间把他夸奖几句。

听儿子说起那个托人来求亲的陈俦，老太爷也来了劲。只是他对陈俦的第一印象并不好，特别看不惯他戴的那顶老高老高的学士帽。那是国子监的学士们戴的，自己当年在国子监读书时也戴过，就不像他戴着那样叫人看了不顺眼。这倒在其次，他的出身虽说也是士族家庭，父亲的地位实在太低，一个七品幕僚，还是在潞州刘从谏手下……

老夫人不完全同意老爷的看法，她觉得那年轻人戴上那顶高高的方帽子挺气派。还指着老爷说："当初你到我家给我父亲祝寿不也是戴那样一顶帽子？我看着就气派。"不过，一谈到门第，她则与老爷一样："我可不愿结这样的亲家，说起来寒碜……"最后，还是老太爷拿主意说：

"既然你们都觉得姓陈的那后生还有可取之处，可以考虑。只是他要有个功名，考上个举人进士什么的，才与我女儿相配；再不，也得像模像样地有个官位，他一个从六品的小官吏怎能娶我的女儿？"

卢新这时说：

"听说当今皇上已命礼部做考试准备呢，过不多久会试就要举行。我发现他一有空就看书，那架势像挺有把握的呢。"

"那好，就等着瞧瞧。"

但是，就在卢老爷说等着瞧瞧时，却又等不得要回潞州，原因是他腿上风湿病发了。他要抓紧时间回老家，把自己这把老骨头埋在祖坟上。

卢新劝留不住，只得告假送父母回潞州。

在送别的人中当然少不了陈俦，他想借机再见卢秀儿一面，他知道她坐在那辆马车里，但只有眼巴巴望着那紧闭不开的车门和窗帘着急。

倒是卢新懂得他的心思，在临别时再次交代公务后。把父亲的意思告诉了他，使他兴奋不已。他明白，走第一条考功名的路于自己不适合就不去想它，但加官晋级的路他是有把握的，可以说十拿九稳。现成的是白敏中那里，他现在是宰相，找到他，想当什么官办不到？想到此，他信心陡增，抬头望去，那渐渐远去的车马队伍中她乘坐的那辆马车的窗帘似乎已经掀开，她的那张美若鲜花的脸好像正在向他张望……

"颢，准备起程吧，再耽搁就要误事了。"郑崇已是第三次催儿子了，"俗话说赶早不赶晚，到了京城，送行卷，送温卷，打听主考官……对了，听说才登基的皇上就是那位当宣慰使的光王爷，你不是在太原时还在他衙里干过吗？要是真的把这个关系用上了，你小子这次准能考上……"

宣宗就是光王爷，就是宣慰使大人，他早就知道了，但他不想去找那门路，宫门那么紧那么深，不好找不说，就算找着了，用什么名字？郑颢还是曾三？再说，他现在还不想走，因此，不管父亲怎么说，他都不吱声。

其实他比父亲更焦急，原因是他从后园的墙洞里看到了那边的动静。早在几天以前，就发现那边有人活动，打扫庭院，修剪花草，还有泥瓦匠爬上屋顶补漏——把破损的瓦换上新的……他很激动，不会好久，他就能见到日夜牵挂的她了。他不能在这节骨眼上走，错过这个机会，太可惜……

"我对你说话，你听见没有！"父亲明显不高兴了。

"听见了。"他勉勉强强地回答着。

"听见就好。我翻了皇历，初六出门大吉大利，只有三四天了，你准备一下。"

"我，我还有书没温好……"

"没温好到长安再温。"完全不容商量的口吻。

父亲走后，他把书一丢，看看窗外园子里，母亲不在，便开门直奔后园的那堵墙。

正是夏季的最后几天，满园的绿色更浓更深，懒蝉的叫声也变得更急更尖。郑颢无心去听蝉鸣看夏景，心里暗暗祝祷着走近墙根。

当他匆匆忙忙打开那堵塞的墙洞时，他简直不相信自己的眼睛。又揉揉细看，正是她，没错；她，也在注视着他呢……

"秀……"

"颢……"

同时听到对方深情的呼唤，看到和感觉到对方和自己眼睛的湿润。

"秀，你什么时候回来的？"

"刚刚。你呢？"

"潞州打仗时我逃到太原，后又去了长安。回来已好久了，要不是等你，我又去长安了。"

"我也听说你在长安，本想在那儿等你，因家父有病，就赶回来了。"

"听谁说我在长安？"郑颢奇怪地问。

"你的生死之交的好朋友那儿呗。"

"啊，他，陈抟。你怎么认识他的？"

"先别说这个，郑郎，我问你，咱们之间的相约还算数吗？"

"怎么不算数？这么久以来，我每时每刻都想念着你……"

"怎么个想法？"

"……"郑颢被问住了。

"比如说，想我了，就拿出我送给你的那幅画看……"

"啊！"郑颢知道坏了，忙解释道，"那幅画……"

"送人了不是？"

"不，不是送人，是被人骗去……"他不知该怎么解释。

"还好，人还没被人骗去。"她不无调侃地说。

"秀，请你相信我……"

"我的一片真诚和深情，都倾注在那幅画里，可你却拿去送了人，还叫我怎么相信？"

"不是送人，我发誓……"

"我们之间已经发过誓，我苦苦地等着你，而你……"

"骗我的人就在长安，我会找他要回来。我要去长安考试，早该走的，就是因为等你见一面。好，明天我就走，把那幅画找回来。"

"看把你急的。我一回来你就要走……"

"你，唉！"郑颢更急了，不知该怎么说。

"你去。"秀儿真诚地说，"那是大事，我不会阻拦的。不过，我倒不在乎你考不考功名，只是这门第鸿沟还只有考试才能填平。郑郎，你专心攻读，我会等你的。"

"唉！"郑颢叹口气，有几分忧伤地说，"若论考试，我自觉还有把握；然而，搞什么行卷、温卷，还要去活动，这就难了。虽然，我在京城也有一两个朋友……"

"你指的是你那个生死之交的朋友？"

郑颢正要回答她，她身后传来丫鬟的呼唤声："小姐，夫人找你呢。"

"郑郎，我走了，愿你一举夺魁。"

"你保重。记住，我一定要娶你。"郑颢对着她背影说。

在唐代的历朝皇帝中，宣宗对科举有特别的热情。与臣下谈话，听说是及第者，就喜欢，问是哪年考的，考的什么题目，主考官是谁，等等；听说不是及第者，便叹口气，表示遗憾。他还对考试中请托、作弊等歪风十分反感。登基后，他便利用第一次会试之机严厉整治考风，抓住一个典型案例大开杀戒，好几个作弊的考官考生丢了性命。

这是武宗时遗留下来的一个案子。

举人黄续之、赵弘成等三人私刻了尚书省的官印，伪造判事文书。由黄续之穿上四品官员的绯色官服，赵宏成扮成随从，冒充尚书省官员，大摇大摆进了负责考务的礼部贡院，向值班官员递了判事文书。判事文书上以宰相名义要贡院在考试时对举人虞蒸、胡简、党赞等三人加以关照，让他们及第。黄续之当场被识破，交御史台审问。他对伪造官印及公文的事供认不讳，并交代说事成虞蒸等给他一千六百贯钱的好处。后又经三司勘问，虞蒸、黄续之等六人皆判死刑。判决文书在呈交皇上御批时，恰逢武宗驾崩，案子就搁置了下来。

宣宗登基后在批阅这份文书时，反复推敲，觉着有些蹊跷。

这日，宣宗带上随从来到御史台，要亲审此案。他穿上官服，坐在公堂上，第一个提审黄续之。

黄续之三十挂零，衣着整洁，面色红润。带着候斩死刑犯的刑具，缓步走上公堂跪下。

宣宗一看，心想我估计得果然不错。

"下跪何人？"宣宗问。

"罪人黄续之。"

"所犯何罪？"

"伪造堂印堂帖，帮虞蒸等人考试作弊。"

"给你多少好处？"

"一千六百贯三人分。小人因冒充尚书省官员得八百贯，另二人各得四百贯。"

"本官问你，你举人出身，可知道冒充朝廷命官手持假堂帖以宰相名义作假，该是个什么罪？"

"死罪。"

"你仅仅为了八百贯钱就去冒死，划算吗？"

"大人，小人实因家贫。孩子尚小，内子又有病。不得已而为之。"

"固然是家贫，你冒充官员拿着假文书，难道就不怕被贡院看出来？"

"小人原也有这个顾虑，但一看到嗷嗷待哺的儿女和患病在床的内子，便顾不了许多了……"

宣宗听了冷笑道：

"如此说来，你明知会被识破，也要去送死？"

"……"黄续之低头无言。

叭！宣宗猛拍一声惊堂木，严厉地问：

"事已至此，你只有实说，以免皮肉受苦。"

"大人，"黄续之招道，"小人实说。都是虞蒸，他叫我放心去做，万无一失……"

"你就那么相信？"宣宗进一步问。

"我也有些不信，可是他说贡院值日官员都大而化之，不会顶真。故小人就相信了。谁知刚进贡院大门，向值日官递上堂帖，经不住他盘问就全露了馅……"

"那虞蒸又怎么知道贡院值日官大而化之不会顶真的呢？"

"那小人就不知了。"

"黄续之，本官问你，你知道你犯了个什么罪吗？"

"死罪。"

"死罪有不同的死法，有斩首，也有凌迟还有剐、磔……"

听得黄续之头皮发麻，忙说：

"小人但求从轻……"

宣宗这才问：

"你既要求从轻，就如实回答本官问话。我且问你，你既家贫，家中又有幼子病妻，可是你在狱中关押了这么久，却长得红光满面，穿得干干净净。你说，是谁花钱让你这个死囚犯过得这么舒服的？"

"罪人在狱中待遇确较优厚，每有送衣送食，罪人便问狱卒是谁，狱卒只说，你只管享用，如有过堂，别乱说就是。"

退堂后，宣宗召来御史台官员叫他查清黄续之冒充尚书省官员去贡院那天值日官员的情况，并传狱卒问明是谁为狱中的黄续之送衣送食。

最后都落在一个名叫彭加寿的贡院官员身上。

按贡院官员值班，那日本该是彭加寿，但因他临时被派了其他差事，便改由另外的官员替代，因而黄续之被识破。案发后，彭加寿为保住自己，花钱为黄续之、虞蒸等人打点，让他们在狱中不受苦，还保证照顾他们的亲属……

至此，一件考官考生相互勾结的科场作弊案由宣宗皇帝亲自审理，查得清清楚楚。接着，宣宗皇帝又亲下诏书，对彭加寿、虞蒸等一干案犯立即处死，就连看守黄续之、虞蒸等人的狱官狱卒，也因渎职受到惩罚。宣宗借此重申考试律令，亲自主持对考官资格的审查，又颁发条例至天下州县，一再强调"无论朝廷官员抑或州府长吏，均应严格遵守。如有违犯，一例惩罚，绝无宽待！"这是唐朝末年对科举制度的最后一次整顿。

潞州的郑颢，就是在这个时候进京城赴考的。一路上，与赶考的举子谈到皇上对科举考试的整顿，郑颢信心陡增，脚步也变得更加轻快了。

然而这时的陈俦却感到从未有过的黯淡。

那日他为卢新一家送行，听了他的那番话，他兴奋过；后来，白敏中任命为宰相，他更兴奋过。但是，当他以后几次去拜会白敏中却被吃了闭门羹，情绪便低落下来。不过，当他正百无聊赖，去到那废庙，用早就配好的钥匙，打开郑颢的房子，翻检他的藏书时，他的信心又陡然增长起来。我难道会比那个憨小子笨？他要是能考上，我就不能？他于是将那书箱里的书全搬出来，什么"三经"——《诗经》《书经》《易经》，什么"三传"——《左传》《公羊传》《穀梁传》，还有什么"三礼"——《仪礼》《周礼》《礼记》，等等，堆起来像座山头，看了头皮发麻。但他咬咬牙，从头学起，有空就来这小屋里读书。居然，还让他背熟了不少篇。于是，信心更足了。哼，姓郑的小子，说不定真的上了考场，我并不比你差多远。再加上京城里哪座衙门我都有熟人，到时候，疏通疏通，准保名次还在你前头……

但是，当他今天经过十字街口，目睹了处决科场作弊的案犯。刀光一闪，人头落地，鲜血四溅，那场面让人心惊肉跳。好像头顶有把呼呼挥动的鬼头刀，把自己的希望砍得七零八落血肉横飞。

现在，他坐在废庙中郑颢的那间小屋的书桌后，满脑子是滚动的人头，面前的书上到底印了些什么字，他一个也没看清楚。

"陈兄！"一个熟悉的声音喊着从大门进来，而后房门一暗，那人跨步进房。

"啊！郑，曾贤弟，你终于回来了。"

"考期已临近，再不回来，就误事了。"郑颢说着，看看屋内东西一样不缺，说，"感谢陈兄照看房子。要不是你帮我照看，我还真有些不放心哩。虽说没什么值钱的东西，但那书箱里……"

"老弟，你交办的事，我岂能不放在心上。我一有空就来，你看，家具、被褥、书箱，一样不少吧。"

"谢兄长，谢兄长。"

"好，你既然回来了。来，这钥匙仍然还给你。你才回来，先休息休息。我还有些公事先走了，改日我们弟兄再相聚……"

陈俦说罢，拱手告别。但还未走出大门，就听后面喊：

"陈兄留步，陈兄留步！"

陈俦一听，心想坏了，一定是为那张画。按他原来的想法，一走了之，下次见面问到，就一句不知道不就搪塞过去了。可这小子还真快……但既然发现了，自有话对付他。

"什么事呀？"陈俦停了脚步回头问道。

"那幅画怎么不见？"郑颢直截了当地问。

"啊！"陈俦说，"提起那幅画，我这当兄长的还要说你几句。那么重要的东西，也不带在身上，就放在这空屋子里。幸好那日我找书读从箱子里翻出来。我怕放在这儿丢了，就拿回衙里替你收起来了。"

郑颢一路上都惦记那张画。他知道，要从李山那里要回那张画没有这张画是不行的。所以他一回来就翻开书箱。他明明记得是在一匣书里的，怎么不见？抬头看陈俦快出大门，忙把他喊住。

一听陈俦说他代为保管着，郑颢立刻放下心来，说道：

"还是陈兄心细，谢谢你代为保管。明日来时请给我带来。"

"好，好，一定带来。再会。"

陈俦拱手告别郑颢出来，心中也有一些不安。今天，把他哄过去了，但明天呢？

不过明天他也不怕，他有的是对策……

万寿公主搬进宫里没住几天就腻了。宫里，她早就来过。这个宫那个殿，都去过，没什么好玩的。不好玩也罢，规矩还多，天天要给父皇请安。现在父亲是皇上了，再不敢在他面前放泼了。请安时笔挺地在他面前站着，叫走才走。老太监说这是玄宗皇帝留下的规矩。什么玄宗皇帝留下的？我就不信，玄宗皇帝是个最随意不过的人，他会立这样的规矩？不过也难说，对自己越随意的人往往对别人越苛刻……胡思乱想着，又去兴庆宫给郭太后请安，再去大明宫给郑太后请安，然后还有义母萧太后等等，一个上午跑下来，脚都跑大。下午倒没什么事，但又太孤单。最谈得来的王贵妃随武宗皇兄去了。母亲晁氏及弟弟李温都不在宫中，讲个话的人都没有。加之，父皇继位后一次就放出五百宫女，宫里熟面孔没两个。日子难打发，她心里窝着气。

这天早晨又去给父皇请安，站了好一会儿，父皇也不说话。她正要开口，父皇却说了：

"你往日给太后请安是先去郭太后处再去郑太后处吗？"

"是呀，不是父皇这么吩咐的吗？"

"今天你改一改，先去郑太后处，再去郭太后处……"

万寿公主不明白了，她也不想弄明白。只是，先去郑太后的大明宫，再去郭太后的兴庆宫，这路就绕远了。她不愿意平白无故地走冤枉路，就冲口而出说：

"都是太后，先去哪儿不一样？"

宣宗瞟了女儿一眼，说：

"当然不一样。不过，这是你奶奶一辈人的事了，没有必要让你知道。"

从来没听过父亲说话这么生硬，万寿公主按捺不住，把进宫这些天来憋的气一股脑发出来说：

"奶奶一辈的事女儿不该知道，可是母亲一辈的事……"

"不要说下去了。"宣宗知道这个天不怕地不怕的女儿下面要说什么了，便打断她。

万寿公主便不再说下去，但她另起个话头说：

"女儿进宫这么久了，我想回去看看母亲和弟弟。"

宣宗有点犹豫，但还是点头说：

"好，你去。"

有些事，宣宗当然不能让女儿知道。

比如对郭太后的事。

郭太后是名将郭子仪的孙女，宪宗纳为妃。但因长期以来皇室与郭家联姻，辈分上乱了套，宪宗娶的这位妻子算起辈分竟是他的姑姑。既是长辈，又是名门之后，有时便不把宪宗放在眼里。宪宗当然有他的报复手段：他始终不立郭氏为皇后，不管臣下拿出多少理由，什么郭氏是明媒正娶，什么郭氏为皇上生了太子……宪宗总有理由来搪塞。

宪宗可以不立皇后，但不能不立太子。宪宗有十几个儿子，立谁为太子又引起一番争议。有人主张立郭氏所生的李恒为太子，理由他是嫡出；宪宗则要立另一妃子所生的李宁为太子，理由他最年长。最后当然是宪宗胜。但不幸，李宁只当了一年太子，刚满十九岁便暴病而亡。在这种情况下，宪宗才勉强同意立李恒为太子，但仍不同意立郭氏为后，只册封她一个贵妃的称谓。因为母亲没有立为皇后，李恒的太子地位也就很不稳固。

与唐朝历代皇帝一样，宪宗既贪爱美色又希望成仙，听信道士鼓吹，长期服用仙丹，身体日渐不支，年仅四十三岁便暴崩于中和殿。对宪宗死因，有的史书"讳而不书"；有的史书则直截了当说是"宦者陈弘志等弑杀"，而且还与郭贵妃和太子李恒有关，陈弘志不过是杀手而已。为了奖赏他，李恒登基为穆宗后，立即任命他为重镇淮南节度使监军。其他有功人员也各有赏赐。

宣宗那时虽然年纪不大，但已晓事，以后长大，这段可怕的回忆一直萦绕在心。而今当了皇上。他想对此事查个水落石出，替父报仇。现在，他已查出些线索，看来郭太后难脱关系。

这种事能让女儿知道吗？

至于万寿公主之母晁氏为什么不立为后，只封她一个美人，也不让她搬进宫，仍叫她住在光王府，其原因那是宣宗自己的秘密，更不能让女儿知道……

得到父皇的允许后，万寿公主回到光王府；下轿抬头一看，大门上换了门匾，原先的"光王府"改为"郓王府"了。啊，一她想起来了，父亲光王当皇帝去了，府第留给弟弟李温，李温才被封为郓王……

万寿公主想回来当然不完全是为了想看看母亲，更不是想看弟弟——那个弟弟李温从小就跟自己水火不相容，莫说自己不喜欢他，父皇也不喜欢他，要不，他是儿子，会让他住在外面？万寿公主想看到的是那个她时刻牵挂着的曾三郎。

离会试没多久了，估计他也该来了。万寿公主拜见了母亲，相会了弟弟，便暗地里换了男装，仍从后门出去，轻车熟路，很快找到了那背街上的废庙。不过这废庙已不比以前，自宣宗对佛教下了赦书后，庙里的和尚已陆续回来，正忙着重塑佛像整修禅房。人来人往，再不像以前那么冷清。

一进大门就看见他了，他正端坐窗前读书，嘴唇微微翻动着，脑袋不停摇晃着，一副书呆子憨态。她要跟他开个过去的玩笑……

"孟子将朝王。王使人来曰：'寡人如就将见者也……'"郑颢读着，尽量不让自己走神。自从那天与她在那个小孔前重逢以后，读书老走神，读着读着，她就从字缝里钻出来了，她在微笑，在嗔怒，在责怪……"我们之间已经发过誓，我在苦苦等着你，你却……""奴家这里，全靠你了……"还有，她那生怕碰伤我似的轻声呼唤："颢……"那令人销魂的声音至今还在耳边回响，不停地揉搓着自己的心。然而，她的那句"还好，人还没被骗去"，讲得好俏皮，让人听了好尴尬……李山那小子，还自称小弟哩，手那么快，玩魔术似的就把画给换了。也怪自己太大意，待陈俦兄把画拿来了，我再去找那个小骗子去算账……

噗！一个花骨朵飞在书桌上，打断了郑颢的胡思乱想。抬头看去，那个"小骗子"正笑着向他走来。他立刻起身，高兴地迎上去。

"三哥！"

"山弟！"

两人亲热地挽臂进入屋内。

一阵互诉别情后，谈话便进入共同的主题。

"山弟，我的那幅画呢？"郑颢问。

"你的哪幅画？"万寿公主反问。

"就是那晚上我给你看的那幅画呀。"

"不是当时就还你了吗？"

"可是当时你还的不是那幅。"郑颢有些急了。

"那是哪幅？"

"是你另外送给我的那幅。"

"我什么时候送画给你了？"

"怎么没有哇，上面画了两朵红花……"郑颢又比又画说。

"那你拿给我看看。"万寿公主向他手一摊。

郑颢也把手一摊，更急了，说："现在不在，一个朋友帮我保管着哩，我找他拿来还你。不过，你要把我的那张还我……"

"那张画对你就那么要紧？"万寿公主问。

"我都对你说过。这次我回潞州见到她，要我把画拿给她看，我拿不出来，她都哭了，还以为我……我的好弟弟，你就还我吧……"

见他那可怜兮兮的样子，再想到他说到那个哭泣的她，万寿公主心一下就软了。两幅画今天都带上了，一起掏出来给他。但当她伸进怀里的手已经触摸到那叠柔软的绸子时，再看看坐在对面的他，那英俊可爱的脸，浓眉下闪光的眼睛，再想到与他在太原度过的那些奇异多彩难以忘怀的日子……伸进怀中的手立即抽了出来。他是归我的，我不能把他让给那个哭泣的女人。我同情了她，谁又来同情我？我是公主，是真正的公主，公主想得到的没有谁能抢去……

想到此，万寿公主换了话题，缓缓地问：

"喂，曾三兄，我问你，你知道当今皇上是谁吗？"

郑颢顺口回道：

"这谁不知道，就是原来的光王啊。我们在太原时，不就在他的宣慰府里当差。他还送给我一本叫《幽异录》的书哩。"

"那你知道我是他的什么人吗？"

"这我早就猜过。从当时情形看，你一定与他沾亲带故。"

"不是沾亲带故。实话告诉你，我是他的儿子……"

"啊，那你，就是太子了。这我可没有想到。"

"你没想到的还有。"万寿公主靠近他说，"记得太原临别那晚上，我对你说给你保媒找个公主，当时你以为是开玩笑。其实，这完全是真心话。我有个同胞妹妹，只比我小一岁。我把你给她讲了，她很喜欢。父皇那里，他本对你很器重，也一定会赞同这桩事，待你考上功名之后……"

"李山兄弟，"郑颢打断说，"谢谢你看得起我，可是我与秀儿有约在先……"

"你也太傻，能娶公主，这机会哪儿去找？你与卢秀儿不过是私订终身，父母都不知道……"

郑颢说道："待考取功名，自会告诉父母，明媒正娶……"

"那你能保证考取功名？"

"当然不能保证，但秀儿说了，她永远等着我，直到我考上……"

"可是，你只要答应娶公主，我就能保证你考上。"

"李山贤弟，我实在难了断那份情缘，舍不得她……"

"啊，你怕公主没有她美？"

郑颢不好回答，双手抱着头，陷入痛苦之中。

这时，万寿公主向窗外看看，见没有人，但她还不放心，跨出门槛，再左右看看，忽见一个熟悉的背影一闪。她知道是谁了，却不去追，故意把脚顿几下，那背影转眼就消失在后殿里了。

第二十五章　撩开面纱

关闭了门窗，屋内顿时一片漆黑；当门窗重新打开，明亮的光线下站着的竟是一位国色天香的女子。郑颢惊叫一声："你！"她莞尔一笑说："就是我……"

陈俦躲在窗后听得正起劲，忽闻脚步声。他赶快背过身去朝后殿走，还未跨进殿门，后面传来急促的脚步声。心想坏了，要是被那个李太子撵上逮回去，三对六面问起那幅画的事，岂不露馅？他加快了脚步朝后殿跑，那儿有个后门，钻出去便是大街。不过幸好，只是响了几声脚步，他并没追来。

按陈俦本意，他并不想今天来这废庙的，但他怕郑颢找上衙门里来，便抢先来堵他的嘴。

想了很久，陈俦都没想好一个能哄过郑颢的谎言。丢了？原本为了不丢才替他保管的；烧了？户部衙门又没失火……别管他，先找个借口哄过他，哄不过，就说："老弟，实话对你说，那张画我缺钱花卖了。"他要是纠缠不放，我就说："算了吧，为那张画断了你我兄弟情谊，何必？我陈俦一向重友情，你看，你叫郑颢，又叫曾三，这等大事我对人守口如瓶，该算讲义气吧？"他也许会骂我是骗子，是无赖，从此不再理我。那有什么，长安城有一百万人，一人骗他一次，至死也骗不完……像他那种憨包，不骗他天理不容。想着想着，便信步向废庙走去。

没想到李太子也在，白白受了场虚惊。

不过，虚惊过后他才发觉今天这趟来得太巧太好了。算是找到一个绝好的借口，下次见面再问："那幅画你带来了吗？"我就说："李公子要走了。""他怎么知道在你那儿？""他说你说的一个好朋友保管着呢。""那你也不该给他呀。""他是皇太子，我敢不给？"……

好处还远不止此。

那李山果然是当今皇上的儿子，我没看错，这个关系非比一般。他不是想把妹妹嫁给郑颢吗，看那小子还不愿意，一心想着他的秀儿。要是我去说动了，皇太子不感激我？再说，郑颢要真当了驸马——这小子也太走运了，卢秀儿不就死心了。到那时，我就顺当多了……

这么想下去，陈俦顿感一阵轻快，好像一切都在眼前，手一伸就都能捞到。

万寿公主回到屋里，见他仍然两手抱头坐在桌边不动，像睡着了似的。也不管他，她轻轻关上门窗。屋里，顿时黑了下来。

一阵窸窸窣窣的声音把郑颢从沉思中搅醒，抬头一看，满屋暗淡。他感到奇怪。

"嘻嘻……"

笑声从身后传来，还分明是个女人。他感到惊异。回头看去，身后果然站着个女孩。在暗暗的光线下，美得让人销魂。

"你，你是谁？"他惊问。

"嘻嘻，连我都认不出来了？"

"啊，李山兄弟，你……你怎么穿女装？"

"让你好生看看。"万寿公主说着，伸手打开了窗子。

郑颢只感到一阵眼花。当他看真切以后，真怀疑眼前站立的是一位刚从天上降临人间的仙女。

但见她头上蓬蓬松松挽成一个髻，一抹发梢从耳后斜斜地伸出来，直到起伏不定的胸口；从窗外挤进的一条阳光恰恰照在她脸上，把她那张瓜子型的脸蛋映得通红。她微微笑着，两个酒窝深深浅浅地变幻着；只有那双眼睛，忽闪忽闪的亮着机智与狡黠的光，从那里可以看出李山的影子；至于身段，看那丰满的胸部和纤细的腰，哪里还能想象出她曾经是个男人；特别是说话的声音，温和纤细，一点没有了原先的粗声大气……要不是床上放着一堆她脱下来的衣帽，怎么也想不出她就是那个与他朝夕相处那么久的李山。

"你看仔细了吗？"她问。

惊异之后，他对自己如此穷形极相地去看一个女子的表现感到羞愧，忙把目光移开，问道：

"你，你到底是谁？"

"我？我就是李山对你说的那个妹妹万寿公主。"

一听是公主，郑颢急忙起身，拱手说：

"原来是公主殿下，失敬失敬。公主殿下请坐。"

说着，便把身下的椅子移到万寿公主身边。

看那模样，她不觉好笑。说道：

"你我之间何须这么客气。你还是坐下，我坐床上。"

万寿公主说着仍把椅子搬回他身边，自己随便坐在床上，与他相对。

郑颢倒是坐下了，但局促得很。头始终低着。一生中，头一次与一个年轻女子在一间屋里对坐。他闻到从她鼻孔里呼出的甜丝丝的气息……

"曾三兄，你怎么不说话？"她问。

说什么呢？他想想说：

"真没想到。"

"真没想到什么？"

"你竟然是个女的……"

说毕，又低下头，不敢看她。她太美，他怕管不住自己。

不知怎地，恢复了女装的万寿公主也变得羞涩起来，也低着头，偶尔偷看一眼日日想念的他。

"喂，三哥，那件事你想好了吗？"

"哪件事？"他明白，但装着不明白。

万寿公主恨不能上前拧他一把。木头！她心里骂了他一句。

"我都跟你说过几遍的那件事。"

"我只是一个穷书生，又没有功名……"

"我说过，这些都好办。"

"可是我要自己考，才硬气。"

"我相信你能考中。我等着。"

面对多情美丽而且执着的她，他感到一阵紧张和激动。

这时，万寿公主已意识到将要发生什么，把身子向前倾斜着，屏住呼吸，微闭着眼睛，等待着他的风暴……

然而，就在要采取行动的最后时刻，他冷静了下来，把已经快挨近她的身子退缩到原来的地方。

随着他那特有的气息的慢慢消失和热力的渐渐远去，她感到一种受欺骗后的愤怒，睁开眼来，见他端坐在椅子上，目不斜视，一派正经。

"哼！"万寿公主鼻子哼了一声，只吐出一个字，"你——"

"公主殿下，"郑颢知道她生了气，小心解释道，"原谅我，我，我实在怕做负心郎……"

"可是，"万寿公主正色说，"你我一男一女，单独在这房里，你，你能说得清？"

"我只能说，苍天在上……"

"本公主不管什么苍天不苍天，我只要你还我一个清白……"

郑颢惊了一下，但很快镇静下来，笑道：

"我不欠你的清白，你倒欠我一张画。还我吧，公主殿下，我求你了。"

"可以，但要拿我给你的那张画换。"

"唉！"郑颢无奈地叹着气说，"我会拿来还你的。"

"公主殿下，回宫吧！"忽从窗外传来浑厚的声音，"皇上找你呢。"

一听，便知是阮叔，万寿公主也不惊慌。她缓缓穿好衣服，戴好帽子。出门前，把手指对着他的前额轻轻一戳，说道：

"曾三，你休耍赖……"

郑颢虽已吓得魂不附体，但仍不忘记起身拱手相送说：

"曾三不敢。"

宣宗自登基以来，白天上朝议政，晚上阅读公文，把武宗积留下的疏奏也一一翻看。这天，他翻出李德裕上书皇上武宗建议彻底平定回鹘、收复河湟的奏书。看罢，不觉一阵伤感，鼻子酸酸的，眼角，也有些湿润……

宣宗的伤感是有原因的。

想当年，太宗时期，回鹘首领配合唐军击败草原劲敌，从此受朝廷册封，年年岁岁，来朝进贡，从不间断。可是，自"安史之乱"，朝廷请回鹘出兵平乱，帮助收复了长安和洛阳，可汗磨延啜要娶肃宗女宁国公主为妻。此后，回鹘可汗们便自恃武力，不断向唐朝求娶公主——德宗女咸安公主，穆宗妹太和公主，均以金枝玉叶之身下嫁北方荒野之地。这倒不说，那些汗国风俗又怪，贞元六年那年，汗国内部争汗位，先后有四位可汗称王，咸安公主轮流成了四个可汗的可敦（王后），连辈分都分不清了。更可悲的是太和公主，宣宗还记得她出嫁那年自己刚十岁。那天，皇宫上下，哭得昏天黑地，自己还去她面前恭恭敬敬跪下磕了个头："姐姐，您保重。"说着竟号啕大哭起来……没想到，我堂堂大唐帝国，最后竟落得用如此下策去讨好邻邦以免除边患……想到此，宣宗一拍御案，对身边的太监说：

"快把白敏中召进宫来！"

太监应了一声，飞身而去。

白敏中在宣宗登基后竭力贯彻新皇旨意，用心效命，被宣宗任命为翰林学士，同中书门下平章事，成为众宰相之首，宣宗每有要事，都召他进宫，征询他的意见。然后做出决定，命他贯彻执行。

"朕召你进宫，有几件事要问。"宣宗对坐在下面的白敏中说，"第一件，是关于回鹘的，今日可有什么新消息？"

"陛下，"白敏中奏道，"据报，在朝廷大军打击下，回鹘内部发生混乱，可汗被杀，新可汗领残部约三千人逃入大漠深处，又被另一回鹘部落酋长庞勒追歼，人马已散尽。庞勒设牙帐于甘州，欲称可汗，已派使臣来请封。现正在路途上呢。"

宣宗听了问："你看是封好，还是不封好？"

"那回鹘系游牧部族，天生野性，常在边境骚扰。依臣之见，不如乘胜将他们全数消灭，以绝后患。然后派军队驻守，严密监视，不让他们再作乱。"

宣宗听了想想说：

"你的办法好倒好，只是那北方大漠，地域辽阔，要派多少军队才能弹压得住？再说，游牧民族，行止不定，如何控制？故依朕的想法是，待庞勒使臣来了，册封他个可汗，只要他俯首称臣，不与天朝作对，年年入朝谒见，岁岁贡献马匹，朝廷封他个头衔，赐他些金银，求得边境无事也就可以了。"

白敏中听了，忙起身拜道：

"吾皇圣明，臣遵旨去办。"

"还有，"宣宗说，"关于河湟方面，可有什么新消息？对张议潮的情况，打听得如何？"

"陛下，因河湟距京城太远，派去打探的人尚未回，故无新消息奏报。"

宣宗又想起一件事，问道：

"元和十五年，先父皇丧葬大典你参加了吗？"

"臣参加了，只是当时臣官卑职小，离灵柩较远。"

"那天，半道上又刮风又下雨，是吗？"

"是，是。"白敏中回答着心想，皇上问这些陈年的旧事干吗？

"那天风雨太大，攀灵送丧的百官都跑到一边避雨去了，唯有一个长胡子的老臣扶灵不去，你知道那是谁吗？"

"那是尚书左仆射令狐楚，臣虽在远处，也看得清清楚楚。"

"啊，可惜，他已经死了。他的儿子现在何处？"

白敏中知道皇上的用意了，回道：

"他只有一个儿子令狐绹，现任湖州刺史之职。政声很不错呢。"

"有其父必有其子，这话不假。他的才学如何？"

"他进士出身，诗文都是第一流的。且器宇轩昂，风度不凡，是难得的人才……"

"既如此，你明日拟个诏书，将他调京城另行委用。"

"是，陛下。"白敏中答应着，忍不住内心的兴奋。

沉默了一会儿，宣宗又说：

"白爱卿，朕还有件私事，请你相助……"

"陛下请讲，小臣愿效犬马。"

"朕想为小女万寿公主招一驸马，要才学人品兼优，请爱卿代为物色……"

一听皇上连这种家事也委托自己，白敏中不由高兴地说：

"此事小臣一定牢记在心。"白敏中知道皇上最喜欢的是通过科举考上来的人，便说，"依臣想，最近就要举行会试，如能在新考上的进士中选一个，不知皇上……"

"好，好，朕也有这个意思，你就替朕留心。只是，不要张扬……"

随着考试的临近，陈俦越发心慌起来，书读不进，文章学不好，连去相府两次，空花了不少孝敬门子的银两，连白敏中的影子也没见到。现在，他只有把宝押在那位皇太子殿下的身上了。但是经过打听，皇上并无一个叫李山的儿子；他还去过光王府，新封的郓王名叫李温。不过他相信，那个李山不会是冒名顶替，皇上有十几个儿子，说不定是其中哪一个，化用了个李山的名。皇宫，是进不去的，他只得去那废庙。那个皇子一定还会去找郑颢。

陈俦又来到废庙，但刚跨进大门就愣住了。郑颢住的那排房子已经拆掉，只剩下一片瓦砾。十几个工匠正在清理基脚，准备重新施工。问他们这屋里住的人搬哪儿去了，回说不知道。问好好的房子拆了干啥？说是朝廷拨了银子新修排云大殿。

他到哪儿去了呢？陈俦望着那堆拆下来的烂木料问。

"喂！"谁在后面冷不丁拍了一下他的肩头招呼他，把他吓一跳。

回过头一看，原来正是他。他急忙转过身双手打拱道：

"殿——"

才吐出一个字，就被对方一个眼神制止住改口说："李公子，您……"

"喂，我问你，那天你鬼鬼祟祟慌慌张张地跑什么？"

陈俦笑道：

"你们二位正在说要紧话，我不便打扰，所以就走了。"

"你倒知趣。"万寿公主板着脸孔问，"我问你，你听见我们说什么要紧话了？"

陈俦嘻嘻一笑，不正面回答，只是说：

"他是个憨包，是块榆木疙瘩，是天下第一个大傻瓜……"

"你是他的知心朋友，不去点化点化他？"

"倒是可以，但不知李公子有何赏赐？"

"你说，只要让他开窍，什么样的赏赐我都能办到。"

"在下要求不高，只希望事成之后能委我一个五品郎中……"

"这好办，咱们一言为定。"

"一言为定。李公子，您只管静候佳音就是。"

一出皇宫，白敏中就后悔。他后悔不该答应皇上为他的万寿公主物色驸马。给公主说亲本是个吃力不讨好的差事，而且，又是那个任性乖张的万寿公主，弄不好得罪皇上得罪公主还得罪驸马，几面不是人。答都答应了，当然只有硬着头皮去办；但办起来也难，又不能公开进行。皇上一再交代不准张扬，因此去找礼部找贡院的官员都不妥，只有暗地里进行。想着想着，就想到陈俦。他当然不行，才学平平不说，心眼太坏。这种人不能让他得志，得志了就翻脸不认人……只是，他今年也要去考，让他在考生中明察暗访一下倒是可以的。不过这人只能利用，不能信任，滑头着呢。听说他最近来了好几趟想见我，不外乎求官谋职。这容易，只要你把交办的事办好，我一句话的事。

白敏中立即派人去叫陈俦。

陈俦那天拍了胸脯回来以后信心十足。郑颢那小子尽管倔，但在我面前他不敢。先，当然慢慢开导，诱之以利，拣好的说给他；真要是不听，桌子一拍："你，郑颢，竟化名曾三，蒙骗皇上，这欺君之罪承担得起？这次考试，你一人两名，怎么参考？你要是听我的，这档子事，天知地知你知我知；要是不听我的，一纸状子把你告了，身败名裂，永世不得翻身……你衡量吧！"听了这样的话，那小子敢说不从。

正想得得意，忽听说宰相大人传唤，不觉一惊，难道又有什么纰漏被他发现了？

怀着忐忑不安的心绪，陈俦进了相府。

一见白敏中微笑着相迎，又是看坐，又是献茶。陈俦的顾虑打消了，坐在椅子上恭听白敏中问话。

"去右街衙门这么久了，一切还顺利吗？"白敏中关切地问。

"还顺利还顺利。全托大人的福了。"

白敏中接着问了些公务，陈俦一一回答。

最后，白敏中把话渐渐纳入正题。

"听说你要去参考，这很好嘛。你还年轻，去考场上挣个功名，对今后的前程大有好处。不知你准备得如何了？"

陈俦忙说：

"卑职正为此事着急呢，想历来考试，多有请托之事，卑职在京城别无依傍，还请大人在考官面前帮忙说几句话呢……"

"只是今次考试不比往常，皇上几次下诏，严禁考场弊端。我身为宰相，更不敢徇情。"

"大人，"陈俦放低了声音求道，"卑职近两年来一直忙于公务，无暇温习诗书，真的要考，怕是难以考中。"

"不过……"白敏中拖着声音说，"你的事嘛，我早有考虑，如真的考不上，我会另作安排。现在你就放心去考试。"

"谢大人关照。"

"不过……"白敏中仍拖着声音说，"你去考试时，要注意一件事……"

"请大人吩咐。"陈俦早就听说，每次考试，为防止考生闹事，朝廷都派人混入考生中暗暗监视他们。他对这份差事最有兴趣。

"我交给你一个秘密差事，"白敏中放低声音说，"皇上欲在这次考生中为万寿公主选驸马，你帮我注意，对那些人品道德文章俱佳的考生做些调查，发榜后给我一个材料。此乃皇上交办的大事，办好后定有重赏。"

陈俦听了受宠若惊，立即起身感谢：

"恩相如此信任，把这等大事交给卑职，卑职一定竭尽全力，誓死效命。"

"此事乃皇室私事，不能向外声张，切记切记。"

"恩相放心，恩相放心。"

陈俦连声诺诺，转身退下。

从相府出来后，他发现天更蓝，云更白，脚下的路也格外平坦，得意扬扬满面笑容大步向前走去。

要是白敏中知道陈俦大步踏去哪儿、干什么事，他绝不会把这么大一件事交给他办的。由于这次用人的错误，他又陷入了一个新的麻烦。

宣宗登基后的第一次考试如期在贡院举行，因为刚刚整顿了考风，考场秩序井然。从全国各地来京赶考的数千名士子准时进入考场找到座位，静候考官散发试题。

按规定进士考试考三场，第一场考帖经，即将规定考的经书选出一段，前后留出空白，只有中间一行，而这一行中还空三个字，要求考生把所有的空白处填出来；第二场考诗赋，即由主考官出题，写诗作赋；第三场为试策，即策对治国安邦平天下的方略之类。考试还规定，第一场考试不及格就取消考试资格；第一场及格了可参加第二场，第二场及格了才有资格参加第三场。

陈俦在第一场就被淘汰下来。但他毫不在乎。以后，他照样去，只是不进考场，专在门外转悠，但凡见那衣着整齐带有书童家人的富家子弟考生，他就去与他们套近乎。

第三场下来，陈俦就开始忙碌了。当晚，他就走进一家门脸豪华的旅舍，找到早已打听好的那个考生的住房。先是一阵寒暄，然后进入正题，对那考生一阵低声细语，说得那考生满面红光，兴奋异常，转身打开箱笼，白花花的银子一捧捧送到陈俦手上。

陈俦不停地忙碌着，就在等候发榜的那些天，他每晚都满载而归。每当他检视满箱满柜的银子时，他都要高兴得晕过去一次。做梦也没想到能有这么多的银子。

但真正晕过去还是他请卢新喝酒那次。

那是卢新刚从潞州回来的第二天，陈俦为他洗尘，特在长安城最高档的酒家包了一个雅间，摆的是最上乘的酒宴，只请了他的顶头上司、他心中未来的大舅子卢新卢郎中一人。宽宽的雅间里两人对酌，开怀畅饮。酒至半酣，陈俦从怀中摸出两个大金锭，双手送到卢新面前。

"大人，这是卑职一点心意，请大人笑纳……"

喝得晕晕乎乎的卢新见这么大两锭金子，心止不住的跳。这趟回家，路上花销不说，潞州老家宅第的修缮，就用了可观的一笔银子，东挪西借，欠下一屁股账，正愁着怎么还呢……

"贤弟，"冲上脑门的酒精正发挥着作用，卢新说话的声调变了，对陈侜的称呼也变了，"你的事，就是我的事，我一直放在心上，父母亲他们……"

"卢兄，再来，满上满上……"陈侜也有了浓浓的酒意，但他酒醉心明白，大杯大杯地向他未来的舅子灌去。

卢新真的醉了，但有一点他是醒着的，那就是他欠的那么多债要还，而眼前这个一心想娶他妹妹做媳妇的人能帮他还债，他于是顺着这个思路想下去，说下去，把父母说可以考虑说成十分满意；把妹妹拒不同意说成缓缓再议。听得陈侜心花怒放，不停地与卢新碰杯：

"卢兄，你说，差多少？你只管说，银子嘛，我有的是……"

第二十六章　事与愿违

陈俦恨恨地望着进士榜上第一名郑颢的名字，一个阴谋在心中成熟。一把飞刀暗地里向他的老朋友甩去，但那飞刀半道上转向变成了"飞来器"，差点把自己刺中。

一连三场考下来，郑颢已疲惫之至，回到西门那家小客栈，躺在床上，摆平四肢。他要舒舒展展休息一下。

他强迫自己睡，就是睡不着；强迫自己不想，可一个个想法偏要涌出来。就这样，越睡不着越想，越想越睡不着……好，想就想，他把该想的事通通想一遍，梳理梳理，排个顺序，一一想下去。

头一件该想的当然是这次考试。从第一场到第三场，从第一道题到最后一道题，从写第一个字到写最后一个字，不但没有失误，而且得意之处不少，比如那首应试诗——"……霭霭烟收翠，忻忻木向荣。静看迟日上，闲爱野云平……"对仗工整，情景相生，音调和谐，意境高远，可以说无从挑剔；还有那策对，洋洋洒洒，下笔千言，说理透辟，见解独到……想到此，不觉摇头晃脑得意地背诵起来……

但再往下想，就不值得得意了。

那陈俦，考试那几天，天天见到他，与那些外地考生们谈得眉飞色舞。不知怎地，我一走去他就避开了。难道他把我那张画丢了、卖了，怕我要？

因考试忙，也来不及去问。明天去找他，把画要回来。不要回来就麻烦了，那个李山，不，那个公主说了的，要用那张去换……

然而想到公主，他又有几分得意。居然她爱上自己那么久自己却不知道。自己也太傻，怎么就一点都没往那上面想，从来也没想到她是个女的，而且还是个公主。再想想在太原时与她相处的日子，形影不离，情投意合，实在还是很有趣味的。还有那天，她脱下男装后，一头蓬松的黑发，闪着异样光芒的眸子，红红的唇，鼓鼓的胸，细细的腰，几乎使自己迷失。实在说，她够美的，够诱人的……想着想着，门帘一掀，她就进来了。这地方她怎么知道的？既然来了，就请她坐，可是她不坐，喊一声"三郎"，便扑在自己胸口上哭起来。他拍着她，她不哭了，把那张圆圆的脸靠上来……真好，可爱的小公主，你真好，真好……

"客官，开饭了！"

店老板的一声喊叫把郑颢从甜美的梦中惊醒，他翻身从床上爬起来，想想那梦，不禁笑了起来。但他接着骂了一句："荒唐！"

他一点也不想吃饭，出了客栈，直奔户部右街衙门，他要去找陈俦讨回那幅画，然后去找公主交换。但他扑了空，陈俦不在。他想想也许去了那废庙，自己搬走时并未告诉他，说不定他会在那儿等我，于是他朝那废庙走去。

今日的废庙已焕然一新，门楼上高高挂着一块新做的红漆门匾，上写着"小相国寺"四个大字，一看落款，居然出自当朝宰相白敏中的手笔。进入院内，自己原先住的小屋一带，已变成一个大殿，红墙绿瓦，油漆门窗，僧众和夫役来来往往，正在朝里面搬东西。郑颢背靠院中那棵大松树站着，蛮有兴致地看着这一切。

"曾三哥。"

耳边有人叫，郑颢猛然转过身去，原来是她。仍然一身男装。

"殿下……"

万寿公主向他摆手，他改口说：

"公子，你……"

"曾三哥，"她说话声音很低，有点悲伤，"我特来……"

见她欲说又止，他急着问：

"什么事？"

"你听了别难过……你没考中。"

郑颢一愣，问：

"你怎么知道的？"

"刚才在父皇的御案上看到的，一共考取三十名进士，我从头到尾看了，没有你的名字。"

"啊！"郑颢叹口气，软软地靠在树上。

"曾三哥，您别泄气，下次再考就是。我会等你……"

郑颢仍未回过神来，靠在树上不说话。

"这是你要的画，给……"万寿公主从怀里取出一叠绸子，递在郑颢手上说，"三哥，保重，我走了……"说罢，转身要走。

郑颢这才有些清醒，问道：

"那，那考上的有谁，你把名字说给我听听。"

万寿公主回过头来说：

"我心里只想到的你，其他我都忘了。我要走了，你看那边，阮叔正把我们看着呢……再见。收好那张画……"

说完，依依不舍而去。

一听说自己没考中，郑颢脑袋便嗡嗡响，靠在树上半天缓不过气来，及至一想自己是用郑颢的名字报考的，便又信心陡增，本想向她细问，她又走了。全怪那个可恶的阮叔，把她看得那么紧；而且，那个阮叔一点不近人情，我与他还有段交谊呢，全不顾，见了我就板着一副面孔，青凤黑脸，仇人似的。看他，还站在那里呢，死死把人盯住，让人害怕。为了躲避他的目光，他低下头来。

低头，就看见手中那幅画。公主究竟懂事，把画还我了，还用一张绸子包得齐齐整整。怕散了，又用红线在封口处缝了几针。到底是女孩子，细心得多。他很想立即拆开一看，但左右看看，人多眼杂，很不方便。他就把那方绸子放进怀中最里层的衣兜里，然后拍拍，证明放实在了，这才走出庙门。

上大街后，他本想去找陈俦，但转而一想，她都把画还我了；至于那一幅，就让陈俦保管吧。于是他转身朝西门急步而去。他急着要去看那画上的她。好久好久，都没见到她了……

匆忙回到小客栈后，走进房里，取出那方白绸包，小心翼翼用牙把那红线咬断，一层层轻轻打开。当他揭开最后那层时，他发现又被她骗了。哪儿是卢秀儿送的那幅？上面画的是两朵大红花，分明是她掉包的那幅。怪，这幅画不是陈俦保管着吗，怎么又到了她手上？这丫头太有心计，太厉害了。对她，他突然产生一种莫名的畏惧和愤怒。

气完以后，他才注意到那幅画原来有些不同。细看，在空白处添了几句诗。他拿起来念道：

今生本有缘，生死共熬煎。
城头议破贼，庙里并蒂莲。
缘本情铸就，情因心相连。
依依难割舍，矢志等年年。

读罢，郑颢有些感动了。回忆与她相处的那段日子，实在难以忘怀。有这么一番经历，以后在一起厮守，该有多少话要说啊。看那最后两句，愿年年等待，矢志不渝，也够让人动情的……可是，不知为什么，他只感动，甚至很佩服，却很难找到爱恋。绝不像对卢秀儿，只要想到她，便有一份莫名的牵挂，一缕生死相依的柔情，一种难以控制的冲动，想去靠拢她，依偎她……尽管还从来没有这种机会，但他盼望着有……

胡思乱想时，小客栈又开饭了。他胡乱吃了两碗，倒头又睡。他实在太疲乏了。

一夜无梦。

第二天清晨，他被一阵鞭炮声惊醒。起初，他还以为是谁家办喜事或办丧事，但听那鞭炮声越响越近，已响到院子里来了。刚想起床去看，就听院子里大喊起来：

"住在你们客栈的郑颢高中状元了，状元公住在哪间房，我们向他报喜！"

外面，鞭炮声刚停，锣鼓声又响了起来。

郑颢听了一阵狂喜，难道又是做梦？走到门口，还在自己屁股上狠拧一把，感到生痛，这才肯定不是。

但当他跨出房门，走进大院，报喜的差役向他讨封赏时，他把伸进袖里摸银子的手久久不愿掏出来，直到把喜报逐字逐句读完，证实无误，确定不是骗他时，这才拿出银子赏给差役。

报喜差役刚走，锣鼓声又进了院子，后面跟着一乘四抬大轿。只见一骑马官员下得马来，问明谁是郑颢后连忙作揖请安，说是奉礼部衙门之命，请新科状元上轿，接去府中暂住。

接下来一连好几天，郑颢与第二名榜眼、第三名探花，以及其他及第进士，去皇宫向皇上谢恩，接受皇上亲赐的各种礼品。其中状元所得有蟒袍银带、朝冠、高鞴皮靴、精致小刀，以及金银玉器衣物等等。然后，皇上赐恩荣宴。宴会上，状元郑颢单独一席，榜眼、探花一席，其余进士四人一席，皆有皇上派的大臣相陪。那酒宴都是郑颢从未吃过的奇珍异味。第二天，又是礼部宴会。第三天，又是京兆府宴会。每次宴会，都要请状元郑颢致答谢讲话。此外，还有打马游街、大雁塔题名、平康里游乐，以及谢师、访友、同年相聚等等。享尽了荣耀，出尽了风头。

郑颢觉得自己像个任人们摆布的新娘，成天坐着轿子被抬来抬去，处处都是笑脸和恭维。但他觉得很不自在，其中有两次不自在还非比一般。

一次是皇上在金殿上召见，作为头名状元的他却始终不敢抬头，生怕宣宗皇帝把他认出来。要是真的认出来，那就糟了。幸好离皇上御座有那么远，又是低着头，皇上只问了几句话，便退了下来。只是他一身内衣全都被汗湿透。

一次是去平康里游乐。平康里，是京城妓女云集之地。凡每次考试后，及第进士都被邀请去玩乐。妓院老板和妓女都以能接待当代名士而感到荣耀，不收费用，且安排得周周到到让及第进士们在温柔之乡里尽情享受。而头名状元，自是倍受青睐。郑颢因平日一心读书，不懂此道，被拉拉扯扯去了平康里，由被称为长安一枝花的楚楚接他进了闺房。那楚楚美貌非凡，且能歌善舞，精通诗词。初进闺房，楚楚与他把盏对酌，没有见过世面的郑颢有些忸忸怩怩，楚楚把椅子搬来与他靠近，他却感到如一盆熊熊燃烧的火在烤灼，慌慌张张地后退。渐渐地，他被那酒迷醉，楚楚又拿出她取媚男人的手段，很快征服了郑颢。当晚，二人共枕而眠，几度春风的他好像又做了一次梦，与那日梦中与公主在一起时没有区别。

昏天黑地的日子又过了几天，礼部便把这批及第的学子统统安排去翰林院，让他们继续研习诗书，静候分配。直到这时，郑颢才发觉有件事使他不解。考上状元以后，无数新老朋友向他祝贺，而陈俦怎么连人影也没见到？他想见到他，在京城的老朋友中唯与他交谊最深。难道因为那张画？不过，那张画为何又到了公主手中，倒要问问他。想到画，郑颢暗暗吃惊，那公主还不知道郑颢就是我，要知道了，纠缠起来，麻烦就大了。想来想去，三十六计，走为上计，先回潞州，只要与秀儿结了亲，她不就死心了？他于是立即告假，打点起程。

一夜之间暴富起来的陈俦正忙碌着构筑自己的新生活：他有了自己的公馆和仆从，单等卢新那边一回话，把她接过门来，小日子就圆满了。

在一阵混忙中忽听郑颢考中了状元，他的心绪一下子就乱了。起初，他还不信，及至去看了皇榜，郑颢的赫赫大名果然列在第一，他才信了。这个憨包，家里哪座祖坟发了？好事都让他碰上了。他心里极端不平衡。当即，他便拿起笔来，写了一份匿名状子："兹有郑颢者，又名曾三，姓氏不清，宗祠不明，蒙混参考，骗得状元荣誉，犯有欺君罔上之罪，请速查实，予以惩办，以正纲纪……"写好后细想，又觉此举不妥。这么一来，李山皇子那条路岂不被自己堵死了？算了，就便宜那小子了。顺手便将那状子揉成一团，丢进纸篓。

但是，一个出乎他意料的情况出现，使他又重新拣回那张被揉成一团的状子。

原因是第十名进士来找他，要他兑现当驸马的诺言：

"陈大人，当初你说得清楚，只要考中，您就保我能当上驸马。而今，我高中第十名进士，特来……"

陈俦听了心中一惊，没想到居然也有考中的……

他自从在白敏中那里领了为皇上的万寿公主物色驸马的使命后，便琢磨利用这个机会发笔横财。他的计划很周全，他选定在能进入第三场考试的考生身上，因为是最后一场，考生的希望更大，用考中后可以招为驸马去引诱，他们才肯出钱；而且，他所选择的对象，都是些家道殷实的花花公子。因为家道殷实，拿得起钱；因为花花公子，就难以考中。要知道，能参加最后一场考试的人有好几百，二十个中也难考上一个，他们自然被淘汰掉。没考上，你银子还不白花了。何况，又没有凭据落在别人手上。即使真的遇上来讨还银子的，也自有办法对付：花几两银子找两个泼皮揍他个鼻青眼肿，看他还敢来要？

计划尽管周密，也难免不出意外。没想到还真有考中的……

陈俦仔细打量这个第十名进士，看他相貌堂堂，一表人才，口齿清楚，风度翩翩。一个想法立刻在脑子里酝酿成熟。他取过纸笔，笑眯眯地问道：

"相公尊姓大名？"

"免尊。小生姓崔名佐。"

"啊，原来还是大姓。"陈俦写了又问，"请问青春几何？"

"二十有三。"

"可曾娶妻？"

"大人莫开玩笑。莫说娶妻，即使说了亲，也不敢向大人求这等事。那可是欺君之罪……"

"那就好，那就好，"陈俦赔笑说，"再请问籍贯，还有父辈、祖辈……请细讲。"

一切该问的问完之后，陈俦说道：

"下官先恭喜你，请你三日后来听回话……只是，此事重大，还有不少枝节……"

崔佐听了，回头向门外喊了一声，立即进来一个随从，取下背上包袱，解开，里面全是闪着光亮的银子。崔佐取出十锭，放在集上说：

"先孝敬大人这一千两，事成后再重谢，这么说吧，不少于五千……"

"不敢当，不敢当……"

"莫客气，莫客气……"

送走崔佐以后，陈俦再也摆脱不了那巨大的诱惑了。但他又是个精细的人，要把事情做得不留半点破绽。

当天，他就摸清了前十名进士的情况：第二名榜眼、第三名探花都已婚配；其余第四至第九名，不是年纪偏大就是早已成婚，再不就是身材短小相貌欠佳，远不及崔佐和那个郑颢。

这时，陈俦从纸篓里拾出那张状子，心里说：郑颢，这就不怪我陈俦不讲情义了，我本想饶你，但天命不饶你，谁叫你那么优秀呢？想着，他把那张纸摊开，再细读一遍，措辞恰当，无可挑剔。然后又将它重新揉成一团，于当日夜里，趁御史台大门上无人，从门缝里塞了进去。

至此，他的心里才完全平静下来。当然，他也想过，李山皇子的那条路从此断了，但他一点也不可惜。他只是个手无实权的皇子，即使是太子，说话也没有手握实权的宰相顶用。他决定沿着白敏中的那条路走。于是他将崔佐的材料经过一番美化处理后，送去相府。白敏中看罢，问道：

"崔佐乃进士中第十名，前面还有九个，为何你没有推荐材料？"

陈俦早就有了准备，忙从怀中取出一沓材料，对前九名进士的年龄、籍贯、出身、婚姻状况等都有详细说明。白敏中看罢甚为满意。但细看后问道：

"你在状元郑颢的名下写他'品行不端'和'姓氏不清'，不知何指？"

"大人不知，那郑颢考上状元后，去平康里狎妓，与京城一枝花楚楚的风流事闹得满城风雨……"

"嗯。不过，此等事历来如此。自我朝兴科举以来，每科及第进士都被邀去平康里玩耍，已相沿成习，倒无伤大雅。至于……"

陈俦忙接着说：

"至于'姓氏不清'一项，据查，他本名郑颢，但另外还有个名字叫曾三。他还用曾三这个名字在户部右街衙门上过班领过薪，大人可去查问。"

"啊，这倒是大事，需要查清楚。如果真有什么隐情，那就非同小可了……"说了，转过话题又问，"如此说来，在前十名中，只有这个崔佐最为合适了？"

"依卑职看，崔佐人品才貌谈吐风度，长安城里也难找。"

白敏中听了笑道：

"听你这么一说，我倒想见见他，就有劳你跑一趟，马上把他请来。就说我愿收他这个门生，别的不用多说。"

"是。"陈俦应声出了相府。

见陈俦急急忙忙小跑着出去后，白敏中复又拿起那沓材料，看着看着，不大不小有股气涌上心头，他觉得自己有些荒唐，堂堂一国宰相，竟干起做媒的勾当来。虽然是给皇家做媒，但也是做媒呀！不过转而一想，作为臣下，当为皇上分忧。皇上忧虑的事也太多了，这才登基多久，头发就白了一半，就连胡子也白了。国事不说，家事也伤脑筋。前不久接连几个公主闹着出家，都是皇上姊妹辈，不好劝也劝不住。只得在皇宫一侧给她们修座道观，让她们在里面念经。可是公主们哪有心思念经？整日浓妆艳抹，花枝招展，与那些求签问道的文人学士们眉来眼去，留下些"一幅乌纱裹寒玉""心悦君兮君不知"之类风流艳丽诗句，满街满巷传唱，皇上听了哪会不气？更有那个万寿公主，最不安分，听说多次私自出宫，气得皇上要把她锁起来……

正想着，只见陈俦带了位身着进士服的年轻人进来，一看果然不错。那崔佐因路上陈俦向他透露了消息，见了宰相白敏中，表现更是不凡，一举一动，进退有度。凡有所问，对答如流。诗书棋画，无有不通。白敏中与他谈得投机，看看日渐黄昏，便命摆宴留他吃饭。陈俦当然作陪。饮酒谈诗，至深夜方散。

为了女儿万寿公主的事，宣宗这一向心情非常烦躁。这丫头越来越不像话，女扮男装，私自出宫，去会见那个叫曾三的后生。讲她，她还嘴硬。"告诉你，你就死了那份心；除非他考上状元……"她却说："这次没考上，下次一定会考上。"看看这丫头，说话还有点体统没有？我们皇家的丑闻已经不少了。女大当嫁，嫁出去就没事了。她一心想着那个曾三，这岂能由她？

宣宗气冲冲走进延英殿。宰相们已到齐，见皇上来了，纷纷下跪叩头，山呼万岁。宣宗登上御座，说声平身，赐座。宰相们这才半个屁股坐下。皇上与宰相们在延英殿议事十天一次，讨论的都是军国大事。

首席宰相白敏中第一个奏事。他先将回鹘酋长庞勒派使者入朝迎接册封使之事奏知皇上，并提出鸿胪寺卿李业为册封使，拟册封庞勒为可汗，请皇上定夺。并将册封诏书呈上御览。宣宗看罢准奏，吩咐及早起程，不得延误。白敏中又将张议潮在沙州起事经过详细做了奏报。

宣宗听得很兴奋。想那张议潮乃普通士民，趁吐蕃内讧时暗中结纳豪杰，率众起事，占了州衙，接管州事，宣布归唐。又派使者进京上表，献上沙州及附近州县地图户籍。日前，正组织百姓，修缮兵甲，坚守城池，抵抗吐蕃援军反扑……其忠其义，甚为可嘉。宣宗当即决定，委张议潮为沙州防御使，赠兵甲武器金银绸缎，以资表彰；另下诏给邻近的防御使，令发兵全线攻击吐蕃占领军，乘势全部收复河湟故地。

白敏中奏完两件事后，伸手摸了摸怀里的那沓材料。他要等议事完后单独交给皇上。

接着，才从湖州刺史任上调来被任命为礼部侍郎、平章政事的令狐绹，向宣宗奏事：一件是关于京城修建佛寺、许度僧尼的，因财力困难，进度缓慢，未能按期完成计划……

宣宗听了问道：

"是不是又是那个崔老儿作梗？"

令狐绹不好回答，便不作声。

"那老头儿有点倔，你去传朕的口谕，叫他把府库里的银子先支五万，添拨一千名工匠，三座佛寺都要在年底前完工。"

令狐绹答应后，双手又呈上一份奏文，说：

"陛下，这是御史台转来的一份公文，还附有一纸状子，请皇上御览。"

宣宗接过一看，先是一拍御案，怒道："这姓氏有随便改的吗！"但很快，气又消了，说，"快传郑颢进宫，朕要亲自问他。"

令狐绹回道：

"该是郑颢已回潞州去了。"

"这才考中状元几天，怎么就急着回家？"

"小臣问过翰林院，说是回家省亲，还说要回去完婚……"

"啊，哪天走的？"

"才走几天。"

宣宗听了，立即停下议事，打发宰相们回家，专留白敏中问话。

众宰相离开后，宣宗问白敏中：

"朕托爱卿的事，可有消息？"

白敏中忙从怀中取出那沓材料，双手呈上待皇上看过一遍后奏道：

"此乃这次考试前十名进士的材料，其中最佳人选当数第十名进士崔佐。为了考核他，臣还请他到敝府面谈了大半天，果然人品出众才华横溢，有经天纬地之胸襟与学识……"

宣宗打断他，问道：

"这头名状元郑颢又名曾三属实？"

"属实。"白敏中回道，"小臣查过，他原先在户部干过几天，还领了两个月的薪俸。后离职回潞州。这次考试前才来京城，用郑颢之名报考……"

"啊！"宣宗接着说，"对此人情况，朕要亲自过问。你赶快派人，快马加鞭，日夜兼程，将郑颢追回京城，不得有误！人追回来后直接送到宫中交与朕。切记不要惊吓了他……"

白敏中领命出了皇宫，立即派遣专人，手持尚书省紧急公文，乘驿站快马去追赶郑颢，令他立即回京，十万火急，不得延误。

直到把去追赶郑颢的差官打发走，白敏中也没揣摩透皇帝老儿的真正用意何在。

第二十七章　诀别槐树观

古云"大登科金榜题名，小登科洞房花烛"。新科状元郑颢在荣归故里去圆那个大团圆的梦时，却被一个意外破坏得支离破碎，再也难以收拾。

初秋的一天，晴空万里，天上，零乱的几块白云，像谁随手撕下的片片棉花，在随意地飘动着。

暖暖的阳光，懒懒地洒下来。大地一片宁静，除了官道上那棵树上的几只喜鹊偶尔喳喳叫几声外，再也听不到半点声响。正是歇晌的时候。庄稼汉都回家吃饭去了，留下的这片天地也偷懒安静下来，昏昏地打着盹。

就在这时，远远的官道那头扬起一团尘雾，接着传来一阵轻快的马蹄声。

随着越来越近的马蹄声，越来越清晰的几个人影由远而近。为首的那位，二十出头年纪，长得英气勃勃，一表人才。只见他头戴大红官帽，身着大红蟒袍，脚踏粉底黑缎高腰大头皮靴，稳稳骑在马上。身后，有四个随从士兵，也都穿戴整齐。十分威武。

"到了，前面就是二十里铺了。"为首的那位青年说。

他就是荣归故里的新科状元郑颢。

状元回故里是件非常隆重非常荣耀的事。按规矩，是应该大大铺张一番的。但郑颢为了早些回到潞州，从长安出发两天后，他就把那些旗仗执事吹打乐队打发回去了。只带四个兵丁，尽可能避开沿途的迎送，朝行晚宿，直奔潞州。

潞州南门外二十里处的二十里铺，只是一个很小的去处。有数得清的几间房舍。要不是附近有座稍具规模的槐树观，这地方就更寒碜了。

潞州府衙早得到消息，已派官员在二十里铺恭候迎接新科状元荣归。在潞州历史上，这是第一个状元。消息传开了，迎来了不少看热闹的。顿时，这小去处就人满为患了。

郑颢一行刚一露面，二十里铺上立刻喧闹起来。人们一拥而上争看新科状元。迎候官员赶快上前接住，把状元的马牵到道观前，并扶他下马。这时为首官员说；

"状元公一路劳顿，现离家乡潞州城只有二十里了。请在道观中稍作休息。洗去疲劳，整冠更衣，然后入城。"

说着，陪郑颢进了槐树观。观里，茶已泡好，洗脸水也端上。郑颢也不客气，洗脸后坐下喝茶。与迎接的官员说话休息。

坐了片刻后，郑颢正准备起身说走。忽然见道院门外匆忙进来两军官。口中不停地问：

"新科状元在哪儿？"

"本人就是。"郑颢迎上去说。

两个军官见了，忙躬身行礼。取出印有尚书省的大信封，呈给郑颢。

郑颢忙拆开一看。上面只写了一行字：

"着新科状元郑颢立即回京，不得延误。"

下面盖的是尚书省的大印，旁边还有首席宰辅白敏中的签名和钤记。

郑颢感到一阵茫然，问道：

"请问二位军爷，何事这么急着要找我回去？"

"状元公，相国命我二人不分昼夜赶上状元，呈上公文，要求一同回来，不得有任何耽搁。别的，就不知了。"

郑颢说："二位军爷你们看，只差二十里就到家了。待我回家见了父母，再与你们一同回京。如何？"

"请状元公体谅末将的难处，相国严令赶上状元后不许停留立即回来。我等不敢违犯。"

"既然如此,"郑颢无奈地对潞州官员说,"尚书省有令叫我回去,不得延误。我不敢不从。请大人回潞州城代为禀告刺史大人,谢他一番盛情;还请大人去寒舍代为禀告双亲,请他们不必挂记。待去京城办完公事后立即回家……"

潞州官员见了,只得说:"状元公皇命在身,您放心去京城办事,办完回来,下官仍在此地相迎。"

郑颢正欲起身,从殿上下来一个手执白玉柄拂尘神态飘然的女道士。她款步来到郑颢面前深施一礼说:

"状元相公,可曾记得数月前您从潞州起程去京城应试时,还在我这道观里歇过脚。又去殿上烧了炷香,贫道在一旁还为您祝祷来。而今高中状元。似应去殿上再烧一炷香方好……"

郑颢听了想想,记得当初匆匆忙忙由潞州起程,没有到这里来过呀。但听她说得如此真切,倒怀疑起自己的记性了。便说:

"谢道长提醒,请带路,让在下去神殿烧炷香,求上界神仙护佑……只是,"郑颢回头望望两位军爷说,"只是请二位再稍坐片刻,待我烧炷香就走。"

说罢,随女道士走过庭院,跨步上了大殿。

"郑郎——"刚跨进大殿门里,便听见一声凄惨的呼唤。寻声望去,一位亭亭玉立的女郎向自己走来。他一眼便认出是她。

"秀儿,你……"他深情地呼唤着。

"早听说你高中后要回故乡,奴家借烧香在这观里等候,原不过想偷偷一睹郑郎的风采,却不想听到朝廷召你立刻回京,故而,也顾不得许多,请道长前来相请……"

郑颢听了想,原来如此,但他没工夫想别的,抓紧时间说:

"秀,我这次回来,一则拜双亲,再就是为咱们的事。不想都到了家门口了,却又叫回去,也不知是吉是凶?"

"郑郎高中状元是天大的喜事,还有什么吉凶。想必是朝廷急着用人,要你赶快回去委以重用。"

"但愿如此，只是你我的事，又得等一等了。"

秀儿勉强一笑说：

"那么久都等了，还在乎这会儿，愿郎君此去多多保重，别负了奴家——再别受别人的骗……"

"秀儿你放心，我郑颢永不负你。那幅被人骗去的画，我一定会要回来，不会搞丢……"

"画即使丢了，也是小事，只要人不丢……"

说着，两人越靠越近，彼此都已感觉到对方的鼻息。看到对方渴望的眼神。郑颢左右看看大殿上空无一人，只有坐在神坛上的那座李老君神像，慈眉善目地望着人间。他只感到一阵冲动，热血上涌，便不顾一切地将娇小的她搂进怀中……

殿外传来咳嗽的声音，是女道长发出的。

他们迅速分开，郑颢从腰间解下玉佩，捉住秀儿的手说：

"这是皇上赐的，送给你，作为信物。"

秀儿双手捧住，再次向郑颢胸前一靠说：

"郑郎，你放心去，奴家望你的好消息……"

两人依依惜别。

郑颢出了道观，再次上马，装着一肚皮狐疑与不安，随着相府的两个军官回京城。一行又增加两个人，但大家都无话可说。只听急骤的马蹄声踩过官道，引来官道两旁人们一阵惊愕和议论："怎么，这状元公才过来又往回走？"

"四季发财！"

"五谷丰登！"

……

长安城一家豪华酒楼的雅座里，陈俦与卢新猜拳行令，喝得正欢。

那天晚上陈俦陪崔佐在白敏中府上吃了晚饭回去后，崔佐当即将五千两银子给陈俦送去。第二天，陈俦拿了一千两银子去古玩店购买了两张吴道子的画，给白敏中送去，只说是祖上传下来的，贡献给相国玩赏。白敏中见是真迹，十分高兴，也就收了。还把陈俦留下来叙话，谈得还很投机。

今天，陈俦又拿了一千银子，把卢新请到酒楼，二人对酌时，将银子送上，直感动得卢新连连起身道谢：

"贤弟真是雪中送炭，愚兄感激不尽……"

两人喝得兴起，吆五喝六，划起拳来。有了五六分酒意时，陈俦放低声对着卢新的耳朵说：

"告诉你，卢兄，郑颢那小子要倒霉了。他宗祠不清，被人告了。白相国奉皇上之命派人去追了。欺君之罪，追回来够他小子受的，不杀头也充军。就等着看他的笑话吧……"

"啊？"卢新听了一惊，说，"如此说来，他就完了。也好，我去给小妹说了，她就死心了。明后日，我要去幽州公干。路过潞州时我就去说。看来，你与小妹的事一定能成……"

"那好那好，明日，我再给你送一千银子来，请兄长带回去，就算聘礼……"

经过一番紧急的旅途跋涉，郑颢回到了长安。当即，白敏中就亲自把他送进宫里。

宣宗坐在高高的御座上，问道：

"下跪何人呀？"

"小人郑颢。"郑颢诚惶诚恐回答着。

"可是新科状元郎吗？"

"小人正是。"

"你怎么不抬起头来呀？"

"小人……"

"抬起头来让朕看看。"

郑颢只得抬起头来。

"你认得朕吗？"

"小人认得，陛下就是以前的宣慰使……光王……"

白敏中喝道：

"郑颢大胆！皇上的御名岂能随便叫？你可知罪？"

"算了算了，别吓着他。"宣宗制止了又问：

"你认得朕，朕也认得你呢。你不叫曾三吗？"

"小人该死！"

"先不说该不该死，你先把你改名换姓的经过细细与朕讲来。"

"小人姓郑名颢，家住潞州，只因刘稹反叛朝廷，小人不愿附和，从潞州逃往太原，因临行时父亲一再交代，出门在外，不可轻信他人。逢人只说三分话，不可全抛一片心。故而胡乱改了个曾三的名字……"

"如此说来，也算情有可原。但是，你在报考时为何不说清楚呢？"

"陛下，小人也曾想过，只是觉得那么一来贡院要去查，潞州离京城又远，查来查去，不知查到哪年哪月。人生苦短，小人实在等不及……请万岁恕罪。"

宣宗听他说得在理，事出有因，便从御椅上下来，亲自扶起郑颢，说：

"起来起来。左右，快给状元郎搬个椅子过来，让他坐着说。"

看得白敏中在一旁发愣。

"朕再问你，你高中状元后，想当个什么样的官呀？"

"陛下，小人因见考场积弊太多，只想能在礼部任职，愿为朝廷清除考试弊端做点事……"

"好，有志气，朕就喜欢这样的年轻人。那就命你为礼部侍郎，去管考务。如何？"

礼部侍郎已是从四品，从来还没有哪个刚考上状元就当这个官的。

白敏中更愣住了，但他很快清醒过来，对郑颢说：

"还不快谢恩！"

郑颢也发愣，听白敏中喊，他才赶快离座，向皇上叩头谢恩。

"好了好了，白爱卿，你先领着状元郎到你府上，对他讲些为官之道……那件事，就定了，你就去办吧……"

听得郑颢莫名其妙。

白敏中心里当然清楚，回一声知道了，便带上郑颢回相府去了。

手里紧紧攥着那块玉佩的卢秀儿，目送郑颢走出观门，跨上马消失在官道的黄尘中后，顿时就呆在大殿门口了。要不是靠在那扇门上，她会倒下去。

"小姐，"女道长过来扶起她说，"吉人自有天相，你要放宽心。"

秀儿缓了口气，说道：

"道长有所不知，我与郑郎一墙之隔，两小无猜，私自订下终身。盼了这么多年，眼看如愿，却半道上出了这么个不明不白的事故。他被如此紧急召回京城，怕是凶多吉少，这叫我怎么不心焦……"

说着说着，秀儿忍不住哭泣起来。

道长安慰说：

"祸福天定，小姐不必伤心，来，你不妨在后座前求上一签，问问吉凶。"

秀儿听了正合心意，转身在蒲团上跪下，默默祈祷，而后起身，从神案签筒里抽出一支，顺手交给道长。道长看了一眼，眉头一皱，把那支签放回筒中，说："刚才我忘了摇了，此签不算。"说罢取过签筒，摇了几下，放在神案上。秀儿闭了双目，又诚心地祈祷一番。再伸手抽出一支，道长接过一看，立刻锁住眉头，将签丢进签筒猛摇，然后重重往神案上一搁，说道："小姐请抽。"秀儿默祷了一会儿闭着眼睛再从中摸出一支，交给道长。道长接过一看，双眉间顿时起了一个疙瘩，长长叹口气，说：

"天命如此。三次都抽到这下下签。小姐，恕贫道直言，你要小心些呢。不过，我在想，这个下下签跟定了你，也说不定是物极必反、否极泰来的征兆呢。总之，小姐你要放豁达些，顺其自然方好……"

然而秀儿哪里豁达得起来，回家以后，又听到些七七八八的谣言，说什么郑颢在京城惹了不小祸事，又说他的状元是假的，等等。对这些，秀儿都觉得不足为信。只是当她从楼上看到后花园外郑家那边修的状元府突然停了工，她才感到有些不妙。

就在这时，她哥哥卢新来到潞州。他带来了陈俦的礼金礼物，又把陈俦年轻能干、白敏中对他十分信任等加油添醋地吹嘘了一番。父母自然听儿子的，同意了这门婚事。可是在里屋听得清楚的秀儿冲出来说：

"父母亲，这门婚事女儿不愿意。女儿与郑颢三年前就以心相许，订下终身。不信，这里有他送我的玉佩为证。"

说罢，从怀里摸出那块精美的玉佩，往桌子上重重一放。

"啊，郑颢，不就是后园外那家的小子，才当上状元的？"父母惊异地问。

"就是他。"秀儿回答道。

父亲却说：

"好倒是好，只是他好像出了什么事，都回到二十里铺了，又被朝廷召了回去，是吉是凶，未可预料。街市上的说法多着呢。"

"此事我最清楚。"卢新插话说，"是那小子宗祠上有什么问题呢。他本姓曾，又冒姓郑。又不知怎地中了状元。皇上听了甚是震怒，下诏把他叫回去，要亲自审问呢。"

"我不信！"秀儿抢过话说，"那郑颢从小就在本地长大，就住在后园那边，有底有实，哪来什么冒姓郑……反正，我认定他了！"说罢，从桌上取过玉佩，转身回房去了。

父母睁大眼睛望着宝贝女儿，打也不是，骂也不是。

"你看看，都是你惯的……"老爷责怪夫人。

"你看看现在哪家的小姐不一个样，她嘛，还算好的呢。"夫人更有她的理由。

"二老不必担忧，妹妹一时鬼迷心窍，待那郑颢被皇上判了罪，不杀头也充军，她自会死了那份心的。过两天，待我去了幽州回来，再劝她……"

宣宗打发走了白敏中和郑颢后，长长舒了口气，总算有了个治治这小丫头野性的绝好机会了。他忍不住想笑。弯腰从御案下取出了一个长方形的盒子掖进袖筒里。然后对身后太监说：

"去万寿公主小院。"

说罢，坐上肩舆，让太监们颤悠悠抬到一座小院门前。因为早有太监通知，万寿公主在门口跪接。

"免了免了，起来起来。"宣宗扶起女儿一起走到院里，他瞟眼一看，女儿脸上没有一丝笑容，低着头，有气无力地走着。他知道女儿在跟自己赌气，每天把她看管得那么紧，莫说出去，连小院门也不让出。她便成天在小院里摔碗砸盆、打狗骂鸡。宣宗当然知道她在想些什么。

宣宗进屋坐定，万寿公主又请了安。宣宗叫她坐下。然后问：

"女儿这一向做些什么呀？"

"什么也没做，成天睡觉。"

"睡醒了呢？"

"吃饭。"

"不错呀，吃了睡，睡了吃，怪不得筷子不够用，今天，我特地给你送盒筷子，整整十双，这可是和田上好美玉打磨而成。折断时发出的声音比象牙筷子的好听多了……"

说着，宣宗从袖中取出那个长方形盒子，打开来，里面整整齐齐摆着十双玉石筷子。那半透明柔和色泽真让人看了舒服。

可是万寿公主见了却舒服不起来。她天天发脾气，吃饭时摔盘砸碗折筷子。父皇哪会不知道？她偷眼看看，父皇倒没生气，直把一双欲笑未笑眯成缝的眼睛望着她。她胆子便大了。说：

"父皇，您把女儿像鸟关在笼子里，不怕闷死了。"

"今天，我就是来给你打开笼子的。"

"谢父皇。"这么多天来，万寿公主脸上头一次出现笑容。

"我给你订好一门亲事……"

"不！"万寿公主马上收了笑容，坚决地说。

"你听我说完。此人乃新科状元郑颢。人才学问天下难找第二……"

"不！"

"当初，为父对你谈到亲事时，你说什么你是公主，要听皇上的，而今，我又是皇上，又是你的父亲。你还有什么借口？"

"父皇，女儿的心事您是知道的，何必勉强我……"

"但是，女大当婚，朕为父为君，就把你这件事定了。"

"父皇，女儿非曾三不嫁。父皇要逼女儿，女儿只有出家当尼姑去……"

说罢，顺手摸把剪刀，抓住头发要剪。

"慢着。"宣宗不慌不忙地说，"你听我说，那郑颢不仅人品学问好，且风流倜傥，忠厚老实，你莫错过……"

"女儿不稀罕，女儿只想着他。"

"你不后悔？"

"不后悔！"

"那好。"宣宗故作停顿，然后说，"郑颢就是曾三，你剪吧。"

万寿公主把头发放进剪子里，正准备剪下，听了，愣住了，望着父亲欲笑未笑的脸，问道：

"父皇，您哄我。"

"你不信，明天早朝时，你去帷幕后躲着看……"

宣宗说罢起身便走。

万寿公主见了，剪刀一丢，拉着父亲的胳臂说；

"父皇留步，今日就在女儿这里吃饭。我这几天学会了炒菜做饭，给您做来尝尝，包您喜欢……"

比起来，白敏中对郑颢的说教，就困难多了——不是困难，可以说是一次彻底的失败。

也怪白敏中太不懂郑颢了，在他想来，只要对他说："皇上有一公主，要我给物色个驸马，我想把你……"他就会起身下跪，感激不尽。可是他，郑颢这愣小子，竟对宰相保媒娶公主这等天大的事无动于衷，坐在那里傻子似的半天不开腔。起初，还以为他是高兴得昏过去了呢，可后来他却说：

"下官出身贫贱，生性木讷，怕玷污了金枝玉叶……"

那口气，那神态，全不是出自谦虚，好像反了过来，一个贫家小女要去高攀他这个状元似的。

白敏中把气忍了又忍，尽拣好听的话说给他，而后又板起面孔，把利害一一分析给他。他都不为所动，低头不语，甚至一动不动。就连房顶上一个蜘蛛牵着线擦着他的眼皮掉下来，他也不用手挥开它。

经过漫长沉默的尴尬，白敏中不得不说：

"状元公，请你再好好想想……"

"相国大人，此事下官实难从命，不用再想了。"

"送客！"白敏中分明发怒了。

有钱能使鬼推磨。

有了钱的陈俦此时正坐在一家茶楼里，等候他派去相府附近打探的小泼皮回来报告白敏中的消息。相国日理万机，什么时候回来谁也不知，要去见他，得瞅着他回府才行。

"大人，相国回来了。"小泼皮来报。

陈俦听了立刻起身准备下楼。

"两顶八抬大轿呢。"小泼皮又说。

陈俦停了脚步问："还有谁呢？"

"新科状元。打马游街时我还去给他牵过马呢……"

陈俦惊了一下，复又坐下，对小泼皮说：

"你再去看，等那状元出来走了，再来报。"

小赖皮下楼去了，咚咚的脚步声搅起了他心中无数疑团。

难道皇上把这案子交给白敏中办了？但真是要对郑颢治罪会让他坐八抬大轿一同回相府？

他猜不透。不过他还是觉得不妙，难道他……

他万分焦急地猜测着，等待着，终于，他听见小泼皮上楼的声音。

"大人，新科状元出门上轿去了……"

陈俦听了，随手摸了些碎银给小泼皮，急急下楼，直奔相府。

正在不知所措的白敏中听说陈俦在门上求见，心里一动，这小子鬼点子多，说不定他能制服那条犟牛。便传话让他进来。

因为已是熟人，说话没必要转弯抹角。

"皇上选定了郑颢。"

"啊！"

"真没想到，不知谁写的那张匿名状子倒成全了他。"

"啊？"

"原来皇上早就认识曾三，印象好着呢。要不是那张状子，他怎么也想不到郑颢就是曾三。"

"唉——"

"今天皇上又召见了他，高兴得很，让我对他说。可谈了大半天，他竟不愿意。没想到天下竟有这等傻瓜……"

陈俦听着，脑子里像有架风车，不停地转着。

"你来得正好，你也是潞州人，与他同乡，知道他的脾气，看想个什么办法让他开开窍。"

陈俦眉头一皱，说：

"那小子不仅与我同乡，还是我好友，大概有些话他不好对相国大人说。据下官所知。他确有段隐情。此事相国交给我去办，算是找着人了。待我把相国的一番美意再去向他细说，开导开导他，他一定答应。相国大人，您就等着好消息吧……"

白敏中听了说道：

"此事就交给你了，对，我还有个消息透露给你：卢新不久将有新的任用，他一离职，你就补上……"

陈俦出了相府只感到心里很乱，说不准是个什么滋味。他只觉得这世上的事实实在难以预料，变幻莫测。不过，他想，不管你怎么变，我陈俦也有办法对付，到头来，我都是赢家。因为这时，他脑子里又有了一套新计划。

第二十八章　苦楚花烛夜

应是天造地就的状元与公主的洞房花烛夜却没有情话，没有欢笑，更没有销魂时分。在一阵相互伤害之后，留下的是各自的痛楚。

陈俦回家后做的第一件事不是找郑颢去说服他答应娶公主，而是取了银子上街买些首饰珠宝，然后给卢新修书一封，当即叫个心腹听差，命他带上首饰珠宝和书信，骑快马去潞州，交给卢家。越快越好，不得延误。

那封给卢新的书信，首先把他和自己即将双双高升的消息告诉他，接着把皇上已决定招郑颢为驸马并择吉日成婚的事说了。最后，把送来的首饰珠宝中哪些是送给两位老人家的，哪些是送给秀儿的，一一写清楚，敬请笑纳，如此等等。

打发走了差人，陈俦又去街上转了一圈，买了一大包东西，这才去翰林院去找郑颢。刚走到翰林院大门，就见里面出来一人，抬头一看，原来是他，真巧……

万寿公主果然从笼中放飞出来了，再也没人跟着她了。她回到郓王府，把消息对母亲说了，母亲高兴一阵，自不必说。万寿公主本是个不安分的主儿，没人管了，胆也更大了。她穿了男装，要去翰林院先会会他。

状元目标大，进了翰林院很容易就找着他了。但见他穿着官服，正在书案后面端坐着批写什么呢。她进了那间大房子，但里面的人有好几个，不好说别的。他向她拱拱手，给她倒杯茶，让她坐下后又忙别的去了。她从来不喝茶，但官场上男人们都是喝茶的，也只得端起来在嘴边碰碰，一股苦涩就钻进嘴里；但因为一心看他，那苦味也就不在意。果然，他很英俊，穿上这身官服，显得更有风度了。她想跟他说话，但他目不斜视，一心看他的文件，像旁边没有这个人似的。她实在有些忍不住，但还是带着微笑问：

"这一向可好？"

"好。"

"生活还习惯吗？"

"习惯。"

"缺什么吗？"

"不缺。"

而且目不斜视。

她火了。从来没人敢这样怠慢她。她哼了一声，呼地站起来，咚咚咚，向外就走。

幸好，郑颢随后撵上来，送她出门，还说了句"慢走"，要不，她当时就会发作。

刚跨出大门，迎面碰上陈俦。

"啊，久违久违。李公子，您好……"

在气头上，她没理他，仍然走她的路。但走几步才突然想起一件事，回头问道：

"喂，你还记得你答应的那件事吗？"

"不是叫我点化点化他吗？今天我就是专为这件事而来的。你看，我还给他提了一大包礼物呢。只是，不知李公子还记得你的许诺吗？"

"我说过，只要让他开了窍，答应娶我……我妹妹，我保你当五品郎中……"

"不过，这五品也太低了点。"

"那好办，只要办好了，再大官，我都保你能做……"

"一言为定？"

"绝不食言。"

"好，您等着，公子。"

今天，郑颢确实在故意冷淡她。他感到很解气。一切都怪她，要不是她死死扭住，皇上也不会叫白敏中来做媒，弄得自己刚踏上仕途就把宰相得罪了。得罪了宰相倒不说，这桩事该怎么结局呢！看，今天她竟找上门来了，脸皮也真够厚的，难怪圣人说："唯女子与小人难养也。"公主更不例外。这种女子以后能在一起过日子吗？对她冷淡，再冷淡。多冷淡几次她自觉无趣不就打消这分念头了……

抬头见公事房里的人都走光了，郑颢这才把桌上的纸收拾一下，移步出门。走过两道回廊，便到了他住的小院。门，开着，远远地就看见里面有人。

"状元公回来了。"

一见是陈俦，郑颢很高兴。笑道："陈兄什么时候来的，让你久等了。"

进屋，看见书案上山头似的堆着银子，他一惊，说道："陈兄，你这是……"

"贤弟考中状元，特送这点薄礼以表祝贺。"

"不敢当不敢当，实在不敢当。还请陈兄拿回去。"

陈俦笑道："既然送来了，你就收下……"

"不要，这么多银子，我不能要。"

"怎么，你说多了？我还替你嫌少呢。你算算，过鬼门关，上奈何桥，登望乡台……到了那边，还得新修房子新买地，哪处少得了银子？"

"你，陈兄，你胡说些什么？"

"我才不胡说呢。只是听说你的死期临近，我们兄弟一场，特地给你送些银子来……"

"你……"

"你看，"陈俦随手从书案上取过一锭银子，用手一捏，瘪了，"这都是上等银箔做的，供你去阴间好用……"

"陈兄，你我兄弟远日无冤，近日无仇，你何必如此诅咒我？"

"不是诅咒你，实在是你死期已近。"

郑颢看他说得那么认真，也认真问：

"真的？"

"一点不假。"

"那你说与我听听……"

"好，你先坐下，让我给你说。我问你，皇上要招你当驸马，托白相国做媒，有此事没有？"

"有呀。"郑颢点头回道。

"你不情愿？"

"是。"

"好。那你说，你离死期还有多远？"

"有这么严重？"

"亏你还是读书人，还是个学富五车的状元，古书上有'君要臣死，臣不得不死'的话吗？"

"有呀。"

"皇帝口中无戏言。皇上既然开了口，能收回去吗？何况，还是宰相大人来保媒，你也不给面子，这事还小吗？"

"可是皇上、宰相都是通达事理的人，我实在不愿……"

"你不愿？"陈抟笑道，"依你？打个比方说吧。武宗皇帝在位时，下道诏书说：废佛。全国各地上万座寺庙几天就拆了，几十万和尚尼姑，一夜之间还俗。而今皇上登基，下道旨：兴佛。全国上下都在修庙，和尚尼姑又都回来了。谁敢说愿不愿？你，不过是个能多背几本书的书生，在皇上、宰相眼里，算个什么！把他们惹火了，嚓！立刻叫你身首异处……"

陈抟用手在郑颢脖子上做了个砍的动作，把他吓得头一缩，浑身顿时冒出一股寒气。

"怎么样？贤弟。你好好想想，我告辞了。"

陈抟说罢扭头就走。

"陈兄请留步。"陈抟刚跨出门，郑颢就把他叫住。

陈抟停了下来。

"陈兄，我，我听你的，只是卢秀儿那边我感到太对不起她……"

"你要对得起她，那就有人对不起你！"

"可是，我实在丢不下那份情义……"

"难道你就能丢下公主对你的那份情义？"

"我……"

陈俦眼一愣，说：

"我最见不得你这婆婆妈妈的模样。我还忙着呢，不跟你啰唆了……"

说了，扭头就走。郑颢又喊住他，指着满桌的纸银锭说：

"喂，陈兄，快把你这些东西拿走。"

万寿公主的婚礼热烈而隆重，这不仅仅是因为公主结婚，还因为是公主与状元结婚。这在唐代历史上，皇上招状元为驸马也还是第一次。宣宗为他们新造了府第，陪嫁的礼品堆积如山，此外还有田庄、仆役的赏赐。婚期那几天，锣鼓声、爆竹声和笙歌笑闹声，几乎把打扮得花枝招展的长安城抬起来。据百岁老人们回忆，当年武则天女皇出嫁太平公主也不过如此。

万寿公主从小出入皇宫，习惯了宫中的排场，而今有了自己的府第，一应排场也都照搬过来。

郑颢性本憨直，加之贺客们捉弄，新婚之日哄笑声不绝于耳。

终于到了那一刻，洞房门一关，一切喧闹都被关在外面。

洞房里，一对红蜡烛的红光欢快地跳跃着，把整个房子都染了一层红色。坐在红罗帐下的万寿公主等待着，等待他来给自己揭去头上的红盖头，两只穿着红花鞋的脚不停地搓着床前的踏板，分明有些焦急。郑颢，坐在靠窗的椅子上，那里离烛光很远，他的面目看起来有些模糊，人影也很暗淡。他坐在那里，一动不动，连大气也不出一声。

她的那双穿红花鞋小脚搓动踏板的速度慢慢在加快，开始发出不耐烦的沙沙声。

郑颢听到了，也看到了，但不想理她。他有一肚子委屈。

那沙沙声更大了，明显传递着烦躁、焦急和愤怒。

郑颢还是不理她，只把耳朵捂上。

"喂！"她实在耐不住了，隔着盖头喊。

他只动了动身子，眼睛朝她那方瞟了眼。

"喂喂！"听起来，她生气了。

他不得已站起来，走近床边，问道：

"什么事！"

见他走过来，她的气一下就消了，伸出手指指自己的头。

郑颢懂了，叫给她揭盖头。便伸手去揭。可半道上，被她拦住了。拦住的那手指指床头小柜上一支又粗又长的红筷子。

郑颢懂了，伸手取过那支筷子，轻轻便把她头上那块红布挑开了。顿时，露出一张艳若桃花的圆脸。

"三哥，我的憨三哥……"一声娇滴滴的呼唤后，她猛地一头便扎进了他的怀里。

他伸手把她搂住，但很勉强。心里想，可惜不是她……

"你懂吗？为什么要用筷子挑盖头？"她在他怀中问。没听他回答，她摇着他又问："你听见了吗？"

"啊，听见了。不懂。"

"傻蛋，快得贵子的意思。"

不知道她现在有多伤心呢。唉！这能怪我吗？

……

当陈俦派遣的送信人急急赶到潞州时，恰逢去幽州公干的卢新也回到潞州。他收到书信礼物，打发了送信人后细读来信，心中甚是高兴，又对父母说了，还特别把自己回京后要提升，以及陈俦也将提升为郎中的事讲个仔细。经过一番商议，叫来秀儿。

待秀儿坐定，先在她面前放下一包首饰，而后，卢新说道：

"妹妹，这包首饰是陈先生派专人从京城送来给你的。人家一片情意，你就收下……"

"不要！"秀儿听了，把脸掉到一边说。

"为兄知道，妹妹还想着那个郑颢，可是他……"

"杀头了是不是！充军了是不是？通通是鬼话。你看，要是杀头了，充军了，那隔壁的状元府还修吗？原来是停了几天，可是前天，工匠们又上工了，不说明他的事情已弄清楚了吗？"

一家人都没注意，听秀儿说了，向窗外望去，果然那边的状元府又开工了。

"可是，你知道那是为什么吗？"卢新说，"告诉你，那消息与他杀头充军差不多：郑颢被招了驸马！"

"我不信！一会儿杀头，一会儿充军，一会儿又招驸马，都是你们嘴里编出来的。"

秀儿说罢，转身扇起一阵风，头也不回地回到她的闺房里去了。

然而，当下午卢新去潞州府衙参加了一个宴会回来，把郑颢被招为驸马与万寿公主成婚的前前后后讲了一遍，为了证明他所言不虚，又拿回一份宣宗皇帝为万寿公主招新科状元郑颢为驸马而发向全国的诏书专给妹妹过目，这时，秀儿才实实在在相信了。她说：

"哥哥，你的一片好心我领了，与陈俦的婚事容妹妹细想后明天答复你……"

见妹妹似有回心转意的意思，卢新心里高兴。只要妹妹允诺了，回京与陈俦商议个吉利日子，为妹妹完婚……加上，郎舅又双双高升，真可算是双喜临门、光耀门楣了。

可是第二天一早，妹妹房里的丫头慌慌张张来报：

"不好了，小姐不见了。"

众人到秀儿房中查看，但见桌上有绺刚剪下来的头发，旁边，散落着玉佩的碎片。

一看便知道她出家去了。母亲顿时昏了过去，半天未能苏醒过来。

经过询问，知道她曾去过二十里铺的槐树观。卢新当即赶去寻找。女道长说："卢秀儿是来过，她要出家，劝她不听。就说，你要出家别在我这道观，免得家人来找麻烦。说了，她就出门走了。"

"去了哪儿，您知道吗？"

"贫道不知。"

皇室的规矩与民间一样，新婚夫妇第三日回门。

万寿公主和驸马爷郑颢一早便坐了花花绿绿的八抬大轿进了宫，先双双拜见了父皇，然后，往后宫走去，拜见郑太后。

郑太后出身微贱，如今儿子当了皇帝，看着长大的孙女儿又招了个状元郎为驸马，心里有说不出的高兴。听说孙女孙女婿来拜见自己，忙从屋里走出，站在廊檐下接着。虽然年纪大了，眼力还好，见孙女走过来，一把抓住，乖乖、乖乖叫个不停。

拜了老太后，闲话一阵，后花厅已摆好酒宴，老太后在孙女孙女婿双双陪同下入席。敬酒，夹菜，说说笑笑，热闹非凡。

老太后眼尖，发现郑颢筷子使不好，夹菜老发抖，便心疼地端过他的手，翻过来翻过去地看，问道：

"我这孙女婿状元郎的手怎么啦，夹菜老抖，是不是先天残废？"

"不是不是，"郑颢咬着牙，忍着痛说，"老太后您看，好好的。不信，我给您老人家夹菜。"

说着，便故意炫耀地去夹那碗中的鸽子蛋，痛得满头大汗才夹起来，乓一声又滑掉在桌子上，逗得满桌人都笑。

"看你笨的，我来。"万寿公主果然稳稳当当夹起了鸽子蛋，还给老太后送进嘴里。

老太后想说什么嘴又被鸽子蛋堵住了，便只有笑。

郑颢见公主在老太后面前讨好卖乖，还乘机奚落自己，便狠狠剜了她一眼。哼，都是你。人说人口最毒，一点不假。前天晚上肩上被她咬了一口，痛了这么久都没好。现在，连膀子都肿了起来……

陈俦机关算尽，但人算不及天算。正在他盼望卢新回京给他带来好消息时，一团乌云向他头上滚来。崔佐登门拜访。

他当然知道崔佐来的用意。银子花去那么多，想当驸马却落了空。当然不会就此罢休。不过，对付这种从外地来的士子，陈俦早就准备好了对策。

"陈大人，在下马上就要外放了，因为没钱去打点，只能放到边远不毛之地当个没有油水的小官吏。故而前来府上恳请大人赐还我那五千两银子。我去活动活动，放到好些的地方干份有进项的差事。待挣了银子，再来孝敬大人……"

"什么五千两？"陈俦头一昂说。

"陈大人，就是最后那五千两。以前的就算在下孝敬大人了……"

"你给了谁五千两？"

"大人您呀……您忘了？"

"我？你什么时候给的？把收据拿我看。"

"这，这，是那晚上在白相国府上吃了饭后，我亲自给送到府上的。当时您没有打收据。"

"五千两银子，可不是个小数目，会没有收据？你要讹人怎么的？"

"大人，大人，您，您不能不讲良心呀……"

"什么，你敢在这里放肆，辱骂朝廷命官，来人，把这个无赖给我轰出去……"

立即，过来两个仆役，要动手拖崔佐。

崔佐噌地站起来，双手推开两边的仆役，上前半步说：

"姓陈的，识时务就把五千银子准备好，我三天后来取；你要赖账，咱们骑驴看唱本，走着瞧。"

说罢，大踏步出门而去。

陈俦知道碰上硬的了。他本想把他叫回来搓一搓，但再一想，不管怎么搓，这五千两银子是搓不掉的。而眼下，手中银子所剩不多，哪儿去筹那么大笔数目的银子？卖房子卖家具，实在舍不得，再说，卢秀儿来了住哪儿……想一阵，他一跺脚，揣上几锭子出门去了。

一气之下说了几句大话后，崔佐有些后悔，那陈俦敢在京城之地张大口吃人，宰相府里也可以进出，绝不是等闲之辈，自己能斗过他？但转而一想自己白白花去这么大笔银子也太不值。眼看就要外放，没钱打点，放到那草都不长的地方，这进士不白考了？再说，我也是个堂堂的男子汉，就被那个官油子唬住了？三天后去找他，要不给，长安府告他一状。京城之地，天子脚下，我就不信没点王法……崔佐想着，信步走到一家酒店门口，见里面比较干净，走进占了副座头，随便点了些酒菜，便自酌自饮起来。想到自己苦读十几年书，如今居然高中进士十名，不觉自豪地笑起来；又想自己鬼迷心窍，妄想去当什么驸马，结果人财两空，落得如此窘迫，实在不是味道。喜一阵悲一阵，闷酒喝一阵，已是日落黄昏，叫酒保付了酒钱，起身回翰林院。

此时已有五七分酒意，深一脚浅一脚走过两条大街，钻进一条小巷。蒙眬中，见前面有两个汉子手持雪亮匕首挡住去路；急转身，后面又有两个汉子跟了上来，手里也拿着家伙，都慢慢向自己逼过来。这时，崔佐刚刚喝下去的酒已变成一身冷汗，酒意去了大半。退一步靠着墙壁，脱去长衫，露出一身短打——原来，崔佐从小就练了几手防身的拳脚，三五个人他并不在乎。

四个汉子见了书生这身打扮，又见他不惊不忙，也一怔。但他们凭借人多，为首的喊声"上"，便围了过来。

崔佐并不慌张，趁他们尚未近身之时，纵身一跳，越过对方头顶，向巷子另一头跳下去。

"别让他跑了！"为首的大声喊叫着追上来。

崔佐并没有跑，落地以后就稳稳地摆了个架势，还向他们招手："来，过来，一齐来！"

四个对一个，要是让他跑掉了，这块地盘上还怎么混？四个歹徒亡命向前，朝崔佐扑去。无奈巷子太窄，施展不开，只得两个在前，两个在后，轮番对打。

这时崔佐已占据有利地形，一个对两个，应付自如，瞅机会这个一拳那个一腿，打得四个歹徒哇哇乱叫。他逐渐明白，这完全是陈傅所指使。没想到他心肠如此歹毒。既然如此，那只有奉陪。于是打斗中，故意失手，让对方刺伤自己手臂，刺去一块皮；乘对方不备，伸手哗一声撕去他一块衣襟，而后，佯败而逃。四个歹徒追过来，已上了大街，三混两混，便在人群中不见了。

崔佐逃回翰林院，连夜写了状纸，第二天一早便去京兆府衙击鼓，递交了状子。

崔佐是个精细之人，在状子上他只告大白天在京城街头被打，其他一概不提，俗说官官相护，如果状纸上涉及朝廷官员，官府见了便一推了之。先告几个无赖，待立了案，那时无论涉及谁，审案大人也只得硬着头皮追查下去。那陈俦再大本事也逃不了。

我早就对你说过，骑驴看唱本，走着瞧。姓陈的，你就等着吧。

京兆尹崔发这几天正在忙一件事，他准备把这件事做了就告老还乡，也算是给宣宗皇帝知遇之恩的最后一次回报。已经准备了好几天，今天，他要动笔了。

"傻旦，把墨磨好。"崔发喊他那个有癫痫病的儿子。

"希，希。"傻旦答应着。他说话也不清楚，把"是"说成"希"。只见他抖动着手，向砚台里注水，然后磨墨。

崔发复职后，因老妻早已亡故，又接了房妻子。妻子粗手大脚却粗通文墨，早把有关书籍找来，在他需要的书面上夹了纸片，供他翻阅。

一切准备停当，他便提笔写起来：

> 陛下即位以来，诏复废寺。自正月至五月，斤斧之声不断天下，臣恐不到年底，天下数十万僧如故矣。彼等饱稻粱，衣必锦绸，居则深宇，出则肥马。十户不足活一僧。百姓苦矣！
>
> 今天下常兵不下百万，皆衣食于平民，每岁费用，五户活一兵。今又加群僧之重负，百姓何以活……

崔发越写越来劲，又将贞观、开元年间的户籍与现在做比较，写道：

> 陛下可问户部，现全国实有多少户，较之彼时差多少；而那时兵马多少？现又增加数十万僧尼……

他还要把皇上下诏大修道观、广求道士的事也要写进去，以阻谏皇上……

这时，外面传来鼓声，是告状人的鼓声，他停下笔，等候着。

不一会儿，差役送来状纸，崔发看了，原是新科进士在京城被无赖打了。那还了得，立即传话开堂。

京兆尹是京城地方的最高长官，地位甚是显赫。但崔发是吃过苦来的人，并不摆谱。他坐在堂上，见下面告状人端庄有度，不像是个惹是生非的人。便问：

"下面站的是何人？"

"在下新科进士崔佐。"

"你把昨日被几个无赖殴打之事与本官细细讲来。"

崔佐便一五一十讲了，还挽了袖子将伤口露出验证，又拿出那块被扯下的衣襟，提供捉拿凶犯的证据。

崔发听了，立即命差役拿上那块衣襟去捕捉凶犯。而后，让崔发坐下。按唐代惯例，有功名的人在公堂上可免跪，崔佐又是苦主原告，理应得到宽待。

因崔发治政严格，廉洁公正，地方秩序井然。加上崔佐又提供了证物，不到半个时辰，四名凶犯已押到，整整齐齐一排跪在堂下。

崔发一一问了姓名后，指着崔佐说：

"你们认识堂下坐着的那位先生吗？"

四人抬头看一眼说："认识认识。"

"昨日你们几个围攻殴打他，可有此事？"

"有，有……"

"为什么？"

"大人，"为首那凶犯抢先说，"因为走路时抢道。"

"就是，为了抢道……"

"怎么个抢法，你们一个个说，要说清楚仔细。"

为首的那个说道："昨日，小人等四人在街巷闲耍……"他将如何因抢道发生口角和争斗等情节编得滴水不漏，末了还说，"小人等人见这位先生是外地人，有意欺生，将他打了，我等愿向他赔罪，甘受大人处罚……"

崔发听了，对崔佐说：

"这几个泼皮无赖，冒犯了先生，他们正认罪认错，本官也要治他们行凶之罪。这也怪下官平日对这些刁民管教不严，还望先生……"

　　崔佐忙站起来，从怀中取出一张纸，走到公案前，双手呈上说："请大人看在下的第二份状纸……"

　　崔发接过来，不看则已，看罢惊堂木一拍，指着几个凶犯怒道："本官险些被你几个的花言巧语骗了，快把个中实情招来……"

●第二十九章 "万醉，万醉，万万醉"

> 　　傻旦跟着父亲向皇上跪拜，三呼万岁，但他口齿不清，"万醉，万醉，万万醉"喊个不停，差点惹了大祸；但他最后做的那件事，却令任何聪明人都刮目相看。

"白大人救我！"

陈俦一进相国府，见了白敏中便双膝跪下哭求。

白敏中莫名其妙，说：

"快起来，快起来。有什么大不了的事，慢慢说。"

陈俦仍不起来，边哭边说，而且只有照直说……

白敏中听着。原来，轰动京城的殴打新科进士案竟是你主谋；原来，你敲了崔佐五千两银子，胃口倒不小！惹下如此滔天大祸，而且还牵扯到我！成事不足，败事有余！半天，白敏中也不说话。这事关系重大不说，又是那个倔老头的衙门在办，怎么好插手？便冷冷地说：

"你这娄子捅大了，我虽为宰相，也无能为力……你自己看着办吧。"

陈俦不哭了，站了起来，也冷冷地说：

"大人，我收了崔佐五千银子不假，可是，其中有两千是大人得了的……"

"放屁！我什么时候得了两千两银子了？"

"大人息怒。请大人看看您这客厅上新挂的吴道子这两幅画……"

白敏中并没有掉头去看，但他像六月太阳下的庄稼，立刻蔫下去倒在椅子上了。沉默着，直到谯楼上传来更鼓声。

"唉！只有这样，"白敏中最后说，"如果京兆府衙传你去，你尽量想法开脱，我这里，暗暗给你疏通。切记，不能胡言乱语……"

"是，小人听大人吩咐……"

说罢，陈俦退出相府，匆匆赶回家去。

可是，刚走到自家院落门口，便有几个差人过来，向他亮了拘票，说："请跟我们走一趟。"说罢，不由分辩，前前后后几个人把他拥入京兆府大堂。

在大堂明晃晃的灯光下，抬头看去，白发苍苍的京兆尹崔发坐在上面，一脸严峻。扭头看身边，站着崔佐。崔佐用目光扫他一眼，他立即避开。

崔大人讲话了：

"原告崔佐，你将陈俦如何骗你五千银子的经过，一一讲来。"

崔佐指着陈俦，将一切讲个仔细。

崔发问道：

"陈俦，你听见没有？"

"冤枉呀！大人……卑职陈俦从来不认识此人，他所说全系编造的谎言，其用意还不在诬陷卑职，更是在诽谤皇上和宰相。请大人明察。"

陈俦的回答突然引起了崔发儿时的一段回忆：课堂上老师讲书，当讲到"投鼠忌器"时叫他站起来举个例子，他怎么也举不出来。他想，要是今天就难不倒我了。只是成语虽难不倒他，案子却把他难倒了。但转而一想，在京城这地方办案，哪桩都有"忌"，这忌那忌，这案子就甭办了。于是他摇摇头，继续问案。

"如此说来，"崔发问陈俦，"崔佐告你收取他五千两银子纯是假话啰？"

"大人，卑职根本就不认识他，何言收了他五千银子？"

"好，此事不难查清。"崔发说了又问，"那告你支使泼皮行凶、殴打崔佐一事也是子虚乌有啰？"

"大人，这，这也是诬陷……"

崔发说：

"此事更不难查清。左右，把那四个泼皮押上来！"

顷刻间，四个泼皮押到，一溜跪在堂前。

崔发命他们将所犯行凶经过再讲一遍。

四泼皮便将受陈俦指使，行凶殴打"教训"崔佐，事成每人赏银一锭，以及案发后如何指使他们串供等情，一一招供。

四人尚未说完，陈俦便在堂下大叫冤枉：

"大人明鉴，卑职与这四个人素不相识，这四个无赖定是受人指使，陷害于我，请大人做主……"

要是往常，遇上这种刁顽之徒，崔发早就叫用"大刑伺候"了，可是对面前这个有背景的"朝廷命官"，他不敢轻易动刑。否则，弄不好他会翻供，甚至还会反咬一口。

稍作思虑后，崔发从案上取过一支令牌，叫过两名当值差官，命令道：

"你二人领二十名衙役，带上陈俦，一同去他家搜，将所有金银及可疑物品悉数搜来。快去快回，本官在堂上立等断案！"

两差官领命，带上陈俦，率领众差役紧急出发，直扑陈俦新居。

眼看着差役们将自己费尽心机弄来的银子从箱子柜子里成堆成摞地搜出来，陈俦心中滴血般痛，但他并不显出恐慌。银子，哪家没有？只要没有来往账目，没有书面凭据，我一口咬定没有，你崔发老儿其奈我何？

很快，又回到大堂上。

崔发见搜来如此多的银子，问道：

"陈俦，你一个六品小吏，竟有如此多的银子，请说说来路。"

陈俦镇定地回答道：

"这，这都是祖上传下的……"

崔发离座走下堂来，随手取过一锭银子，翻过来翻过去细细察看。突然，他发现了什么，立即回到公案边，取出一块水晶镜片，远远近近又对着看一遍。然后，再回到堂下，一连取过十几个银锭，对着水晶镜片细看……

见到崔发这奇怪的举动，陈俦方寸立刻乱了。没想到，楚州监军府衙大堂，李德裕的公堂，我陈俦都闯过来了，今天，怕要栽在崔发这老儿手上了……

　　"陈俦，"崔发发问了，用他那缓慢得让陈俦闭气的声音，"本官问你，你说你的银子是祖上传下的，不知可有什么钤记？"

　　陈俦蒙了。只得回道：

　　"没，没有什么钤记。"

　　崔发转过脸来问崔佐：

　　"你家的银子有钤记吗？"

　　崔佐回道：

　　"有，有，我家的银子。每锭的底部都有个很小的钤记，刻的是'崔记'二字。"

　　这时的陈俦，只感到浑身发颤，还不停地冒着冷汗……

　　崔发又说：

　　"将那四个泼皮从陈俦那里得到的赏银也拿来给本官验看。"

　　差役立即呈上四锭银子。崔发细看了一遍，上面都有"崔记"的钤记。

　　这时，崔发如炬的两道目光向陈俦一扫，陈俦只觉两腿发软，扑通一声便跪下了。

　　"小人愿招……"不得已，他只有服输。

　　"三哥，"她说，"你还是像以前爱那个调皮的山弟那样爱我吧……"

　　郑颢回答道："可是你已经不是原来那个山弟了。我们只有兄弟的缘分，没有夫妻的缘分。"

　　"为什么？"

　　"为了她！"郑颢毫不隐瞒自己的感情。

　　"她，那个卢秀儿？哼！她早已出家当了道姑，而且不知去向……"

　　"啊！"他大吃一惊，"你怎么知道的？"

　　"我怎么不知道。凡是与你有关的，我都知道。"

　　"啊？"

　　"比如说吧，与你有生死之交的陈俦，要不是他硬要去娶卢秀儿，说不定她还不会离家出走去当道姑呢……"

　　"陈俦！不久前他还托人要我救他呢！"

"哼！那种人……"

"没想到……"

其实他也不是没想到，实在是他不愿意去想。

夫妻天天睡在一张床上，却各自做着自己的梦：她的梦都是有关他的，而他的梦则与她无关。

她想的是怎么才能真正拥有他，她怀疑他有外心，派人四处打听，寻找蛛丝马迹。他确实有外心，他的外心就在那幅画上。他趁她不备，终于翻出那卢秀儿的画。他把它收藏在礼部。每天，他都拿出来看看，对着呼唤她的名字，要把她叫出来。

这点秘密终于被她发现。怒气冲冲问道：

"你为什么偷我的东西？"

"什么东西？"

"那幅画。"

"那本是我的……"

"还我！"

"好。"郑颢答应着，取出早就准备好而且折得方方正正的画，放在她面前。

她手一提，散开来，立刻有两朵红花映入眼帘。原来就是她送给他的那幅，她随手向他脸上甩去，说：

"不是这幅，要你偷走的那幅。"

他被她的魔术骗了几次，也想还她一次，却被她识破。

郑颢毫不在意于魔术的失败，得意地笑道：

"我们物归原主……"

"你要不还，我哪天去礼部找出来，非烧了它不可！"

"你敢！"

"我是公主，什么都敢！"

恼羞成怒的她要报复了，她想好了许多报复方案，一个个比较着，选择着。哼，我就不相信，我堂堂公主就制服不了你！

可是，当她的报复手段还未能实行时，他却奉命去边地公干去了。

其实这完全出自郑颢的本意。

那日早朝，在议定册封张议潮为沙州节度使时，考虑到去沙州路途遥远，要派一位年轻有地位的官员做使臣，正议论时郑颢从朝班中站出来奏道：

"陛下，小臣郑颢自入朝以来，寸功未立，甚为羞愧。这次去边地沙州的差事，臣愿前往。有诗云：'孰知不向边庭苦，纵死犹闻侠骨香。'那里再苦，臣也不怕。如蒙万岁允许，臣当誓死效命……"

说得冠冕堂皇，豪情满怀。宣宗听了大喜，问大臣们意见，都说再好不过，非他莫属。于是当即下诏，任命郑颢为册封使臣，即日起程去沙州完成使命。散朝后，宣宗将郑颢留下问道：

"贤婿去沙州，来回怕要几个月。公主脾气乖张，她会同意？"

"陛下，公主婚后，脾气大变，识大体，顾大局，性情温顺，夫唱妇随。温良恭谦，一团和气，可好呢……"

"好，好，那就好。只要你们夫妻和睦，朕就放心了。"

郑颢回府以后，万寿公主得知他要远去沙州，而且一去几个月，就不依了。

她的想法与郑颢不一样，郑颢图耳根清净，放松放松；她则要与他厮守一起，哪怕天天吵架闹别扭，也愿意。他走了，吵架的对手没有了，她不干。

"喂，"她问，"你去沙州为什么不对我说？"

"这是皇命。"

他走也罢，就怕他心花。听说那西域一带的女子蓝眼睛高鼻梁，个个美丽非凡，且又会跳舞唱歌。她于是说：

"那我也要去，跟你一起去。"

"可以，"郑颢说，"你去向父皇讨份诏书，任命你为正使，我甘为副使，鞍前马后尽心伺候你……"

"你不要奚落我，怕我讨不到这个诏书？当年我还是姑娘时，父亲都带我去了河朔……"

"好，那你去讨，我静候佳音……"

万寿公主果然连夜进宫，拜见了父皇，要求跟随郑颢出使沙州。

宣宗听了眉开眼笑说：

"怪不得郑颢在朕面前夸奖你又懂事又会体贴人呢，果然不假。到底长大了，为人之妇懂得体贴丈夫，懂得为国分忧。好，我女儿变乖了，为父真高兴。只是，这派女使臣，我朝尚无先例，要郑颢带家眷，也会被人笑话。依为父看，你还是在家，把公主府内的事管好，让他安心在外公务，最多，不过三几个月，他就回来了……"

一番话，说得万寿公主软了下来，没想到那死鬼在父皇面前还尽说我的好话。就看在这分儿上，再饶他一次……想到此，便说：

"女儿谨听父皇之命，就不随他去沙州了。"

说罢叩了个头，拜别父皇回到公主府。

回府的万寿公主满面春风，命摆酒设宴，为驸马饯行。

"臣告退。"

白敏中向宣宗奏事毕，正转身向外走，宣宗又叫住他，问道：

"派人去东都接白居易什么时候能到？"

"陛下，"白敏中回身奏道，"兄长年纪大了，又有病，路上颠簸，走得慢。恐怕还得几天。"

"到了就宣他进宫，不得耽误。宫中自有御医为他医治。"

"是。"白敏中应一声，这才退下。

看看天色还早，宣宗对左右太监说：

"朕要去京兆尹府衙，快备轿。"

宣宗要去说服崔发那个倔老头。几桩事白敏中跟他都说不通，宣宗决定亲自登门，这面子他不敢不给。

然而，当宣宗坐进那宽大的轿子里时，心里想的却是另一件事：那个搅得他半个月都神魂不安的梦。

这是一个悲哀的梦。

他看得清清楚楚，王贵妃穿着一身白衣白裙，缓缓向他走过来。

他听得明明白白："陛下，妾死得冤……"

他握住她的手，软软的，与原先一样，只是冰冷。

"陛下，妾向他提到你，可是他却叫妾去死……"

……

梦醒后，他想起白居易的《长恨歌》。"临邛道士鸿都客，能以精诚致魂魄。"白居易一定有所依据，他要把他请来问个明白。

他觉得这人也怪，怎么爱上一个人之后就那么难以忘掉。

登基以后，他也想过，忘掉她。大臣们建议他立皇后，他迟迟不立，就是要物色一个能替代她的人。晁氏人老珠黄，后宫佳丽无数，却没有一个能比得上她的。别说她对自己的那份情意、那份忠诚，就连外貌、风度，也没一个赶得上她的。

自那次梦后，他热切盼望着与她相会。她住的仙山再远再高，他都要去……

轿子进京兆尹府衙大门跨门槛时一颠，把宣宗从他的仙山颠回了人间。他知道已经到达目的地，马上，就要见到他的老朋友崔发了。

刚出轿门，就见崔发领着他的妻子和那个痴呆的儿子跪在地下，一拜再拜三呼万岁。只是那个傻旦叫不清，把"万岁"喊成"万醉"，宣宗听了觉得滑稽，不觉笑起来。

"起来起来，免礼免礼。"

宣宗走近崔发，一把将他拉起来，握着他的手，一同走进堂上。

宣宗在堂上坐定后，叫崔发也坐下。

这时，崔夫人端了茶盘，双手捧在宣宗面前的茶几上，放稳后，儿子傻旦提着壶，手舞足蹈地往茶碗里掺水。别看他手不断地抖动，那水居然一点也没洒到外面去。

宣宗见了笑问：

"崔大人，你这京兆府的府尹，官也够大的了，难道薪俸太少？"

"不少不少，下官一家三口，用度不完。"

"既然如此，为何不添一两个丫鬟差役，这端茶送水的事还得令夫人和公子来做。"

"陛下有所不知，贱内出身贫穷，不做家务就难受；儿子傻旦又是个残疾人，读书认字不行，便叫他学做些杂务。这样，一家三口就都有事干了。"

宣宗看看傻旦，问道：

"这就是当年在太原乡下时提个破瓦壶给你送水的小子？比原来长得高大多了。"

"正是他。"崔发回话后，转身对儿子说，"傻旦，万岁问你呢，还不快给万岁叩头请安。"

傻旦倒也听话，放下手中的壶，便跪下给宣宗不停叩头，嘴里还不停地喊：

"万醉，万醉，万万醉……"

宣宗忍不住大笑起来，说道：

"没醉，没醉。不过，朕今日到爱卿府上来，还真想与你一醉呢。"

崔发听了，忙吩咐妻子去拾掇几样菜，就在客厅摆上，君臣入席，边喝边聊起来。

宣宗当然不是为了来喝酒，他把话慢慢拉入正题：

"爱卿，听说京畿治下的庙宇营造和僧尼安置进展很慢呢。是经费有困难，还是工匠不够？爱卿只管说。"

"陛下，经费工匠都不短缺，臣只觉得这修庙宇聚僧尼的事，不比救灾救边，早一天晚一天无关紧要，故未去催促。府库积存要留着应急，工匠都调他们先修学校去了……"

"这么说来，京城新造三座寺庙年底前修不好了？可是那严华寺朕要等着明年正月祭祀用呢。"宣宗发觉说话语气重了些，又缓和点说，"爱卿，朕已给鸿胪寺说了，叫他们在塑神像时，专为你塑一尊，放在庙里永享供奉……"

宣宗说完，等待崔发的惊喜和谢恩，没想到他竟无动于衷地说：

"陛下，微臣福薄命浅，受不了那么大的供奉，请陛下千万别这样做……"

宣宗看着崔发那副无药可医的倔劲，心想，怪不得白敏中在他面前碰钉子呢，就连我，他像也不在乎呢。

这件事说不好，就换个话题。

"爱卿，闹得满城风雨的陈俦那件案子，什么时候结案啦？"

崔发知道皇上今天一定要问这件事，便说：

"陛下，那陈俦的案子本该结案了，只是还不断有告他的状子递上来。被骗的举子远不止崔佐一人，已知的就有七八个，银子接近二万两。按唐律，当判枭首示众之刑……"

宣宗还记得两个时辰前白敏中说的那番"久拖不决，会引起更多议论，有损皇室尊严"的话。说道：

"依朕之意，此案以早日了结为好。陈俦借机行骗，将他房产抵押赔偿，远远贬他出京就是了。就算法外施恩吧。如拖延时日，又判重刑，必将引起更多巷议……"

"陛下，臣办案，依律而行。陛下的话，臣都听见了……"

宣宗将酒杯重重往桌子上一顿。他愤怒中又不无遗憾，为什么同样跟他喝酒，就再找不到当初的那种投机的感觉呢？

"臣冒犯了陛下，请陛下恕罪。"

听了这话，宣宗的怒气消了些下去。他要继续去寻找过去的感觉。他说：

"崔爱卿，朕登基以来，因政事繁忙，与你难得一见。想当年你我年轻时，意气风发，纵论古今，真是有趣呢……"

"陛下所言倒提醒臣下想起那时所议论的时事弊端，自陛下登基以来，勤于政事，孜孜求治，扼制宦官，降服四夷，改革考试，启用贤能，又能待臣以礼，喜闻规谏，等等等等，使臣敬佩不已……"

宣宗听了一阵高兴，觉着已离那种感觉很近了，忙说：

"是呀是呀，当年，不过是纸上谈兵，而今才得以施展……困扰我大唐近百年的宦官专权，为害朝政四十余年的'牛李党争'，朕登基后果断处置，不留后患；回鹘谋乱，已彻底平息，吐蕃势衰，业已远遁；张议潮起义，河湟十几州重归大唐……朕以《贞观政要》为鉴，用法无私，恭谨节俭，惠爱民物……"

这都是崔发想讲的，既然皇上自己都讲了，他就讲点别的。

"吾皇伟业，日月昭昭，万民景仰。然而，陛下崇道兴佛之举，似觉不妥；另外，京城以外，还有不少缺衣少食的贫民等待救济……"

怎么，这老头，刚刚找到点感觉，又被他几句话撵跑了……

"还有……"崔发准备接着讲下去。

宣宗不想再听下去，忽起身说：

"时候不早，朕要回宫去了……"

门外太监听了，忙传话："起轿。"

在上轿前，宣宗回头看看京兆府的高大建筑，意味深长地问崔发：

"崔爱卿，你觉得这高大屋宇较之你在太原乡下住的茅草棚如何？"

崔发听了心里咯噔一下，却也意味深长地回道：

"无法比。臣下正是希望能长久住这样高大的屋宇，也正是希望我大唐王朝能长久拥有这样的高大屋宇，今天才说了那么多话……"

"已无药可医了！"宣宗暗暗骂了一句，立即上轿。

崔发跪伏在地，略略有点悲伤地说：

"万岁保重，万岁慢走……"

傻旦也跪伏在地，他喊的却是：

"万醉，万万醉……"

送走宣宗皇帝的第二天，崔发就接到诏书，命令将京城建造庙宇的事全部移交给鸿胪寺办理。

崔发已预感到下一步该是什么了，他立即指示文案准备好有关陈侜的材料，然后亲拟判决词，判处陈侜杖一百，流放三千里外，并特别写明"纵逢恩赦，亦不在内"。他认为，这已是给皇上最大的面子了。

办完此事，崔发又把那份未写完的疏奏接着写完，然后叫来妻子，把自己弃官的打算告诉了她。妻子是个通达的女人，听了说："老爷所言，正合妾意。就回到我老家甘州去，那里天高地阔，牛羊成群，日子舒坦着呢。"

两天后的清晨，城门刚打开的时候，便有一个骑着毛驴的白发老者从西门出城，他身边走着一个背着包袱的大脚女人。他们身后，一个手提铜茶壶傻不拉叽的青年，跳舞似的跟着。三人组成一个滑稽的小组，慢慢向西走去。在他们面前，有三条忽长忽短形状奇特的影子探路似的向前慢慢游动着。

至此，关于崔发的故事本应结束了，但谁料到它还有个精彩的结尾……

一行三人大概走到第六天时，迎面走过来一队衣衫褴褛的囚犯，而押解那队犯人的差官竟是陈侜。骑在毛驴上的崔发老远就认出了他，但见他解差打扮，腰上挂了刀，手上挥动着皮鞭，吆吆喝喝走过来。奇怪，这陈俦不是发配到三千里以外了吗，怎么还在这离京城三百里的地方当起差官来了？崔发糊涂了。

其实，这也怪崔发自己的疏忽。陈俦始终没有把他送白敏中两幅画的事供出来，白敏中就给了他这样的回报，让他先委屈当几天管犯人的牢头，待风声过后再重新叙用。

陈俦也认出了崔发，他更感到奇怪，堂堂京兆府尹怎么这般模样，像个赶集的老庄户。难道是微服私访？不像，微服私访还会带上老婆？还有那个得怪病的儿子？一定是遭贬出京城了。这倔老头迟早会有这样下场，我早就给他断定了。好，今天狭路相逢，待我戏耍他几句：

"喂，崔大人，还认得我吗？"陈俦用鞭子敲敲他的脑袋，问。

崔发伸手将他的鞭子挡回去，仍走他的路。

"你今天不升堂了，去赶集？"陈俦追着问。

崔发踢了驴一脚，驴加快了脚步。

"哈哈哈，你也有今天……"陈俦的声音追上来。

崔发几天来闲逸舒畅的情绪被破坏得干干净净，一连叹了几口气。

还是老婆懂事，哄孩子似的劝道：

"老爷，别跟这类小人生气。再去七八里有个小集镇，那里卖的凉皮子好吃得很呢。特别是那醋，空口都可以喝两碗，酸得那味道，别提了……"

其实崔发还不只是生气，他简直是愤怒。一个囚犯怎么就成了差官，哪儿还有一点王法！早知他有这么大的能耐，就该一点不给皇上面子，按律判他个斩立决，而后枭首示众。

因为押解着犯人，陈俦不便耽误，眼看崔发骑着他的毛驴颠颠地走了。但他并不甘心，急急忙忙将囚犯押到驻地后，只身撵了回来。这老儿差点取了我的性命，有这等机会，岂能轻易放过他？

在一个山冈上终于把崔发一行撵上。

"呔！姓崔的老儿，你等着，老子有话跟你说。"

崔发停下驴，转过身来，两目炯炯地望着陈俦慢声说：

"陈俦，你想干什么？"

声音不大，却很威严，像在公堂上一样。陈俦不觉一惊，但很快恢复过来，冷笑道：

"崔老儿，这叫山不转路转。也是老天有眼，让你碰在我手上。我且问你，不就为那点银子那点事吗，你揪住我不放，定要置我于死地。你这老家伙，心也太狠了些……"

陈俦说着，走近崔发，鞭子在他脸上乱晃。

崔发妻子见了，走上前去挡住，赔笑说：

"军爷，有话好说，有话好说……"

陈俦手一伸，将她推倒在地。

"陈俦，住手！"崔发怒道，"你本是一死囚，宽恩对你流放，你竟然买通关节，做起官差来，还要在本老爷面前逞凶，该当何罪？"

"哈哈，崔老儿，这里是荒山野岭，不是你的公堂。老子今天就杀了你，你又怎样？"

"没有王法的死囚，你敢！"崔发怒斥道。

听得陈俦气往上涌，顿生歹念。他环顾左右，一个老头，一个妇女，一个有病的傻小子。杀就杀，全杀了往沟里一推，不到半夜就被狼吃个干净，神不知鬼不觉……

"哼！你道我不敢？"陈俦说罢，嗖地抽出腰刀，向前跨半步，举刀向崔发砍去……

"老爷……"崔发妻子一声惨叫。

"哈哈哈。"崔发望着举刀的陈俦大笑三声，然后眼睛一闭，等他杀来。

只听"哐"一声巨响，陈俦脑浆迸裂，软塌塌倒了下去。

原来，傻旦手上的大茶壶猛地砸在了陈俦的头上。

"嘻嘻嘻……"望着陈俦的尸体，傻旦在傻笑。

崔发睁开眼睛看了看，先是一喜，儿子救了自己；再是一惊，儿子杀了人。

"哎呀，我的傻小子，你咋把他给打死了？这可是犯王法的事。快，我带你去投案……"说着，跳下驴来拉儿子。

"老爷——"妻子拉开他说，"是他先杀你，傻旦才去打他的。谁知他不经打，该死。这荒山野岭的，又没人，把他推下沟去喂狼，鬼知道？来，傻旦，使把劲，将这坏蛋推下去……”

傻旦点点头，使出傻劲，几把就把尸体推下沟去了。

崔发妻子拾起陈俦那把刀，也顺手甩下沟去。而后，扶老爷骑上驴，猛给驴屁股一巴掌，那驴抗议似的咴咴叫了两声，放开四蹄向前跑去。崔发妻子大步在后撵着。傻旦仍然跳着他那欢快的舞，提着大铜壶的手在空中一个接一个画着坚硬有力的圆圈。

第三十章　何处是归宿？

> 帝王将相、平民百姓、金枝玉叶、芸芸众生……忙碌着、算计着、寻觅着自己心中耀眼的目标。但最终，他们却只能找到各自最平凡无奈的归宿……

宣宗听说崔发弃官而去，反应十分冷淡，只说了句："由他去吧。"心里倒想，他老糊涂了，留在朝廷也碍事。下面呈上他临走前写的奏书，宣宗只看了两行，见是阻谏重修庙宇的，手一揉，就成了一团，顺手就丢进字纸篓里去了。

他现在关心的只有一件事：白居易什么时候能到京城。

可是，传来的消息却使他沮丧，白居易因又老又病，竟死在进京途中。宣宗听了，慨叹数声后吟诗一首。诗曰：

缀玉连珠六十年，谁教冥路作诗仙。

浮云不系名居易，造化无为字乐天。

童子解吟长恨曲，胡儿能唱琵琶篇。

文章已满行人耳，几度思卿一怆然。

然而更使宣宗怆然的是他未能从白居易那里打听到能"致魂魄"的"临

邛道士"。

这话对谁也不好说，想见到的那个人竟是先朝武宗的爱妃，自己的侄儿媳妇，谁知道了也会笑话。朕是堂堂一国之君，这种隐情谁也不能让知道——只有一个人例外，那就是宫内太监总管、神策军左军中尉王宗实。

宣宗的心腹太监马元贽死之前，将王宗实举荐给宣宗。宣宗见他机智聪明、忠实可靠，便一步步提拔他，从贴身太监至神策军实际统帅。

王宗实从小进宫，服侍了几茬皇上，从未出过一点纰漏，又经马元贽细心调教，对皇上恭顺服帖，办事谨慎，一口一个奴才，卑躬之至。宣宗把他叫来问道：

"你读过白居易的《长恨歌》吗？"

"奴才读过，能一字不差地背下来。"

"那你背给朕听听。"

"是。"王宗实答应一声便"汉皇重色思倾国，御宇多年求不得……"背诵起来。

听得宣宗摇头晃脑，十分投入。当听到"悠悠生死别经年，魂魄不曾来入梦。临邛道士鸿都客，能以精诚致魂魄"时，宣宗叫停下，然后说：

"朕也有个'悠悠生死别经年'的人，想与她一见。你去给朕找两个'临邛道士'那样的人来。越快越好，切记不得张扬。"

"是，奴才立即去办。"说罢叩头退下。

宣宗把此事交给神策军的头子去办，一则因为他是太监，信得过；二则神策军在全国各藩镇州县都派有监军，是一套直辖于中央的军事系统，办起事来既快捷，又稳妥。

果然不久，便有一些有神仙法术的道士被送进京城，其中有个衡山来的道士刘玄靖，运用方术，让宣宗在梦里见到了他日夜想念的王贵妃，与她在蓬莱仙山上盘桓相会。

是梦总有醒的时候，醒来回味梦境，更是饥渴难熬。善于揣摩皇上心思的王宗实，很快又弄到几个酷似王贵妃的美女，使宣宗的饥渴得到缓解。但缓解不等于满足，而道士们的灵丹妙药却能让他如愿。

"皇上又在服仙丹了！"

朝中大臣们对仙丹致死几代皇帝的悲剧记忆犹新，他们纷纷向皇上进言，试图劝止他。

宣宗说了：

"朕召了几个道士进宫，只不过想听听这些高士们的高论，偶尔吃一两粒他们配制的丹药，也不过是为了医治朕的头晕病。尔等便大惊小怪，拿秦始皇、汉武帝做比较。朕熟读经史，岂不知他们信方术、求仙药的荒唐？从今以后，尔等再不要为朕瞎操心了……"

但还是有那么几个爱瞎操心的臣子，不识时务的又上书劝谏，结果被宣宗找个借口贬出京城。从此，宣宗的耳根才算清净。

宣宗皇帝请道士入宫确也有听取他们高论的用意。如从岭南罗浮山来的道士轩辕集，宣宗向他请教：

"朕有天下，能得几年？"

轩辕集不回答，只取笔在纸上写下"四十"二字。

四十年，而今还没有坐到四分之一呢。宣宗好不高兴。但遗憾的是，他不听劝阻，长期服用仙丹，以求长生，结果只坐了十四年就一命归天了。后人去问轩辕集，他神秘兮兮地说："四十，十四。一字不差，只是天机不可泄漏耳。"听得人连连点头，惊叹不已。

当然这是后话。

对郑颢来说，这次沙州万里行实在是一次最惬意最潇洒最荣耀不过的旅程了。他感到无比的轻松和愉快。正因为太轻松太愉快，在经过几个月的时间完成使命回程时，他感到脚步的沉重；而且，随着离长安的里程越近，就越发变得沉重。他不知道，回到长安，回到公主府，与她见面的第一眼该怎么看，第一句话该怎么说，第一个晚上该怎么过。他尽量找借口延宕时间，多拖一天是一天。拖到后来，本是一支圆满完成使命荣归京都的队伍，被拖得懒懒散散、松松垮垮，犹如一队折戟而归的残兵败将。

万寿公主实在等不住了，特别是听说他在西域各地玩得十分开心。每到一处都受到隆重欢迎，宴会有侍女相陪、舞女助兴，休息有女婢女奴服务伺候。她想，他一定是被那些蓝眼睛高鼻梁迷住不想回来了。她非常气恼，下令严惩。

　　远远地，已看得见长安城的城门了，不能再拖了，郑颢这才下令部下整顿旗仗，准备进城。城中，迎接驸马出使西域荣归的官员百姓，挤满了街巷，敲锣打鼓，夹道欢呼，把郑颢等一行迎进城。

　　郑颢进城后直奔皇宫。当时恰逢上朝，他上殿参拜了宣宗皇帝，将何时抵沙州，如何会见张议潮，向他宣示皇上册封，交付了奖励物品；张议潮又如何感激皇上天恩，表示永远忠于朝廷，回献皇上礼物，以及沿途十六州军民对重归大唐的激动欢快，一一向皇上做了奏报。宣宗及满朝大臣听了，分外高兴，对郑颢大加赞赏，宣宗又专赐金银绸缎，给予奖励。

　　下朝路上，郑颢遇上几个同科进士，向他恭贺一番后便毫无顾忌地开起玩笑来："公主独守空房望眼欲穿了。""新婚不如久别离，你又新婚，又久别，当更多一番情趣呢。"有那放肆的，竟问："喂，老实与我讲讲，皇家公主与西域女子有何不同？"

　　骑在马上，看长安街景，比原来更繁华热闹了。但他无心看。肩上的那伤疤，早已平复，今晚又拿什么去抵挡？然而，刚才那一番话的刺激，他已开始动摇……

　　转个弯，就是公主府。与往日不同的是门上用红绸搭了个高大的牌坊，一看就觉喜庆。那一定是她安排的，为了迎接驸马荣归；牌坊下，整齐站了两行欢迎队伍，恭立在道边。驸马刚一出现，锣鼓、鞭炮一齐响了起来……

　　郑颢有些飘飘然。

　　两个侍从跑过来，扶郑颢下了马；随后，万寿公主带一帮丫鬟使女迎上来。公主一弯腰道个万福说：

　　"驸马爷辛苦。"

　　说着，拉上郑颢双双进入大厅。

　　坐定之事，是合府向荣归的驸马爷参拜问安。管家、账房、文案、卫士、更夫、书童、丫鬟等等，分几拨，作揖的作揖，叩头的叩头，一片热闹。这时郑颢才想起给家人的赏赐还在马驮子里尚待清点，便问：

"账房皮先生在吗？"

顿时，大厅鸦雀无声。公主的脸在变青。

"小人在。"皮良远远地在人们后面回答。

空气，像凝固了一般。人们都等着郑颢下面的问话。

郑颢见皮良戴一顶遮了额头的帽子，有些奇怪，也不好问，便说：

"你去把那马驮子里的东西全部清点登记收账，分门别类放好，我要赏赐给大家。"

"是。"皮良应一声下去了。

这时，众人才松了口气，公主的脸色也恢复了红润。

待众人拜毕，万寿公主见郑颢不像以前那样板着面孔，便与他亲亲热热絮絮叨叨详叙别离之情，郑颢听了感到一阵热和，便带着公主一起去堂下，他要从马驮子中选几样礼物送她。

也是合当有事。皮良正在专心清点物件，听脚步声响，猛抬头，头上的帽子竟掉了下来。当他赶快拾起来重新戴上时，郑颢已对他额头上新长的一片毛看得清清楚楚。

"皮良，你额头上长的什么？"郑颢好奇地问。

皮良听问，慌了手足，丢下账本跪下道：

"小人该死。"

"滚！"郑颢身后的万寿公主上前一步，对皮良吼道。

皮良爬起来，正要"滚"。

"慢着！什么事？"郑颢严厉地问。

皮良复又跪下，叩头说：

"小人有罪……"

"你犯了什么罪，如实讲来。"

"小人，小人犯了通奸罪……"

"通奸罪，通奸罪与你额头上长毛有什么关系？"

"……"皮良嚅嚅嗫嗫，不敢回答。

郑颢越发奇怪，向前两步走近他，细看他的额头，浓浓的黑毛长了一片。他要用手去摸，但手刚伸出就被万寿公主挡住：

"不要摸，秽气……"

郑颢听了，再仔细看那团毛，有些明白了。回头看看公主，胸中那团气终于冲了出来，他指着她，声音颤抖着说：

"你……"

万寿公主脖子一昂，说："我，我怎么啦？"

"你，你怎么能这样做？"

"怎么不可以这样做？对奸夫淫妇，就该这么收拾！"

"即使是奸夫淫妇，也有国法呀！"

"我这是家法，先皇中宗之女宜城公主就是这样惩治她的驸马的！"

"你，你还有理……"

"实话告诉你，自从你娶了本公主之后，我就发现你用情不专。不然，为何对我如此冷淡？我这叫杀鸡给猴看！"

郑颢觉得对她已无话可说，便一把拉她向后厅去，无论她怎样反抗和叫骂，也不放。拉进厅后的卧室，把门反锁了，这才放手。

这时郑颢打开书柜，取出一沓文书，从中找出一张宣宗亲笔诏书，将它供在桌上，跪下拜三拜，然后对万寿公主大声呵斥道：

"跪下！向皇上诏书跪下！"

万寿公主见郑颢不动声色做着一切，心中也觉惶恐，但她一向骄横惯了，哪里肯听，坐在椅子上纹丝不动。

郑颢见她不动，猛地过来将她提到诏书面前按她跪下。她犟着不跪，郑颢顺手取过鸡毛掸子对着她。

"你敢打我？敢打公主……"

话音刚落，呼一声响，公主细嫩的背上就重重挨了一下。

"打人了，打死人了，打公主了……"万寿公主没命喊叫起来。

但听呼呼一阵乱响，鸡毛掸不停地向她身上抽去……

可怜公主，从小到大，娇生惯养，没人敢碰她一根汗毛，今日挨了打，好不委屈，指着郑颢骂道：

"姓郑的小子，你吃了豹子胆了，敢打本公主，非找你算账不可……"

不说则已，说了，那郑颢手上的鸡毛掸落得更重更密了。万寿公主吃痛不过，口气软下来求饶道：

"驸马爷，你我夫妻一场，你这么狠心……"

郑颢见她软了下来，也不再打，却说：

"跪下，对诏书跪下！"

万寿公主哪敢再犟，只得服服帖帖跪下。

"听着！"郑颢拿过诏书说，"这是我娶你时向皇上求得的一纸诏书，你听皇上是怎么说的：'女人之德，雅合慎修，严奉舅姑，夙夜勤劳。此妇之节也。先王制礼，贵贱同道。万寿公主即下嫁郑颢，仪须依古典，礼宜依士庶。'今日我打你这顿，还是轻的。依你做事这般恶毒，打死都不亏……"

说罢，鸡毛掸一丢，径自出门去了。

那万寿公主挨了一顿痛打，哪里甘心。当晚叫丫鬟包了伤口，第二天一早，一乘轿子抬进宫告状去了。

宣宗听了女儿哀哀戚戚的哭诉，又验看了伤口，不觉一阵心疼，桌子一拍，命左右：

"快去把郑颢那厮宣进宫来！"

话音刚落，郑颢就站在外面说：

"陛下，郑颢在此。"

"来得好！"宣宗怒气冲冲地问，"你敢打公主，快跪下认罪。"

郑颢跪下，但低头不语。

"快说，你为什么打朕的公主？"

"……"郑颢还是不开腔。

"快说呀！"宣宗催道。

郑颢说道：

"陛下，臣不好启齿。"

宣宗说了：

"什么不好启齿的？关门都是一家人，说，不要吞吞吐吐的。"

"陛下，此事还得要公主才说得清楚……"

宣宗转过脸来问万寿公主：

"那你说给为父听，为父替你做主。"

万寿公主也有些吞吞吐吐，但最后她说：

"女儿不过用宜城公主的法子教训了一下府里的一对狗男女……"

宣宗一听，脸色立刻变了，一拍桌子，吼道：

"打得好，郑颢你起来……"

万寿公主自觉不妙，立即低头跪下。

宣宗指着她说：

"你只知道宜城公主胡作非为，你可知道太平公主、安乐公主的下场？知不知道升平公主被驸马爷郭暧痛打？朕早就给你打招呼，既下嫁臣僚，勿得轻视夫家，一应礼仪，均依士庶……俗话说，不痴不聋，不做家翁。今天这桩事，纯系你们家务，朕管不了。"说罢，对郑颢说，"公主已是你家的人，你就把她带回去，好好指点指点她……"

郑颢领命，跪下叩头退了出去。

万寿公主无奈，也只得叩头跟着出了宫。

不过她仍然不服，一路上哭个不停，回府又想了一夜，怎么也想不通。一气之下，剪下一缕头发，放在梳妆台上，换一身男装，开了大门，一头便钻进清晨的浓雾中去了。

打发走了万寿公主后，宣宗再也摆脱不了她那双委屈哀怨的目光了。到底是自己的儿女，是堂堂公主，不就那么点事吗？再想想她从小那么乖巧，为自己当皇上做了那么多事。太原被困那阵机智勇敢，了不起着呢……还有，在他与她之间传书带信……今天对她也太严厉了……及至第二天郑颢来报，说公主一气之下离家出走了，宣宗手上拿着那缕她的头发，不禁潸然泪下。他知道女儿的脾气，倔强乖张，从不服输。如今挨打受骂，她忍得了？望着面前呆站的郑颢，便把一腔怒气撒向他：

"派人去找，找不回来拿你问罪。她是公主，金枝玉叶，是你能随便打骂的吗？"

郑颢不服，争辩道：

"陛下，小臣是依据您的诏书……"

"诏书诏书，"宣宗不耐烦说，"诏书，只不过吓吓她，是写给旁人看的，你就那么当真？要是什么都按诏书，皇家不就成了百姓了……"

宣宗的话越说越明白，可是郑颢却越听越糊涂。

挨一顿熊后，郑颢糊里糊涂回到公主府。公主不在，倒也爽快，他把卢秀儿那张画拿出来，公然挂在卧室墙上，每天都认认真真喊上三遍。他相信精诚所至，金石为开。只要百日之后，她一定会听他的呼唤，从那墙上笑着走下来……

跪在华山脚下的一个小道观里念经的卢秀儿这一向神不守舍。算算时间，已来好几个月了，一切都已习惯，怎么心还静不下来呢？想想，自从那天在槐树观得到道长的点化，已经一了百了，再也没有什么牵挂，怎么老心神不定？她甩甩头，把一切杂念甩去，专心念她的经。

"卢秀儿——"

谁在喊？是上房的兰兰道姑？不对，她只喊我玉姑，从不叫我原名。那是谁呢？再细听，除了上房的木鱼声，万籁俱寂，偶尔一两声鸟叫，都隔得很远，像是华山顶上传下来的。

"秀儿——"

这次她听得很真切，声音不大，但清清楚楚。望望四壁，空空落落……

身后，传来脚步声，她吓一跳，一听，是兰兰道姑。她赶快埋头读经文，木鱼使劲敲着。

"玉姑。"兰兰道姑在身后说话了，"这几日你念经文心不在焉，木鱼声也响得乱。你要是还记着过去，你就走。我本不想留你，只是看在师姑的颜面上……而今，你的心这么花……"

卢秀儿赶快起身，向兰兰道姑稽首，正要解释，兰兰道姑制止她说：

"你来的第一天我就交代过观规：不问过去，不说未来，念今日经，修今日行。你讲什么我都不会听。明日要再这样，你就另觅高就。"

冷冷的面孔，丢下几句冷冷的话后，转身便走。道袍卷过来一阵风，也是冷冷的。

是夜，卢秀儿在床上翻来覆去睡不着，她想再听听那喊声，却一点没有，除了外面呼呼风声和沙沙落雪声外，什么也没听到。直到她迷迷糊糊快要入睡时，却突然听到呻吟声。细听，不像是兰兰道姑房里传来的。谁呢？荒山野地的。她点上烛，开门查看。这时，兰姑也端了蜡台出来，二人寻声找去，原来在大门外。开了大门，见一少年躺在门口，雪已掩盖了一半。二人赶紧将他抬进观内，放在火塘边，在替他擦去满身满脸的雪水和泥污时，两人一惊：原来是个女子。而且，兰兰道姑的惊异非比寻常，那竟是她在宫里见到过的万寿公主。然而她的惊愕只是一瞬间，很快，她又恢复了冰冷的面孔。

"我……要……出……家……"这是万寿公主醒来第一句话。她在几天前不辞而别，一心要投奔华山。

那年，随父亲去河朔，路过华州，远远看见那在云中时隐时现的华山，神秘莫测，令人神往，那记忆怎么也抹不掉。而今看穿世事身处绝境时，便又想起了它。好容易走到山脚，一场大雪把路封得严严实实。远远见这边有点光亮，便投奔而来，走到大门上时已精疲力竭，连敲门的力气都没有了……

"我要出家……"喝了两口热汤以后，万寿公主坐了起来，见面前是两个道姑，她向她们恳求着。当她抬起头来，认认真真看了兰兰道姑一眼后，惊奇地喊：

"是你，兰兰道姑？"

兰兰道姑冷冷地瞟了她一眼，不讲话。

"你，还认得我吗？"万寿公主站起来问。

她仍然不说话，一脸冷酷。

"你，怎么会在这里？"万寿公主又问。

"不问过去，不讲未来。"兰兰道姑背过身去，又说，"玉姑，安顿她歇息一夜，明日叫她早走。"说完，端着蜡台出门而去。

玉姑从柴房抱来柴火，把火塘烧得旺旺的。又找来一条毡子，铺在火塘边，也端着烛走了。冷冷的，不说一句话。

第二天一早，兰姑、玉姑见火塘边无人，以为她走了。但进殿做晨课时，却发现她伏跪在神像前一动不动。

不吃不喝不睡，一连三天。兰兰道姑终于说了：

"既然如此，你就留下吧。你是下雪天来的，就叫雪姑吧！"

从此，三个道姑各据一个神案，念着各自的经。

不过卢秀儿老静不下来，那喊声每天都在打扰，她恨自己凡心太重，便在每次听到那呼唤声时用大声念诵经文、使劲敲击木鱼去驱散它。果然，渐渐的，那喊声便消失了。

宫里正在大兴土木，按道士刘玄靖的设计修升仙院，院中筑会仙台。台高三十六丈，有盘旋的阶梯直通顶端。刘玄靖称，只要他作法七七四十九天，宣宗皇帝登台就可以与他想见的人相见。

宣宗自从与王贵妃梦中相会后，对道士仙术深信不疑，及至以后服了仙丹，体力增进，精神抖擞，对道术便越发相信了。

会仙台修好后，刘玄靖对宣宗说，王贵妃已列仙班，要远离凡尘污秽，只能在高高的会仙台上与陛下相会。但这次相会不比上次在梦中，要陛下取一件与她相关的信物，表明陛下的真诚，她才肯下凡相见。

宣宗想想说，这个容易，便取出那幅画。

刘玄靖见是一幅山水，画上方还有皇上写的那首《瀑布连句》。便说，有诗有画，且皆出自相会人之手，当然最好不过。

是夜，正是刘玄靖作法七七四十九日期满，夜半时分，但听半空中传来仙乐，宣宗在两个小道童带领下。缓步登上通向仙界的螺旋形阶梯。宽大的阶梯两旁密密地挂着纱灯，把铺着红地毡的每一级台阶照得通亮。宣宗怡然自得地拾级而上。

转了两圈后，天上的仙乐听得更清楚了，分明有人随着音乐在唱他的那首《瀑布连句》：

> 千岩万壑不辞劳，远看方知出处高。
> 溪涧岂能留得住，终归大海作波涛。

难道是她谱的曲？要不然，能有那么美的音律和韵味？

因为听得高兴，宣宗健步登梯，毫无倦意。他已开始有了进入仙境的感觉。

然而，当他发现前面小道童手举的旗幡上那幅画竟倒挂着，他的那首诗头朝下脚朝上，就连他这个作者也分不清那些字句；那山水更奇特，本应流向大海的溪水却向上倒灌，一直倒灌到山顶。他脚一顿，要发作，但终于忍住了。神仙，应该是胸怀宽阔、雍容大度的。不要因为自己的动怒而破坏了与她相见时的情绪……

宣宗终于气喘吁吁转着圆圈走到了最顶层，但他是否会见了早已成仙的王贵妃，人们不得而知，因为那会仙台实在太高太高……

只是后来宣宗并没有像刘玄靖说的那样沾了仙气与那位仙人一同成仙，反倒因服用仙丹中毒，脾气变得古怪起来，焦躁不安，乖戾多疑，除了心腹宦官和几个道士，谁也不相信。再后来，背上又生了个毒疮，吃再多的仙丹也无济于事，终于大中十三年即公元859年驾崩，年仅49岁。

这是以后两年的事情。

再说郑颢自万寿公主出走后不久，便搬出了公主府，在他的礼部衙门里独自居住。因思念秀儿，每天不停地对着墙上的那幅画喊。果然心诚则灵，有天他见她眨眼睛，有天又见她向自己微笑。他不停地呼唤着，盼望她笑吟吟地从画上走下来。然而这一天，他喊着喊着，她竟一扭头，向画的深处走去。当他醒悟过来去拉时，她已走得无影无踪。那画上，顿时空了一片……

郑颢从此死了心，一心做他的官，娶妻生子，过平常日子。只因在京城官场上混得久了，厌倦起来，向宣宗皇帝请求外放。宣宗为照顾这个名义上的驸马，就近任命他为华州刺史。

郑颢上任以后，勤于政事，闲时便骑一匹马游山玩水，州内有名去处都被他走遍。听说华山脚下密林深处有个小道观，前些年香火很旺，近年不知怎地冷清下来，其中还有些古怪传闻。在好奇心驱使下他要去看个究竟。

他选了个天清气朗的日子，也不带随从，独自骑马向华山走去。在山脚下，拐过几道山弯，人烟越走越少，在一处人迹罕至的山湾里，果然发现一个残破的道观。下马走近细看，道观大门上观名驳落，已认不出来，只是两边石柱上刻的一副对联还依稀可辨。那对联写道：

虎行雪地梅花五

鹤立霜田竹叶三

郑颢看了，觉得还有些滋味。

踏进观门，里面是一片残破和荒凉，只有从那满炉满缸的香灰蜡梗和残缺神像上烟熏火燎的厚厚油垢，可以看出当年香火的兴旺。

观内转了一圈，刚踏出大门，便见三个一般大的孩子陌生地望着他。孩子不满四五岁，扎着两个羊角小辫，胖乎乎的脸蛋上一边有一团似要溢出的红晕。腰上一色拴着红肚兜，分不清是男是女。那天真可爱的模样，就像从年画上跳下来的一样。

郑颢笑着弯腰问道：

"你们家在哪儿？"

"那儿。"小手向那边一指。

顺着手指望去，果然不远处的树丛中露出几只屋角。细听，还有机杼声传来。

他被迷住了，一下就想到陶渊明笔下的世外桃源。

他要去看个究竟，刚抬脚，就被身边一个孩子的那双有灵气的眼睛吸引住了。那是一双非常熟悉的圆圆的亮亮的眼睛，他从那忽闪忽闪发出的光芒里，从那眼睛中的特殊神韵里，他读懂了一种语言，那语言从那张画上她的眼睛里，从那墙上的洞中她的眼神里，他千百遍的读到过……

他抬起的脚步停下了，而后重重地一顿，转身跨上马，回过头来再向那三个孩子认真看一眼，双腿一夹，座下的马便放开四蹄，踏着碎步向那条来路跑去。

这时郑颢身后，传来一阵孩子们的欢笑声、怪叫声，还有小巴掌使劲拍出的噼啪声。不知是欢送还是驱逐。

后　记

　　写长篇小说是我一个青春梦，因受制于我处的时代，那只能是一个奢侈的梦，故而两手空空，一无所获。若干年后，时势变迁，旧梦得以接着做。然而遗憾的是自己出道太晚，熟悉的题材和经历的故事，已有那么多大家写了，写得那么精美深刻，我哪能写过他们？于是，把目光转向历史，然环顾左右，历代帝王已被人一写再写，名臣显将、文宗巨贾，乃至后妃太监等，也早有人涉笔，最后只得把题材选定在相对较少有人涉及的公主身上。好在自己有在图书馆工作的经历，独享许多史料查阅的便利，一年多时间就写出以武则天之女和秦始皇之女为故事内容的《太平公主》和《华阳公主》两部，并得以出版。接着，又写了以武则天之子唐中宗女儿为主角的《安乐公主》、武则天八世孙唐宣宗之女为主角的《万寿公主》两部。

　　四本书面世后引起影视界的注意，《太平公主》被改编为三十七集电视连续剧，易名《大明宫词》，在海外及全国各电视台播放；《万寿公主》已交易了改编权，拟冠名《唐宫谣》改编为三十集电视连续剧，筹拍中因故暂停。《安乐公主》，已有剧作家改编为大型话剧，易名《绚梦》正式发表；《华阳公主》也早有制片人联系改编事宜，由于种种原因未果。

　　公主题材的选择很容易被认为在追求趣味性、娱乐性和市场份额。是的，在文化商品属性被认可并大行其道的现实下，请原谅我未能脱俗。然而，我更注重作品的文化意蕴、历史价值和政治内涵。轻松写文化、谈笑品历史和评说帝王政治，是我写历史小说的艺术思想追求。这不是我有意忽略历史亮点，如秦始皇的一统中华、武则天的盛世繁荣，那是应当大书特书的，但是他们的那些文治武功的代价过于高昂，所以才有武则天死后留无字碑任后人评说的佳话。她的自知之明和自我审判，是她之前之后的任何一代帝王都难以做到的。

历史小说是小说，小说讲求文学性，虚构、编排、剪裁的分量很重，所以不能当成历史读。只要历史的主线索不混乱，重大历史事件和重要历史人物不错位，所反映的那段历史的时代精神不被歪曲，适当虚构应该无可厚非。

记得在《大明宫词》初播时，有人撰文批评其中太平公主与王维的交往有悖史实，太平公主比王维早出生四十年，死时五十二岁，时王维才十二岁，剧中二人间非同一般的交往纯系编导的胡编乱造。其实这不能怪编导，应该怪罪的是我，"板子"该打在我身上，因为我在《太平公主》小说中用了几乎一章的篇幅写太平公主与王维的交往。这当然是虚构，是为了增强唐诗文化色彩和分量，是在一点野史影子启发下的虚构，是在不违背历史的本质真实和艺术创作原则前提下的虚构，是应该被允许和理解的。

《大明宫词》播出后，引发的关于史实的议论很多，还有一些小插曲至今回忆起来仍觉趣味无穷。

电视剧中有一场太平公主主持殿试点魏明伦为状元，家住成都的著名戏剧家魏明伦知道我写过一本关于状元的书，打来电话问我唐代是不是有个叫魏明伦的状元。我当即翻阅书中状元名单告诉他说没有，不仅唐代没有，就是在历代所点的六百余名状元中，也没有一个叫魏明伦的。同时我向他说明，我的《太平公主》小说中只写有王维请太平公主向考官推荐他为状元，书中没有魏明伦其人，至于编导据何虚构，我不知情。那头魏明伦先生听了，传来一阵爽朗开心的大笑，而且感染着电话这头的我也哈哈大笑起来。

唐代离现在已经太远，许多历史细节早已湮没，通过合理的艺术虚构再现当时活生生的生活图景，是文学艺术家用以还原、丰富和表现历史的手段。可以说，没有艺术虚构便没有历史小说、历史戏剧和一切以历史为题材的文艺作品。

但虚构不能太离谱，对已有定评定论、于史有据的重大历史事件和历史人物的虚构，以采取慎重态度为好。如《大明宫词》中为了剧情的需要，甩开史料和原作，竟把唐睿宗李旦在中宗和少帝后还当了两年（711—712年）

皇帝的历史给虚构没了。这种对历史的随意切割取舍，为了艺术震撼效果而不顾史实的做法，我认为是欠严肃的。

这种情况在我的另一部历史小说《万寿公主》改编为电视连续剧时又遇到一次。剧本写好后易名《唐宫谣》，在讨论中提出许多很好的修改意见，但在对史实与虚构的关系上却出现了分歧。如要求把唐文宗、唐武宗、唐宣宗、牛僧孺、李德裕等历史人物，甘露之变、武宗废佛等历史事件作虚化处理；对根据剧情需要而合理虚构的宣宗未登位前的抚平藩镇活动则被认为"于史无据"而要求删去。其原因据说是为了剧本审查易于通过。影视制作是个高风险行业，这种做法的用心良苦诚可以理解，但其既有悖于历史真实又有违于艺术真实的代价实在太大。此剧尚在筹拍中，剧本还未最终定稿，其虚虚实实究竟如何定位，还未可知。

历史文学在处理史实与虚构的问题上一直存在着争论，核心话题是谁主导谁，有的说以史为主；有的说史实只是影子，虚构才是主体；有的说史实是筋骨，虚构是血肉；还有用简单的量化法以五五、三七、二八来划分其比例的。在评论家们各持一端争论不休时，一种完全颠覆传统、戏说历史、打通古今、穿越时空的影视剧风行荧幕，引发热播的同时引发异议：担心对观众产生历史误导。其实这种担心完全多余，因为坐在电视机前的一些观众是在看戏找乐子，而有必要担心的应该是那些以正剧面目出现的历史剧中对历史的混淆和误读，如对史实的错讹，如对秦始皇的夸大颂扬，如对康熙皇帝的过分美化，等等，更应当引起关注。

这些年，因为爱好，我读了不少历史题材的文学作品，看了不少历史影视剧，还动笔写了几部历史小说，对历史题材文艺作品如何对待处理历史真实与艺术虚构，有些心得体会，借此冒昧发表些浅薄见解，以抛砖引玉。

孙自筠

2013 年初冬于内江师范学院

2022 年修改